J'AI ÉPOUSÉ KAYOG

Agence Prime

REGINE ABEL

COUVERTURE PAR
Régine Abel

ILLUSTRATIONS PAR
Hojolabor
Invidious
Tommy
Vvevelur
Lau Isa San
Niklas Cloister
AriesRedLo

TABLE DES MATIÈRES

J'AI ÉPOUSÉ KAYOG

Elle était sa paix et son salut.

Toute sa vie, Kayog s'est fait un devoir de projeter l'image d'un mâle à qui tout réussit. Mais au fond de lui, il est brisé par le tourment incessant qui le ronge. Jusqu'à ce qu'il rencontre Linséa. Son rêve impossible. Sa colombe paisible. La mélodie envoûtante de son âme le captive et lui fait convoiter un avenir qu'il sait impossible. Il ne devrait pas la poursuivre, mais comment pourrait-il s'en empêcher alors qu'elle est son âme sœur ?

Dès que Linséa pose le regard sur Kayog, elle est fascinée par lui. Intelligent, charismatique, talentueux et séduisant, c'est une véritable vedette dont tout le monde brigue l'attention. Et pourtant, il n'a d'yeux que pour elle. La découverte du sombre secret qu'il tente désespérément de cacher derrière son masque de perfection devrait la faire fuir. Au contraire, cela lui donne envie de se battre pour lui... pour eux.

Parviendront-ils à surmonter les terribles obstacles qui se dressent devant eux, ou leurs efforts acharnés pour sauver la vie de Kayog entraîneront-ils plutôt sa perte ?

DÉDICACE

À ceux qui perçoivent et expérimentent le monde différemment. Les esprits étroits y verront une déficience ou une anomalie. Les sages y verront une opportunité et une bénédiction. Vous n'êtes pas une aberration, vous êtes un cadeau. Et le monde a besoin de la beauté que vous seuls pouvez voir et partager.

À ceux qui vous soutiennent dans la tempête, qui vous relèvent quand vous tombez et qui se battent pour vous quand vous ne le pouvez pas. Peu importe à quel point les temps sont sombres, vos vrais amis et votre famille feront toujours briller une lumière sur votre chemin, aussi subtile soit-elle.

Aux âmes sœurs.

AVERTISSEMENT

Ce livre fait référence à certains sujets sensibles, ou comporte des scènes qui les impliquent, notamment la maladie mentale, la toxicomanie, les grossesses à haut risque, les idées suicidaires et la mortalité infantile.

Veuillez aborder ce livre avec prudence si ces sujets peuvent vous perturber.

CHAPITRE 1

LINSÉA

Les dômes étincelants de l'Université galactique d'Acadia m'appelaient tandis que je déambulais sur le chemin menant à l'entrée principale. Mes yeux papillonnaient dans toutes les directions tandis que j'observais la foule hétéroclite d'étrangers qui s'affairaient, engagés dans des conversations animées ou essayant de retrouver un ami ou une connaissance. Je reconnus de nombreux visages, certains simplement parce qu'ils appartenaient à une famille célèbre, d'autres parce que j'avais eu l'occasion de les côtoyer dans les hautes sphères de la politique galactique ou du maintien de la paix.

Cela faisait longtemps que j'attendais de pouvoir enfin fréquenter cet établissement prestigieux. Et le fait de savoir que ma meilleure amie allait également y être rendait les choses encore plus excitantes.

Bien avant d'atteindre les premières marches au bas de l'escalier de dix mètres de large menant à la grande terrasse devant l'entrée, j'aperçus ma chère Tala. Ses tenues aux couleurs vives la rendaient toujours facile à repérer dans une foule dense. Sa longue jupe vaporeuse orange vif laissait entrevoir ses jambes interminables à travers une fente qui s'arrêtait juste au-dessus de son genou droit. Un haut moulant sans manches, de couleur jaune clair, épousait les courbes douces de sa taille fine. Un collier tribal en perles pendait autour de son long cou élancé jusqu'à son nombril et était assorti à ses boucles d'oreilles. Les mêmes perles colorées ornaient les boucles serrées de ses cheveux noirs. L'ensemble faisait rayonner sa peau foncée et reflétait sa personnalité joviale et la fierté qu'elle tirait de son héritage.

Elle sourit d'un air radieux, ses yeux couleur obsidienne s'illuminant alors qu'elle me faisait signe. J'agitai la main en retour, un sourire se dessinant sur mon visage tandis que mon cœur se réchauffait à l'idée de retrouver Tala après huit mois qui m'avaient semblé durer huit ans.

Alors que je me précipitais dans les escaliers, elle vint à ma rencontre et m'enlaça avec une force surprenante, démentant l'apparence fragile de sa silhouette élancée. Je l'enlaçai à mon tour avant de refermer mes ailes derrière elle. Elle ronronna et frotta son visage dans le creux de mon cou, là où mon duvet était le plus touffu, sachant que cela me chatouillait.

Je gloussai et la relâchai.

— Bon sang, je ne m'étais pas rendue compte à quel point ces étreintes ailées m'avaient manqué ! s'exclama Tala d'une manière si théâtrale que j'en ris.

— Je suppose que je vais devoir me rattraper au cours des prochains jours, dis-je d'un ton taquin.

— Tu as intérêt, répondit Tala avec une fausse indignation. Il était temps que tu ramènes ta queue touffue par ici. Comment as-tu osé m'abandonner toute seule dans cet endroit terrifiant pendant si longtemps ?

Je roulai des yeux tandis qu'elle passait son bras sous le mien avant de m'entraîner en haut des marches.

— Premièrement, tu n'es pas seule, rétorquai-je d'un ton peu impressionné. Deuxièmement, je prenais part au plus important des stages. Tu m'aurais arraché les plumes si je ne l'avais pas accepté.

— Oui, oui, Mademoiselle Je-suis-tellement-bien-connectée. Ce sont toujours les mêmes qui profitent de tous les avantages, répondit-elle avec une moue théâtrale.

Je m'ébrouai et lui donnai un petit coup de coude amical.

— Ne sois pas jalouse, petite diva. Continue à me côtoyer et tu pourrais toi aussi te faire des relations !

— Pourquoi crois-tu que je sois ton amie ? demanda Tala comme si la réponse était évidente.

Je posai ma main sur ma poitrine, feignant d'être profondément blessée.

— Quoi ? Je croyais que c'était pour mes câlins ailés ?

— Bon, ça aussi, concéda-t-elle en agitant la main d'un air dédaigneux.

— Je suis contente de l'entendre, répondis-je en lui faisant une grimace.

— Tu es entièrement installée ? demanda-t-elle alors que nous nous frayions un chemin à travers la foule pour entrer dans le hall principal de l'imposant bâtiment.

— Il me reste encore quelques cartons à déballer. Je finirai ce soir, une fois de retour dans ma chambre.

— Non, pas ce soir. Tu t'en occuperas demain, répondit Tala d'un ton qui ne souffrait aucune discussion.

— Pourquoi ? Que se passe-t-il ? demandai-je, intriguée.

— Echoes of Madness joue, répondit-elle en commençant à me faire visiter le campus.

Je grimaçai.

— On dirait un groupe de hard rock humain. Je ne suis pas vraiment fan.

— Ce n'est pas du hard rock ! rétorqua-t-elle rapidement. Leur style est plutôt grunge, métal alternatif et soft rock. Et laisse-moi te dire, quand Kai se mettra à chanter une ballade, tes orteils vont friser comme jamais... Enfin, tes serres, dans ton cas.

Je m'ébrouai à nouveau et ouvris la bouche pour répondre, mais elle continua à vanter les mérites du groupe, ou plutôt de son chanteur principal.

— Quand il se défoulera dans une section rock, tes ovaires vont littéralement exploser. Et ce corps... ! La façon dont il bouge devrait être absolument interdite. Ce déhanché...

— Tala, c'est beaucoup trop d'informations ! l'interrompis-je, plus amusée que scandalisée. Honnêtement, j'ai l'impression que tu veux un rendez-vous en tête-à-tête avec lui, et non pas une troisième roue qui viendrait perturber ton jeu.

— Pas du tout, dit-elle avec une fausse expression déçue. Il n'aime pas les femmes.

— Oh, Kai est gay ? demandai-je, curieuse.

— J'aimerais bien, dit une voix sexy masculine derrière moi.

Je tournai brusquement la tête et vis un très beau mâle édocit passer devant nous. Il me fit un clin d'œil, ce qui nous fit rire toutes les deux tandis qu'il continuait son chemin.

— Est-il asexué alors ? demandai-je à Tala alors que nous passions devant les bureaux administratifs pour nous rendre à la bibliothèque.

Elle haussa les épaules.

— C'est ce que dit la rumeur. Il est ici depuis deux ans et n'est jamais sorti avec qui que ce soit, même si on lui a proposé tous les types de chattes galactiques possibles et imaginables.

— TALA ! m'écriai-je, sincèrement choquée et les joues en feu.

Elle me sourit, une lueur espiègle dans les yeux tandis qu'elle continuait de m'aiguillonner, prenant un malin plaisir à me mettre dans l'embarras.

— Plumeuses, écailleuses, poilues, charnues, énuméra-t-elle en pinçant la peau brune de son avant-bras au moment où elle prononçait ce dernier mot, M. Kai n'en veut aucune.

— D'accord, dis-je, ne sachant pas trop comment réagir.

— Est-ce normal ? demanda Tala, cette fois avec une curiosité sincère.

— Qu'est-ce qui est normal ? demandai-je, perplexe.

— Que les Témernes soient asexués ? Tu ne sembles également jamais t'intéresser à personne, ajouta-t-elle en me jetant un regard inquisiteur.

Je haussai les sourcils.

— Kai est un Témerne ?

— Oui.

— Oh wow, je ne m'attendais pas à ça. Mais non, mon peuple n'a pas tendance à être asexué, ou du moins pas dans une proportion différente de celle des autres espèces. On devient également excité, mais nous n'avons pas tendance à avoir des relations sexuelles occasionnelles ou des aventures d'un soir.

— Pourquoi ? Est-ce une question de culture ou de religion ?

Je secouai la tête en lui adressant un sourire indulgent.

— Ni l'un ni l'autre. Mais nous sommes des empathes. Nous ressentons ce que ressent notre partenaire. Cela peut être assez gênant et inconfortable lorsque l'autre personne a de grandes attentes ou développe un attachement profond qu'on ne peut pas lui rendre. La culpabilité de lui causer de la douleur, de la détresse ou de l'inconfort peut être très dissuasive.

— Mince ! Je suppose qu'aucune d'entre nous n'était assez bien pour lui donner envie de franchir le pas, dit Tala avec une expression triste.

Je la fustigeai du regard, même si mon amusement était encore visible.

— N'as-tu pas un partenaire ? N'es-tu pas toujours avec le très charmant et très sexy Marès ? demandai-je.

— Si ! répondit Tala avec suffisance.

— Et tu salives devant un Témerne ? l'interpellai-je d'un ton légèrement réprobateur.

Elle souffla de manière dédaigneuse.

— Il n'y a rien de mal à admirer la vue et à se faire flatter l'ego en attirant l'attention du garçon populaire.

Je m'ébrouai.

— Je croyais que tu n'étais pas friande des becs ?

— Ma belle, ce type ferait faire *n'importe quoi* à *n'importe qui* ! s'exclama-t-elle comme si cela allait de soi. Chaque règle a son exception, et il les incarne toutes. Tu sais bien à quel point les humains aiment s'embrasser. Mais pour Kai, nous y renoncerions sans hésiter.

J'éclatai de rire.

— Après tant de décennies – voire de siècles – de cohabitation avec les humains, je m'attendais à ce que vous sachiez tous maintenant que même les espèces avec un bec comme la mienne sont capables d'embrasser.

Elle fit un geste dédaigneux.

— Vous faites la danse du combat de langues. Ce n'est pas la même chose qu'un baiser digne de ce nom, doux et moelleux, que les gens avec des lèvres peuvent échanger.

— D'accord, d'accord, lui répondis-je en secouant la tête. Mais tu sais, t'extasier devant la belle voix d'un Témerne, c'est un peu ridicule. Tous les hommes-oiseaux savent chanter.

Elle désigna la cafétéria alors que nous passions devant, puis le couloir qui menait aux laboratoires et aux départements de recherche, avant de m'emmener dans le couloir de droite vers les amphithéâtres.

— Je sais. Mais Kayog est tout à fait différent. En plus d'être super sexy, c'est un chanteur et un artiste incroyable, le meilleur athlète dans plusieurs sports et un génie en classe.

— Bon sang, on dirait M. Parfait, dis-je avec une pointe de sarcasme. Mais comme nous le savons toutes les deux, ça n'existe pas. Alors, quels sont ses problèmes ? Laisse-moi deviner. Il se croit tout permis ? Il est arrogant ? C'est une brute ?

Elle secoua la tête à chacune de mes questions, puis fit une tête bizarre.

— Kai n'est rien de tout cela. Son seul défaut, si on peut vraiment appeler ça ainsi, c'est qu'il est très introverti.

Je la regardai bouche bée. De toutes les réponses qu'elle aurait pu me donner, celle-là ne figurait pas sur ma liste.

— Un chanteur introverti ?! Ce sont les plus grands m'as-tu vu de l'univers !

Tala soupira et fronça les sourcils tandis qu'elle me guidait vers la salle où allait se tenir notre premier cours.

— C'est compliqué, répondit enfin mon amie.

— Comment ça, compliqué ? insistai-je.

Elle mordilla sa lèvre inférieure tout en réfléchissant à sa réponse.

— Je ne sais pas trop comment le décrire. Kai s'isole souvent à des moments complètement aléatoires. Tu le vois traîner avec un groupe de sportifs, puis il s'en va soudainement au milieu d'une conversation. Il lui est aussi arrivé plusieurs fois de sortir de classe brusquement et de ne pas revenir. En fait, il assiste à la plupart des cours à distance.

— Et pourtant, c'est un excellent élève ? demandai-je, la suspicion qui germait dans mon esprit transparaissant dans ma voix.

— Il ne triche pas, si c'est ce que tu insinues, répondit Tala d'un ton qui ne souffrait aucune discussion. Quand tu le rencontreras, tu verras que Kai est un génie. Mais viens, le cours va commencer. Nous finirons la visite après.

Nous entrâmes dans l'amphithéâtre, et mes yeux faillirent sortir de leurs orbites. J'avais su qu'Acadia possédait certaines des plus grandes salles de classe de la galaxie, mais celle-ci dépassait tout ce que j'avais vu jusqu'alors. Au premier coup d'œil, elle semblait offrir au moins un millier de places. En forme d'amphithéâtre, elle comportait plusieurs rangées arquées devant le podium. Trois balcons offraient encore plus de places, avec plusieurs écrans géants stratégiquement placés pour offrir une excellente vue, quel que soit l'endroit où l'on était assis.

Même si je ne voyais aucun système de sonorisation, je ne doutais pas que la salle était équipée des meilleurs systèmes audio disponibles.

À ma grande surprise, Tala se dirigea vers des sièges situés à environ un quart de l'une des dix premières rangées. Cela me convenait, mais je ne pus m'empêcher de lancer un regard interrogateur à mon amie.

— Dans les premières rangées ? Je croyais que tu aimais rester au fond pour cacher tes manigances ? lui lançai-je d'un ton taquin.

— C'est vrai, mais pas le premier jour, répondit-elle d'un ton conspirateur.

— Ah bon ? Et pourquoi ça ? demandai-je en m'installant dans mon siège, reconnaissante que le dossier soit réglable afin de ne pas gêner mes ailes et ma queue.

— Parce que ça te permet de bien voir tous ceux qui entrent, en plus de nous donner la possibilité de sortir rapidement quand ils nous libèrent inévitablement plus tôt, répondit-elle d'un ton impassible.

Je souris et hochai la tête avant de laisser mon regard vagabonder dans la pièce pour voir qui était déjà présent et si je repérais des visages familiers. Je saluai quelques connaissances et pris mentalement note des personnes dont le visage m'était familier mais que je n'avais pas encore rencontrées personnellement. Je me présenterais plus tard, au moment opportun. Dans le domaine dans lequel j'évoluais, il était essentiel de nouer des relations avec le plus grand nombre de personnes possible, en particulier parmi l'élite.

Puis, un quasi-silence s'abattit soudain sur la salle. La plupart des conversations discrètes cessèrent et de nombreuses têtes se tournèrent vers l'entrée.

— Oh mon Dieu ! murmura Tala, la voix chargée d'excitation.

Cette réaction me surprit, car je pensais que c'était l'arrivée du professeur qui avait provoqué cette soudaine diminution des conversations. Je jetai un coup d'œil dans la direction où tout le monde regardait et je me figeai.

Le Témerne le plus époustouflant que j'avais jamais vu remontait l'une des allées principales, parlant à voix basse à un humain. Il était grand, très musclé pour notre espèce – qui avait tendance à être plus élancée – mais sans être massif. Son corps mince mettait en valeur chaque sillon de ses abdominaux et de ses biceps. Une paire d'ailes majestueuses pendait dans son dos, dont les plumes luisantes étaient de la même couleur marron foncé que la majeure partie de son corps. Son devant était d'une couleur beige plus claire qui semblait souligner la perfection de son torse. Le duvet doré de sa poitrine s'étendait jusqu'à son visage magnifique, avec un bec fier et des yeux argentés hypnotisants. Il marchait avec une grâce qui criait la maîtrise et une puissance sous-jacente prête à être libérée en un clin d'œil.

Il s'arrêta subitement, fronça les sourcils et tourna brusquement la tête vers moi. Nos regards se croisèrent, et j'eus l'impression de recevoir un coup de poing en pleine poitrine. Le temps s'arrêta. La mer argentée de ses yeux m'engloutit tout entière. Elle m'hypnotisa tout en me mettant à nu, me laissant vulnérable et exposée.

Malgré le choc qui semblait m'avoir privée de toute pensée rationnelle, je n'en remarquai pas moins l'expression stupéfaite, incrédule et presque émerveillée sur le visage du bel inconnu.

Il sursauta, brisant le sortilège, et tourna vivement la tête pour regarder son ami. Il cligna des yeux, semblant réaliser que son compagnon l'avait appelé pendant qu'il me fixait. Après avoir hoché en réponse à quelque chose que son ami venait de dire, il me jeta un autre regard, le visage impénétrable. Il détourna ensuite les yeux et gravit le reste des marches menant au balcon latéral à ma gauche.

Toujours étourdie, je me forçai également à détourner les yeux, le cœur battant à une vitesse folle. Il me fallut toute ma volonté pour me contraindre à fixer devant moi au lieu d'essayer de lui jeter un autre coup d'œil.

— C'est quoi ce bordel, Lin ! Il te dévisageait ! s'exclama Tala à voix basse.

— Qui est-il ? murmurai-je de la même voix, encore troublée par l'effet puissant qu'il avait eu sur moi.

— M. Parfait, celui dont je te parlais ! C'est Kai ! répondit Tala comme si cela allait de soi.

Une humaine assise dans la rangée juste devant nous se retourna pour nous regarder, la curiosité se lisant sur son visage de fée couvert de taches de rousseur.

— Tu le connais ? demanda-t-elle.

Je secouai la tête.

— Non.

— Wow ! Il n'a jamais regardé personne comme il vient de le faire avec toi, répondit-elle d'une voix pleine d'envie. Je suppose qu'il n'aime que les Témernes.

— Oh, je t'en prie ! s'exclama Tala d'un ton indigné. Il y a eu beaucoup d'autres femelles témernes à Acadia, et il n'a jamais accordé le moindre regard à aucune d'entre elles.

La femme haussa les épaules, pinça les lèvres et nous tourna le dos pour faire face au professeur. En parcourant les émotions qui émanaient d'elle, je ne pouvais pas décider si je ressentais de la pitié ou de l'agacement à son égard. Si l'amertume et la jalousie dominaient en elle, je percevais également beaucoup de résignation, de tristesse et cette aura désagréable émise par les personnes qui manquent d'estime de soi ou se complaisent dans l'auto-récrimination. Je ne doutais pas qu'elle pensait quelque chose d'idiot comme le fait qu'elle avait été stupide de croire qu'elle avait une chance avec lui parce qu'elle ne se croyait pas assez bien.

En tant qu'empathe, je voulais toujours tendre la main et remonter le moral des gens qui s'auto-flagellaient involontairement avec des pensées aussi négatives.

— Putain, tu l'as vraiment eu ! Je vais te coller aux fesses pour toujours, murmura Tala.

Je m'ébrouai. Tala était vraiment unique. Quand on la rencontrait pour la première fois, on pouvait se laisser tromper en pensant qu'elle était guindée, trop convenable et une reine nubienne des plus majestueuses. Mais une fois qu'elle apprenait à vous connaître et qu'elle abandonnait le masque que lui imposait son éducation rigide, on découvrait la personne la plus drôle, la plus espiègle et la plus irrévérencieuse qui soit. Et sous tout cela, l'amie la plus loyale et la plus altruiste que l'on puisse souhaiter.

Le professeur qui montait à l'estrade réclama notre attention. Pour la première fois de ma vie, j'eus vraiment du mal à me concentrer sur un cours. Je détestais le fait que nous étions assises dans l'une des premières rangées, car je ne pouvais pas voir Kai depuis cette position sans tourner franchement la tête vers lui. Et pourtant, je pouvais sentir le poids de son regard sur moi depuis le balcon. Je me surpris plus de fois que je ne pouvais compter à essayer de lui jeter un coup d'œil.

À ma grande consternation, je ne parvenais pas à percevoir la moindre émotion chez lui. C'était comme s'il avait érigé un mur infranchissable autour de lui. Tous les Témernes avaient la capacité de bloquer leurs émotions afin de préserver leur intimité. Cependant, ce mur n'était jamais complètement hermétique. Il était toujours possible de glaner quelques informations superficielles. Mais je ne percevais rien chez Kai. Même si la distance affectait notre capacité à lire les autres, il n'était pas si loin que je ne puisse percevoir au moins quelque chose. Cela me dérangeait encore plus, entravant davantage ma capacité à me concentrer.

Heureusement, comme c'était souvent le cas le premier jour, le professeur se contenta de passer en revue le programme du semestre, nous donnant un aperçu des devoirs que nous aurions à faire, du type de livres, d'événements et de sujets dans lesquels nous devrions nous plonger pour nous aider davantage dans ce cours.

Lorsque le professeur nous libéra, moins de trente minutes s'étaient écoulées. Alors que les gens commençaient à quitter la salle, Tala ne se rua pas dehors comme elle l'avait initialement laissé entendre. Tandis que je quittais lentement la rangée où j'étais assise, je ne pus résister à l'envie de jeter un coup d'œil au balcon.

La plus stupide vague de jalousie et de déception m'envahit lorsque je le vis entouré d'innombrables groupies de tous genres. À ma grande consternation, il se tourna aussitôt vers moi, comme s'il avait senti mon regard posé sur lui. Me sentant bête-ment prise en flagrant délit, je détournai les yeux, mais lorsque je les relevai, je le vis toujours en train de m'observer. Il sourit avec suffisance, une lueur ressemblant à du triomphe brillant dans ses yeux argentés.

Cela me mit en colère et, dépassant Tala, je sortis précipitam-ment de la pièce.

— Qu'il aille se faire foutre, marmonnai-je entre mes dents.

— Attends ! Tu ne veux pas le rencontrer ? demanda Tala en courant à moitié pour me rattraper.

— Non, répondis-je d'un ton sec.

— Pourquoi ? demanda-t-elle, déconcertée par mon change-ment d'attitude soudain.

— Parce que c'est un connard.

Tala eut un mouvement de recul, puis m'attrapa le bras pour m'arrêter et me forcer à lui faire face.

— Quoi ? Que s'est-il passé ? Qu'est-ce que j'ai manqué ?

— Tu n'as pas vu son sourire suffisant ? demandai-je, à la fois agacée et humiliée.

Elle hésita avant de me lancer un regard désolé.

— Euh, avec vos becs, c'est difficile de voir quand vous souriez, encore moins de savoir qu'il est suffisant.

14

Je roulai des yeux, libérai doucement mon bras de son emprise et repris ma marche.

— Eh bien, *moi*, je l'ai vu.

Tala fit un geste dédaigneux.

— Je ne sais pas ce que tu as vu – ou plutôt ce que tu *crois* avoir vu – mais je peux t'assurer que tu te trompes. Et nous réglerons ça ce soir.

— Absolument pas ! Je n'irai pas, dis-je fermement.

Ce fut à son tour de rouler des yeux.

— Allez, voyons ! Depuis quand es-tu si émotive ?

Je lui lançai un regard noir.

— Ne me traite pas d'émotive. Et je n'ai jamais aimé les groupes de rock.

Elle souffla avec dédain.

— Tu as besoin de socialiser, et ce bar est l'endroit idéal.

Je lui lançai un regard incrédule.

— Dans tout ce bruit ?

— Ce n'est pas toujours bruyant, dit-elle d'un ton qui laissait entendre que je commençais à mettre sa patience à rude épreuve. N'oublie pas que tous ceux qui sont ici sont de futurs ambassadeurs, envoyés spéciaux et membres de l'élite politique et scientifique intergalactique. Tu dois nouer des relations pour t'aider à bâtir ta carrière. Alors, retire ce bâton de ton derrière duveteux et ne joue pas les pimbêches coincées. Tu as déjà l'air suffisamment snob.

— Je n'ai pas l'air snob ! m'écriai-je, outrée.

— Si, tu l'as, dit Tala, cette fois sans la moquerie qui transparaissait auparavant dans sa voix. Tu sembles encore plus guindée que moi avec les étrangers. Ce que tu ne réalises pas, c'est qu'avec tes plumes d'un blanc immaculé, ta queue élégante qui ressemble presque à une traîne, ta voix mélodieuse et ta démarche gracieuse, tu as l'air d'une reine. Les gens ne t'approchent pas parce qu'ils se sentent intimidés ou inférieurs à toi.

— Mais ce n'est pas le cas !

— *Je* le sais, mais *eux* ne le savent pas. Les gens ont besoin de te voir détendue et profiter d'un bon moment dans une ambiance décontractée. Tu dois être perçue comme accessible afin de maximiser ton temps ici pour nouer des relations, poursuivit Tala d'un ton de grande sœur. De toute façon, M. Parfait ne se mêle jamais à la foule. Tu seras donc à l'abri de son sourire suffisant.

Je lui fis une grimace, et elle répondit par un petit gloussement.

— Très bien, espèce de brute, marmonnai-je.

Elle rit, embrassa ma joue, passa son bras sous le mien et m'emmena dans une autre partie du campus que je n'avais pas encore vue avant notre prochain cours.

CHAPITRE 2
LINSÉA

J'atterris devant le club Iron Empire, repliant mes immenses ailes derrière moi dès que je touchai le sol. C'était une œuvre architecturale remarquable, dans un style gothique industriel moderne. Je montai les marches en saluant de la tête quelques personnes dans la foule, certaines debout à l'extérieur, d'autres se dirigeant vers l'intérieur. En franchissant les lourdes portes métalliques ouvertes, je ne pus m'empêcher d'être impressionnée par le décor.

Dans mon esprit, j'avais imaginé un espace sombre, encombré et légèrement claustrophobique, destiné à forcer l'intimité. Au lieu de cela, un hall agréablement élégant m'accueillit, avec des lignes nettes, des poutres apparentes, des murs en ciment ici et là, une décoration minimaliste et d'immenses fenêtres qui laissaient respirer l'endroit. Bien qu'il fût actuellement utilisé comme club et salle de concert, il aurait facilement pu servir à des événements plus formels.

Toutes les appréhensions que j'avais eues précédemment à l'idée de venir se dissipèrent. Tala avait eu raison, c'était l'endroit idéal pour nouer des contacts. Il était chic mais aussi agréablement informel et détendu. Comme on pouvait s'y attendre compte tenu du type d'étudiants fréquentant Acadia, la foule était composée de nombreuses espèces différentes, la plupart des personnes présentes étant les descendants de personnalités influentes du monde politique, scientifique et socioculturel. Ce n'était pas sans raison qu'Acadia avait certaines des exigences les plus strictes et les plus approfondies en matière de vérification des antécédents pour l'admission.

Ma famille évoluant dans les plus hautes sphères politiques et juridiques, je connaissais bon nombre des personnes présentes. Cependant, je devais transformer ces connaissances en véritables alliances, voire en amitiés. Au-delà du fait que j'étais trop fière pour me contenter de mon nom pour ouvrir des portes, les relations personnelles contribuaient grandement à nous aider à atteindre des objectifs qui, sans elles, auraient été presque impossibles.

Je me dirigeai vers Tala, qui discutait avec animation avec Colin Wilson. Sa présence ici me surprit. À 35 ans, Colin était un surdoué qui avait déjà obtenu le poste de Directeur Senior des Défenseurs, les forces de maintien de la paix galactiques sous l'égide de l'Organisation des Planètes Unies.

L'OPU agissait en tant que modérateur et protecteur afin d'assurer la coexistence pacifique de ses différentes planètes membres. Elle contribuait à définir et à faire respecter les règles de conduite en matière de commerce équitable, de souveraineté territoriale, les directives relatives à l'interaction et à la protection des mondes primitifs, opposait son veto ou approuvait les efforts de colonisation de nouvelles planètes, et aidait à régler les conflits galactiques sous toutes leurs formes. Ma mère travaillait comme négociatrice pour l'OPU. Ma grand-mère travaillait également pour eux, mais en tant que Conseillère juridique senior. Mon père, quant à lui, était avocat pénaliste pour les Défenseurs. J'espérais suivre les traces des deux femelles les plus importantes de ma vie en rejoignant moi aussi l'OPU, mais en tant qu'ambassadrice de l'organisation.

Donc oui, il était essentiel de se faire des amis et de forger des alliances parmi ces personnes, dont beaucoup allaient devenir mes homologues ou mes futurs collègues.

— Super, tu es là ! s'exclama Tala avec enthousiasme alors que je me rapprochais d'eux. J'ai dit à Marès que je viendrais te chercher de force si nécessaire.

— Tu ne devrais pas proférer de menaces physiques en présence d'un Défenseur senior, dis-je d'un ton taquin tout en la serrant dans mes bras.

Elle souffla avec dédain.

— Moi aussi, j'ai des relations. Et Colin me soutient, n'est-ce pas ?

Il rit et hocha la tête en signe d'accord lorsque je tournai mon attention vers lui.

— Bien sûr que oui, et de toute façon, j'étais un peu trop distrait pour avoir entendu quoi que ce soit, répondit-il d'un air exagérément innocent qui me fit sourire.

— Traître ! dis-je avec une fausse indignation. Quelle surprise de te voir ici. Qu'est-ce qui t'amène dans le coin ?

Avant qu'il ne puisse répondre, Tala intervint, le visage détourné de nous, comme si elle cherchait quelqu'un dans la foule.

— Excusez-moi un instant, je dois trouver mon homme. Je parie qu'une pimbêche est en train de le monopoliser ou d'essayer de lui arracher une feuille des cheveux.

Nous nous ébrouâmes tous les deux, et Colin lui fit signe de la main de passer à l'action. Nous la regardâmes marcher d'un pas résolu en direction du bar où Marès était allé leur chercher à boire.

Je jetai un coup d'œil à Colin, un humain séduisant. Avec ses 1,88 m, il était à peine plus grand que moi. Il gardait ses cheveux noirs coupés courts, dans un style quelque peu militaire. Des yeux gris perçants me fixaient dans son visage aux traits anguleux, avec une mâchoire carrée et un nez aquilin. La

légère bosse sur l'arête laissait supposer qu'il avait probablement eu le nez cassé auparavant. Cela n'avait rien d'étonnant,
car il avait autrefois pratiqué la boxe de compétition. Bien que
musclé, il possédait davantage le physique d'un nageur que celui
d'un culturiste. Comme beaucoup de personnes présentes, il
portait des vêtements chics et décontractés dans des tons
sombres.

Je n'avais jamais vraiment compris pourquoi les espèces qui
devaient porter des vêtements avaient tendance à choisir des
couleurs sombres. Même si je reconnaissais que le noir dégageait
une aura indéniable de force, j'aurais préféré m'habiller avec des
couleurs plus gaies et plus vives, comme le faisait Tala.

— Pour répondre à ta question, je suis ici pour évaluer des
recrues potentielles, dit Colin calmement.

J'écarquillai les yeux de surprise.

— Qui ?

Il m'adressa un sourire indulgent.

— C'est un secret, ma chère.

Je lui fis une grimace avant de jeter un coup d'œil autour de
la pièce, essayant d'identifier quelqu'un qui pourrait être un
candidat intéressant pour la force suprême de maintien de la paix
dans la galaxie. Plissant les lèvres, je lui lançai un regard
suspicieux.

— Tu es venu ici pour évaluer des recrues potentielles ?
Pourquoi pas lors d'un événement sportif, d'un salon scientifique
ou d'un débat ? Ces lieux me semblent bien plus appropriés pour
juger les candidats dans le feu de l'action.

Cette fois, son expression mystérieuse piqua encore plus ma
curiosité.

— Tu serais étonnée de savoir où nous allons pour recruter.
Les meilleurs candidats se trouvent généralement dans les
endroits les plus insolites. Cela dit, je suis aussi ici pour
enquêter.

— Enquêter sur quoi ?

Il sourit d'une manière qui suggérait que je devrais savoir qu'il ne fallait pas fouiner, mais tout de même avec gentillesse.

— Tu en entendras parler bien assez tôt.

Au moment où j'ouvrais la bouche pour poser une autre question, une foule de gens se rua soudainement à l'intérieur, tandis que ceux qui étaient déjà là s'empressèrent vers l'avant de la scène.

— Le spectacle principal va commencer ! dit Colin d'un ton amusé.

— Comment le savez-vous, toi et eux ? demandai-je, perplexe.

Il n'y avait pas d'horaire précis pour le début du concert, seulement que le club ouvrait à 18 heures.

— Tout le monde est venu parce que le chanteur coup de cœur vient d'arriver, dit Colin avec une lueur taquine dans ses yeux gris. Profite du spectacle. À plus tard.

— À plus tard, répondis-je distraitement, agacée par le soudain frémissement dans le creux de mon estomac.

Une vague d'excitation fusa vers moi, et je reconnus instantanément qu'elle provenait de mon amie. En tant qu'empathe, je pouvais ressentir passivement les émotions de toute personne se trouvant dans un rayon de cinquante mètres, voire jusqu'à cent mètres si je me concentrais sur une seule cible. Mais comme il serait accablant d'être constamment submergés par les sentiments des gens, les Témernes pouvaient désactiver cette capacité ou la garder active uniquement sur une personne spécifique. Lorsque je sortais avec des amis, je maintenais un lien ténu avec eux, en excluant toutes les autres personnes. Dans ce cas précis, cela me permettait de localiser plus facilement Tala au milieu de la foule.

Tala se précipita à mes côtés, accompagnée de son petit ami Marès, qui tenait un verre dans chaque main, dont l'un qu'il me tendit. Marès était un mâle magnifique. Typique de ses origines édocite – une espèce semblable aux dryades – il avait une belle peau brune – bien que dans les tons les plus foncés du spectre qui allait du noisette pâle à l'ébène. Des volutes en relief ornaient ses bras, ses joues et certaines zones visibles de son torse musclé. Ces motifs naturels appelés « *yévins* » marquaient la lignée des Édocits et pouvaient également servir d'empreintes digitales.

Étant un Utzac – l'une des différentes races des Édocits – Marès possédait de majestueux bois de cerf. De délicates feuilles poussaient sur les fines vignes entrelacées dans ses cheveux bleu-vert. Quelques fleurs blanches s'épanouissaient dans ses cheveux. C'était une réaction involontaire qui exprimait le bonheur. Contrairement aux autres races des Édocits, les Utzacs avaient également des feuilles naturelles colorées qui poussaient stratégiquement pour cacher les parties intimes, en forme de pagne pour les mâles et de longue jupe pour les femelles.

Il me sourit et ses yeux vert foncé, dépourvus de sclère ou de pupille, brillaient d'excitation.

J'aimais sincèrement Marès. Plus d'une fois, j'avais eu honte de l'envie que leur relation aimante suscitait en moi. Je voulais rencontrer quelqu'un qui me regarderait comme Marès regardait Tala. Les émotions qui émanaient d'eux simplement parce qu'ils étaient en présence l'un de l'autre étaient un cadeau en soi. Ils étaient en couple depuis plus d'un an maintenant, et leur amour ne semblait que grandir. Je ne doutais pas qu'ils finiraient par se marier.

— Il est là ! s'écria Tala avec enthousiasme tandis que je remerciais Marès pour le verre.

— C'est ce que j'ai entendu dire, répondis-je, peu impressionnée. On dirait qu'il veut faire une entrée remarquée de grande diva.

— Non, répondit Tala d'un air sévère. Arrête de détester ce pauvre mâle.

— Je ne le déteste pas, dis-je d'un ton indifférent. Mais le fait que tant de gens attendaient dehors son arrivée laisse penser que c'est une habitude chez lui. Il se pointe à la dernière minute, sachant que ses fans meurent d'impatience, prêts à se précipiter à l'intérieur pour voir sa perfection.

La honte me brûla les tripes devant le regard déçu que me lança mon amie. Je n'avais jamais été du genre condescendant. Ce comportement sarcastique à propos d'un simple sourire en coin montrait à quel point il m'avait affectée.

Alors même que ces pensées me traversaient l'esprit, je le vis passer gracieusement devant l'une des fenêtres arrière, puis disparaître derrière un mur.

— Bon sang, je ne t'ai jamais vue aussi critique envers qui que ce soit, dit Tala d'un ton réprobateur qui me fit encore plus honte. Comme je te l'ai dit tout à l'heure, c'est quelqu'un d'introverti.

— Quel est le rapport ? demandai-je, perplexe.

— S'il était une diva et qu'il voulait faire l'entrée fracassante que tu prétends, il aurait atterri devant la porte d'entrée et se serait pavané au milieu de ses fans en adoration avant de se diriger vers la scène, expliqua Tala d'une voix calme. Au lieu de cela, il arrive toujours juste avant le spectacle, entre par la porte arrière, chante, puis repart. Ce ne sont pas là les actions d'une diva ou d'une personne avide d'attention.

Je ne pus contester cette logique. C'était en effet le comportement de quelqu'un qui n'avait pas particulièrement envie d'interagir avec les gens, et encore moins avec une foule nombreuse. En quoi cela avait-il un sens ? Avant que je ne puisse m'attarder davantage sur le sujet, les lumières s'atténuèrent, l'opacité des fenêtres changea pour créer une ambiance plus intime, la musique d'ambiance s'estompa et les projecteurs éclairèrent la scène.

Des cris enthousiastes et des applaudissements emplirent la salle lorsque les musiciens montèrent sur scène. C'étaient tous de beaux humains, du même âge que nous, entre vingt-cinq et trente ans. Aucun d'entre eux ne m'était familier. Les quatre hommes s'installèrent à leurs instruments respectifs, puis Kayog fit son entrée. Les cris redoublèrent lorsqu'il s'avança gracieusement vers le micro situé à l'avant. À ma grande consternation, un frisson me parcourut l'échine et mon estomac se noua d'une excitation bien plus forte que je ne voulais l'admettre. Je me sentis encore plus pathétique en essayant de me convaincre que ma réaction à son égard était uniquement due à mon pouvoir d'empathie qui captait l'excitation des autres.

Dès qu'il toucha le micro posé sur le pied, un silence électrique s'abattit sur l'assistance. Même si les autres espèces avaient naturellement du mal à voir quand les êtres à bec souriaient, le sourire qui se dessina sur la bouche de M. Parfait était indéniablement parfait et incroyablement séduisant. Peu importait à quel point la foule percevait ce sourire, tout le monde fondait devant lui.

À ma grande surprise, ses yeux argentés se braquèrent sur moi. Toute antipathie ou aversion tapie en moi à son égard disparut instantanément. Comment pouvait-il avoir autant d'emprise sur moi ? Pire encore, le sourire qu'il m'adressa ne refléta en rien l'arrogance que j'avais perçue auparavant dans la salle de classe. Il était tendre, doux, mais aussi presque triste. Cette dernière partie n'avait aucun sens.

Puis il me salua avec un pinning des yeux.

C'était une pratique courante chez les hommes-oiseaux. Nos iris se dilataient tandis que nos pupilles se rétrécissaient rapidement. D'instinct, je lui rendis son salut, qui exprimait notre plaisir et même notre honneur de faire connaissance avec cette personne. Son sourire s'élargit, et ce ne fut qu'alors qu'il détourna son regard de moi.

Je réalisai que j'avais retenu mon souffle et je me sentis à la fois désemparée et un peu étourdie. Avait-il été aussi affecté que moi par ce bref échange ? Comment parvenait-il à me cacher aussi complètement ses émotions ?

Quand il prit le micro de son support, une nouvelle vague

d'acclamations enthousiastes s'éleva de la foule. Heureusement, malgré leur excitation, les personnes présentes n'étaient pas du genre à se bousculer pour se rapprocher de la scène au risque d'écraser les pauvres âmes qui se trouvaient devant.

— Bonsoir à tous et merci d'être venus si nombreux en ce premier jour de cours. Nous sommes ravis de voir autant de visages familiers, et surtout les nouveaux, déclara Kayog d'une voix sexy qui me donna la chair de poule.

Cependant, ce fut le regard significatif qu'il me lança en prononçant la dernière partie de sa phrase qui fit naître un essaim de papillons dans mon ventre. Mes joues s'empourprèrent lorsque plusieurs personnes se tournèrent dans ma direction, réalisant qu'il avait adressé ces mots spécifiquement à moi.

Du moins, en apparence...

Même ma misérable amie me donna un coup de coude discret, son excitation atteignant son paroxysme grâce au lien empathique qui nous unissait. Heureusement, Kai reprit la parole, ramenant l'attention de tout le monde sur lui.

— Pour ceux qui ne nous connaissent pas encore, permettez-moi de vous présenter mes merveilleux compagnons. Benedict Gibson à la batterie, Devin Thomas à la guitare, Adam Cole au clavier et Carter Fox à la basse. Et moi, je suis votre humble serviteur, Kayog Voln. Ensemble, nous formons Echoes of Madness. Et ce soir, nous allons commencer par un tout nouveau morceau inspiré d'une vision envoûtante intitulée Colombe Paisible.

Il reposa le micro sur son pied et l'enserra de ses deux mains. Un silence assourdissant s'abattit sur la salle. Les lumières s'atténuèrent davantage et les projecteurs se concentrèrent sur lui. Un autre frisson puissant me parcourut lorsqu'il ferma les yeux. Il se mit à siffler une mélodie envoûtante d'une voix roucoulante qui rappelait celle d'une tourterelle triste, mais le son était un peu plus grave, plus guttural. Seuls le clavier et la basse l'accompagnaient avec des accords soutenus qui rendaient la mélodie globale plus ronde sans entrer en concurrence avec lui.

Puis il se mit à chanter.

Tu es entrée comme une tornade dans ma vie
Un seul regard vers toi a abattu mes défenses de moitié
Le chant divin de ton âme m'hypnotise
Ta simple présence me fait rêver à ce qui pourrait être
Tu es ma lumière, mon calme, ma colombe paisible
Oh, comme j'aimerais être quelqu'un que tu pourrais
aimer

Dès qu'il eut fini de chanter cette dernière phrase dans une douce ballade, je faillis bondir hors de ma peau lorsque la batterie et la guitare entrèrent en scène avec un riff métal sauvage. Kayog arracha le micro de son support, une expression rageuse envahissant son magnifique visage. Il battit des ailes pour planer à un mètre au-dessus de la scène, ressemblant presque à un ange vengeur sur le point de déchaîner sa colère contre les pécheurs.

Mais je suis fou
Jette un œil dans mon esprit, et sombre dans l'antre de la
folie
Je suis fou
Un détraqué rempli de cauchemars et de ténèbres

La guitare passa à un riff lent, la batterie ralentit pour adopter un rythme sobre et soutenu, et le clavier et la basse jouèrent des notes sinistres. Cependant, alors que le clavier jouait en boucle une mélodie aux notes aiguës et envoûtantes, comme dans les films d'horreur, la basse jouait des notes si graves qu'on pouvait les sentir vibrer à travers le sol sous nos pieds et jusque dans notre poitrine. La voix de Kayog devint menaçante alors qu'il me fixait du regard.

Envole-toi, ma colombe paisible
Envole-toi tant que tu le peux encore
Car aucune puissance terrestre ou céleste
Ne te libérera une fois entrée dans l'antre de la bête
Car je suis fou

La guitare s'adoucit, et le batteur n'utilisa plus que sa grosse caisse et quelques cymbales discrètes pour marquer le rythme. Le clavier et la basse reprirent leurs accords sinistres et soutenus, tandis que Kayog se remettait à siffler.

— Il a écrit cette chanson pour toi, murmura Tala, les yeux rivés sur la scène.

— Quoi ? Non, ce n'est pas vrai ! murmurai-je en retour, ignorant la petite voix dans ma tête qui me traitait de menteuse.

— Si, il l'a fait, dit Marès en me jetant un regard en coin tandis qu'il serrait Tala dans ses bras, qui était adossée contre sa poitrine. Ce serait une trop grande coïncidence s'il sortait aujourd'hui une nouvelle chanson sur une colombe paisible.

— La colombe blanche est le symbole humain de la paix, me rappela Tala.

— Mais je ne suis pas une colombe, protestai-je faiblement, gênée par ce commentaire pathétique.

Marès me jeta un regard peu impressionné.

— Non, mais tu es un oiseau blanc. Il te met en garde.

— Mais contre quoi ? Nous ne nous sommes jamais parlés, rétorquai-je.

— Mais il t'a remarquée, répliqua Tala. Je parie qu'il te désire, mais qu'il pense qu'il n'est pas bon pour toi.

— Pourquoi ? Parce qu'il est fou ? demandai-je d'un ton légèrement moqueur, reprenant les paroles de la chanson. Qu'est-il advenu de M. Parfait ? ajoutai-je d'un ton taquin pour détendre l'atmosphère.

Au lieu de s'ébrouer ou de me lancer un regard réprobateur, Marès fronça les sourcils et prit un air sérieux.

— Je pense qu'il est peut-être neurodivergent, répondit-il pensivement.

Ce fut mon tour de froncer les sourcils.

— Être neurodivergent ne rend pas quelqu'un fou, rétorquai-je sévèrement. Beaucoup de personnes comme ça mènent une vie et ont des relations tout à fait normales.

— *Je* le sais, dit Marès d'un ton raisonnable. Mais *il* ne le voit peut-être pas ainsi. Après tout, il évite systématiquement les gens. Et d'aussi loin que nous le connaissions, il est célibataire. Quelqu'un d'aussi séduisant, charismatique, intelligent et populaire ne serait pas célibataire, sauf par choix. Mais je doute qu'il soit heureux de cette situation.

Trop tôt — ou pas assez tôt ? — la chanson se termina sous un tonnerre d'applaudissements. Il sourit, salua la foule, puis croisa brièvement mon regard à nouveau. Cela sembla confirmer que c'était bien à moi qu'il s'adressait.

J'en fus complètement déconcertée. Était-il sincèrement attiré par moi, mais ne souhaitait pas avoir une relation ? Était-ce sa façon de dire qu'il ne serait pas contre une aventure avec moi, mais qu'il ne fallait pas s'attendre à un engagement quelconque ? Ou étions-nous tous en train d'imaginer quelque chose qui n'existait pas ?

Le concert se poursuivit pendant encore quarante minutes. La façon dont son corps bougeait me perturbait profondément alors qu'il arpentait la scène, alternant entre des ballades et des morceaux plus rythmés. Selon les déclarations précédentes de Tala, Kayog était un athlète de haut niveau. Et son corps semblait le confirmer. Il avait une façon de balancer ses hanches qui nous donnait envie de toucher ses abdos musclés. Le jeu d'ombres et de lumières sur son torse soulignait chacune de ses courbes et de ses muscles. À un moment donné, il replaça le micro sur son pied et me regarda droit dans les yeux. Sa main droite agrippait fermement la partie supérieure du pied, comme si elle serrait ma gorge de manière possessive et dominatrice. Les doigts de sa main droite glissèrent le long du pied, et je pouvais presque les sentir descendre le long de ma colonne vertébrale dans une douce caresse. Un feu s'alluma au creux de mon estomac et je commençai à palpiter à des endroits où je n'aurais pas dû.

Une fois de plus, lorsqu'il détourna le regard pour entamer le refrain, chantant les paroles avec une intensité qui faisait délirer la foule, je me sentis presque abandonnée. Cependant, parmi toutes les émotions électrisantes qui m'entouraient, une autre, plus puissante, attira mon attention. Il me fallut une seconde pour que mon regard se pose sur Colin. Il observait attentivement Kayog, le visage impassible.

Dès la fin du concert, Colin se dirigea vers les coulisses presque en même temps que les musiciens. L'un des videurs tenta de l'arrêter, mais il sortit son badge de Défenseur. Bien que surpris, le videur s'inclina et le laissa passer.

Que pouvait-il bien vouloir à Kayog ?

Est-ce qu'il essaie de le recruter ? Mais pour quoi faire ?

CHAPITRE 3
KAYOG

A lors que nous nous dirigions vers la loge, je ne pus m'empêcher de sourire devant l'excitation de mes compagnons. Ils parlaient presque tous en même temps, commentant l'incroyable réaction du public. Au cours des deux années que j'avais passées à me produire avec eux, la popularité du groupe n'avait cessé de croître. Si nos concerts étaient généralement bien accueillis, celui de ce soir avait indéniablement atteint un autre niveau.

— Mon vieux, tu as vraiment déchiré ce soir ! s'exclama Devin en me tapant dans le dos avec un grand sourire.

Je lui adressai un sourire suffisant.

— Évidemment.

Il rit et secoua la tête.

— Cette chanson sur la colombe était géniale ! dit Benedict alors que nous entrions dans notre loge.

— Oui, absolument ! répondit Devin en rangeant sa guitare sur son support. Et dire que je te donnais du fil à retordre parce que tu l'avais ajoutée à la dernière minute.

— Je t'avais dit que ça en valait la peine, dis-je d'un ton

amusé, en comptant les minutes avant de pouvoir m'éclipser discrètement.

— Tu avais raison, et j'ai été d'accord dès que tu l'as chantée pour nous, dit Adam avec un clin d'œil.

Il saisit cette boisson horrible appelée bière que les humains appréciaient tant, tendit une bouteille à Carter, qui l'accepta avec plaisir, puis se laissa tomber dans l'un des deux canapés de la pièce spacieuse.

— Alors, d'où ça vient ? C'est cette chaude Témerne qui t'a inspiré, c'est ça ? demanda Devin en remuant les sourcils de manière suggestive. Je te comprends. Moi aussi, j'aimerais bien lui ébouriffer les plumes.

Je ne me vis pas bouger. Un moment, je le fixais, envahi par une rage aveugle, et l'instant d'après, je l'attrapais par le col et le plaquais contre le mur. L'expression horrifiée et stupéfaite sur son visage reflétait le choc que je ressentais. Je n'avais jamais été du genre à régler les problèmes par la violence, encore moins à cause des commentaires stupides d'un mâle en rut. Mais cela m'avait provoqué au-delà des mots.

— Houlà, Kai ! Calme-toi, vieux ! C'était juste une blague ! s'exclama Devin en levant les mains en signe de reddition.

— Ne lui manque jamais de respect, lui lançai-je d'un ton menaçant.

— Tout le monde, calmez-vous, dit Benedict d'une voix apaisante. Kai, lâche-le, mon frère. Il ne voulait pas t'offenser. Tu sais bien que c'est un idiot. Lâche-le, répéta-t-il en tirant doucement sur mon bras.

Je m'exécutai à contrecœur, surpris de faire traîner les choses aussi longtemps. Étant de nature pacifique, mon comportement actuel n'avait aucun sens, d'autant plus que je savais pertinemment que Devin tenait souvent des propos blessants sans véritable malveillance, simplement parce qu'il avait un sens de l'humour particulièrement stupide.

Dès que je reculai de quelques pas et abandonnai mon attitude menaçante, Ben se retourna vers Devin et lui donna une tape derrière la tête.

— On ne manque pas de respect aux femmes, tu te souviens ? lui dit Ben d'un ton sévère.

Devin grimaça et se frotta l'arrière de la tête, lançant un regard noir au batteur puis au reste du groupe, comme si nous étions excessivement dramatiques.

— C'était juste une putain de blague ! s'exclama Devin.

— Arrête avec tes blagues stupides, répondit Ben d'un ton sévère. Ne gâche pas le meilleur concert que nous ayons jamais donné juste parce que tu ne peux pas t'empêcher de dire des conneries.

— D'accord, désolé, marmonna-t-il.

Malgré la manière grincheuse dont il présenta ses excuses, ses émotions traduisaient clairement la sincérité de son embarras et de ses remords. Je me sentis immédiatement coupable d'avoir réagi de manière excessive. Devin n'était vraiment pas une mauvaise personne. Simplement, il ne réfléchissait jamais avant de parler. Avant de rejoindre le groupe, il traînait toujours avec le genre de mâles toxiques qui cherchaient à être reconnus par leurs pairs en rabaissant les autres, en particulier les femelles. Il avait fait déjà fait pas mal de chemin depuis, mais il lui en restait encore beaucoup à parcourir.

— Quoi qu'il en soit, cette Témerne est vraiment très belle et très élégante, dit Benedict avec un sourire amical tout en me tapotant gentiment l'épaule. C'est bien de te voir enfin t'ouvrir à quelqu'un.

Je m'ébrouai et secouai la tête.

— Je ne la courtise pas.

Mes quatre compagnons eurent tous un mouvement de recul.

— Pourquoi donc ? demanda Devin. Il est clair que tu lui plais.

— Comme à toutes les femmes, intervint Adam d'un ton taquin, faisant rire les autres.

— C'est vrai ! renchérit Carter. Et tu n'aurais pas écrit une si belle chanson sur elle si tu ne ressentais pas la même chose.

— On s'apprête à aller se mélanger à tous ces enfants gâtés influents, dit Benedict. C'est le moment idéal pour lui parler.

— Non merci, répondis-je d'un ton doux mais ferme. Tu sais que je n'aime pas la foule.

— Mais tu les fais vibrer ! s'exclama Adam avec la même confusion qu'il exprimait chaque fois que je m'enfuyais après un concert. Les fans t'adorent !

— Et il y a un représentant d'une grande maison de disques parmi les invités, ajouta Benedict d'une voix pleine d'espoir.

Je fronçai les sourcils et lui lançai un regard réprobateur tout en essayant de faire taire la culpabilité qui montait en moi.

— Ben, tu as toujours été au courant de la situation. J'ai été honnête dès le début, je ne suis ici que temporairement. Je n'ai aucune envie de faire carrière dans la chanson.

— Mais tu es le visage du groupe ! s'exclama Devin, l'air catastrophé. Sans toi, nous ne sommes rien. Les gens viennent voir Kayog, pas Echoes of Madness !

— Ce n'est pas vrai, répondis-je avec conviction, même si je ne pouvais nier la part de vérité dans ses propos. Vos chansons sont magiques en elles-mêmes. Vous avez composé la grande majorité de notre répertoire. Il y a des tonnes de chanteurs charismatiques et talentueux qui pourraient vous rejoindre et qui adoreraient chanter ce que vous créez. Je suis peut-être en vogue en ce moment, mais je suis tout à fait remplaçable.

— Ils ne seront pas toi, rétorqua Adam avec obstination.

— Non, et c'est une bonne chose. Ils seront eux-mêmes, avec leur propre charme. N'oublie pas que c'est mon dernier semestre ici. C'est le moment idéal pour sérieusement rechercher un nouveau chanteur. Parle à ce représentant de la maison de disques. Je suis sûr qu'il connaît plein de chanteurs talentueux qui pourraient vous convenir. Ce sont vos chansons et la profondeur de leurs messages qui font vraiment ce groupe, pas le chanteur, dis-je d'une voix douce.

Ben ouvrit la bouche pour dire quelque chose. J'ignorais si cela allait être un autre argument ou s'il allait mettre fin à la discussion, comme il avait l'habitude de le faire pour maintenir la paix. Cependant, un coup sec à la porte mit fin à la conversation.

— Entrez, s'écria Ben.

Narok, le videur zamorien, passa la tête par la porte et nous regarda avec un air désolé. Cela m'étonnait toujours de voir ce côté plus doux du géant, compte tenu de son apparence générale intimidante. Les mâles zamoriens étaient massifs et mesuraient en moyenne deux mètres. Leur espèce avait tout en double : quatre bras, quatre yeux, et un deuxième jeu de chaque organe vital, y compris les parties intimes. Quand ils se mettaient en colère, leurs yeux prenaient une teinte orange effrayante qui aurait rendu beaucoup moins arrogants même les plus audacieux. Leur force, leur vitesse et leur soif de sang démesurées faisaient d'eux les guerriers les plus féroces de la galaxie.

— Désolé de vous déranger, mais le Directeur Wilson des Défenseurs est ici pour voir Kayog, dit Narok.

— C'est quoi ce bordel ?! marmonna Devin, faisant écho à la pensée qui me traversait l'esprit ainsi qu'à l'expression qui se lisait sur les visages de nos compagnons.

— Fais-le entrer, dis-je, perplexe.

Une partie de moi était également agacée de ne pas avoir perçu sa présence. Ou plutôt de ne pas l'avoir distinguée parmi les autres personnes qui diffusaient le même type d'émotion enthousiaste que lui. La sienne avait un côté différent, plus calculé et déterminé, qui aurait dû la faire ressortir.

Je n'ai vraiment pas besoin de ça en ce moment.

Je devais partir et je ne pouvais qu'espérer que cela n'allait pas durer trop longtemps. Si je ne m'isolais pas rapidement, les choses allaient vite dégénérer.

— Désolé de vous déranger, messieurs, dit le Directeur Wilson d'un ton amical en entrant dans la pièce.

— Il y a un problème ? demanda Ben en s'avançant d'un pas, dans une posture légèrement défensive devant moi.

Mon cœur fondit pour cet homme musclé. Bien qu'il fût légèrement plus petit que mes 1,95 mètres, Ben avait de larges épaules et des bras musclés qui faisaient réfléchir à deux fois avant de se frotter à lui. Même s'il n'hésitait pas à se battre si nécessaire, son visage doux reflétait véritablement l'ours en peluche câlin qui se cachait en lui. J'aimais néanmoins la façon dont il se montrait toujours protecteur envers moi et toute personne qu'il estimait dans le besoin ou en danger.

C'était d'autant plus mignon que si un problème survenait vraiment, j'étais bien mieux équipé que lui pour nous protéger.

— Non, il n'y a aucun problème, répondit le Directeur Wilson d'un ton rassurant. Je voudrais simplement avoir une conversation informelle avec M. Voln. Ce n'est pas facile de vous joindre, poursuivit-il en se tournant vers moi. Avez-vous un peu de temps maintenant, ou dois-je vous laisser ma carte pour que vous m'appeliez quand vous le souhaitez ?

Et si c'est jamais ?

Naturellement, je gardai cette pensée rude pour moi et lui adressai un sourire poli. Une partie de moi envisageait d'accepter son offre de l'appeler plus tard afin de pouvoir partir d'ici avant que la douleur dans ma tête ne s'intensifie davantage. Une autre partie estimait qu'il valait mieux en finir immédiatement. De toute façon, me connaissant, je n'aurais de cesse de m'en préoccuper jusqu'à ce que je sache ce qu'il voulait de moi.

— Maintenant, ça ira, répondis-je avec une politesse distante suffisante pour lui faire comprendre que je ne voulais pas que cela s'éternise plus que nécessaire.

— Parfait ! répondit Wilson avec un enthousiasme débordant qui laissait deviner qu'il savait exactement ce que j'éprouvais. Y a-t-il un endroit privé où nous pouvons discuter ?

— Vous pouvez utiliser la loge puisque nous allons rencontrer les fans, dit Ben à contrecœur avant de me lancer un regard interrogateur. Ça va aller ?

Une fois encore, une vague d'affection m'envahit. Il allait beaucoup me manquer à la fin du semestre, lorsque je partirais.

— Oui, mon frère. Ça va aller, répondis-je avec un sourire.

Il hocha la tête avec raideur, puis jeta un dernier regard méfiant au Défenseur avant de sortir, suivi par le reste du groupe. Le Directeur réprima un sourire amusé. Ses émotions étaient fascinantes. Elles combinaient un mélange étrange de curiosité, d'anticipation, de suspicion et de quelque chose que je ne parvenais pas à définir. Le terme « malicieux » ne convenait pas, car je ne percevais aucune menace de sa part ni aucune intention malveillante. Mais j'avais aussi le sentiment très fort qu'il s'était fixé des objectifs qu'il comptait atteindre, peu importe ce que j'en pensais.

Je fis signe vers l'un des canapés dès que la porte se referma derrière mes amis.

— Asseyez-vous, Directeur Wilson. Voulez-vous boire quelque chose ? lui demandai-je alors qu'il s'installait dans le grand canapé d'angle en cuir marron foncé.

Il secoua la tête.

— Non, merci. Je ne vais pas vous faire perdre trop de temps. Je suis sûr que vous avez des choses bien plus intéressantes à faire que de discuter avec moi. Et je vous en prie, appelez-moi Colin. Je suis plutôt informel.

— Très bien, moi aussi. Tu peux donc m'appeler Kayog, répondis-je en m'asseyant sur le tabouret rembourré en face de lui, beaucoup plus confortable pour mes larges ailes.

— Kayog, alors ! Tu as un talent incroyable ! Et ta voix est exquise, dit-il d'un ton flatteur qui me laissa complètement indifférent.

Il testait mes réactions pour évaluer ma personnalité, notamment pour savoir si je pouvais être acheté ou manipulé par des compliments.

Je haussai les épaules.

— Tous les Témernes savent chanter. Comparé à mes pairs, je me considère comme moyen et en aucun cas exceptionnel.

— Je ne sais pas si tu es dans la moyenne, mais ton charisme ne l'est certainement pas. Tu as conquis le public.

Je haussai un sourcil et lui adressai un sourire crispé.

— Tu n'as pas tort. Les gens semblent généralement bien réagir à ma présence. Mais que puis-je faire pour toi ? Pourquoi souhaitais-tu me voir ?

— Je suis venu ici pour mieux comprendre une enquête en cours concernant des attaques terroristes potentielles et un nombre croissant d'incidents impliquant des bons samaritains qui se sont produits récemment dans la région, déclara Colin d'un ton neutre.

Cette fois, mes deux sourcils se soulevèrent.

— Tu crois que je suis un terroriste ?!

Il éclata de rire.

— Non, pas du tout.

— Un bon samaritain alors ? insistai-je.

Il sourit, mais ses yeux se plissèrent légèrement.

— L'es-tu ?

— Je ne sais pas. J'essaie autant que possible d'aider quand c'est nécessaire. Pourquoi ? Est-ce un crime d'être serviable ? demandai-je avec le même détachement qu'il avait utilisé pour m'interroger.

Il haussa les épaules.

— Bien sûr que non, sauf si être un bon samaritain revient à devenir un justicier. Dans ce cas, c'est un peu plus problématique.

— Je le conçois, répondis-je de manière évasive. Mais quel est le rapport avec moi ?

— Aucun directement, dit-il d'un ton mystérieux. Je disais

simplement que je suis venu sur cette planète pour enquêter sur ces deux affaires et que j'ai pensé profiter de l'occasion pour te rendre visite. Tu vois, nous sommes toujours à l'affût de recrues potentielles pour les Défenseurs. Et nous pensons que tu pourrais être un candidat idéal.

Je le dévisageai, bouche bée, véritablement abasourdi. De toutes les choses qu'il aurait pu dire, celle-là ne figurait nulle part dans la liste des possibilités.

— Moi ? Un Défenseur ?! Pourquoi voudrais-tu recruter un chanteur ? demandai-je, dérouté.

Il me lança un regard qui semblait dire « ne sois pas ridicule ».

— Tu es bien plus qu'un chanteur, Kayog. À seulement 27 ans, tu possèdes déjà deux maîtrises et tu es en passe d'en obtenir une troisième dans quelques mois. Tu es un chanteur et un artiste très populaire, tu participes à des compétitions sportives de niveau professionnel – y compris le combat – et tu parles couramment cinq langues sans l'aide d'un traducteur. Tu es célibataire, charismatique, empathique, entrepreneur, et tu as un parcours sans faute et une réputation irréprochable. Tu pourrais jouer n'importe quel rôle, de l'agent à l'ambassadeur, en passant par toutes les autres positions disponibles.

Mon esprit s'emballa, envahi par un milliard de pensées qui se bousculaient. Ce n'était pas une conversation improvisée ou spontanée. Certes, il avait mentionné que je n'étais pas facile à joindre, mais cet homme avait mené une enquête approfondie sur moi pour pouvoir énumérer avec autant d'assurance toutes mes réalisations.

Que sait-il d'autre ?

Par je ne savais quel miracle, je parvins à garder une expression nonchalante sur mon visage.

— Tu me flattes, mais je ne m'intéresse pas vraiment à la politique galactique.

Il souffla avec dédain comme si je venais d'insulter son intelligence.

— Vraiment ? Tu fais une maîtrise dans ce domaine précis. Ta première maîtrise était en xénobiologie. La deuxième était en histoire galactique, avec une spécialisation dans les espèces primitives et en voie de développement. Et actuellement, tu fais une maîtrise en politique intergalactique avec une thèse qui débat les avantages et les inconvénients de la Directive Première. Si ce n'est pas s'intéresser à la politique galactique, je ne sais pas ce que c'est.

Je fis un geste désinvolte de la main.

— Il n'y a rien de mal à rechercher la connaissance pour elle-même. Ce n'est pas parce que j'aime comprendre les choses en profondeur que je souhaite participer au processus.

— D'accord, dit Colin d'une voix empreinte de doute.

— Eh bien, je te remercie de ton intérêt. Mais s'il n'y a rien d'autre, je vais y aller, dis-je en réprimant l'envie de me frotter les tempes et la nuque pour soulager la pression qui envoyait une douleur lancinante de plus en plus forte à l'arrière de ma tête.

— Tu vas faire la fête ? demanda-t-il avec curiosité.

— Non, je m'en vais.

Il eut un mouvement de recul, véritablement surpris.

— Tu pars ? Pourquoi ?

— Je n'aime pas les foules, répondis-je, la voix un peu coupante à cause de la douleur croissante que son insistance m'obligeait à endurer.

— Un artiste et capitaine de deux équipes sportives qui n'aime pas les foules ? s'exclama-t-il, incrédule.

— C'est exact, répondis-je en me levant avec une expression qui indiquait clairement que toute insistance supplémentaire serait désormais carrément impolie.

Il se leva également, les yeux plissés, tandis qu'une nouvelle vague de suspicion l'envahissait.

— Que fuis-tu ? demanda Colin, laissant transparaître le Défenseur qui sommeillait en lui.

— Absolument rien, répondis-je d'une voix froide. Maintenant, si tu veux bien m'excuser.

Sans attendre sa réponse, je me dirigeai vers la porte.

— Attends ! Prends ma carte, dit-il en me rattrapant et en me la tendant.

Je jetai un coup d'œil à la carte et ravalai mon envie de lui dire de la garder. Ne voulant pas lui donner une autre excuse pour me retenir ici plus longtemps, je la pris simplement.

— Tu es vraiment un candidat fascinant, Kayog Voln, dit Colin d'un air pensif.

— Je ne suis pas un candidat, répondis-je sèchement.

— L'OPU et les Défenseurs peuvent t'ouvrir des portes comme personne d'autre, dit-il d'un ton étrange, à la fois autoritaire et cajoleur. Appelle-moi quand tu veux en savoir plus sur les possibilités qui s'offrent à toi au sein de nos rangs.

— D'accord, répondis-je distraitement avant de m'enfuir.

Mon estomac se soulevait sous l'effet de la sensation nauséeuse qui précédait un mal de tête monstrueux. La pression horrible derrière mes yeux me donnait presque envie de les arracher de mon crâne. Je me précipitai vers la porte arrière et m'envolai.

À travers les fenêtres qui avaient retrouvé leur opacité normale, je pouvais voir la foule s'amuser joyeusement à l'intérieur. Ma poitrine se serra d'envie à l'idée que toutes ces personnes, qu'il s'agisse d'amis, d'amants, de connaissances ou même d'inconnus, pouvaient se retrouver dans un espace commun, s'amuser et simplement profiter de la compagnie des autres sans se soucier du reste.

J'aimais et détestais à la fois ma solitude.

En réalité, j'aimais beaucoup les gens. Si j'avais le choix, je serais le cœur de la fête. Malheureusement, je redoutais leurs émotions et la façon dont elles me détruisaient.

Bordel, mais pourquoi suis-je un Témerne aussi brisé ?

Battant des ailes aussi fort que possible, je m'élevai haut dans le ciel et m'éloignai des zones peuplées pour me diriger vers l'eau. Plus je m'éloignais des gens, plus la pression qui me torturait le cerveau diminuait. Le plus douloureux était de perdre le chant envoûtant de ma belle colombe. Mais le reste du vacarme était trop difficile à supporter pour moi.

Le souvenir de cette femelle à couper le souffle envahit mon esprit, atténuant le malaise persistant qui me tenaillait le cerveau. Me voir sur scène l'avait excitée. Chaque vague de ses délicieuses émotions avait enflammé mon sang, me faisant danser de manière encore plus sexy. Son désir avait attisé le mien. Une partie de moi était gênée par mon comportement sur scène. J'avais toujours pris soin de divertir sans utiliser le sexe ni envoyer de signaux trompeurs aux fans, en particulier à ceux qui pouvaient être attirés par moi de manière romantique.

Mais ma colombe avait tout changé.

Je voulais qu'elle se languisse de moi autant que je me languissais d'elle. Une partie sadique de moi dont je n'avais jamais soupçonné l'existence au plus profond de moi-même prenait en fait un grand plaisir à ce qu'elle ne sache pas si je lui plaisais plus qu'elle ne se méfiait de moi. Mon côté compétitif se réjouissait à l'idée de briser ses barrières et de la rendre follement amoureuse de moi. Cependant, c'était un défi que je ne devais pas... ne pouvais pas relever.

Elle était mon âme sœur, un rêve impossible que je n'aurais jamais cru pouvoir réaliser. Mais je pensais chaque mot de cette chanson que j'avais écrite pour elle. J'étais fou.

Elle pourrait être ma paix...

Malheureusement, tel que démontré ce soir, même ma colombe ne suffisait pas. Les bruits ignobles provenant de la foule l'avaient presque ensevelie. Alors que je terminais mon vol de retour à la maison, le nuage obscur qui semblait toujours planer au-dessus de moi m'engloutit entièrement, me plongeant dans un profond puits de désespoir. Je ne pouvais pas vivre sur le campus. En fait, je ne pouvais vivre nulle part où il y avait une quelconque population. Même la forêt présentait ses propres défis.

En atterrissant sur la petite île située loin dans la rivière qui coulait près du campus, je remerciai silencieusement les puissances supérieures pour son existence. Il m'avait fallu beaucoup de persuasion et de diplomatie pour convaincre le maire de me laisser m'installer ici, isolé de tout le monde. Ma cabane, construite sur mesure pour répondre à mes besoins, était une véritable bénédiction. Je me précipitai à l'intérieur et fermai la porte. Le bruit diminua immédiatement de moitié.

Les ailes déployées, je m'appuyai contre la porte, l'arrière de ma tête reposant sur le rembourrage spécial conçu pour bloquer la plupart des signaux de communication, des fréquences radio aux ondes psychiques. Un soupir frémissant m'échappa. Je ne savais pas si c'était le soulagement, la tristesse ou un mélange des deux qui l'avait provoqué.

Je me laissai glisser le long de la porte et m'assis sur le sol. Mes jambes repliées contre ma poitrine, je les enlaçai de mes bras et posai mon front sur mes genoux. Une douleur sourde me transperça le cœur tandis que le beau visage de ma colombe dansait devant mes yeux. En attendant que la douleur lancinante dans ma tête s'estompe, je fredonnai pour moi-même la chanson envoûtante de son âme.

Je pouvais rêver d'elle en toute sécurité, ici, dans ma maison, mon sanctuaire... ma prison.

CHAPITRE 4
KAYOG

A u cours des deux jours suivants, j'assistai à mes cours à distance. Ces derniers temps, ma capacité à tolérer la présence d'autres personnes avait considérablement diminué. Alors qu'auparavant je pouvais participer à plusieurs cours d'affilée avant d'avoir besoin de m'isoler, je pouvais désormais à peine en supporter un seul. Le gonflement de mon cerveau mettait également plus de temps à se résorber. Heureusement, même si l'université ne connaissait pas l'étendue de mon état, elle m'avait accordé l'autorisation de suivre les cours depuis la maison. Mon assiduité et mes excellentes notes avaient joué un rôle important dans l'obtention de cette autorisation spéciale.

Ce matin, devant reprendre mon entraînement pour la prochaine compétition de canoë – sans parler de mon envie irrépressible de faire de l'exercice – je retournai sur le campus très tôt, avant que la foule ne commence à affluer. Mon estomac tressaillit à l'idée que je pourrais la croiser. J'espérais et redoutais à la fois de la voir. Ma tête me disait que je devais rester à l'écart, mais mon cœur n'était pas du tout d'accord.

Je me rendis au hangar pour récupérer mon canoë. C'était une embarcation élégante à une seule pagaie que je portai jusqu'à la rivière qui coulait le long de l'université. De chaque côté de l'eau, plusieurs rangées de gradins avaient été construites le long de la rive pour permettre au public d'assister aux différentes compétitions qui s'y déroulaient. Bien que je me sois spécialisé dans les courses courtes de 200 mètres, j'excellais en fait dans les courses moyennes et longues, en particulier celles de 1 000 mètres.

Je mis le canoë à l'eau, fis quelques étirements, puis montai à bord. Il avait un grand cockpit ouvert avec un bloc en mousse sur lequel je m'agenouillai. Le repose-pieds avait été modifié pour mieux s'adapter à la forme de mes pattes d'oiseau. Même si je n'avais rien contre les courses de kayak, je préférais de loin le canoë, car on le dirigeait avec une pagaie plutôt qu'avec un gouvernail. Cela demandait beaucoup plus de contrôle, de concentration et souvent l'utilisation de de mouvements spécifiques pour maintenir l'embarcation en ligne droite – soit le genre de défis que j'adorais.

J'effectuai un premier parcours de 800 mètres, avec des bandes de résistance sur mon embarcation, en pagayant à un rythme détendu afin de me concentrer sur ma forme, ma technique et vraiment établir cette connexion entre le corps et l'esprit. Au retour, j'ôtai les bandes de résistance. Je donnais environ trente coups de pagaie à un rythme régulier, avant d'augmenter considérablement la vitesse pendant un court instant, puis de me détendre un peu, avant de recommencer.

Je passai ensuite à un parcours de 1 000 mètres, à un rythme plus calme. En prenant position pour le trajet de retour, je réglai le chronomètre de mon brassard et me préparai mentalement pendant le compte à rebours pour une course à fond. Dès que le signal retentit, je pagayai vigoureusement, tout en essayant de garder un rythme régulier pour ne pas m'essouffler avant l'arrivée.

Après avoir parcouru à peine une centaine de mètres, je la sentis.

Sous le choc, je faillis perdre ma concentration et mon rythme. La mélodie enivrante s'intensifia à mesure qu'elle s'approchait. L'envie de scruter le rivage à sa recherche me brûlait les entrailles, mais une fois de plus, je me forçai à maintenir le cap. Cependant, toute idée de garder un rythme raisonnable s'envola de mon esprit. Même si je ne pouvais pas la voir, ma colombe s'était arrêtée près des gradins sur la rive est et m'observait.

Ses émotions criaient à quel point elle était impressionnée par ma performance. Elles laissaient également transparaître son excitation et, surtout, son enthousiasme et sa nervosité à l'idée de me trouver ici. Le besoin irrésistible de l'impressionner prit le dessus sur toute pensée rationnelle. Je me donnai à fond, exhibant ma force, ma technique et mon endurance. Mes muscles et mes poumons commencèrent à brûler, mais je les ignorai, trop occupé à me délecter de son admiration. Elle m'enveloppait comme le tissu le plus soyeux, apaisant la douleur et me procurant un regain d'énergie qui me poussa bien au-delà de mes limites normales.

J'atteignis la rive, haletant bruyamment. Sortant de mon canoë sur des jambes légèrement tremblantes, je gonflai mes plumes et agitai mes ailes pour créer un courant d'air autour de mon corps et dissiper la chaleur excessive générée par mon effort. Parfois, j'enviais les autres espèces pour leur capacité à transpirer afin de réguler leur température corporelle.

Pendant une fraction de seconde, je craignis qu'elle ne s'éloigne. Ses émotions trahissaient clairement son hésitation : devait-elle aller vaquer à ses occupations ou me saluer ? Mon cœur bondit lorsqu'elle se mit soudain à applaudir. Essayant de paraître désinvolte, je me tournai calmement vers ma colombe. Alors que je la regardais s'approcher nonchalamment, mon pouls s'accéléra d'une manière sans rapport avec l'effort que je venais de fournir. J'inclinai la tête et fis une petite révérence en guise de remerciement alors qu'elle réduisait la distance entre nous. Elle gloussa avec un son délicat et musical, comme des carillons éoliens se balançant dans une douce brise.

— Impressionnant, dit-elle en s'arrêtant à quelques pas de moi.

— Merci, répondis-je, me sentant incroyablement timide.

En tant que chanteur et athlète, je recevais régulièrement ma part de compliments. Mais venant d'elle, c'était tout autre chose. L'admiration sincère qui émanait d'elle me perturbait sérieusement.

— C'est la première fois que je vois un pagayeur témerne, dit-elle d'un air pensif, ses beaux yeux bleus devenant légèrement flous, comme si elle fouillait dans sa mémoire pour confirmer cette affirmation.

Je souris.

— Nos ailes peuvent être un réel obstacle face au vent, sans parler du poids supplémentaire, dis-je d'un ton doux. Cela signifie simplement que nous devons adopter une posture parfaite et utiliser plus de force que nos rivaux.

Son regard glissa lentement sur moi, ce qui me fit frémir. Ce n'était ni obscène ni suggestif, simplement évaluateur et admiratif. Mais cela me troubla tout de même.

— Eh bien, tu ne manques certainement pas de force. Tu es un chanteur talentueux et un athlète très doué... Tu fais honte au reste d'entre nous, simples mortels, ajouta-t-elle d'un ton taquin.

J'éclatai de rire et baissai les yeux, à la fois ravi par ses compliments et stupidement embarrassé. Je dus faire appel à toute ma volonté pour ne pas me tortiller.

— Ahah, pas vraiment. Je suis sûr que tu as toi-même des talents incroyables qui font pâlir d'envie les autres, répondis-je. Au fait, je m'appelle Kayog. Kayog Voln.

— Je sais, répondit-elle avec un sourire espiègle. Tout le monde le sait. Et tu l'as aussi dit au concert l'autre soir.

— C'est vrai, je l'ai fait, marmonnai-je, me sentant stupide.

— Je m'appelle Linséa Kenna.

Linséa... Un beau nom pour une belle colombe.

J'avais envie de chanter son nom à tue-tête, de le faire rouler sur ma langue et d'en savourer chaque syllabe. Mais je me retins.

— C'est un joli nom. Je suis ravi de faire ta connaissance, dis-je.

— Tout le plaisir est pour moi, répondit-elle timidement.

Putain ! Tout chez cette femelle me mettait vraiment dans tous mes états. Les émotions qui tourbillonnaient autour d'elle devenaient rapidement une drogue. Et cette chanson... ! La mélodie de son âme s'harmonisait avec la mienne d'une manière qui transcendait le divin. C'était presque comme une caresse physique au cœur même de mon être.

Linséa ne savait toujours pas à quel point elle voulait se permettre d'explorer les sentiments que je suscitais en elle. Et cette ambivalence ne faisait que titiller le chasseur qui sommeillait en moi et qui voulait la capturer.

Je ne devrais pas la poursuivre.

Quel avenir quelqu'un d'aussi brisé que moi pouvait-il lui offrir ? Et pourtant, nous étions des âmes sœurs. D'une manière ou d'une autre, le destin voulait que cela fonctionne entre nous. De plus, tourner le dos au plus beau cadeau que l'univers puisse offrir à quelqu'un serait un crime. De toute façon, j'étais déjà bien trop accro – voire obsédé – pour la laisser partir.

Je tournai le canoë sur le côté, le dessous-vers moi, fléchis légèrement les genoux et le hissai sur le plateau ainsi formé par mes cuisses. Je tendis la main gauche vers le joug de portage et le fis rouler vers moi.

— Tu as besoin d'aide ? s'exclama Linséa en avançant d'un pas, mais sans trop savoir quoi faire.

— Non, je m'en occupe. Mais merci, répondis-je gentiment.

J'inclinai le canoë, puis le soulevai au-dessus de moi avant de le poser sur ma tête. Mes paumes écartées contre chacune des parois intérieures le maintenaient stable. Même si c'était la façon habituelle dont je portais mon canoë, voir ma femelle aussi impressionnée par la facilité avec laquelle je le soulevai me fit un peu me pavaner.

— Wow, tu es vraiment fort ! murmura Linséa avec admiration, comme si elle se parlait à elle-même.

— Peut-être un peu, répondis-je en lui faisant un clin d'œil.

Elle rit, les yeux pétillants d'amusement.

— Tu veux bien m'accompagner ? demandai-je doucement.

— Bien sûr ! répondit Linséa, avant de tiquer intérieurement, se reprochant sans doute d'avoir acquiescé avec trop d'empressement. Quelqu'un doit s'assurer que le chanteur le plus célèbre d'Acadia ne se blesse pas en transportant seul un énorme canoë.

Je m'ébrouai, impressionné par sa vivacité d'esprit. Bien que seules les personnes les plus intelligentes et les plus brillantes puissent entrer dans cette école, quelques enfants gâtés privilégiés réussissaient parfois à s'y faufiler. De toute évidence, mon âme sœur ne pouvait pas être une telle personne. Mais cette première impression de l'habileté avec laquelle elle s'était sortie de ce qu'elle percevait comme un aveu embarrassant piqua ma curiosité. J'allais tirer beaucoup de plaisir à m'engager dans des joutes intellectuelles avec elle.

— Pour être honnête, quand j'ai appris que tu étais aussi un athlète de haut niveau, je m'attendais à ce que tu pratiques des sports aériens comme le Lazgar, réfléchit Linséa à voix haute.

Le Lazgar était un jeu inventé par l'un de nos lointains cousins, les Zelconiens. C'étaient des hommes-oiseaux comme nous qui vivaient sur une planète primitive encore soumise à de nombreuses règles strictes de la Directive Première. Bien que les espèces locales n'aient pas encore atteint le stade des voyages interstellaires, les étrangers étaient autorisés à atterrir sur la planète et à interagir avec la population locale de manière limitée.

Ce sport se pratiquait dans une arène spéciale parsemée d'obstacles en boucle qui changeaient au fil du temps. Il impliquait des groupes de douze à vingt personnes. Les participants devaient poursuivre Lazgar – un drone – afin de le capturer avant la fin du temps imparti. Plus vite on l'attrapait, plus le pointage était élevé. Ce sport avait été créé et nommé d'après un gamin zelconien appelé Lazgar, devenu célèbre pour ses nombreuses fugues afin de sécher ses cours et pour avoir été pourchassé par tous les adultes de la ville.

Je souris et hochai la tête.

— C'est une supposition légitime et exacte. Je détiens d'ailleurs le record actuel du meilleur score.

Elle éclata de rire et secoua la tête comme si j'étais un cas désespéré.

— Ça ne m'étonne pas. Y a-t-il quelque chose dans lequel tu n'excelles pas ?

— Oh oui ! Beaucoup trop ! m'écriai-je avec une expression de découragement exagérément dramatique.

— Vraiment ? demanda Linséa d'un ton dubitatif. Comme quoi ?

— Ce serait trop révélateur, répondis-je d'un ton taquin. Reste dans les parages assez longtemps, et tu le découvriras peut-être.

— Attention, je pourrais te prendre au mot, dit-elle d'un ton faussement menaçant.

Dire que c'était sexy comme tout serait un euphémisme. La facilité avec laquelle nous communiquions renforçait encore davantage le fait que nous étions faits l'un pour l'autre. Malgré mon expérience quasi inexistante avec les femelles, je n'étais pas assez naïf pour ne pas reconnaître un flirt quand il se présentait.

Nous entrâmes dans le hangar situé à quelques pas de la rivière. Des dizaines de canoës, kayaks, planches de surf, jet-skis et autres embarcations et équipements de sports nautiques étaient rangés dans des sections bien organisées de la bâtisse formant plus ou moins un H. Je me dirigeai tout droit vers la section où se trouvaient les canoës.

Ils étaient tous placés sur des supports sécurisés par des

serrures numériques. En face d'eux, au centre d'une des branches du H, deux stations de lavage nous permettaient de nettoyer nos embarcations avant de les ranger à nouveau. Je posai mon canoë sur celle de gauche.

— Tu es levée tôt, dis-je en tirant sur le boyau pour commencer à rincer mon canoë.

Elle acquiesça.

— J'aime faire de l'exercice dans le parc au bord de l'eau. J'ai été intriguée quand j'ai vu un pagayeur solitaire. Alors je suis venue jeter un coup d'œil.

— Je suis content que tu l'aies fait, répondis-je.

À ma grande surprise, elle me lança un regard étrange et pencha la tête sur le côté tout en réfléchissant à sa réponse. D'après ses émotions, les pensées qui lui traversaient l'esprit n'avaient rien à voir avec sa venue pour observer le pagayeur solitaire.

— Tu as donné un spectacle incroyable l'autre soir, dit Linséa d'un air pensif. Je ne suis pas vraiment fan de groupes de rock, même si le tien n'en est pas vraiment un. Mais je ne peux pas nier que j'ai vraiment apprécié.

— Merci. Ça me fait plaisir.

— Tu as disparu très rapidement. Les autres membres du groupe se sont mêlés à la foule, mais toi, tu étais introuvable, dit-elle d'un ton nonchalant malgré l'intensité de son regard.

Même si je m'attendais à ce que cette question finisse par surgir tôt ou tard, je n'en luttai pas moins contre l'envie de me tortiller.

— Je n'aime pas les foules, répondis-je en souriant devant son expression perplexe. Ta réaction est normale. Tout le monde est déconcerté par cela. Jouer pendant un concert, ça va, mais je n'aime vraiment pas ce qui se passe après.

— Pourquoi ? Trop de groupies ? demanda Linséa avec une lueur moqueuse dans les yeux.

Je m'ébrouai puis opinai.

— Au risque de paraître vaniteux, je dois dire que oui.

— C'est le prix de la célébrité, dit-elle d'un ton ironique, avant de prendre un air plus sérieux. Il y avait un représentant d'une maison de disques ce soir-là.

Mon visage se ferma immédiatement.

— Ce n'est absolument pas pour moi.

Elle fronça les sourcils, ne sachant pas trop quoi penser de ma réponse.

— Et pour le groupe ?

— Je leur ai dit de trouver un nouveau chanteur s'ils voulaient donner suite à d'éventuelles offres, répondis-je tout en appliquant un peu de savon doux sur le canoë. Les gars connaissaient les règles depuis le début. Ce n'est pas comme si je leur avais annoncé ça à la dernière minute et que je les avais pris au dépourvu.

— Mais ils espéraient sans doute que tu changerais d'avis, insista-t-elle.

— Tu as raison, concédai-je. Cependant, c'est entièrement de leur faute. Je leur ai clairement fait part de ma position à maintes reprises. S'ils décident de rester dans le déni, je ne peux rien y faire.

— Pourquoi tu ne veux pas ? demanda-t-elle avec une curiosité sincère. Tu as beaucoup de talent, un charisme incroyable, et tu semblais avoir du plaisir.

— J'aime chanter, comme tous les Témernes. Et je suis sûr que c'est aussi ton cas. Mais ça ne veut pas dire que je veuille en faire ma carrière, répondis-je de manière factuelle.

— D'accord. Alors quelle carrière t'intéresse vraiment ?

Je réprimai un sourire face à cette subtile interrogation visant à mieux connaître un partenaire potentiel.

— En vérité, je ne sais pas, répondis-je en toute sincérité.

Comme je m'y attendais, Linséa fronça les sourcils. À mon âge, il n'était pas très bien vu de ne pas savoir ce que l'on voulait faire, surtout dans un environnement comme Acadia où tout le monde était extrêmement déterminé et ambitieux.

— Mais tu prépares ta maîtrise, n'est-ce pas ? demanda-t-elle prudemment, sa confusion audible.

— Oui, confirmai-je. Mais ce sera ma troisième.

Le choc qui se lisait sur son visage me fit sourire. C'était une réaction courante lorsque je révélais cela aux gens.

Un million de pensées traversèrent son beau visage. Elle se demandait quelle question pourrait être considérée comme inappropriée, tout en cherchant à satisfaire sa curiosité.

— C'est assez coûteux, dit-elle enfin.

Je m'ébrouai.

— Techniquement, tu as raison. Cependant, outre le fait que j'en ai les moyens, j'ai également eu la chance de recevoir des bourses qui ont couvert le coût des trois maîtrises.

Ses sourcils se soulevèrent, exprimant à la fois la surprise, l'admiration et une confusion persistante.

— Tu es donc une sorte de petit génie, répondit-elle, tournant toujours autour de la question qu'elle voulait vraiment poser.

Je haussai les épaules et commençai à rincer le savon sur le canoë.

— Pas vraiment. Je suis juste très curieux et j'adore étudier. Comme je ne peux pas rester inactif, je suis constamment à la recherche d'une nouvelle passion qui captera mon attention et me permettra de mieux comprendre notre monde. Comme je suis très perfectionniste, je m'efforce toujours d'exceller dans tout ce que je fais. En retour, cela m'a donné de belles opportunités, comme ces bourses d'études.

— Étant donné qu'elles sont difficiles à obtenir, je trouve que tu es excessivement modeste, ce qui est une agréable surprise. Les chanteurs et guitaristes de groupes ont généralement la réputation d'être assoiffés d'attention et d'éloges, dit-elle d'un ton légèrement taquin, bien que sa curiosité restât insatisfaite.

Dans d'autres circonstances, je pensais qu'elle aurait été

beaucoup plus franchement inquisitrice. Comme c'était notre première véritable interaction, Linséa allait probablement continuer à tâter le terrain pendant un certain temps. Je voulais qu'elle soit simplement directe. Dire que je n'avais rien à cacher serait un mensonge. Cependant, si j'espérais avoir la moindre possibilité d'un avenir avec elle, tôt ou tard, j'allais devoir révéler le côté tordu de ma personnalité qui m'avait poussé à mener cette vie d'ermite et de marginal.

— Mais pour répondre à ta question, je pense que je finirai par occuper un poste administratif où je rédigerai des lois et des articles sur la Directive Première et les espèces vulnérables, déclarai-je nonchalamment.

— Un poste administratif ? répéta Linséa avec une expression presque horrifiée. Tu es bien trop charismatique pour t'enfermer dans une pièce stérile à taper des articles de loi.

Je haussai les épaules.

— L'avenir nous le dira, j'imagine. Et toi ? Quelle carrière passionnante t'intéresse ?

Elle claqua du bec de cette manière caractéristique qui, pour nous, exprimait la réflexion, un peu comme lorsque les humains se mordillaient la lèvre inférieure avant de répondre à une question délicate.

— Au départ, je voulais travailler dans le domaine caritatif. Mais j'ai sérieusement reconsidéré ma décision, dit Linséa d'un air pensif.

Ce fut à mon tour d'avoir l'air surpris tandis que je fermais l'eau et activais les ventilateurs autour de la base qui maintenait mon canoë afin qu'il commence à sécher.

— Pourquoi ? Qu'est-ce qui t'a fait changer d'avis ?

— Le contrôle, répondit-elle d'un ton évident. Je viens de terminer un stage, c'est pourquoi j'ai manqué le semestre précédent. L'une des choses qui m'est apparue comme une évidence, c'est que les organismes de charité sont constamment en train de mendier et d'espérer recevoir quelques miettes. Pour eux, la meilleure façon d'avancer, c'est d'avoir des alliés et des défenseurs haut placés. Si je deviens ambassadrice ou envoyée politique, je pourrai faire pression sur les bonnes personnes pour faire bouger les choses.

Un sourire presque prédateur se dessina sur mon visage.

— Eh bien, eh bien. Tu n'es pas une petite sainte, comme Benedict aime à le dire. Pour une raison quelconque, je m'attendais à ce que tu sois du genre à éviter de faire des vagues. Je suis donc très heureux de voir que tu es une femelle affirmée et ambitieuse, qui sait exactement ce qu'elle veut et prend les mesures nécessaires pour atteindre ses objectifs.

— J'essaie, rétorqua-t-elle avec une expression suffisante et coquette qui me fit sourire.

Les séchoirs ayant terminé leur travail, je pris mon canoë et le rangeai sur son support réservé avant de le verrouiller. Je jetai un coup d'œil à Linséa, dont les émotions reflétaient la même hésitation que je ressentais. Nous n'étions pas prêts à nous séparer, mais nous ne savions pas vraiment comment passer à l'étape suivante.

— Tu veux prendre le petit déjeuner ? demanda soudain Linséa.

Malgré le ton désinvolte avec lequel elle prononça ces mots et son attitude décontractée, chaque fibre de son être était tendue, se préparant à un refus. Cette pauvre femelle ne se rendait pas compte que je lui appartenais déjà.

— J'adorerais, mais j'aurais besoin de quelques minutes pour prendre une douche rapide, répondis-je d'un ton penaud. Je ne sens pas très frais.

— Oh ! Pas de problème. Je peux attendre... À moins que tu n'aies d'autres projets ? demanda-t-elle avec précaution.

— Non. Je ferai vite, répondis-je avec un sourire, avant de froncer les sourcils. Hum, peut-être devrions-nous éviter la cafétéria ?

Elle eut un léger mouvement de recul face à cette demande inattendue.

— Pourquoi ?

Je remuai sur mes serres, me sentant un peu embarrassé.

— Sans vouloir me vanter, si on nous voit ensemble, les gens vont probablement commencer à t'embêter.

Le visage de Linséa se ferma. Même si la plupart des gens auraient considéré cette expression comme neutre, ses émotions criaient haut et fort ses soupçons grandissants. Cela me fit rire à nouveau. Une partie de moi se sentait coupable, car elle ignorait que la capacité innée des Témernes à cacher leurs émotions aux autres ne fonctionnait pas avec moi. Elle était un livre ouvert pour moi, alors que j'étais complètement fermé pour elle...

... pour son propre bien.

— Je ne cache pas une petite amie secrète, si c'est ce qui te passe par la tête en ce moment, dis-je d'un ton taquin. C'est vraiment pour te protéger, car les gens peuvent être assez envahissants. J'ai l'habitude qu'on me lorgne sans arrêt, et cela ne me dérange plus. Comme tu l'as dit, c'est le prix de la célébrité. Mais si cela ne te dérange pas, alors il n'y a pas de problème.

— Ça me va, répondit-elle fermement.

— Alors direction la cafétéria, répondis-je avec un sourire. Je reviens tout de suite.

Évidemment, ça n'aurait pas été mon choix. Au moins, il était encore assez tôt pour qu'il n'y ait pas trop de monde, ce qui rendrait la foule supportable, ou du moins gérable. Je me retournai pour partir, mais avant même d'avoir fait cinq pas, Linséa m'appela.

— En fait, attends ! Tu as raison de dire que tes fans sont assez envahissants. Allons dans un endroit plus intime pour pouvoir manger tranquillement. À bien y réfléchir, ce serait plutôt gênant d'avoir des gens qui me dévisagent pendant que j'essaie de profiter de mon repas, dit-elle en faisant une grimace.

Je ris.

— Je peux te promettre que c'est le cas. Mais comme je l'ai dit, nous pouvons faire ce que tu veux.

— Allons dans un endroit privé, alors. Au fait, je peux aller chercher à manger pendant que tu prends ta douche, proposa Linséa.

— Certainement ! répondis-je, ravi à l'idée de ne pas avoir à m'exposer aux regards de tous plus tôt que nécessaire.

— Que désires-tu ? demanda-t-elle.

— J'aimerais le petit déjeuner des athlètes numéro deux, répondis-je en tendant la main vers mon brassard gauche pour lui transférer quelques crédits.

Avec une rapidité surprenante, Linséa m'attrapa le poignet pour m'arrêter, avant de me lancer un regard noir, l'air quelque peu outré.

— Non ! Je m'en occupe, dit-elle.

— C'est quoi ce bordel ?! m'écriai-je, avec une expression encore plus offensée, trop abasourdi pour profiter correctement de la merveilleuse sensation de sa main sur moi.

Elle relâcha mon poignet, et je faillis gémir à la perte de son contact.

— Tu pourras m'offrir le petit déjeuner une autre fois, dit-elle d'un ton désinvolte.

Je faillis protester. Cependant, au-delà de son regard sévère qui m'avertissait de ne pas le faire, son offre garantissait pratiquement un deuxième rendez-vous. Seul un idiot laisserait passer une telle occasion.

— D'accord, mais c'est le dîner que je t'offrirai, dis-je d'un ton légèrement grincheux.

Elle se détendit immédiatement et gloussa.

— Ça marche aussi.

— Promis juré, insistai-je.

Cette fois, elle éclata de rire en me lançant un regard incrédule.

— Quoi ?! demanda-t-elle.

— J'ai dit « promis juré », répétai-je sans la moindre honte. Si je me souviens bien, c'est un serment humain.

— Oui, ce l'est. Et je le connais bien. Je ne m'attendais juste pas à l'entendre de ta bouche, dit-elle avec un air amusé.

— Excellent. Je suis content que tu le connaisses. Et ne présume jamais de ce que je ferais ou non. Mes comportements inattendus vont te donner le tournis, dis-je d'un ton mystérieux teinté d'une pointe de suffisance. Maintenant, promets.

Elle secoua la tête, et l'aura joyeuse qui émanait d'elle m'enveloppa de la manière la plus merveilleuse qui soit.

— Très bien, tyran. Promis juré, dit-elle en feignant le mécontentement, tout en levant son petit doigt vers moi.

— Brave fille, murmurai-je en enroulant mon petit doigt autour du sien, les entrelaçant un instant avant de lâcher sa main. On se retrouve à la table de pique-nique près du gazébo ?

Elle acquiesça.

— D'accord.

Je souris, le cœur battant d'excitation.

— À tout à l'heure, alors.

— À tout à l'heure, répondit-elle avant de se retourner et de quitter le hangar.

Mon regard s'attarda sur sa silhouette parfaite alors qu'elle s'éloignait gracieusement. Oui, même si j'étais fou, je ne pourrais jamais la laisser partir. Linséa était mon âme sœur.

CHAPITRE 5
LINSÉA

Mes joues brûlaient de gêne alors que je m'efforçais de sortir du hangar avec assurance et à un rythme détendu. Je pouvais sentir son regard me transpercer le dos. Quelles pensées traversaient son esprit ? Il semblait totalement captivé par moi, flirtant même à plusieurs reprises, bien que de manière subtile. Mais pourquoi diable ne pouvais-je pas lire la moindre émotion chez lui ? Avec une certitude que je ne pouvais expliquer, je croyais qu'il parvenait à lire les miennes d'une manière ou d'une autre. Cela n'aurait pas dû être possible, et pourtant c'était le cas.

En pensant au nombre de fois où il m'avait excitée ou émoustillée, j'étais mortifiée à l'idée qu'il ait pu percevoir tout ce que je ressentais en sa présence. Même les Témernes les plus puissants parmi nous laissaient toujours échapper quelque chose.

Alors que je me rendais au bâtiment principal pour aller à la cafétéria, mon misérable esprit restait obsédé par Kayog. Sachant qu'il était en train de prendre sa douche, les fantasmes les plus coquins se bousculaient dans ma tête. Je pouvais voir l'eau ruisseler sur son corps parfait, chaque goutte glissant sur son large torse, entre les rainures ciselées de ses abdominaux, et descendant jusqu'à ses cuisses musclées.

Je voulais être là avec lui, ratissant doucement de mes ongles le petit duvet qui bordait la jonction entre la base de ses ailes et son dos. Une palpitation sourde se manifesta entre mes cuisses alors que j'imaginais les sons gutturaux qu'il émettrait si je titillais cet endroit sensible.

Pendant le concert, j'avais mémorisé la façon lascive dont son corps bougeait et l'expression sensuelle sur son visage lorsqu'il se penchait vers le micro, ses doigts glissant le long du pied. Aurait-il le même regard dans les affres de la passion ? Son corps se balancerait-il sur le mien avec une tension animale similaire, à peine réprimée et impatiente de se déchaîner ?

Par le Créateur ! Contrôle-toi !

Je n'avais jamais été du genre à me laisser facilement séduire par un beau visage, un corps sexy ou un sourire envoûtant. Et je ne laissais certainement jamais mes hormones prendre le dessus sur mon bon sens. Mais à cet instant précis, je ne pouvais m'empêcher de penser à quel point j'avais envie qu'il me jette sur la pelouse, juste à côté de la rivière, qu'il extrude ce que je savais instinctivement être un énorme membre et qu'il me baise à mort.

ASSEZ !

Tala n'allais pas cesser de me rebattre les oreilles si elle savait à quel point j'étais devenue obsédée par M. Parfait. Et jusqu'à présent, il s'avérait être réellement parfait.

Vraiment ?

Cette pensée me fit réfléchir. Oui, Kayog était un surdoué qui excellait dans tout et donnait l'impression que tout était facile. Rien que pour cela, il aurait eu toutes les raisons de se vanter et de se pavaner. Cependant, il se montrait étrangement humble. J'aimais ça. Rien ne me rebutait autant que les gens qui avaient un ego démesuré, les vantards et ceux qui se croyaient supérieurs aux autres, quelle qu'en soit la raison.

Cela dit, je craignais aussi qu'il ne soit inconstant et peu fiable. Certes, il excellait dans les domaines où il y avait des règles et des directives établies, comme les sports et les études. Mais pourquoi n'avait-il pas de projet professionnel clair en tête ? Était-ce la peur de s'engager ? De l'inconnu ? De faire ses preuves dans un domaine qui n'était pas rigoureusement contrôlé ? Et pourquoi autant de maîtrises ? Manque d'ambition ? Peur du succès ?

Pendant une fraction de seconde, je faillis adhérer à cette dernière hypothèse. Mais même cela ne tenait pas la route. Sa nature compétitive contredisait cette possibilité. Il aimait gagner. Alors pourquoi hésitait-il autant ?

Puis il y avait la question de son intérêt marqué pour la Directive Première. Pourquoi axer sa maîtrise en politique galactique sur ce sujet précis ? Était-ce des sentiments altruistes qui alimentaient son intérêt pour la protection des faibles et des vulnérables, ou était-il motivé par des objectifs plus infâmes et matérialistes ? Quelqu'un qui connaissait parfaitement les forces, les faiblesses et les ressources des espèces primitives pouvait s'enrichir de manière obscène en exploitant les failles de la Directive Première.

Tant de questions et si peu de réponses...

Alors que j'atterrissais devant le bâtiment et me dirigeais vers la cafétéria, je continuai à spéculer sur ce mâle qui me troublait profondément. Je ne voulais pas paraître trop agressive, mais j'avais besoin de réponses et de mieux comprendre à qui j'avais affaire. À en juger par mes réactions à son égard, je soupçonnais que j'allais rapidement tomber follement amoureuse de lui. Je devais donc bien étudier les choses avant de m'engager trop profondément.

Debout devant le comptoir, je jetai un coup d'œil au menu, me focalisant sur celui que Kayog avait demandé. Étant une créature d'habitudes, je ne prenais jamais la peine de regarder la grande variété proposée pour répondre aux besoins des différentes espèces qui vivaient sur le campus. Habituellement, mon petit déjeuner se composait de yaourt nature avec des fruits frais et des céréales. Mais son choix m'attirait réellement.

Le petit déjeuner des athlètes numéro deux était composé à moitié de glucides et à moitié de protéines maigres et de fruits. Il comprenait des brochettes de poulet grillées, des craquelins au mélange montagnard – faits de fruits secs, de noix et de graines – un assortiment de fruits composé principalement de baies et une bouteille d'eau aromatisée.

Au fil des années passées à côtoyer les humains, je m'étais familiarisée avec leur alimentation, et en particulier leur amour du poulet. Nous avions un équivalent sur notre planète, mais il ne s'adaptait pas aussi facilement aux différents climats et environnements que le poulet. Décidant d'imiter Kayog, je commandai deux portions de ce petit déjeuner. Alors que je m'apprêtais à prendre les sacs, je sentis des ondes familières quelques secondes avant que mon amie n'appelle mon nom.

— Hé, Lin ! s'écria Tala, accrochée au bras de Marès et s'approchant avec un grand sourire. On ne t'a pas vue au parc et on a pensé que tu avais décidé de faire la grasse matinée. Tu veux te joindre à nous pour le petit déjeuner ?

Je me retournai. Avant que je ne puisse dire un mot, ses yeux se posèrent sur les deux sacs que je tenais dans les mains.

— Attends. De la nourriture pour deux ?

Elle lâcha le bras de Marès et mit ses poings sur ses hanches, l'air outré, ce qui indiquait que j'avais intérêt à lui donner une bonne explication si je voulais éviter les ennuis.

— Tu m'as déjà remplacée ?

Je m'ébrouai et secouai la tête.

— Bien sûr que non, grosse bêta.

— Alors c'est pour qui ? insista-t-elle.

La manière dont je plissai le visage suffit à tout lui dire. Ses yeux s'écarquillèrent lentement et sa bouche pendit de manière presque comique.

— Noooon ! Vraiment ?

Je haussai les épaules, me sentant un peu gênée, tandis que Marès gloussait, l'air à la fois amusé et un peu surpris.

— Je l'ai juste croisé pendant que je m'entraînais, dis-je d'un ton un peu trop défensif.

— Petite traînée ! murmura-t-elle, l'excitation dans sa voix contredisant le mot cru.

— Hé ! m'écriai-je, sans être le moins du monde offensée, car je savais qu'il n'y avait aucune malveillance derrière cela.

— Je le savais ! Tu faisais semblant de ne pas être intéressée, de le détester et de prétendre qu'il n'était pas à ta hauteur. Je t'avais dit que tu tomberais amoureuse de lui, dit Tala d'un air suffisant.

— On prend juste notre petit déjeuner. Et je ne le détestais pas, marmonnai-je.

— Bien sûr, bien sûr. Peu importe. Va chercher ton homme, et ensuite je veux tous les détails croustillants ! dit Tala, tandis que Marès secouait la tête.

— Absolument pas ! dis-je d'une voix sévère.

— Tu devrais filer avant que la foule ne te remarque, dit Marès, ses yeux vert foncé pétillant d'amusement.

— Oui, tu as raison, acquiesça Tala. Mais je veux quand même des détails ! Maintenant, va t'amuser, et pour une fois, oublie ton putain de côté trop guindé et convenable.

Je ris et me précipitai dehors avant de m'envoler. Comme de fait, beaucoup de gens entraient lentement, certains prenant de la nourriture, d'autres se rassemblant simplement dehors, et quelques-uns se hâtant vers leurs occupations.

Alors que je me dirigeais vers le gazébo, situé à une distance respectable de la foule, je me félicitai d'avoir accepté de ne pas manger à la cafétéria. L'intimité du parc allait nous permettre d'être nous-mêmes tout en apprenant à nous connaître. Si sa suggestion initiale m'avait effectivement fait soupçonner qu'il avait une liaison secrète et qu'il voulait cacher toute relation potentielle avec moi, la sincérité avec laquelle il m'avait proposé ce choix avait dissipé cette crainte. Cependant, j'avais honte d'admettre que j'avais d'abord insisté pour aller à la cafétéria parce que je voulais que l'on nous voie ensemble.

Je ne me considérais pas comme quelqu'un de possessif ou peu sûre de moi. Faire étalage de mes relations ne m'attirait pas non plus. Mais pour une raison quelconque, je voulais marquer ce mâle comme mien, être réclamée publiquement par lui et faire comprendre à toutes les groupies qu'il n'était plus disponible. Étant donné que nous ne nous étions officiellement rencontrés moins d'une heure auparavant et que nous avions à peine parlé pendant une demi-heure, mes réactions étaient déconcertantes. En réalité, je ne le connaissais pas du tout, mis à part le fait qu'il était super sexy, incroyablement intelligent, doué en sport et, jusqu'à présent, semblait être quelqu'un dont je pouvais vraiment apprécier la compagnie.

À ma grande surprise, j'aperçus Kayog assis dans l'herbe, méditant en position du lotus. Je m'arrêtai presque, me demandant si je devais interrompre ce moment d'introspection. Alors même que cette pensée me traversait l'esprit, il ouvrit brusquement les yeux et me fixa du regard. Étant donné la distance qui nous séparait, il ne pouvait pas m'avoir sentie... n'est-ce pas ? Il se leva et me sourit chaleureusement, m'encourageant à m'approcher.

— Désolée, je ne voulais pas t'interrompre, dis-je timidement en m'approchant de lui.

— Tu ne l'as pas fait, répondit-il d'un ton rassurant tout en me libérant des sacs.

— Alors tu fais de la méditation ?

Il acquiesça.

— Je le fais fréquemment.

— C'est bien, répondis-je, une fois de plus décontenancée par ce mâle atypique.

Un million de questions me vinrent à l'esprit, mais je les réprimai, ne voulant pas être indiscrète. Même si j'avais l'intention d'y venir à un moment donné, je ne voulais pas l'effrayer en donnant l'impression de l'interroger. Une partie de moi voulait également qu'il s'ouvre librement parce qu'il souhaitait que je le connaisse, et non parce qu'il se sentait obligé de révéler plus qu'il n'était prêt à le faire.

Nous nous installâmes à une table de pique-nique sous un arbre près du gazébo. Nous ouvrîmes nos sacs respectifs et commençâmes à manger. La première bouchée des craquelins au mélange montagnard me fit presque sortir les yeux de la tête.

— Oh wow ! Ces craquelins sont incroyables ! m'écriai-je avant d'en enfourner un autre dans ma bouche avec gourmandise.

Kayog gloussa.

— Ils le sont vraiment. J'ai un peu honte d'avouer que j'en suis un peu obsédé.

Je souris en voyant à quel point il était adorable lorsqu'il prenait cet air penaud. Toutes les hypothèses que j'avais formulées à propos de ce mâle s'effondraient les unes après les autres. Il semblait vraiment humble, gentil et décontracté. Il n'avait rien à voir avec la rock star prétentieuse que j'avais imaginée. Peut-être que Tala avait raison après tout en affirmant que j'avais confondu son sourire avec un rictus odieux le premier jour.

— Parle-moi de toi, dit-il en prenant une brochette de poulet. As-tu des frères et sœurs ?

Je secouai la tête.

— Non. On pourrait dire que je suis la petite princesse gâtée de mes parents. Même si, techniquement, c'est surtout ma grand-mère qui m'a élevée.

Ses sourcils se soulevèrent, un mélange de sympathie et de curiosité brillant dans ses yeux argentés.

— Pourquoi cela ?

— Mes parents voyagent beaucoup, dis-je d'un ton songeur. Mon père est avocat pénaliste pour les Défenseurs, tandis que ma mère est négociatrice pour l'OPU. Ils parcourent donc constamment la galaxie pour s'acquitter des missions qui leur sont confiées.

— Mince ! Ça doit être difficile pour leur vie de couple, dit Kayog avec empathie.

Je souris.

— En fait, ils font en sorte que ça marche en se rendant visite. Ils ne passent jamais plus d'une semaine séparés. À bien des égards, c'est comparable à être marié à un chauffeur routier ou à un vendeur itinérant. On est parti pendant quelques jours, mais on revient toujours à la maison après une courte absence.

Il hocha lentement la tête en réfléchissant à mes paroles.

— Je le conçois.

— Ils s'appellent aussi tous les jours par vidéoconférence, poursuivis-je. Pendant mon enfance, ils communiquaient régulièrement avec moi et me rendaient visite au moins une fois par mois pendant quelques jours. Ils étaient donc très présents dans ma vie.

Il pencha la tête sur le côté tout en me lançant un regard évaluateur.

— En as-tu ressenti de la rancœur ?

Je souris et secouai la tête avant de prendre une gorgée d'eau aromatisée.

— Pas du tout. En fait, c'était mon choix de rester avec ma grand-mère plutôt qu'avec eux.

Son expression stupéfaite me fit rire.

— Pour pouvoir rester avec mes parents, j'ai suivi un enseignement à domicile, lui expliquai-je. Quand j'étais petite, cela ne me dérangeait pas trop. Mais à partir de huit ans, j'ai commencé à déplorer de ne pas pouvoir nouer d'amitiés durables avec les gens, car je devais les quitter au bout de quelques semaines. Rester chez ma grand-mère m'apportait la stabilité dont j'avais besoin, avec une école permanente où je pouvais jouer avec des amis et établir des bases solides.

— Comment tes parents ont-ils réagi ? demanda doucement Kayog.

J'appréciai grandement le respect avec lequel il abordait ce sujet potentiellement sensible. Mais surtout, j'étais touchée par son intérêt sincère pour ma vie. Trop souvent, les gens tenaient ce genre de conversations par simple politesse, parce qu'on attendait d'eux qu'ils le fassent. Avec lui, même si je ne parvenais toujours pas à déchiffrer ses émotions, je me sentais comprise et fascinante à ses yeux.

— Ils étaient tristes de se séparer de moi, mais ils comprenaient aussi que leur mode de vie ne correspondait pas à mes besoins, dis-je, le cœur rempli d'affection pour mes parents. Évidemment, en tant qu'empathes, ils sentaient mon mécontentement grandissant et en ont discuté ouvertement avec moi. Mon bonheur était la chose la plus importante pour eux. Ils ont même proposé de demander à être réaffectés à des postes plus sédentaires. C'est ce qui m'a convaincue.

— Comment ça ? Je m'attendais à ce que tu sautes sur l'occasion, dit Kayog avec curiosité.

— Je suis moi-même une empathe. Ils n'auraient pas hésité à le faire pour me rendre heureuse, mais ils auraient été malheureux sur le plan professionnel. Je les aimais pour leur volonté de sacrifier pour moi ce qu'ils avaient passé toute leur vie à bâtir. Mais le travail qu'ils faisaient était important. Ils changeaient des vies pour le mieux, et cela me rendait incroyablement fière. J'ai donc insisté pour aller vivre avec ma grand-mère. Ça a été la meilleure décision.

— Comment l'a-t-elle pris ? Les grands-parents adorent généralement avoir leurs petits-enfants à leurs côtés, mais seulement pour quelques heures ou quelques jours, pas pour assumer à nouveau toute la responsabilité d'élever des enfants, dit-il avec la même douceur.

— Elle était aux anges, répondis-je avec amusement, le cœur fondant d'affection pour la doyenne. Ses collègues la surnomment « le dragon », même si cela n'a pas vraiment de sens étant donné que nous ne sommes pas des reptiles. Mais elle est sans aucun doute une force à ne pas sous-estimer.

— Que fait-elle ?

Je remuai mes ailes, la douce brise effleurant le duvet de ma nuque d'une manière qui commençait à me chatouiller.

— Nana Arika est la Conseillère Senior de la Division du Renseignement de l'OPU, dis-je, la fierté que je ressentais étant perceptible dans ma voix.

Kayog eut un léger mouvement de recul et me regarda bouche bée, stupéfait. Il se ressaisit rapidement, mais continua à me fixer avec admiration.

— Wow, ta famille est vraiment connectée au plus haut niveau, dit-il, impressionné.

Je haussai les épaules, essayant de paraître nonchalante.

— Comme les familles de plus de la moitié des étudiants ici. Je ne suis pas si spéciale que ça.

Une expression étrange traversa son visage, piquant ma curiosité.

— Quoi ? demandai-je, intriguée.

— Beaucoup d'étudiants viennent ici parce que leur famille attend d'eux qu'ils poursuivent leur œuvre, répondit Kayog avec précaution. Es-tu venue ici pour suivre les traces de tes parents ou de ta grand-mère ?

Je souris.

— Oui et non. Je ne me suis pas lancée dans la politique galactique pour mes parents, mais certainement à cause d'eux et de ma grand-mère. Toute ma vie, j'ai été exposée à de nombreuses choses que je peux aider à changer si je me lance dans ce domaine. Ma grand-mère voulait que je devienne conseillère comme elle.

— Je n'en doute pas, dit-il avec un sourire amusé. Franchement, je suis surpris qu'elle ne t'ait pas convaincue. Arika Sorek est extrêmement connue pour être une avocate féroce et intransigeante à laquelle il vaut mieux ne pas se frotter. Elle vous mettra en pièces sans que vous ayez le temps de comprendre ce qui vous arrive.

— C'est tout à fait vrai, répondis-je en riant. Mais je ne me voyais pas passer ma vie dans des salles de réunion à traiter avec la même poignée d'idiots et de conseillers haut placés. Je veux voyager dans la galaxie comme mes parents et avoir un impact direct sur la vie des plus vulnérables.

— Un objectif admirable, dit Kayog, les yeux brillants d'une approbation qui me fit vibrer de plaisir.

— Voilà qui je suis en quelques mots. Et toi ? demandai-je. As-tu d'autres frères et sœurs géniaux comme toi ? Ta famille travaille-t-elle dans le même domaine ?

Une expression indéchiffrable traversa son visage. Pendant une fraction de seconde, je crus qu'il allait détourner la conversation et éviter de répondre à la question. Je fus agréablement surprise quand il ne le fit pas.

— Je ne sais pas, et j'en doute, dit-il en haussant les épaules avant de balancer son dernier craquelin dans sa bouche.

— Quoi ? demandai-je, perplexe.

Il sourit.

— Mes parents m'ont abandonné quand j'étais bébé. Je ne sais donc pas si j'ai des frères et sœurs, ni dans quel domaine ils travaillent.

Je pressai ma paume contre ma poitrine, le cœur brisé pour le bébé qu'il avait été.

— Ils t'ont abandonné ? répétai-je, abasourdie.

Il hocha la tête, son sourire rassurant indiquant clairement qu'il ne conservait aucun traumatisme ou détresse à ce sujet.

— J'ai été placé en stase dans une capsule d'urgence pour enfants. Elle a été envoyée directement à un orphelinat dans la petite ville de Voln, dit-il d'un ton neutre.

J'écarquillai les yeux.

— Voln ? répétai-je.

Il me sourit avec approbation du fait que je l'aie noté.

— Oui. J'ai été nommé d'après ce village de Daelynn, la planète natale des Darwandirs.

— Oh, Créateur ! Leur vaisseau s'est-il écrasé ? Ou ont-ils été attaqués par des pirates ? demandai-je, essayant de comprendre pourquoi des parents auraient abandonné leur nouveau-né de cette manière.

S'ils avaient accès à une capsule d'urgence spécialement conçue pour un enfant, alors ils avaient accès à toute la technologie et à tous les services disponibles pour aider les parents qui choisissaient de ne pas garder leur enfant. Il n'y avait aucune honte ni stigmatisation associée au fait de renoncer à ses droits sur sa progéniture. Mieux valait placer les enfants dans un environnement sûr qui pouvait favoriser leur croissance plutôt que de les garder de force dans une situation où ils n'étaient pas désirés et rendaient leurs gardiens malheureux.

— Rien de tout cela. La capsule a été lancée depuis une forêt située à 75 kilomètres de là. Ils ont joint une note avec mon prénom dans laquelle ils s'excusaient, mais déclaraient que mes besoins dépassaient leurs capacités à les gérer.

— Tes besoins ?! m'écriai-je, à la fois outrée et confuse. Quels besoins pouvais-tu bien avoir en tant que nourrisson qui les dépassaient à tel point que le soutien familial standard et la technologie de pointe ne suffisaient pas à y répondre ?

Kayog m'adressa un sourire indulgent.

— J'étais un enfant très... difficile.

— Difficile comment ? insistai-je. Et quel âge avais-tu ?

— J'avais quatre mois.

— Quoi ?! m'écriai-je, la colère s'insinuant dans ma voix.

Il rit doucement et me fit un sourire rassurant.

— Tout va bien, Linséa. Même si cela semble terrible quand on l'entend, je ne peux pas leur en vouloir. J'avais des problèmes de santé importants. N'importe quel parent dans leur situation aurait probablement fait la même chose.

J'avais envie de creuser davantage et de lui demander de me donner plus de détails sur l'état de santé d'un nourrisson qui pouvait justifier qu'il soit abandonné comme il l'avait été. Cependant, le fait qu'il reste vague indiquait qu'il n'était pas prêt à exposer ce qui devait être un historique médical très personnel. Après tout, nous étions encore des étrangers.

La lueur de gratitude qui brilla dans ses yeux me confirma que j'avais pris la bonne décision en ne le pressant pas de questions. La dernière chose que je souhaitais, c'était qu'il se renferme parce que j'étais trop curieuse.

— Pendant les deux premières années, j'ai été ballotté d'un endroit à l'autre, poursuivit Kayog, le regard perdu dans le lointain tandis qu'il se remémorait le passé. Personne ne voulait me garder. Je pleurais trop, et rien de ce qu'ils faisaient ne parvenait à m'apaiser. Tout le monde se demandait quelle pouvait être la cause du problème.

— Bien qu'elle fasse partie de l'OPU, Daelynn n'est pas la planète la plus avancée. Leurs médecins n'étaient peut-être pas les mieux placés pour s'occuper d'un nourrisson témerne, dis-je prudemment.

— La première chose qu'ils ont faite a été de contacter un Témerne. Apparemment, cela ne s'est pas très bien passé, et ils ont décidé d'explorer d'autres pistes.

Quelque chose dans sa façon de dire cela déclencha de nombreux signaux d'alarme. Que pouvait avoir vu ou dit le Témerne pour les dissuader de continuer à faire appel à l'un des nôtres ?

— Finalement, un couple m'a recueilli. Ils m'ont gardé jusqu'à ce que je sois assez grand pour partir.

— C'est merveilleux ! m'écriai-je. Comment ont-ils résolu ton problème ?

Il me fixa pendant quelques secondes. J'ignorais s'il cherchait la bonne façon de formuler sa réponse ou s'il envisageait de ne pas me répondre.

— Ils m'ont installé dans un bunker isolé à deux cents mètres de la maison principale. Il y avait une salle de bains, une chambre et un petit bureau. Ils m'apportaient à manger et tout ce dont j'avais besoin, dit-il d'un ton neutre.

— QUOI ?! m'écriai-je en me levant d'un bond, horrifiée et outrée. Pourquoi et pendant combien de temps ?!

— S'il te plaît, Linséa, assieds-toi. Tout va bien, dit-il d'une voix apaisante.

Gênée par mon emportement, je me rassis sur le banc, l'esprit en ébullition et le sang bouillant de rage à l'idée qu'il ait pu subir de tels abus.

— Je suis resté là-bas de l'âge de trois ans jusqu'à mes quinze ans, dit-il calmement.

— C'est quoi ce bordel ?! sifflai-je. Comment t'es-tu échappé ?

À ma grande surprise, une lueur d'amusement s'alluma dans ses yeux.

— J'ai postulé pour ma première maîtrise, dit-il d'un ton provocateur, puis il éclata de rire devant mon expression abasourdie. Je n'avais rien d'autre à faire dans ce bunker, alors j'étudiais.

— Et ensuite, que s'est-il passé ? demandai-je, sidérée par son attitude nonchalante et imperturbable face à toute cette situation.

— Dans le cadre du processus, j'ai dû passer un entretien et une évaluation en personne. Malheureusement, alors que j'attendais pour entrer dans la salle de réunion, j'ai eu une crise de panique majeure en public, dit-il d'un ton lugubre.

— Sans blague ! m'écriai-je. Tu as été enfermé en isolement pendant douze putains d'années ! C'est un miracle que tu n'aies pas perdu la tête. Évidemment, tu as fait une dépression nerveuse après t'être soudainement retrouvé entouré de tant de gens.

Soudain, son aversion pour les foules devint tout à fait

compréhensible. Quel autre traumatisme traînait-il encore de ces jours terribles ?

— La vérité sur mes conditions de vie a été révélée, et les choses ont dégénéré, poursuivit Kayog.

— J'espère qu'ils ont été arrêtés ! grognai-je.

Son hésitation me fit à nouveau presque perdre mon sang-froid.

— C'est compliqué, dit-il prudemment.

— En quoi ? m'écriai-je d'un ton évident. Ils t'ont enfermé et maltraité pendant plus de dix ans. Ils méritent un aller simple pour Molvi !

Il s'ébroua et secoua la tête. Molvi n'était pas quelque chose que l'on souhaitait à quiconque, sauf aux personnes les plus méprisables. La planète prison était la punition la plus sévère que l'on puisse recevoir. Y être envoyé équivalait pratiquement à une condamnation à mort.

— Je sais comment cela peut paraître, mais ils ne m'ont pas maltraité. Grandir là-bas m'a aidé à faire face à ma condition médicale, dit-il doucement alors que je le dévisageais avec incrédulité. Aussi choquant que cela puisse te paraître, je ne les déteste pas. En vérité, je leur suis reconnaissant. Ils ne m'aimaient pas, mais ils ne me voulaient pas de mal non plus. Pendant tout le temps où j'ai vécu avec eux, je n'ai manqué de rien. Ils m'ont donné tout ce dont j'avais besoin ou tout ce que je demandais.

— Pourquoi ai-je l'impression qu'ils n'ont pas été traduits en justice ? demandai-je, ayant du mal à concilier ses propos avec le fait qu'ils l'avaient enfermé pendant toute sa jeunesse.

— Ils ont été inculpés, mais j'ai contesté les accusations portées contre eux, répondit Kayog. En raison de mon état et du fait que leurs actions m'ont véritablement aidé à survivre à une jeunesse difficile, les tribunaux ont accepté d'abandonner les poursuites. Cependant, j'ai reçu une importante indemnité, car ils ont estimé que les services de protection de l'enfance m'avaient fait défaut.

J'écarquillai les yeux d'une compréhension soudaine.

— Tu as laissé entendre que tu étais à l'aise financièrement. Est-ce là la source de ta richesse ?

Je hochai la tête.

— Principalement, oui. Mais en ce qui concerne l'école, j'ai reçu des bourses substantielles, de sorte que les crédits de l'indemnité restent presque entièrement intacts.

— C'est génial ! dis-je, ravi qu'il ait quand même tiré quelque chose de positif de toute cette épreuve. Parles-tu encore avec tes parents adoptifs ?

— Non. Nous nous sommes séparés en bons termes, mais la relation avait fait son temps, dit-il avec une expression qui indiquait clairement que c'était une affaire classée, et qu'il ne souhaitait pas nécessairement la rouvrir.

Et pourtant, je ne détectais aucune animosité en lui. Il ne semblait vraiment nourrir aucune rancœur envers les personnes qui l'avaient « élevé ».

— Je comprends comment tu es devenu un excellent élève, mais comment es-tu également devenu un athlète de haut niveau ? demandai-je, toujours troublée par l'enfance difficile qu'il avait endurée.

— Je manquais d'activité physique, répondit-il avec un sourire nostalgique. Une partie de ma « rééducation » consistait à consulter un psychologue et un entraîneur physique. Je ne souffrais pas d'embonpoint ni de quoi que ce soit de ce genre, mais je n'avais pas de muscles, peu d'endurance et, dans l'ensemble, peu d'énergie.

— Laisse-moi deviner, tu y as pris goût.

— Et comment ! Tout comme les études, cela m'a donné quelque chose sur quoi me concentrer. Mais c'est allé encore plus loin, car je pouvais sentir mon corps changer et se développer d'une manière qui me plaisait vraiment. Cela m'a donné un sentiment de contrôle que je n'avais jamais eu auparavant. Mon travail et mon acharnement pouvaient produire les résultats que je souhaitais. Pour une fois, je n'étais plus un spectateur passif du comportement de mon propre corps. J'ai alors découvert que j'avais un esprit assez compétitif, ce qui m'a poussé encore davantage à vouloir exceller dans les disciplines que j'avais choisies.

Je souris en voyant la manière adorable dont il grattait les belles plumes dorées près de sa nuque. Cela me semblait être un tic nerveux qu'il avait chaque fois qu'il se sentait gêné ou mal à l'aise.

— Comment as-tu réussi à t'habituer à la foule ? lui demandai-je doucement.

— Ça a été... un processus lent et progressif, répondit-il avec hésitation. Mais aujourd'hui encore, je vis principalement isolé.

Je fronçai les sourcils et étudiai ses traits, comme s'ils pouvaient révéler les réponses aux innombrables questions qui bouillonnaient dans mon esprit.

— Puis-je te demander quelle était ta maladie... ou quelle est-elle encore, si elle n'est pas guérie ? demandai-je d'un ton doux et quelque peu penaud.

Il me fixa avec une expression des plus étranges. Un sentiment de malaise m'envahit lorsqu'il étira son cou, sa main droite tremblant légèrement avant de se refermer en un poing.

— Je suis fou, dit-il enfin.

— Non, tu ne l'es pas ! m'exclamai-je d'un ton qui ne souffrait aucune discussion.

— Si, Linséa, je le suis, dit Kayog avec une résignation qui me laissa sous le choc.

Je soutins son regard sans broncher, l'esprit en ébullition.

— C'est de ça que parle ta nouvelle chanson ? demandai-je, la tension envahissant ma voix.

— Oui, répondit Kayog d'un ton neutre, le visage dépourvu de toute émotion.

— Suis-je la colombe ? insistai-je.

Une fois de plus, il acquiesça avec un stoïcisme presque robotique.

— Oui.

Cependant, quelque chose avait changé dans son comportement. Cela faisait un moment que cela durait, mais mon cerveau venait tout juste de le percevoir. Un nerf palpitait sur sa tempe. Ses mains, en particulier ses index, tremblaient parfois. Son dos était raide et ses ailes majestueuses se rapprochaient de plus en plus de son corps, comme le faisaient souvent les oiseaux de manière involontaire lorsqu'ils avaient peur ou souffraient. C'était une réaction instinctive pour protéger notre corps du danger.

Comme je ne savais pas si c'étaient des tics normaux chez lui que je n'avais pas remarqués auparavant, trop occupée à le reluquer et à fantasmer sur lui, je décidai de ne rien dire pour l'instant. Si c'était normal chez lui, je ne voulais pas souligner quelque chose qui pourrait le mettre mal à l'aise.

— La chanson disait que je devrais m'enfuir loin d'ici, poursuivis-je sur le même ton contrôlé et non conflictuel. C'est ce que tu veux ? Que je reste loin de toi ?

— Non, répondit-il fermement, la sincérité dans sa voix agissant comme le baume le plus doux sur une blessure dont je n'avais même pas conscience, à l'idée qu'il ne veuille plus avoir affaire à moi. Mais tu devrais probablement le faire.

— Parce que tu es fou ? demandai-je.

— Oui.

Il étira à nouveau le cou et lança un regard noir en direction de l'université. Je suivis son regard, pensant qu'il y avait quelqu'un qui passait et qu'il n'aimait pas ou qui faisait quelque chose d'inapproprié. Mais nous étions toujours assez isolés, même si plusieurs groupes de personnes se rassemblaient désormais près de l'entrée du campus et étaient dispersés dans différentes zones autour du bâtiment. Rien ni personne ne se démarquait suffisamment pour expliquer sa réaction.

Je jetai un coup d'œil à Kayog et le vis sortir une petite pilule d'un compartiment secret dans son brassard. Il la balança dans sa bouche et, quelques secondes plus tard, ses pupilles se dilatèrent. La tension dans ses épaules se relâcha graduellement. Il n'en restait pas moins toujours tendu, ouvrant et fermant les mains comme on le ferait après qu'elles aient été engourdies.

Je le dévisageai avec horreur, refusant de laisser la pensée qui s'insinuait dans mon esprit prendre racine.

— Qu'est-ce que c'était ? demandai-je d'un ton beaucoup plus dur que je ne l'aurais voulu. Est-ce une sorte de médicament ?

Mon cœur se serra lorsqu'il ne répondit pas immédiatement par l'affirmative.

— Non, mais pour moi, oui, dit-il, le visage fermé et toute chaleur disparaissant de ses yeux.

— Non ? Alors qu'est-ce que c'est ? Est-ce que ce sont des drogues ? Souffres-tu d'une addiction ? C'est pour ça que tu dis que tu es fou ? lâchai-je, la colère s'insinuant dans ma voix.

Je n'avais pas voulu le bombarder de questions ni m'en prendre à lui de manière aussi agressive. Mais la déception de découvrir qu'il partageait peut-être certains des grands vices souvent associés au mode de vie des artistes me frappa durement.

— Non, je ne suis pas toxicomane, répondit-il d'un ton sec, le visage durci.

Ouais, ouais. C'est exactement ce que dirait un accro.

Même si je gardai cette pensée peu charitable pour moi, je ne lâchai pas le morceau.

— Qu'est-ce que c'est alors ? Et pourquoi le prends-tu ? l'interpellai-je.

Il claqua du bec avec agacement et lança un regard presque meurtrier en direction de l'université. Quel était son problème avec cette école ? Son comportement n'avait aucun sens, et mon irritation à son égard grandissait à mesure qu'il refusait de me donner des réponses claires.

— Qu'est-ce que c'est ? répétai-je avec plus de force.

Kayog tourna brusquement la tête vers moi, cette fois avec une expression colérique sur le visage. À ma grande surprise, ses sclères semblaient injectées de sang. Il ne dit pas un mot, le regard fixé sur moi, les poings serrés comme s'il luttait pour se contrôler.

Je pris une profonde inspiration, me reprochant d'avoir si mal géré toute cette situation. Antagoniser une personne aux prises avec une dépendance était le meilleur moyen de la repousser.

— S'il te plaît, parle-moi, Kayog, dis-je d'un ton doux et apaisant.

— Je devrais y aller, déclara-t-il sèchement en remettant les emballages vides de son repas dans le sac.

— Non, attends ! m'écriai-je, paniquée. Écoute, il n'y a aucune honte à lutter contre une addiction, surtout compte tenu de l'enfance difficile que tu as eue. Il existe de nombreux programmes qui...

— JE NE SUIS PAS UN PUTAIN DE TOXICOMANE ! hurla-t-il.

Je reculai et le dévisageai, sous le choc. Malgré sa colère manifeste, je ne craignais pas qu'il me fasse du mal, mais mon cœur se brisa en voyant à quel point il était dans le déni. On ne pouvait pas aider quelqu'un qui refusait de reconnaître qu'il avait un problème.

Il s'ébroua et me lança un regard dégoûté qui me blessa profondément.

— Tu sais, Linséa, tu es mignonne, mais tu es vraiment trop critique. Tu ne me connais pas.

— Non, mais j'essaie, répondis-je d'une voix douce.

— Il semble évident maintenant que tu ne le devrais pas, grogna-t-il.

— Mais...

— ASSEZ !! hurla Kayog en frappant si fort du poing sur la surface en bois de la table qu'il la fissura.

Je hoquetai, mon cœur manquant de bondir hors de ma poitrine. Cette soudaine violence ne m'était pas destinée. Kayog fixait l'école avec un regard meurtrier. Mon sang se glaça lorsque ses yeux semblèrent briller. Les yeux d'un Témerne ne devraient jamais briller. Puis, avec un grognement de colère, il sauta sur le banc avant de s'envoler.

Je restai assise là, figée par le choc, tandis qu'il s'éloignait comme un dieu vengeur en mission. Puis, sortant soudainement de ma torpeur, je saisis distraitement nos sacs vides et me précipitai à la poursuite de Kayog pour comprendre ce qui avait pu provoquer cette réaction irrationnelle. Il semblait avoir été exaspéré par quelque chose ou quelqu'un. Mais nous étions bien trop loin de quiconque pour qu'il ait pu percevoir leurs émotions, et encore moins pour que celles-ci le mettent autant en colère.

À première vue, je n'avais remarqué aucun écouteur ni autre appareil de communication grâce auquel il aurait pu recevoir un message. Même s'il avait probablement un implant de traduction – comme la plupart des membres des espèces avancées – ces appareils ne pouvaient pas être utilisés pour communiquer à distance. Alors que s'était-il passé ?

Il a bien dit qu'il était fou...

Kayog entendait-il des voix ? Était-il en proie à une sorte de crise psychotique ? Il existait un grand nombre de substances non médicinales ou naturelles connues pour aider les personnes souffrant de troubles mentaux causés par des déséquilibres chimiques. Kayog prétendait que la pilule qu'il avait avalée n'était pas un médicament, mais qu'elle agissait comme tel sur lui. Était-ce possible ?

Toutes mes spéculations s'envolèrent lorsque Kayog, au lieu

de se diriger vers l'entrée principale, se rua vers une partie isolée des jardins bordant l'un des bâtiments est du campus. Quelques personnes le remarquèrent. Leurs émotions trahissaient leur curiosité alors qu'elles se mettaient à suivre la direction qu'il avait prise. Je ne pouvais que supposer que son expression faciale les avait alertées sur le fait que quelque chose de louche se passait.

À ma grande consternation, la curiosité confuse des étudiants se transforma rapidement en un mélange de colère pour certains et d'excitation morbide pour d'autres. Quelle qu'en fût la cause, cela ne présageait rien de bon. Malheureusement, de cet angle, je ne pouvais pas voir ce qui se trouvait au coin du grand bâtiment. Kayog disparut derrière le mur en tournant à droite, et un puissant cri de colère me parvint, mais je ne pus en distinguer les mots.

La scène entra enfin dans mon champ de vision au moment où Kayog atterrissait devant un groupe de trois humains. Il me fallut à peine une seconde pour comprendre ce qui se passait lorsque j'aperçus une femelle nazhrale terrifiée, adossée contre le mur.

Comment diable avait-il pu sentir cela depuis le gazébo ?

— Hé, occupe-toi de tes affaires, putain ! cria un homme aux cheveux noirs courts, s'avançant de manière menaçante vers Kayog.

Ne gaspillant pas sa salive avec cet imbécile, Kayog l'attrapa par le col et le projeta comme une poupée de chiffon à travers la pelouse avec une force incroyable. L'homme aux cheveux noirs vola au moins dix mètres avant d'atterrir lourdement sur le dos. Heureusement pour lui, c'était de l'herbe et non le dur pavé qui ornait l'entrée principale et les terrasses autour du campus. Mais cela lui coupa tout de même le souffle.

Les deux autres hommes – l'un blond, l'autre aux cheveux brun foncé et avec une cicatrice sur le front – se tenaient ensemble devant Kayog.

— Partez, et ne harcelez plus jamais personne – encore moins une femelle – si vous savez ce qui est bon pour vous, siffla Kayog.

— Ne t'en mêle pas, Témerne ! grogna l'homme blond. C'est à cause de cette salope de voleuse et de sa putain de race que ma famille a frôlé la faillite.

J'atterris à une distance sûre, tandis que d'innombrables autres étudiants se rassemblaient autour pour assister à l'altercation.

— Dernier avertissement ! répéta Kayog.

— Va te faire foutre ! cria l'homme balafré avant de se précipiter vers lui.

Il balança un poing massif vers Kayog, qui l'esquiva facilement. Je retins mon souffle lorsqu'il lui asséna immédiatement un coup de son aile gauche, le frappant assez fort pour le projeter au sol avec un bruit sourd. C'était très dangereux à faire, à moins de maîtriser parfaitement ce genre de mouvement, car nos ailes étaient assez fragiles. Un coup porté sous un mauvais angle pouvait la disloquer, casser certains os ou endommager nos plumes, ce qui nous empêcherait alors de voler correctement.

L'homme balafré gémit de douleur alors qu'il se roulait en boule sur le côté. Contrairement à son premier compagnon qui avait été projeté sur l'herbe, il n'avait pas eu cette chance et s'était écrasé sur les dalles de pierre dure. Je doutais qu'il se soit cassé quelque chose, mais cela ne devait pas être agréable.

L'homme blond poussa un cri de rage et tenta également de lancer une rafale de coups de poing à Kayog. Bien qu'il les esquivât ou les bloquât sans effort, Kayog était de plus en plus furieux contre l'humain qui refusait de reculer. Entre deux parades, il lui asséna un puissant coup de paume dans la poitrine, qui le fit basculer en arrière et presque tomber sur les fesses. In extremis, l'homme blond réussit à rester debout en s'appuyant contre le mur arrière à quelques mètres de là.

Un cri alarmé s'éleva de la foule lorsque le premier homme

aux cheveux noirs courts se releva et courut depuis la pelouse avec un regard presque dément, comme s'il avait l'intention de plaquer Kayog. Paniquée, je criai son nom alors qu'il restait là, immobile, fixant avec une expression terrifiante l'attaquant qui s'approchait.

Mon esprit se figea lorsqu'il leva la paume de sa main gauche, son bras beaucoup plus long lui permettant d'atteindre son agresseur bien avant que celui-ci ne puisse le frapper. Kayog couvrit le visage de l'homme avec sa main et le repoussa. Pour une raison insensée, j'aurais pu jurer que sa paume brillait. Cela arrêta net l'agresseur, mais, emporté par son élan, ses pieds se soulevèrent et il se cogna l'arrière de la tête sur le pavé dur.

Un halètement horrifié s'éleva de la foule. Bien qu'il n'y eût pas de sang autour de l'homme, ses yeux roulèrent vers l'arrière de sa tête et il resta immobile. Mon estomac se noua à l'idée que la force de l'impact avait peut-être brisé sa nuque. Mais les cris de la femelle nazhrale réclamèrent toute notre attention.

Réalisant que les choses ne se passaient pas comme il le souhaitait, le stupide humain se jeta sur la femelle, probablement dans l'intention de l'utiliser comme bouclier vivant. Mais il ne parvint jamais jusqu'à elle. Elle s'enfuit alors même que Kayog se précipitait vers lui.

— J'AI DIT ASSEZ ! hurla Kayog d'une voix tonitruante.

Il attrapa le poignet de l'humain, qui tenta de lui donner un coup de poing dans la gorge. Kayog esquiva vers la droite, puis lui asséna un revers si puissant qu'il résonna comme un coup de tonnerre. Du sang jaillit du coin de la bouche de l'homme. Ses genoux fléchirent et il parvint à peine à rester debout. Avec un rugissement presque sauvage, Kayog s'envola, tenant l'humain par le poignet.

— Kayog, non ! murmurai-je, même si je ne savais pas vraiment ce qu'il comptait faire.

Quelques personnes coururent vers l'homme balafré, qui reprenait heureusement conscience. Mais je n'avais d'yeux que pour Kayog. Mon sang se glaça lorsque je compris soudainement ses intentions. Il vola sur une courte distance jusqu'à un grand arbre ancestral et s'élança vers son sommet, à au moins dix mètres de hauteur, avant de lâcher le poignet de l'homme.

Le pauvre homme hurla, mais le son s'éteignit rapidement lorsqu'il heurta d'innombrables branches épaisses pendant sa chute, avant de s'écraser lourdement au sol. Bien que les branches aient suffisamment ralenti sa chute pour lui épargner une mort certaine, il subit néanmoins des blessures importantes. Il se recroquevilla sur le sol en gémissant, les vêtements déchirés et la peau lacérée.

À ma grande horreur, Kayog atterrit devant lui, le regard meurtrier. D'instinct, je m'envolai vers eux, terrifiée par ce qui pourrait suivre. Alors que je me rapprochais, j'entendis l'homme supplier Kayog entre ses larmes et ses gémissements de douleur de ne plus lui faire de mal. Pendant une fraction de seconde, je craignis d'arriver trop tard lorsque les griffes de Kayog s'extrudèrent.

Sans réfléchir, j'atterris devant lui, presque au-dessus de l'humain, et posai mes paumes sur sa poitrine.

— Kayog, ne lui fais pas de mal, s'il te plaît. C'est fini ! suppliai-je, mon esprit enregistrant vaguement que j'avais laissé tomber nos sacs à un moment donné, probablement après le début du combat.

Il roula son cou avant de me regarder. Un sentiment d'effroi m'envahit lorsque je posai le regard sur son visage. Je le reconnaissais à peine. Ses yeux étaient tellement injectés de sang que des veines rouges zigzaguaient sur sa sclère comme des bobines Tesla. En fait, on aurait presque dit que des larmes de sang lui montaient aux yeux.

Je reculai et retirai instinctivement mes mains de sa poitrine, comme si son simple contact me brûlait. Pour la première fois, j'avais vraiment peur de lui. Une vague de colère déforma ses traits. Il me fixa d'un regard blessé, triste et presque trahi avant de s'envoler d'un puissant battement d'ailes.

Engourdie, effrayée et confuse, je le regardai s'éloigner tandis que les gens autour de moi se précipitaient vers le blessé.

C'était quoi ce bordel ?

CHAPITRE 6
KAYOG

J e la sentis approcher bien avant qu'elle n'atterrisse. Une vague de gratitude m'envahit, alors même que je me noyais dans le chagrin. Le léger coup à la porte avant qu'elle n'entre m'arracha un sourire réticent. Elle avait toujours été excessivement respectueuse, même si elle savait que j'étais pleinement conscient de sa présence. Je n'eus pas besoin de l'inviter à entrer pour qu'elle ouvre la porte.

Sans un mot, Isobel se dirigea vers le centre du salon où j'étais assis sur mes talons, après avoir échoué dans ma tentative de méditation. Elle s'arrêta à quelques pas de moi. Je l'attirai simplement vers moi en me redressant sur mes genoux, passai mes bras autour de sa taille et pressai ma joue contre son ventre.

Toujours silencieuse, elle caressa ma tête tandis que des larmes coulaient sur mon visage. Elle n'avait pas besoin que je parle pour comprendre, après avoir passé des années à essayer de m'aider à trouver une paix qui ne venait jamais. Je n'aurais su dire combien de temps nous demeurâmes ainsi avant que je ne la relâche enfin. Je me rassis sur mes talons et essuyai mes larmes. Au fil des ans, j'avais souvent traversé des moments difficiles, mais je ne me souvenais pas m'être jamais senti aussi abattu.

Isobel s'agenouilla devant moi et essuya les dernières larmes sur mon visage avec deux doigts.

— Tu te sens un peu mieux ? demanda-t-elle enfin.

Accablé par le désespoir, je secouai la tête.

— Je suis fatigué, Isobel. Tellement fatigué... Je ne pense pas pouvoir continuer ainsi.

— Ne parle pas ainsi et ne pense même pas à de telles choses, dit-elle d'un ton sévère. Tu t'es battu trop durement et trop longtemps pour abandonner maintenant, alors que tu as tant de raisons de vivre. Tu es plus fort que cela.

— Je me meurtris beaucoup trop vite maintenant, dis-je. À ce rythme, je vais bientôt devoir m'isoler complètement pour pouvoir fonctionner un tant soit peu.

Isobel pinça les lèvres en réfléchissant à mes paroles, puis elle hocha lentement la tête.

— Il semble bien que oui.

— Je pense que c'est elle qui en est la cause, répondis-je, la gorge douloureusement serrée.

— Ta colombe paisible ? demanda Isobel d'une voix douce.

Je hochai la tête.

— Oui. Elle s'appelle Linséa. Son chant est incroyablement beau. Je veux m'envelopper dedans, me perdre en elle, exclure tout ce qui n'est pas elle. Mais être près de Linséa, c'est comme ouvrir toutes grandes les vannes. Je ressens et j'entends trop de choses. C'est comme si j'étais bombardé de toutes parts et que mon cerveau était constamment à vif.

Isobel fronça les sourcils tandis que je prenais une inspiration tremblante. Même maintenant, les martèlements dans ma tête restaient incessants et une douleur aiguë continuait à me transpercer le cerveau, en particulier derrière les yeux.

— As-tu testé tes niveaux ? demanda-t-elle en étudiant mon visage.

Mes épaules s'affaissèrent.

— Oui. Et ils sont démesurés. Rien de ce que je fais n'améliore ma situation. Elle n'a cessé d'empirer au cours des deux dernières années, mais maintenant, elle est complètement hors de contrôle.

Isobel prit ma main droite et la serra doucement. Malgré ses efforts pour projeter des émotions positives, son impuissance et son désespoir transparaissaient et faisaient écho aux miens.

— Elle pense que je suis une bête sauvage et un drogué, dis-je amèrement, le dégoût et la déception que mes actions avaient suscités chez Linséa me coupant encore à vif.

— Ce n'est pas vrai ! s'exclama Isobel, offensée pour moi.

— Vraiment ? demandai-je avec une pointe de défi.

Elle recula et me lança un regard choqué.

— Kayog, comment peux-tu dire une chose pareille ? Tu sais parfaitement que tu n'es pas un accro. Ce n'est pas une drogue qui crée une dépendance, et tu ne la prends que dans des cas extrêmes, lorsque c'est nécessaire. Je comprends pourquoi elle a pu mal interpréter ce qu'elle a vu. La question principale est de savoir si tu lui as dit.

— Que je suis fou ? demandai-je, découragé. Oui, je lui ai dit.

— Tu n'es pas fou, répondit Isobel d'un ton sévère, la désapprobation dans sa voix me frappant de plein fouet.

Elle était la seule à m'avoir toujours considéré comme une personne, et non comme un monstre brisé, une abomination à éliminer. Au cours des six années qui avaient suivi notre rencontre, Isobel avait remué ciel et terre et utilisé toutes les ressources à sa disposition pour essayer de m'aider. Elle était plus qu'une amie. Pour moi, elle était la sœur que je n'avais jamais eue, et parfois presque une figure maternelle, même si nous avions le même âge.

— Pourquoi ne puis-je pas être normal ? demandai-je d'une voix brisée. Pourquoi ne puis-je pas être avec elle ?

— Tu peux l'être, Kayog, dit Isobel avec force. Mais tu dois lui parler. Une fois que tu lui auras expliqué ton état...

— Je ne peux pas être guéri, Isobel ! m'écriai-je. Nous avons tout essayé !

Elle fit un geste dédaigneux de la main.

— Des millions de personnes à travers la galaxie vivent avec leur handicap. Il n'y a aucune raison pour que ce soit différent pour toi. En attendant, nous continuons à chercher une solution. Mais parle-lui, Kayog.

Je secouai lentement la tête, le regard vague tandis que je repassais la scène dans ma tête.

— Tu n'as pas vu comment elle m'a regardé ni ce qu'elle a ressenti après que j'aie laissé tomber cet humain dans l'arbre. À cet instant, Linséa a eu peur de moi. Elle a pensé que je ressemblais à un monstre, dis-je, une douleur lancinante me transperçant le cœur.

Isobel soupira et me caressa l'avant-bras d'un geste apaisant.

— Je comprends pourquoi. À sa place, j'aurais peut-être réagi de la même manière si je ne connaissais pas la vérité à ton sujet. Mais tu as dit qu'elle était ton âme sœur.

— Elle l'est, affirmai-je d'un ton qui ne souffrait aucune discussion.

— Alors parle-lui ! s'exclama Isobel, comme si elle voulait me gifler pour mon obstination irrationnelle. Le Créateur ne vous a pas jumelés pour rien. Linséa est entrée dans ta vie parce que vous êtes destinés à vous compléter d'une manière ou d'une autre. Le destin a voulu que vous vous rencontriez maintenant, alors que les choses atteignent leur point critique. Ensemble, je suis convaincue que vous trouverez une solution là où j'ai échoué.

— Tu n'as pas échoué, rétorquai-je avec passion, rongé par la culpabilité à l'idée de lui avoir donné le sentiment d'être inadéquate ou de ne pas être reconnaissant pour tout ce qu'elle avait fait. Ton amitié et ton soutien m'ont donné de l'espoir et m'ont permis de tenir bon tout ce temps.

— Alors laisse-moi continuer à te soutenir en suivant mon

conseil. Parle-lui. Tu mérites d'être heureux, Kayog. Tu es l'âme la plus gentille que je connaisse.

Je m'ébrouai avec autodérision.

— Oui, mais tout cela pourrait bien être sans importance. Je vais probablement être expulsé après mon coup d'éclat.

Isobel secoua la tête avec une conviction qui me surprit.

— Non, tu ne le seras pas. Céleste, la femelle nazhrale que tu as secourue, a attesté que tu étais en train de la sauver. Tous les témoins ont confirmé sa déclaration. Certes, tu risques une sanction pour usage excessif de la force, mais c'était trois contre un.

— Ce sont probablement les enfants de parents très influents, rétorquai-je. Ils ne laissent pas n'importe qui entrer à Acadia. Leurs parents vont sûrement exiger une forme de réparation.

— Non, répondit-elle avec une suffisance inhabituelle et un regard dur. Ces trois garçons posaient problème depuis le début. Oui, leurs parents sont influents, et c'est la seule raison pour laquelle ils ont été admis. En vérité, tu as rendu service à l'école en leur donnant l'excuse dont ils avaient besoin pour les expulser. Mais tout ira bien pour toi. Je me suis renseignée avant de venir ici.

Malgré ma situation difficile, le soulagement m'envahit. Je ne savais pas comment aller de l'avant, mais j'étais heureux de ne pas avoir été expulsé, car cela m'aurait privé de tout choix.

— Pour ta gouverne, sache que le Directeur Colin a fouiné et s'est beaucoup immiscé dans le dossier après l'incident, dit Isobel d'un air pensif. Je pense qu'il a peut-être fait pencher la balance en ta faveur.

— Vraiment ? demandai-je, stupéfait. Qu'est-ce qu'il leur a dit ?

— Je n'en ai aucune idée, répondit-elle d'un ton désolé. Mais il est extrêmement curieux à ton sujet. Quand il a interrogé les autres élèves sur l'incident, il les a aussi questionnés sur toi en tant que personne.

— Merde, murmurai-je. Maintenant, il va me coller encore plus aux fesses. Il pense que je suis le bon samaritain.

— L'es-tu ? demanda Isobel, le visage impassible, en me fixant du regard.

Toute autre personne qui l'aurait regardée n'aurait eu aucune idée des pensées qui lui traversaient l'esprit. Grâce à mes pouvoirs empathiques, je pouvais clairement lire qu'elle croyait que je l'étais.

Même si elle n'approuvait pas les justiciers ou la violence en général, elle ne me condamnait pas non plus pour les mesures que j'aurais pu prendre afin de protéger les innocents.

Je ne répondis pas mais ne détournai pas non plus les yeux.

Elle s'ébroua.

— Évidemment. Je m'en doutais depuis la première fois que j'avais entendu parler d'un sauvetage opportun.

— Je vole beaucoup la nuit quand je n'arrive pas à dormir, répondis-je d'un ton évasif.

— Et tes pouvoirs empathiques te permettent de tomber par hasard sur des demoiselles en détresse ? demanda Isobel d'un ton taquin.

Je souris.

— En fait, il s'agit plutôt de « gars » en détresse, comme disent les humains. Mais ce n'est que sémantique ?

Elle gloussa et secoua la tête avec affection.

— Pour ce que ça vaut, je ne peux pas m'attribuer le mérite de tous les sauvetages opportuns. Il y a d'autres personnes qui ne supportent pas de voir des innocents se faire maltraiter.

Elle pencha la tête sur le côté et me lança un regard inquisiteur.

— Les Défenseurs disposent de ressources considérables et ne lésinent pas à la dépense pour le bien-être de leurs troupes. As-tu envisagé de les rejoindre ?

Je secouai la tête avec conviction.

— Dès qu'ils en sauront plus sur moi, ils me feront probablement interner ou me transformeront en cobaye. J'en ai assez des institutions.

Elle plissa les lèvres, l'air déçu mais résigné.

— Oui... je comprends.

À en juger par le regard qu'elle me lança, Isobel voulait apparemment ajouter quelque chose, mais elle se ravisa. Elle prit mon visage entre ses mains et examina attentivement chacun de mes yeux, sans doute pour évaluer à quel point ils étaient injectés de sang. Puis elle se redressa et passa le scanner fixé à son brassard au-dessus de ma tête. Son froncement de sourcils lorsqu'elle consulta le résultat sur l'interface m'apprit tout ce que j'avais besoin de savoir.

— Il y a encore beaucoup de tuméfaction. Prends un autre comprimé, puis nous pourrons méditer ensemble, dit Isobel d'un ton autoritaire.

Je hochai la tête, avalai un autre comprimé et pris la position du lotus, tandis que mon amie faisait de même. Cela n'allait pas me guérir, mais cela allait m'aider à apporter un peu de paix dans le chaos sans fin de mon esprit.

CHAPITRE 7
LINSÉA

L a honte me brûla les entrailles lorsque je me surpris à nouveau à regarder vers la porte. C'était idiot de ma part, car Kayog suivait souvent les cours à distance. Mais je ne pouvais m'empêcher d'espérer qu'il allait apparaître contre toute attente. Je ne savais toujours pas comment réagir à l'événement qui s'était produit la veille.

— Il ne viendra pas, dit Tala d'une voix douce après que j'eus de nouveau jeté un œil vers la porte.

Mes joues s'empourprèrent de honte que mon comportement ait été si évident qu'elle l'eût remarqué.

— Ouf. Je suis tellement pathétique, murmurai-je.

— Non, tu ne l'es pas, dit Tala fermement. Tu es très attirée par Kayog, et c'est manifestement réciproque. Un incident s'est produit, et il est normal que tu sois confuse à ce sujet. Mais ce n'est pas un mâle violent.

— Hein ?! Tu n'as pas vu ce qui s'est passé ! m'écriai-je, incrédule.

— Je n'ai pas besoin de le voir. Kayog a protégé Céleste d'un groupe de brutes, dit Tala d'un ton calme et évident qui me laissa perplexe.

— En jetant cet idiot dans un arbre ?!

Elle haussa les épaules.

— Cela a ralenti la chute dudit idiot. Son ego est bien plus meurtri que son corps. Et il le méritait.

Je secouai la tête, sceptique, un frisson me parcourant alors que je repassais toute la scène dans ma tête.

— Il y a plus que ça. Les yeux de Kayog brillaient, et je crois que ses mains aussi. C'était comme s'il était...

Ma voix s'éteignit, les mots me manquant.

— Comme s'il était quoi ? insista Tala doucement. Possédé ?

Je secouai la tête.

— Non, mais...

— Mais quoi ?

Je poussai un soupir et haussai les épaules.

— Honnêtement, je ne sais pas. Tout ce que je peux dire, c'est que pendant un bref instant, il m'a vraiment fait peur. Je n'avais pas vraiment peur *pour moi*, mais je ne savais pas qui j'avais en face de moi. Peut-être que « possédé » n'est pas un mauvais mot après tout.

— Parle-lui, dit Tala avec fermeté.

Je grimaçai, indécise.

— Ou peut-être que je devrais simplement suivre son conseil et m'enfuir tant que je le peux. Et pourtant, une autre partie de moi ne le souhaite pas. Par-dessus tout, je veux vraiment comprendre ce qui s'est passé, ce qui a déclenché cette réaction, et pourquoi ses yeux brillaient. Les Témernes n'ont pas ce genre de pouvoirs. Mais il me semble vraiment être problématique, et je ferais peut-être mieux de m'en éloigner.

— Linséa, parle à ton homme. Vous vous devez tous les deux de découvrir au moins ce qui se passe afin de pouvoir prendre une décision éclairée. Personne n'écrit une chanson comme celle-là sur une femelle qu'il vient de rencontrer s'il n'est pas sérieux à son égard. Donnez-vous une chance, dit Tala.

— Oui, en supposant qu'il se montre à nouveau, répondis-je

d'un ton grincheux. Pour autant que nous le sachions, il a peut-être été expulsé. Acadia a des règles strictes en matière de violence.

Elle fit un geste dédaigneux.

— Non, ça n'arrivera pas. Nous en aurions déjà entendu parler. De plus, tout le monde l'a acclamé comme un héros. Acadia aurait beaucoup de mécontents à gérer si elle le punissait pour avoir protégé quelqu'un en danger.

— Hum, d'accord, répondis-je d'un ton évasif, toujours aussi confuse qu'au début de cette conversation.

Même si je m'y attendais, je fus très déçue que Kayog ne se présente pas. Me concentrer sur le cours fut aussi difficile que l'épreuve olympique la plus éprouvante. À la fin du cours, j'avais changé d'avis au moins un milliard de fois sur la marche à suivre.

— Excusez-moi ! Êtes-vous Linséa Kenna ? m'interpella une douce voix féminine dès que Tala et moi sortîmes de la salle de cours.

Je tournai la tête dans la direction de la voix, stupéfaite de voir une mince jeune femme humaine, enveloppée dans une longue robe ornée de symboles runiques que je reconnus comme représentant la plupart des principales religions observées par les différentes espèces membres de l'OPU. Elle avait de longs cheveux blond foncé, la peau mate et des yeux vert foncé qui m'examinaient avec gentillesse. Et pourtant, elle dégageait une intense nervosité, comme si elle craignait ma réaction à son approche.

— Oui, c'est moi, répondis-je, curieuse.

— Pourriez-vous m'accorder un moment pour discuter ? demanda-t-elle, sa nervosité montant d'un cran.

— Bien sûr, répondis-je en me tournant vers elle.

— C'est pour une affaire privée, ajouta-t-elle en jetant un regard désolé à mon amie.

Bien que clairement déçue d'être exclue, Tala hocha la tête et m'adressa un sourire amical. Même si elle adorait les ragots, ma meilleure amie était aussi la personne la plus digne de confiance que je connaissais. Elle ne se mêlait jamais des affaires privées et ne révélait jamais un secret qui lui avait été confié sans consentement explicite.

— Je serai dans le jardin est quand tu auras fini, dit-elle avant de s'éloigner.

Je lui souris avec gratitude avant de reporter mon attention sur l'inconnue. Elle montra du doigt une alcôve discrète où nous pourrions parler plus librement, et je la suivis.

— Que puis-je faire pour vous ? demandai-je, intriguée, lorsque nous nous arrêtâmes.

— Je m'appelle Isobel Biondi. Je suis la meilleure amie de Kayog.

Je reculai, sous le choc et me sentant trahie.

— Vous êtes sa petite amie ?! m'écriai-je, immédiatement agacée par ma stupide bouche qui s'était emballée.

Elle éclata de rire et secoua la tête. La sincérité de sa réaction et de ses émotions balaya instantanément tous les doutes que j'aurais pu avoir. Cela ne fit qu'accroître ma mortification que mon esprit ait immédiatement sauté à cette conclusion alors qu'il ne m'avait donné aucune raison de soupçonner un acte répréhensible.

— Non, dit-elle d'un ton amusé en montrant sa tenue. Cette robe m'identifie comme étudiante en doctorat dans le programme galactique du clergé. Dans le cadre de notre formation, nous devons rester célibataires pendant cinq ans. Ce n'est que la deuxième année. Donc non, il n'y a aucune relation amoureuse entre Kayog et moi. C'est juste un très bon ami, que je considère comme un frère.

— Je vois, répondis-je, même si je ne voyais rien du tout. Il vous a demandé de me parler ?

Je fus surpris de la voir tiquer.

— Non, pas du tout. En fait, il va probablement me botter les fesses quand il le découvrira, dit-elle d'un air penaud.

Je fronçai les sourcils, me méfiant toujours instantanément de quiconque trahissait ou agissait dans le dos de quelqu'un qui lui faisait confiance.

— Alors pourquoi le faites-vous ? demandai-je d'une voix un peu plus froide.

— Parce que c'est mon ami et qu'il souffre énormément. Ça fait six ans que je le connais et il n'a jamais accordé la moindre attention à une femelle. Depuis qu'il t'a rencontrée, il ne cesse de penser à toi.

Mes joues s'empourprèrent et je me tortillai sur mes serres, à la fois flattée et embarrassée.

— Kayog dit que tu es l'élue, son âme sœur, poursuivit Isobel avec une conviction qui me laissa pantoise. Mais il pense aussi qu'il n'est pas digne de toi.

— Quoi ?! m'écriai-je, stupéfaite par ses deux déclarations.

— Il pense qu'il est fou, mais ce n'est pas le cas, dit la prêtresse d'un ton qui ne souffrait aucune discussion.

— C'est ce qu'il a dit, concédai-je pensivement. Pourquoi pense-t-il cela ?

Elle hésita, puis me lança un regard désolé.

— Même si j'aimerais beaucoup répondre à ta question, ce n'est pas à moi de le faire. C'est à lui de te le dire.

Je claquai du bec avec agacement, même si j'appréciais qu'elle lui accorde ce respect.

— En tant qu'empathe, je sens que tu penses chaque mot que tu viens de prononcer. Mais Kayog ne me connaît pas. Son affirmation selon laquelle je suis l'élue me semble donc extrêmement farfelue. Après tout, nous avons à peine parlé une heure hier pour la première fois, répondis-je, choisissant mes mots avec soin pour ne pas dire que cela semblait en fait complètement fou.

Elle sourit avec indulgence.

— Avec n'importe qui d'autre, je serais d'accord pour dire

qu'une telle affirmation serait saugrenue. Mais Kayog voit et entend des choses que personne d'autre ne peut percevoir. Je t'assure qu'il n'est pas fou. Il est simplement unique.

— Tu veux dire de la même manière que les autistes peuvent résoudre des équations mathématiques complexes en quelques secondes ? demandai-je.

Elle plissa les lèvres pendant quelques secondes en réfléchissant à mes paroles, avant d'acquiescer avec hésitation.

— Il y a certaines similitudes, je suppose. Mais comme je l'ai dit, Kayog est unique d'une manière que je n'ai jamais vue auparavant, répondit Isobel avec prudence.

— Alors, il est autiste ou neurodivergent ? insistai-je.

La prêtresse secoua fermement la tête.

— Non. Kayog a simplement été mal diagnostiqué toute sa vie.

Je hochai lentement la tête.

— Étant donné qu'il a été élevé dans une colonie de Darwandirs, je comprends tout à fait comment cela a pu arriver.

Isobel recula, les yeux écarquillés, dans un étrange mélange de choc et d'espoir.

— Tu es au courant ? s'exclama-t-elle.

Je haussai les épaules.

— Oui, il me l'a dit.

— Tout ? insista-t-elle, le regard intense.

— Pas les détails de sa maladie, concédai-je. Il a seulement mentionné que la seule fois où il avait été examiné par un médecin témerne, il y avait des raisons de croire qu'il pourrait essayer de lui faire du mal.

— Pas lui faire du mal, mais carrément le tuer, corrigea Isobel, la voix et l'expression durcies par une colère persistante envers le médecin.

Ce fut mon tour d'avoir un mouvement de recul.

— Quoi ? Pourquoi quelqu'un qui a juré de soigner les gens voudrait-il plutôt lui faire du mal ? Et surtout l'un des nôtres ?

Je ne voulais pas croire ce qu'elle disait, mais les émotions qui tourbillonnaient autour d'elle montraient clairement qu'elle était tout à fait honnête, sur la base des faits qu'elle connaissait. Isobel ouvrit et ferma la bouche plusieurs fois avant de pousser un soupir de frustration.

— J'ai dit tout ce que je pouvais sur ce sujet. Tout ce que je peux faire, c'est te supplier de lui parler. Tu as des relations haut-placées. Tu pourrais peut-être l'aider à obtenir l'aide médicale dont il a besoin, dit-elle d'un ton suppliant.

Je passai nerveusement ma main sur les plumes douces de ma tête et remuai mes ailes pour relâcher la tension qui s'accumulait dans mon dos.

— Je ne l'ai pas revu depuis l'incident d'hier, et il vient rarement en classe, répondis-je.

— Il fera son entraînement de canoë demain, répondit rapidement la prêtresse. Cela l'aide à se concentrer. Je t'en prie, je ne sais pas comment l'aider autrement. Toute cette histoire le détruit physiquement et mentalement. Je crois de tout mon cœur que le Créateur t'a envoyée ici pour le sauver. Je le sens au plus profond de moi !

Dépassée, je me frottai la nuque, trop de pensées tourbillonnant dans ma tête. Mais même là, je savais déjà que j'allais faire tout ce qui était en mon pouvoir pour l'aider. Cette femme croyait sincèrement qu'il était en détresse et que je pouvais faire pencher la balance. Comme elle l'avait si bien dit, j'avais des relations haut-placées. Si ce qui affectait Kayog était de nature médicale, nous allions trouver un remède.

— Es-tu en contact avec lui, ou le vois-tu ? demandai-je soudainement.

Elle hocha la tête, l'espoir brillant dans ses yeux vert foncé.

— Oui.

— Alors, la prochaine fois que tu lui parleras, dis à Kayog qu'il me doit toujours un dîner.

Bouche bée, elle me fixa pendant quelques secondes avant

d'éclater de rire, toute tension disparaissant de ses épaules. Puis, une vague de gratitude des plus chaleureuses émanant d'elle me submergea.

Tous les doutes que je pouvais encore avoir sur ses sentiments à l'égard de Kayog s'évanouirent à cet instant. Isobel l'aimait vraiment comme un frère, voire presque de façon maternelle.

— Je comprends pourquoi il t'aime. Merci de m'avoir donné l'espoir de son salut imminent. Le Créateur t'a envoyée.

~

J e faisais les cents pas dans mon salon, regardant mon écran vidéo toutes les deux secondes comme s'il était responsable du fait que ma grand-mère ne m'avait pas encore appelée. Mon impatience était injustifiée, car il restait encore quatre minutes avant l'heure convenue. Une chose sur laquelle on pouvait toujours compter, c'était que Nana Arika était toujours ponctuelle, ni en avance ni en retard, mais pile à l'heure.

Et pourtant, je ne pouvais m'empêcher de maudire intérieurement l'horloge qui n'avançait pas assez vite.

À 17h30 précises, un message entrant apparut sur mon écran. Je me jetai presque sur le canapé pour accepter l'appel. Le magnifique visage de ma grand-mère s'afficha immédiatement. J'étais son portrait craché, sauf que j'étais entièrement blanche avec quelques taches sombres sur le duvet touffu de ma poitrine, tandis que ma grand-mère était entièrement noire avec des taches blanches. Nous plaisantions souvent en disant qu'elle était le Ying de mon Yang. Et pourtant, nos personnalités étaient troublantes de similitude.

— Bonjour, ma chérie, dit-elle de ce ton tendre qui me réchauffait toujours le cœur.

— Bonjour, Nana, répondis-je affectueusement. Je suis

désolée de te déranger alors que tu es en pleine mission, mais j'ai vraiment besoin de ton aide.

— À propos de ce Kayog Voln ? demanda-t-elle d'un ton faussement désinvolte qui ne me trompa nullement.

Je me raidis, la bouche bée, tandis que mon esprit s'empressait de comprendre comment elle était déjà au courant à son sujet. Je n'avais encore rien dit à propos de Kayog, car nous n'avions officiellement aucune relation. Puis je compris.

— Colin t'en a parlé ? demandai-je.

Elle haussa l'épaule gauche, le visage toujours impassible, tandis que son regard bleu, identique au mien, restait intense.

— Peut-être, répondit-elle d'un air mystérieux.

Je m'emportai aussitôt. Je savais que c'était son instinct professionnel qui prenait le dessus pour obtenir le plus d'informations possible de la part de l'autre partie sans trop en dévoiler sur ce qu'elle savait. Mais en ce moment, j'avais besoin d'une alliée, pas d'une procureure.

— Qu'est-ce qu'il a dit ? demandai-je d'un ton sec, agacée de ne pas pouvoir lire ses émotions à travers l'écran.

Elle plissa les yeux, ma réaction la rendant encore plus méfiante.

— Tu sais que je ne suis pas du genre à révéler ce qui m'a été confié. Cependant, tu t'es trouvé un ami intéressant, même s'il est un peu violent, répliqua-t-elle d'un ton neutre tout en étudiant mes réactions.

Il ne faisait aucun doute que ma grand-mère aurait également souhaité pouvoir lire mes propres émotions en ce moment.

— Il n'est pas violent, répondis-je fermement, surprise par ma propre conviction en prononçant ces mots.

Ce matin même, je n'étais pas sûre de ce que je pensais de la brutalité dont il avait fait preuve la veille. Mais cette conversation avec la prêtresse avait complètement bouleversé ma perception des choses.

— Vraiment ? demanda Nana Arika, son sourcil dubitatif reflétant l'incrédulité dans sa voix.

— Je sais de quoi ça a l'air, concédai-je. À vrai dire, j'avais quelques réserves à son sujet. Mais en réalité, il protégeait une victime contre trois brutes. Il avait clairement la force et les aptitudes nécessaires pour leur infliger de graves blessures, mais il ne l'a pas fait. Cela dit, je ne t'appelle pas à propos de cet incident, mais pour te demander de l'aide médicale et ta parole que cela ne sera discuté avec personne en qui nous n'avons pas entièrement confiance.

Cette fois-ci, ma grand-mère se redressa, et son expression légèrement distante qui trahissait une prudente réserve s'estompa. Je n'avais jamais fait ce genre de requête, elle savait donc que quelque chose de grave se passait.

— Bien sûr, ma chérie. Tu as ma parole.

— Merci, répondis-je avec une gratitude sincère. La raison de cette demande est que Kayog souffre d'une maladie rare. Je ne connais pas encore tous les détails, sauf qu'il m'a dit que la seule fois où il a consulté un médecin témerne, sa vie et son bien-être ont été mis en danger.

Ma grand-mère se figea et une expression troublée traversa son visage.

— Un médecin témerne voulait lui faire du mal ? insista-t-elle, ses ailes majestueuses raides de tension.

Je hochai la tête, puis je lui racontai tout ce qui s'était passé depuis ma rencontre avec Kayog, y compris sa chanson, tout ce qu'il avait dit pendant que nous prenions le petit déjeuner, l'incident avec les brutes et les révélations d'Isobel.

En voyant ma grand-mère presque s'affaler contre le dossier de sa chaise comme si elle avait besoin de soutien, tous mes sens se mirent en alerte. Ses yeux oscillaient d'un côté à l'autre tandis que son esprit tournait à toute vitesse, d'innombrables émotions contradictoires se bousculant sur son visage. J'avais envie de lui poser des questions, mais je ne voulais pas perturber sa concentration alors qu'elle essayait de mettre de l'ordre dans tout ce que je lui avais confié.

— Quel âge a ton ami ? demanda-t-elle soudainement.

— Kayog a vingt-sept ans, répondis-je, le dos raide d'anticipation et de nervosité.

Elle fronça les sourcils et secoua la tête d'un air perplexe.

— Quoi ? demandai-je de plus en plus agacée. À quoi penses-tu ?

Elle secoua à nouveau la tête, comme si elle ne parvenait pas à réconcilier les pensées qui bouillonnaient dans son esprit.

— Je ne connais qu'une seule situation spécifique dans laquelle les médecins témernes voudraient tuer l'un d'entre nous, et où on s'attendrait d'ailleurs à ce qu'ils le fassent, réfléchit-elle à voix haute, semblant encore avoir du mal à accepter ce qui lui passait par la tête.

— On s'attendrait à ce qu'ils le fassent ? m'écriai-je, indignée. Qu'est-il advenu de leur serment de ne faire aucun mal ?

— Comme je l'ai dit, il existe une situation très particulière qui le justifie. Mais les Édals ne sont jamais aussi vieux.

— Des Édals ? répétai-je. Qu'est-ce que c'est ? Et qu'est-ce qui pourrait justifier un meurtre ?

— Les Édals sont des Témernes qui souffrent d'une mutation extrêmement rare, expliqua Nana Arika avec précaution. C'est un cas de folie où l'enfant naît enragé.

Mon sang se glaça.

— Enragé ? Mais comment ? Pourquoi ?

— Ils ont une glande pinéale anormale, ce qui contrôle nos pouvoirs empathiques, répondit-elle.

— Et cela leur donne des pouvoirs, comme cette énergie lumineuse autour de la main de Kayog ? demandai-je, l'esprit en ébullition.

Elle secoua la tête.

— Je ne peux pas dire si c'est le cas ou non. D'après ce que j'ai lu sur le sujet, leurs électroencéphalogrammes sont extrêmement élevés. La plupart d'entre eux meurent dans l'utérus ou sont avortés dès qu'ils sont diagnostiqués comme étant des Édals. Les rares exceptions qui survivent à la naissance ne présentent absolument aucun signe visible pendant la gestation. Puis, dès le début du travail, cela semble déclencher une sorte d'activation de la mutation dans leur glande pinéale, et ils viennent au monde en hurlant sans arrêt. Ils griffent tout et tout le monde, y compris eux-mêmes. Il faut les maîtriser pour éviter qu'ils ne se blessent gravement. Dans la plupart des cas, ils meurent d'un anévrisme ou d'une hémorragie cérébrale massive.

Je serrai les mains sur mes genoux pour les empêcher de trembler tandis que je repassais mentalement ma conversation avec Kayog. Quand il m'avait raconté son histoire pour la première fois, je m'étais demandée quel genre de parents monstrueux pouvaient mettre leur nouveau-né en stase, le fourrer dans un module d'urgence et l'expédier à une espèce qui ne connaissait rien de son anatomie, simplement parce qu'ils ne supportaient pas ses pleurs. Maintenant, je ne pouvais m'empêcher de me demander s'ils l'avaient en fait envoyé loin pour lui donner une chance de vivre et lui épargner l'euthanasie pratiquée par nos médecins.

— Quel est le plus vieil Édal jamais enregistré ? demandai-je dans un murmure.

— Si c'est bien ce dont souffre ton Kayog – et jusqu'à présent, cela semble être le cas – alors il est sans aucun doute le plus âgé. Ils meurent généralement dans les vingt-quatre heures. Le plus âgé jamais enregistré est décédé au bout d'une semaine d'agonie. Ils n'atteignent jamais l'âge de vingt-sept ans.

— Créateur ! soufflai-je en pressant mes paumes contre mes joues avant de lancer un regard perplexe à ma grand-mère. Comment se fait-il que je n'aie jamais entendu parler des Édals ? Cela semble être une condition tellement tragique et extrême qu'elle devrait faire l'objet de nombreuses discussions.

Elle secoua la tête.

— Comme je l'ai dit, c'est une condition extrêmement rare, et nous n'avons qu'un ou deux cas par siècle environ. Comme la solution est assez controversée, il a été jugé préférable de la garder secrète et de n'en parler qu'aux parents.

— Mais pourquoi ? Tuer le fœtus ou le nouveau-né semble un peu extrême. Avec toutes nos avancées technologiques, il doit sûrement y avoir quelque chose à faire pour eux ? Si mon enfant était un Édal, je voudrais qu'il soit mis en stase afin qu'il ne souffre pas pendant que les médecins travaillent sans relâche pour trouver un remède.

Elle m'adressa un sourire indulgent.

— Comme je l'ai dit, les Édals sont extrêmement rares. D'après notre histoire, un tel défaut serait considéré comme très préjudiciable à la réputation d'une Maison. La famille voudrait garder cela secret afin que toute la lignée ne soit pas mise au ban de la société par crainte qu'elle ne contamine les autres. Cette règle remonte à plusieurs siècles. Elle n'a jamais été mise à jour, car personne n'avait de raison de croire qu'un tel enfant pouvait être sauvé. Et nous ne savons pas si ton Kayog est réellement un Édal.

— S'il n'est pas un Édal, pour quelle autre raison un médecin témerne voudrait-il le tuer ? Et de toute façon, le fait qu'un enfant s'automutile ne devrait pas justifier des mesures aussi extrêmes. De plus, dans le cas de Kayog, il était déjà beaucoup plus âgé et ne s'automutilait plus lorsque le médecin témerne a découvert son existence. Quel autre motif pourrait-il donc y avoir ?

Elle secoua la tête.

— Je ne vois aucune autre raison qui pourrait les pousser à agir ainsi. Du moins, aucune dont j'aie connaissance.

— Et s'il est un Édal ? rétorquai-je.

— Alors, il aura changé tout seul le cours des choses. Nous devons le faire examiner par nos meilleurs médecins dès que possible, dit-elle d'un ton impératif.

— Je ne le laisserai pas devenir une sorte de rat de laboratoire. C'est une personne, pas une expérience ! dis-je d'un ton
sévère.

Elle rit doucement et son regard s'adoucit, même si je ne
manquai pas de remarquer la lueur sérieuse qui y subsistait.

— Avant d'aller plus loin dans nos spéculations, nous devons
en savoir plus sur lui, dit ma grand-mère d'un ton neutre.
D'après les enregistrements de vidéosurveillance du campus,
Colin confirme que les mains et les yeux de Kayog brillaient bel
et bien. Ils ont également enregistré une importante poussée
d'énergie cinétique. Quoi qu'il soit, ton petit ami est quelque
chose que nous n'avons jamais rencontré auparavant. La question est de savoir s'il représente une menace.

— Non, il n'en est pas une, répondis-je avec une certitude
qui fit hausser les sourcils à ma grand-mère, avec une pointe
d'amusement. Tala a dit qu'il était extrêmement protecteur
envers les gens.

À ma grande surprise, ma grand-mère acquiesça.

— C'est en effet ce qu'indiquent ses antécédents. Mais nous
avons également de très bonnes raisons de croire qu'il est le
justicier qui frappe à Mazéria, ou du moins l'un d'entre eux.
Dans ce cas, il pourrait s'agir d'un psychopathe qui canalise son
besoin de violence de cette manière.

Cela me donna à réfléchir. Même si mon instinct me disait
qu'il n'était pas une personne violente ni une menace pour la
société, il serait tout à fait irresponsable de ma part de ne pas au
moins envisager cette possibilité.

Me sentant un peu abattue, je jetai un regard presque
suppliant à ma grand-mère.

— Je l'aime beaucoup, Nana. Je l'aime vraiment, vraiment
beaucoup. Personne ne m'a jamais fait ressentir ce que je ressens
avec lui, et tout mon être me dit que c'est un mâle bien qui a
désespérément besoin d'aide. Mais j'ai peur et je suis confuse. Je

ne veux pas prendre de mauvaises décisions basées sur mes émotions.

Elle m'adressa un sourire affectueux.

— Tu n'as jamais été téméraire, ma chérie, et encore moins du genre à perdre la tête pour les mâles. Celui-ci m'inquiète, mais l'affection que tu lui portes me dit qu'il doit vraiment être quelqu'un d'exceptionnel. Les Défenseurs mènent une enquête approfondie sur lui afin de déterminer s'il représente un danger ou un atout. Je ferai tout ce qui est en mon pouvoir pour le protéger, mais il doit se soumettre à des tests. Nous devons savoir si le pouvoir qu'il a démontré sur le campus est tout ce qu'il possède, ou s'il en a d'autres qui pourraient être utilisés comme armes de destruction massive.

— Je comprends, mais je ne laisserai personne le transformer en cobaye, répétai-je.

— Chérie, si c'est un Édal, il n'aura pas d'autre choix que de se porter volontaire si nous voulons trouver un remède. Mais cela peut se faire de manière respectueuse et empathique. Ce que je peux te promettre, c'est que tant qu'il ne représente pas une menace, je veillerai à ce qu'il bénéficie de la même liberté de choix que n'importe quel autre civil en matière de soins de santé.

Même si ce n'était pas la réponse que j'avais espéré, elle était honnête et raisonnable. Je lui fis un signe de tête raide.

— Sois prudente, ma chérie. Je t'aime.

— Je t'aime aussi, Nana. Et je te promets que je le serai.

CHAPITRE 8
KAYOG

J e glissai trois comprimés supplémentaires de dipramine dans le compartiment secret de mon brassard. Il s'agissait d'un antidépresseur tricyclique qui avait depuis longtemps été retiré du marché sur la plupart des planètes. Ce n'était pas un médicament idéal. Mais lui seul parvenait à ralentir – voire parfois à arrêter – le fonctionnement de ma glande pinéale. Une fois qu'il faisait effet, le médicament aidait à atténuer le bruit et les maux de tête insupportables qui me rendaient fou.

Un afflux massif d'émotions joyeuses ne me posait aucun problème. C'était pourquoi je pouvais participer à des événements sportifs ou à donner des concerts. J'aimais la douleur physique et la concentration que procuraient les efforts athlétiques. Il en allait de même lorsque j'étais entouré des acclamations, de l'excitation et du ravissement de la foule venue assister à mes spectacles ou à mes compétitions. C'était une fois ceux-ci terminés que tout se gâtait.

La poussière retombée, les gens revenaient à leurs émotions moins agréables telles que la colère, la jalousie, la tristesse et la haine. Chacune d'entre elles me donnait l'impression d'être transpercé par un poignard. Et lorsqu'elles se mélangeaient dans un tourbillon chaotique, je ressentais une véritable agonie. À maintes reprises, j'avais lutté entre l'envie de m'arracher les yeux et celle de détruire la source de ma douleur : les personnes qui diffusaient ces émotions négatives. C'était ce qui rendait les foules si cauchemardesques.

Pourtant, aujourd'hui, je pouvais potentiellement revoir mon amour. Mes entrailles se tordaient de douleur chaque fois que j'envisageais la possibilité de voir la peur et le dégoût dans ses yeux. La seule chose qui me donnait de l'espoir était qu'Isobel m'avait dit que Linséa attendait toujours le dîner que je lui devais.

La colère que j'avais initialement ressentie lorsque la prêtresse avait approché Linséa en mon nom s'était rapidement estompée. Au-delà du fait qu'elle l'avait fait par amour sincère pour moi, cela m'avait aussi donné le coup de pouce dont j'avais besoin pour cesser d'être aussi pathétique et être honnête avec mon âme sœur. Si je ne pouvais pas être sincère avec elle, alors nous n'étions pas faits l'un pour l'autre. En parlant à ma colombe, Isobel l'avait rendue plus réceptive aux révélations que j'avais à lui faire.

Le cœur battant d'appréhension et d'impatience, je volai jusqu'au campus et commençai mon entraînement de canoë. Ma déception de ne pas voir Linséa se présenter se transforma en tristesse lorsque j'eus terminé et que j'entrai dans le hangar pour laver puis ranger mon canoë. Je mis deux fois plus de temps à accomplir cette tâche dans l'espoir qu'elle ait peut-être dormi trop longtemps ou qu'elle ait été retenue ailleurs. Le cœur brisé de ne toujours pas la voir arriver, je pris ma douche, essayant de trouver une raison rationnelle pour expliquer son absence. D'après les commentaires d'Isobel, elle pensait que Linséa allait assister à mon entraînement. Cependant, en y repensant, mon amie n'avait jamais affirmé que ma conjointe avait confirmé sa présence.

Et puis je la sentis.

Mon cœur bondit dans ma poitrine, et je faillis glisser et me casser le cou dans ma hâte de finir de me laver et de me rincer, de peur qu'elle ne parte en pensant qu'elle m'avait manqué. D'autres Témernes auraient simplement abaissé leurs barrières psychiques suffisamment pour permettre à leur partenaire de percevoir leurs émotions et ainsi confirmer leur présence. Je ne pouvais pas faire cela sans causer une détresse importante à ma conjointe.

Je me forçai à sortir calmement de la douche. Bon sang, elle était magnifique ! Debout à côté de mon canoë, elle passait doucement ses doigts sur le bord. Une jalousie irrationnelle m'envahit alors que j'aurais voulu que ce soit moi qu'elle caresse ainsi.

Elle tourna brusquement la tête dans ma direction, un sourire timide et légèrement hésitant s'épanouissant lorsqu'elle vit l'expression sur mon visage. Ce ne fut que lorsqu'elle se tourna complètement vers moi que je remarquai les deux sacs qu'elle tenait à la main. Je m'ébrouai et secouai la tête en réduisant la distance qui nous séparait.

— Hé ! Je croyais que c'était *moi* qui te devais un dîner ? dis-je avec une fausse indignation.

Elle jeta un coup d'œil au sac dans sa main gauche avant de me regarder avec une expression espiègle.

— Oups ! Tu as raison, dit-elle en feignant la consternation avant de hausser les épaules. Je suppose que cela signifie que tu me dois maintenant deux dîners.

Je ris et inclinai la tête en signe de concession, le cœur débordant de joie. Mon misérable esprit avait imaginé un milliard de scénarios cauchemardesques pour notre prochaine rencontre. Mais juste comme ça, ma colombe avait rendu les choses si faciles et indolores. Elle était vraiment mon âme sœur.

— Marché conclu, dis-je avec un sourire.

— Comment vas-tu ? demanda Linséa doucement, sa voix trahissant son inquiétude sincère à mon égard.

Cela aussi me procura une agréable sensation de chaleur dans la poitrine.

— Je vais bien. Beaucoup mieux, merci, répondis-je d'un ton doux.

Même si j'avais l'intention d'entrer dans les détails, je ne voulais pas le faire ici.

— Je suis contente de l'entendre. J'ai pensé que tu aurais peut-être faim après ton entraînement intense, dit Linséa d'un air penaud en me montrant les sacs.

— Je suis absolument affamé, répondis-je en toute honnêteté.

Je n'avais presque rien mangé depuis l'incident, trop bouleversé pour pouvoir avaler quoi que ce soit.

— Tu veux manger hors du campus ? proposa Linséa.

— Ce serait génial, si ça ne te dérange pas, répondis-je, le cœur battant.

— Ça ne me dérange pas. Y a-t-il un endroit en particulier où tu te sentirais à l'aise ? demanda-t-elle, ses émotions trahissant clairement son désir sincère de me mettre à l'aise, et non un sentiment d'obligation déplacé.

Je me déplaçai sur mes serres et choisis mes mots avec soin avant de parler.

— À vrai dire, l'endroit où je me sens le plus à l'aise, c'est chez moi. Mais je ne voudrais pas que tu penses que je suis un pervers si je t'y invite, dis-je, la tension étant perceptible dans ma voix.

À ma grande surprise, Linséa sourit, son aura dégageant quelque chose qui ressemblait à du soulagement, comme si elle avait espéré cette réponse... ce qui n'avait aucun sens.

— Ce sera donc chez toi, dit-elle d'un ton neutre.

Je la regardai bouche bée, stupéfait par la facilité avec laquelle elle avait accepté.

— Tu es sûre ? demandai-je, incertain.

— Oui, Kayog, répondit Linséa fermement. Je te fais confiance, tu ne me feras pas de mal.

Une émotion puissante faillit m'étouffer alors que je me délectais de la lumière divine qui émanait d'elle.

— Jamais, ma colombe, répondis-je, surpris d'être même capable de former un mot.

Avant que je ne puisse tiquer intérieurement à l'utilisation de ce terme affectueux, la vague de plaisir provenant de Linséa m'apaisa et attisa la possessivité que je ressentais envers elle jusqu'à la frénésie. Cela me plaisait beaucoup qu'elle réagisse toujours aussi positivement à mon égard, surtout après avoir tant redouté que ces retrouvailles tournent mal.

Après l'avoir déchargée de ses deux sacs, je m'envolai, heureux de laisser derrière moi le chaos douloureux du campus qui s'animait à mesure que de plus en plus d'étudiants commençaient leur journée. Il y avait quelque chose de magique à voler aux côtés de ma conjointe. Mon esprit était envahi par des images de notre vol nuptial, de nos innombrables aventures à travers les cieux, entourés uniquement par une nature immaculée, la caresse du vent, les rayons chauds du soleil et l'aura envoûtante de notre amour qui tourbillonnait autour de nous. Je le désirais tellement que je pouvais presque le goûter.

Linséa eut le souffle coupé lorsque nous approchâmes notre destination et elle remarqua enfin une maison isolée au milieu d'une petite île dans la rivière.

— C'est ta maison ? s'exclama-t-elle, abasourdie.

— Oui, répondis-je avec suffisance.

— Tu possèdes une île entière ?!

Je gloussai.

— Techniquement, elle est trop petite pour être appelée une île. C'est en fait un îlot d'un peu plus de soixante mètres carrés. Et malheureusement, non, je n'en suis pas propriétaire. Normalement, on ne peut pas construire de résidence ici. Mais le maire a eu la gentillesse de m'accorder un permis spécial pour m'y installer temporairement pendant la durée de mes études, dis-je alors que nous commencions notre descente.

Vue d'en haut, la maison avait la forme d'une croix avec des toits sombres légèrement inclinés. Il s'agissait en fait de panneaux solaires qui me permettaient de profiter des conforts standards sans avoir à être connecté au réseau électrique de la ville.

— C'est une maison déployable, conçue spécialement pour mes besoins. Elle est donc parfaite pour voyager partout avec moi, expliquai-je alors que nous atterrissions.

Bien qu'elle ne soit pas parfaite, cette maison était mon refuge. Au fil des ans, elle avait été la seule chose qui m'avait empêché de devenir complètement fou. Si je pouvais remonter dans le temps, j'aurais apporté quelques modifications supplémentaires, mais elle était déjà plus que suffisante. J'adorais les immenses fenêtres réfléchissantes tout autour qui laissaient toujours entrer la lumière, tout en m'offrant l'intimité dont j'avais besoin... Bien que personne ne vienne jamais ici.

J'ouvris la porte et lui fis signe d'entrer avant de la suivre à l'intérieur. Même avec la porte encore ouverte, l'effet apaisant de la maison me fit presque gémir de soulagement. Entrer dans mon refuge me faisait toujours prendre pleinement conscience à quel point les choses avaient été douloureuses. Étant donné que les gens venaient à peine de se lever, cela me bouleversait de réaliser à quel point j'étais devenu incroyablement sensible ces derniers temps.

Cependant, alors que mon retour à la maison me réjouissait, je sentis immédiatement le changement chez Linséa. Je n'aurais pas appelé cela de l'inconfort, mais cela l'affectait de manière peu positive. C'était prévisible pour quelqu'un qui n'était pas habitué à ce type d'environnement.

— Houlà ! murmura Linséa en fronçant légèrement les sourcils tandis qu'elle regardait autour d'elle, essayant de comprendre ce qui la dérangeait exactement. C'est bizarre.

— Oui, c'est normal, répondis-je d'un ton apaisant.

Ses yeux s'écarquillèrent lorsqu'elle comprit soudainement.

— Oh wow ! On dirait une chambre anéchoïque ! C'est comme s'il n'y avait pas d'écho ! s'exclama-t-elle.

Mon sourire s'élargit.

— C'est un peu le même principe, mais ce n'est pas pour les sons normaux. Cette maison est conçue pour bloquer les signaux psychiques.

Elle recula légèrement, la confusion se lisant sur son beau visage.

— Psychiques ? répéta Linséa.

Je hochai la tête.

— Il y a pas mal de choses que je dois t'expliquer. Mais d'abord, laisse-moi te faire visiter rapidement. Ensuite, nous pourrons nous installer à table et discuter tout en mangeant.

— Ça me va, répondit-elle, le soulagement et l'excitation qui émanaient d'elle confirmant qu'elle avait espéré que je lui avoue certaines choses.

Même si cela m'avait effrayé – et m'effrayait encore dans une certaine mesure – je compris finalement que c'était la bonne chose à faire. Isobel avait raison de dire que je devrais pouvoir discuter de tout avec mon âme sœur. Ce n'était pas une coïncidence si le destin l'avait mise sur mon chemin au moment même où je me sentais sur le point de jeter l'éponge. Linséa me donnait une raison de m'accrocher à une vie misérable que je n'avais plus la force de supporter.

Je lui fis visiter rapidement la maison, qui comprenait une chambre avec salle de bains attenante, une deuxième chambre que j'utilisais comme bureau, le salon qui me servait également de salle de méditation, et la cuisine-salle à manger contiguë avec une petite salle d'eau près de l'entrée.

— C'est une très belle maison, dit Linséa avec une admiration sincère. J'adore la palette de couleurs naturelles que tu as choisie. Pour je ne sais quelle raison, je m'attendais à ce que ton intérieur soit tout noir et gris foncé, soit dans les tons blancs et marron typiques que les mâles choisissent souvent. Mais j'adore ces couleurs vert forêt, bleu nuit, orange et rouge foncé que tu as utilisées. C'est chaleureux, joyeux et accueillant, sans être excessif ou agressif. J'apprécie également beaucoup la façon dont tu as réussi à créer un intérieur confortable sans qu'il soit encombré.

Chacun de ses mots me remplissait un peu plus de fierté. Comme je ne recevais jamais d'invités à part Isobel, je n'avais aucune idée de la façon dont une femelle aurait perçu mon sens de la décoration. Dire que sa réponse me plaisait serait un euphémisme.

— Je suis ravi que cela te plaise. Comme je passe la plupart de mon temps ici, j'ai besoin que cet endroit soit chaleureux et accueillant.

Même si je prononçai ces paroles sur un ton enjoué, je ne manquai pas de remarquer la pointe de tristesse qu'elles suscitèrent chez Linséa. Comme la plupart des gens, elle considérait cette maison comme une prison plutôt que comme un refuge. À bien des égards, c'était une évaluation juste. Mais pour moi, la protection qu'elle m'apportait l'emportait sur toute connotation négative qui pouvait y être associée.

— Cet endroit a dû coûter une fortune, dit Linséa d'un air pensif tandis que je la conduisais vers la table à manger pouvant accueillir quatre personnes.

— Ce n'était pas donné, concédai-je, mais le règlement a tout couvert et il restait encore beaucoup de crédits, dis-je en m'arrêtant juste à côté de la table.

— C'est formidable ! dit-elle avec un sourire, son regard parcourant une nouvelle fois la maison avant de se poser sur moi. J'adore vraiment ta maison. Elle te ressemble beaucoup.

Je penchai la tête sur le côté et lui lançai un regard interrogateur.

— Elle me ressemble ? répétai-je. Que veux-tu dire ?

— Elle est réconfortante, douce, colorée, puissante, et pourtant humble, avec juste ce qu'il faut de sobriété pour la rendre accueillante plutôt qu'étouffante. Si son effet modérateur est déconcertant au premier abord, il s'estompe rapidement pour passer à l'arrière-plan. Et on a juste envie de s'envelopper dans la chaleur de ta maison, dit Linséa d'un air pensif, semblant se parler à elle-même plutôt que de véritablement me répondre.

Chacun de ses mots me faisait fondre de l'intérieur. D'instinct, je lui caressai la joue. La douceur de ses plumes contre ma paume me fit presque fléchir les genoux. À ma grande surprise, ma compagne s'appuya sur mon toucher et me submergea d'une vague de tendresse. Incapable de résister, je l'attirai dans mes bras. Linséa vint volontiers, pressant son corps mince contre le mien et enfouissant son visage dans le creux de mon cou.

— Ma colombe, murmurai-je, la gorge serrée.

Un frisson violent me parcourut, mes terminaisons nerveuses picotèrent et ma peau s'échauffa. Je n'avais jamais eu une réaction aussi forte pour qui que ce soit. Ce n'était pas le désir qui alimentait cette réponse, mais un profond sentiment de perfection, d'appartenance, d'être enfin complet.

Je glissai mes bras autour de sa taille, resserrant mon étreinte. Elle aplatit ses ailes contre son dos, et j'enroulai les miennes autour d'elle. Un roucoulement profond et grondant vibra dans ma poitrine et remonta jusqu'à ma gorge. Un autre frisson me parcourut l'échine lorsque Linséa joignit sa voix à la mienne en frottant son visage contre le duvet qui recouvrait mon cou et ma poitrine.

En parfaite synchronisation, comme si une communication silencieuse s'était établie entre nous, nous cessâmes de roucouler. Je relâchai légèrement mon étreinte et Linséa leva la tête pour croiser mon regard. Je me noyai dans la mer bleue cristalline de ses yeux, envahi par un incroyable sentiment de bien-être et de communion parfaite. Après quelques secondes – ou d'innombrables minutes – je me penchai en avant et frottai mon bec contre le sien dans un doux baiser, qu'elle me rendit.

Ses griffes grattèrent gentiment le duvet qui tapissaient la base de mes ailes, près de ma colonne vertébrale. Dans certaines circonstances, cela aurait pu être considéré comme un geste érotique, car cet endroit était très érogène pour nous – et pour les hommes-oiseaux en général. Cependant, cela pouvait aussi être un geste apaisant ou une marque d'affection, en particulier entre conjoints. Le fait que Linséa agisse ainsi indiquait qu'elle pensait que notre relation évoluait vers quelque chose de plus sérieux et d'exclusif.

À contrecœur, je reculai d'un pas et la libérai de mon étreinte. Mais nous restâmes quelques instants main dans la main, les regards toujours rivés l'un sur l'autre. À cet instant, quelque chose s'installa dans ma poitrine, alimenté par ses émotions qui tourbillonnaient autour de moi dans une douce caresse, et par le chant envoûtant de son âme qui guérissait les profondes blessures de mon cerveau perturbé. Linséa et moi étions faits l'un pour l'autre. D'une manière ou d'une autre, nous allions trouver la solution ensemble.

Lui tenant toujours la main, j'aidai ma conjointe à s'asseoir avant de m'installer de l'autre côté de la table. Celle-ci se trouvait en face de la cuisine-laboratoire, juste devant les grandes portes-fenêtres donnant sur le côté droit de la maison, avec un accès à la rivière à moins de dix mètres. Elle offrait une vue paisible et magnifique, notamment grâce à la forêt luxuriante sur la rive opposée et aux sommets montagneux qui s'élevaient au loin.

Alors que nous commencions à manger, je ne pus m'empêcher de rire en remarquant que ma conjointe s'était acheté une double portion de craquelins aux grains. Je pris note de cette information afin de pouvoir lui offrir un coffret cadeau exclusif rempli d'une grande variété de saveurs et de grains qui n'étaient pas disponibles à la cafétéria.

Après quelques bouchées, je pris une profonde inspiration et me lançai dans la révélation de tout ce qui concernait mon état.

— Dès ma naissance, il était évident que je n'étais pas un

Témerne normal. Malgré un entraînement intensif, je suis incapable de bloquer les gens comme vous le faites. Sauf que je ne ressens pas les émotions des gens uniquement comme des sensations, comme vous. Pour moi, elles se traduisent également par des sons.

Linséa se figea, alors qu'elle était sur le point de porter un craquelin à son bec. Elle me dévisagea avec une expression stupéfaite.

— Comme des sons ? répéta-t-elle, perplexe.

Je hochai la tête.

— Les âmes ont une chanson, une mélodie unique pour chaque individu, un peu comme une empreinte psychique. Mais les émotions ont des sons. Par exemple, pour moi, la colère est un son très abrasif, comme une porte qui grince bruyamment. La joie est comme un carillon éolien très léger. La tristesse est aiguë et l'une des pires qui soient. Plus la tristesse est profonde, plus le son devient agressif. Il se transforme en quelque chose qui ressemble à un crissement ou à des clous sur du verre, expliquai-je.

Ma conjointe me lança un regard horrifié.

— Créateur ! Ça doit être horrible.

— Absolument, répondis-je d'un ton découragé. La jalousie et l'envie se manifestent par un grognement soutenu. Mais elles s'accompagnent aussi de sensations. La colère est comme des insectes qui nous rampent dessus. La tristesse donne l'impression d'étouffer ou d'être étranglé. La jalousie est visqueuse et me donne des démangeaisons. La peur, quant à elle, ressemble davantage à cette sensation désagréable de picotements que l'on ressent lorsqu'un membre engourdi se réveille.

— Wow ! Je ne m'attendais pas à ça. Mais qu'en est-il de la joie ? Comment la ressent-on ?

Je souris.

— Elle est chaleureuse et réconfortante, comme une douce brise estivale. Mais l'amour est ce qu'il y a de mieux. C'est l'incarnation de la paix, cette sensation de bien-être et de torpeur que l'on ressent lorsqu'on se fait masser dans un spa.

— C'est incroyable ! dit Linséa avec une pointe d'envie. Si je pouvais ressentir cela simplement en côtoyant des gens amoureux ou qui émettent cette émotion, je m'accrocherais à eux 24 heures sur 24.

Je gloussai.

— Être près de telles personnes est en effet merveilleux. Malheureusement, je ne peux pas me concentrer uniquement sur elles. Je ressens tout ce qu'éprouvent tout le monde aux alentours, et tous en même temps. Tout le temps, dis-je, l'amertume s'insinuant dans ma voix.

Ma conjointe pressa sa paume contre sa poitrine, l'air choquée.

— Que veux-tu dire par tout le monde ? demanda-t-elle prudemment.

— Absolument tout le monde. Tout le campus et ses environs. C'est pourquoi je ne peux rester près des foules que pendant de très courtes périodes avant que cela ne devienne insupportable. C'est particulièrement difficile lorsque les gens ressentent des émotions extrêmes.

— Et tu dis que tu ne peux pas les bloquer ? insista Linséa, partagée entre le choc et l'empathie.

— Je ne le peux absolument pas, et ce n'est pas faute d'avoir essayé, répondis-je avec résignation. Naturellement, plus il y a de personnes présentes et éveillées, plus le bruit est fort. Entre leurs différentes émotions, les sons qu'elles produisent et les sensations qu'elles créent, je suis plongé dans un chaos mortel qui me pousse au bord de la folie.

— C'est pour ça que tu me caches systématiquement tes émotions ? demanda-t-elle d'un ton prudent.

Je remuai mes ailes avec malaise avant d'acquiescer.

— Ce serait très douloureux pour toi ou pour d'autres empathes de ressentir mes émotions.

— Montre-moi, exigea-t-elle.

— Non ! Je viens de te le dire...

— Et je t'ai entendu, m'interrompit Linséa d'un ton doux mais déterminé. Cependant, je souhaite te comprendre et te connaître pleinement. Cela implique également d'avoir un aperçu de ce que tu ressens. Un peu de douleur ne me fait pas peur. De plus, nous sommes dans ta maison. Quel meilleur endroit que celui-ci, où tu es le moins affecté par les autres grâce à l'effet tampon ?

Même si ma femelle avait raison, mon instinct me disait que c'était une mauvaise idée. Oui, la maison atténuait considérablement le bruit dans ma tête, mais elle ne le supprimait pas complètement. Et si je lui faisais du mal ?

Et si je ne le fais pas, mais que sa perception de mes émotions la rebute ?

Personne n'avait jamais ressenti mes émotions... du moins pas depuis que j'étais en âge de comprendre comment ériger mes murs protecteurs. La possibilité que quelqu'un d'autre puisse me lire était plus qu'effrayante. Je me sentais vulnérable, exposé et complètement désarmé. En même temps, refuser à Linséa ce que je lui pillais avidement serait non seulement irrespectueux, mais pourrait également être interprété comme un manque de confiance. Le but de toute cette conversation était de révéler la vérité, pas de lui cacher d'autres secrets.

— Très bien, dis-je à contrecœur, en essayant d'ignorer la voix forte dans ma tête qui me criait de ne pas céder. Mais je ne te donnerai qu'un petit aperçu au début, pour voir comment tu réagis. Et si tout se passe bien, j'abaisserai davantage mes défenses. D'accord ?

Je me préparai à ce qu'elle argumente. À mon grand soulagement, elle sourit et acquiesça. La gratitude qui émanait d'elle me fit me sentir idiot. Bien que Linséa eût initialement fait cette demande par pure curiosité, celle-ci s'était transformée en quelque chose de plus profond. À cet instant, je réalisai qu'elle n'aurait pas insisté si j'avais refusé. Mais elle voulait – voire avait besoin – que j'abaisse mes défenses, que je m'ouvre volontairement à elle et que je lui fasse confiance.

— D'accord, dis-je, mon inquiétude encore perceptible dans ma voix. Allons-y.

Le cœur battant, j'abaissai légèrement ma barrière protectrice.

— Aaah ! s'écria Linséa presque aussitôt.

Elle plaqua ses deux mains sur les côtés de sa tête, les yeux fermés, le visage crispé par une expression douloureuse, tandis qu'elle appuyait sur ses tempes.

— Linséa ! m'écriai-je en refermant mes barrières psychiques alors que je me précipitais à ses côtés. Ça va ? Je suis désolé ! Je suis tellement désolé !

Elle cligna des yeux et prit quelques profondes inspirations avant de me regarder. Je pris son visage entre mes mains, étudiant ses traits pour évaluer l'étendue de sa détresse. Ma conjointe posa ses paumes sur ma poitrine. Pendant une fraction de seconde, je craignis qu'elle ne me repousse, mais elle s'appuya plutôt sur moi en quête de soutien.

— Je... je vais bien, dit-elle d'une voix un peu tremblante. C'était quoi ça ?! C'est ce que tu ressens ?

— Oui. Je suis vraiment désolé. J'aurais dû savoir...

— Ne t'excuse pas, gros bêta, dit-elle d'un ton légèrement réprobateur. J'ai insisté pour que tu le fasses. Mais... je croyais que tu avais dit que ta maison atténuait les effets de tes pouvoirs ?

— C'est le cas. Ceci est le niveau supportable, dis-je prudemment, tout en continuant à l'examiner pour m'assurer qu'elle n'était pas blessée.

Elle écarquilla les yeux.

— C'est ça que tu appelles supportable ? Tu veux dire que c'est normalement pire ?

Je hochai la tête d'un air sombre.

— Oui. C'est normalement trois à quatre fois pire quand je suis dehors.

Elle me fixa bouche bée. Une multitude d'émotions se succédèrent sur son visage, passant du choc et de l'incrédulité à la pitié, à la tristesse, puis à une détermination farouche mêlée de colère. C'était comme si elle venait de trouver un nouvel ennemi qu'elle avait bien l'intention d'abattre.

— Comment peux-tu supporter cela ? C'est une véritable torture ! Comment as-tu fait pour ne pas devenir fou ? demanda-t-elle, éberluée.

— En vivant dans le bunker, répondis-je avec une pointe d'autodérision, me calant dans mon fauteuil maintenant que j'étais rassuré qu'elle n'avait pas été blessée. En fait, c'était une découverte accidentelle. Evelyn – ma mère adoptive – était à bout. Je criais sans arrêt à cause de la douleur causée par les assauts psychiques constants de tous ceux que je pouvais percevoir dans un rayon beaucoup trop large à l'extérieur de la maison. Elle pleurait d'épuisement à cause de ce que je lui faisais subir et avait désespérément besoin d'une pause. Elle m'a donc mis là pendant une heure juste pour pouvoir se ressaisir.

— La pauvre femme, dit ma conjointe avec compassion. Je ne peux même pas imaginer ce que cela a dû être, surtout s'ils ne comprenaient pas vraiment ce qui t'arrivait.

Je hochai la tête.

— C'était particulièrement difficile pour elle, car elle devait aussi me surveiller, car j'étais assez fort et j'essayais constamment de me mutiler pour mettre fin à la douleur. Elle est revenue dans le bunker en s'excusant profusément de m'avoir abandonné là-bas. Tu peux donc imaginer son choc lorsqu'elle m'a trouvé calme, et que je lui ai souri avant de la serrer dans mes bras. Au début, elle pensait que c'était ma façon d'essayer de l'amadouer pour m'assurer de ne plus jamais être « puni » comme ça. Au lieu de cela, je lui ai dit que j'aimais cet endroit.

— Quoi ? C'est toi qui as demandé à vivre là-dedans à long terme ? s'exclama Linséa, stupéfiée.

Je gloussai.

— Oui, tout à fait. Evelyn a longuement discuté avec moi pour s'assurer que c'était vraiment ce que je voulais. Mais je n'avais jamais été aussi calme pendant aussi longtemps, sans crier ni me tordre de douleur. Il était donc évident que quelque chose dans ce bunker me convenait. Ainsi, elle a donné son accord. Avec son mari, William, ils ont amélioré l'endroit pour m'offrir tout le confort dont j'avais besoin.

Ma femelle s'adossa à son siège, un mélange d'incrédulité et de compréhension traversant son magnifique visage.

— Wow, j'avais complètement mal interprété toute cette épreuve. Pas étonnant qu'ils n'aient pas été accusés d'abus, songea-t-elle à voix haute.

— Exactement, répondis-je avec un sourire.

Elle fronça les sourcils.

— Mais alors, pourquoi as-tu obtenu un dédommagement aussi important ?

— Parce que l'État m'a laissé tomber. Mes parents adoptifs ont demandé de l'aide à plusieurs reprises, mais ils ont été ignorés, ballottés d'un service à l'autre, ou redirigés à gauche et à droite parce que personne ne savait quoi faire ou ne voulait tout simplement pas s'en occuper, expliquai-je en haussant les épaules. Au final, cela m'a bien servi, car le dédommagement m'a permis d'acheter cette maison et de vivre pratiquement où je veux sans devenir fou.

Elle hocha lentement la tête, ses yeux bleus oscillant de gauche à droite tandis qu'elle réfléchissait à toute la situation. Cependant, la pensée principale qui me dominait était le fait qu'à aucun moment elle n'avait semblé rebutée, dégoûtée ou repoussée par moi ou par tout ce que j'avais révélé. J'avais honte d'avoir douté que mon âme sœur puisse m'accepter avec mes défauts, aussi graves fussent-ils.

— La pilule que tu as prise l'autre jour, c'est pour lutter contre ce bruit ? demanda-t-elle avec précaution.

— Oui, répondis-je sans hésiter. C'est du dipramine. Elle ralentit ma glande pinéale, ce qui bloque en partie ma capacité à ressentir les gens. Malheureusement, cela ne la désactive pas complètement.

Linséa se raidit et me lança un regard intense qui mit tous mes sens en alerte.

— Tu as dit ta glande pinéale, c'est bien ça ?

Je hochai la tête.

— Oui

— Elle fonctionne mal ? insista-t-elle.

— Pas exactement. Elle ne s'est pas formée correctement.

Le fort halètement de ma conjointe me fit presque paniquer, d'autant plus que ses émotions semblaient être en ébullition.

— Qu'y a-t-il ? demandai-je.

Elle secoua la tête.

— Je te le dirai dans une minute. Mais réponds d'abord à une autre question, s'il te plaît. As-tu essayé des disrupteurs psychiques pour te protéger des pensées et des émotions des gens ?

Je fis un geste dédaigneux.

— Oui. Tous les modèles possibles, mais aucun ne fonctionne. Je produis des quantités excessives de mélatonine, mais la mienne est... inhabituelle. C'est de la mélatonine, et pourtant ce n'en est pas. Les médecins disent que c'est anormal, mais ils ne peuvent pas vraiment expliquer pourquoi. Pourquoi cette question ?

Elle but une longue gorgée de son eau aromatisée avant de répondre.

— J'ai demandé à ma grand-mère si elle savait pourquoi un médecin témerne voudrait te faire du mal.

Mon dos se raidit immédiatement et un sentiment de terreur

m'envahit. Remarquant ma réaction, Linséa tendit la main par-dessus la table pour serrer la mienne de manière rassurante.

— Ne t'inquiète pas, Kayog. Ma grand-mère est absolument digne de confiance. Elle pense que tu es peut-être un Édal.

Je clignai des yeux.

— Qu'est-ce que c'est ?

Elle me donna une description détaillée de tout ce que sa grand-mère lui avait confié. Bien qu'il y eût des similitudes indéniables, les différences me semblaient trop importantes pour que je puisse me prononcer.

Je secouai la tête.

— Ce sont des révélations fascinantes. Cependant, cela ne peut pas être mon cas, ne serait-ce que parce que j'ai atteint un âge avancé.

Ma conjointe hocha la tête.

— Cela l'a également déconcertée. Mais trop d'indices pointent dans cette direction. Peut-être que le temps que tu as passé dans cette capsule de stase a joué un rôle. Peut-être que tes parents ont fait quelque chose avant de te laisser partir qui t'a aidé à survivre à ces premiers jours critiques. Il y a trop d'inconnues pour que nous puissions vraiment évaluer si tu as bénéficié d'une manière ou d'une autre de quelque chose que les autres n'ont pas eu et qui t'a sauvé. Accepterais-tu de passer un examen médical ?

— Non, répondis-je d'un ton qui ne souffrait aucune discussion.

Même si elle s'était attendue à cette réponse, je détestais la déception qui émana d'elle. Malgré cela, la détermination obstinée qui couvait en elle montrait clairement qu'elle n'était pas prête à abandonner. Je ne savais pas trop quoi penser de cela. Une partie de moi aimait le fait qu'elle veuille manifestement m'aider, tandis qu'une autre redoutait qu'elle tente de me contraindre à faire quelque chose qui me mettait mal à l'aise.

— Je comprends tes craintes tout à fait légitimes, compte

tenu de tes expériences passées, dit Linséa d'un ton raisonnable. Mais il doit y avoir un remède ou un moyen de guérir ce qui te tourmente. Pour cela, nous avons besoin de l'aide des meilleurs professionnels de la santé.

— Je ne leur fais pas confiance, répondis-je avec force.

— D'accord, mais tu pourrais sentir s'ils avaient de mauvaises intentions, rétorqua-t-elle.

— C'est vrai, mais à ce moment-là, il sera peut-être déjà trop tard pour moi. Ils pourraient me piéger et m'empêcher de m'échapper, quoi qu'ils aient prévu pour moi, arguai-je, détestant me sentir aussi paranoïaque.

À ma grande surprise, Linséa se leva de sa chaise et contourna la table pour venir à mes côtés. Je reculai ma chaise et l'accueillis lorsqu'elle s'installa sur mes genoux. Mon cœur se réchauffa instantanément, et le sentiment de paix que je ressentais toujours en sa présence s'intensifia.

— Me fais-tu confiance, Kayog ? demanda-t-elle d'une voix douce.

— Oui, répondis-je sans hésiter.

— Alors tu dois me croire quand je te dis que je ne laisserai personne te faire du mal, encore moins un médecin. Tu dis que nous sommes des âmes sœurs. Même si je ne perçois pas les choses comme toi, je ne peux nier qu'il existe entre nous un lien fort comme je n'en ai jamais ressenti avec personne d'autre auparavant. Si tu es à moi, je réduirai ce monde et tout autre monde en cendres avant de laisser quiconque t'enlever à moi. Je refuse de te laisser continuer à vivre au bord du gouffre à cause de quelque chose qui pourrait être guéri.

Une émotion puissante me serra la gorge. Je dus déglutir fortement à plusieurs reprises avant de me sentir suffisamment capable de parler.

— Il n'y a pas de « si » sur ce point, ma colombe. Je suis à toi. Personne dans aucun univers ne pourra jamais me compléter comme toi seule le peux.

— Alors laisse-moi m'occuper de ce qui est à moi. Laisse-moi prendre toutes les mesures nécessaires pour régler cela, dit-elle d'un ton légèrement suppliant.

Des années de peur et de méfiance me poussaient à rester sur mes positions et à refuser son offre. Mais au-delà du fait que je lui faisais sincèrement confiance, je ne pouvais pas continuer à mener cette ombre de vie remplie de douleur. Je nous devais d'essayer tout ce qui était possible pour avoir une chance d'offrir à ma belle colombe l'avenir qu'elle méritait.

— Très bien, ma Linséa. Je te fais confiance pour agir comme tu le juges bon.

L'émotion qui l'envahit en réponse à mes paroles me bouleversa. Nous n'étions pas amoureux l'un de l'autre, mais nous aurions tout aussi bien pu l'être. Les chants de nos âmes s'entremêlèrent dans un crescendo si magnifique que j'en avais presque les larmes aux yeux. J'aurais donné n'importe quoi pour qu'elle puisse entendre à quel point nous étions en harmonie.

Elle se pencha en avant et frotta son bec contre le mien. Je lui rendis son geste, ma main glissant doucement le long de son dos et de sa taille fine. Elle entrouvrit la bouche et je réagis instinctivement, ma langue s'avançant timidement avant de rencontrer la sienne. Une flamme s'alluma au creux de mon ventre alors que nous approfondissions notre baiser.

Son plaisir mêlé au mien me fit rapidement palpiter d'une manière que je ne souhaitais pas... du moins pas si tôt. Le fait que je perçoive clairement son excitation ne m'aidait pas dans ma lutte intérieure pour rester maître de moi. Comme c'était la première fois qu'elle venait chez moi, je ne voulais pas que les choses aillent trop loin afin qu'elle ne se demande pas si je l'avais amenée ici spécifiquement pour profiter d'elle.

Au lieu de cela, j'interrompis le baiser et la poussai doucement à se lever. Bien qu'un peu confuse, elle obtempéra tout en me jetant un regard incertain. Cela devait être déroutant pour elle de ne rien ressentir de ma part, car les pouvoirs empathiques faisaient partie intégrante du système sensoriel des Témerne. C'était comme si quelqu'un d'autre perdait la capacité de voir ou d'entendre.

D'une simple commande vocale, j'activai une musique douce, le genre que j'écoutais souvent pour me détendre. Le sourire heureux que Linséa m'adressa me confirma que j'avais fait le bon choix. Je la serrai à nouveau dans mes bras. Pendant une éternité, nous nous balançâmes au rythme de la musique, échangeant des baisers tendres et des caresses douces, savourant la présence l'un de l'autre.

Quel qu'en soit le prix, j'allais épouser ma colombe.

CHAPITRE 9
LINSÉA

Debout sur la pelouse devant l'université après les cours avec Marès et Tala, j'avais du mal à me concentrer, mes pensées revenant sans cesse vers Kayog. Je voulais me sentir coupable d'avoir séché les cours la veille, car j'avais passé presque toute la journée avec lui. Cela me troublait de voir à quel point je craquais rapidement et profondément pour ce mâle. Nous ne nous étions rencontrés que quelques jours auparavant et nous avions trop peu discuté pour que je puisse le connaître. Et pourtant, avec une certitude indéniable, je savais que j'étais en train de tomber amoureuse de lui.

Il ne faisait aucun doute que j'allais l'épouser un jour.

Mais avant cela, nous devions le soigner. Le fait qu'il m'ait permis de prendre toutes les mesures nécessaires pour lui obtenir l'aide médicale dont il avait besoin m'avait profondément émue. Même si je trouvais frustrant de ne pas pouvoir ressentir ses émotions, je comprenais sa réticence à être traité. Sa peur du personnel médical avait été presque palpable pendant notre conversation. Il me faisait confiance et je serais damnée avant de le décevoir.

J'avais déjà mis certaines choses en place avec l'aide

précieuse de ma grand-mère. Demain, j'allais recevoir un scanner spécial qui nous permettrait d'obtenir des données avancées que les hôpitaux standards ne pouvaient pas fournir. Dans la mesure du possible, j'allais procurer aux spécialistes les échantillons dont ils avaient besoin sans exposer mon conjoint à eux avant que cela ne devienne indispensable.

Cela dit, je mentirais en prétendant que son état de santé occupait toutes mes pensées. Le souvenir de ses bras autour de moi, de son corps musclé pressé contre le mien, de la douceur et du respect avec lesquels il me touchait, et de la tendresse de ses baisers me faisaient palpiter à tous les bons endroits.

Plus d'une fois, j'aurais aimé qu'il soit plus audacieux et qu'il m'emmène dans sa magnifique chambre à coucher avec sa vue imprenable sur la nature et son lit immense qui semblait avoir le matelas le plus confortable de l'univers. En même temps, j'aimais la retenue dont il avait fait preuve.

Même si nos mâles rétractaient leurs parties coquines à l'intérieur de leur corps, on pouvait sentir quand ils étaient excités si on se frottait contre eux de la bonne manière. Dans certains cas, on pouvait même voir la bosse sous la fine couche de plumes de leur entrejambe. Pendant que nous dansions, son état d'excitation s'était exprimé très clairement. Trop de fois pour les compter, mes doigts m'avaient démangé, m'incitant à m'aventurer vers le sud et à caresser doucement cette partie intime pour l'inciter à s'extruder.

Je voulais me sentir gênée par les pensées lubriques qu'il suscitait en moi. Avec n'importe quel autre mâle, j'aurais probablement été consternée d'être aussi avide si tôt après notre rencontre. Mais avec Kayog, tout semblait juste et prédestiné. J'aimais quand même qu'il me montre, tant par ses paroles que par ses actes, que je n'étais pas une aventure ou une conquête de plus à ajouter à son palmarès.

— Arrête de fantasmer sur ton homme et raconte-nous comment s'est passé le petit déjeuner, sans parler du reste de la journée avec M. Parfait, exigea Tala en remuant les sourcils de manière suggestive.

— Elle n'a pas pris le petit déjeuner avec moi, intervint Marès en feignant la confusion, ce qui nous fit rire toutes les deux.

— Elle a intérêt à ne pas le faire, répondit mon amie avec une fausse sévérité. Même si je l'aime beaucoup, si elle s'approche de toi, je devrai la plumer.

J'éclatai de rire.

— Je te mettrais bien au défi de le faire, mais même si j'apprécie beaucoup ton homme, je suis déjà prise.

— Prise ?! s'exclama Tala en ouvrant grand les yeux et en prononçant ce mot d'une manière lourde de sous-entendus salés. Raconte !

— Je t'ai déjà dit que je ne racontais pas mes aventures amoureuses, répondis-je d'un ton impassible.

— Oh, mon Dieu ! Alors il y a bien eu une aventure ?!

Je ne l'avais pas dit dans ce sens, mais mes joues s'empourprèrent et mon expression embarrassée d'avoir ainsi en partie vendu la mèche effaça tout doute qu'elle pouvait encore avoir.

— Génial ! s'exclama-t-elle en applaudissant avec enthousiasme. Je veux tous les détails !

— Tala, dit Marès d'un ton désapprobateur.

— Mais chériiii ! dit-elle d'un ton geignard.

— Pas de mais, mon amour. On ne se mêle pas de la vie privée des gens, dit-il d'une voix doucement grondeuse.

— Bah, vous n'êtes pas drôles, dit-elle en faisant une moue exagérée qui indiquait clairement qu'elle faisait juste la petite peste pour s'amuser. Alors, quand est-ce que tu le revois ?

Je grimaçai et haussai les épaules.

— Je ne sais pas, dis-je d'un air penaud.

Leurs expressions troublées, teintées d'une pointe de pitié — bien que rapidement dissimulée — me piquèrent un peu. Il ne fallait pas être un génie pour comprendre qu'ils se demandaient si je n'étais pas en train de me faire avoir. En même temps, je pouvais sentir leur conflit intérieur à ce sujet, car ils croyaient tous deux fermement que Kayog était sérieux à mon égard, ne serait-ce que parce qu'ils ne l'avaient jamais vu s'intéresser à quelqu'un d'autre.

— Je pense que nous nous reverrons plus tard dans la journée ou demain.

Leur enthousiasme immédiat me toucha profondément. Ils voulaient me voir heureuse.

— Il te plaît vraiment, dit Tala d'une voix douce, dépourvue de son espièglerie habituelle.

— Oui, répondis-je avec une expression timide. Il est si gentil et respectueux. Mais il a des défis importants à surmonter et j'espère pouvoir l'aider.

— Est-il neurodivergent, comme nous l'avons supposé ? demanda Marès.

Je lui adressai un sourire d'excuse.

— Ce n'est pas à moi de discuter de ses affaires personnelles. Mais nous avons eu une longue discussion hier, et cela a expliqué beaucoup de choses. Honnêtement, il m'impressionne énormément. Les épreuves qu'il a surmontées, tous les défis auxquels il a été confronté et qu'il a non seulement relevés, mais qui l'ont également aidé à devenir une personne aussi formidable, sont tout absolument renversants.

— Bon sang, j'en connais une qui est en train de tomber amoureuse ! dit Marès d'un ton gentiment taquin.

— Oui, avouai-je timidement.

— Eh bien, il n'aurait pas pu trouver meilleure partenaire que toi, dit Tala avec affection.

— C'est vrai, dit Marès en bombant le torse et en attirant Tala dans ses bras. Parce que j'ai déjà la meilleure qui soit.

— Oh, pourquoi es-tu toujours si gentil ? demanda Tala en se blottissant contre lui.

Mon cœur se réchauffa pour mes amis, même si une pointe d'envie me traversa.

— Vous êtes incroyablement mignons, dis-je avec un sourire.

— Évidemment, répondit Tala en rejetant ses cheveux à la manière d'une diva, ce qui nous fit rire, Marès et moi.

— Nous pensions faire une balade à Nordjarimm, dit Marès en redevenant sérieux. Tu veux venir avec nous ?

— Mieux encore, pourrions-nous en faire une sortie à quatre ? suggéra Tala.

J'hésitai.

— Tu sais, nous, les créatures ailées, préférons généralement voler par nos propres moyens plutôt que de chevaucher des montures volantes.

— Vantarde, dit Tala en me faisant une grimace.

Je gloussai.

— D'accord, mais tu pourrais voler à nos côtés, rétorqua Marès. Leur trajectoire de vol est censée être absolument époustouflante.

Je hochai la tête.

— Oui, j'ai entendu dire ça. Mais n'ont-ils pas annoncé une tempête dans cette région ?

— Hum. Laisse-moi vérifier, répondit Marès.

Il lâcha sa petite amie et fit quelques pas vers l'arbre ancestral à l'ombre duquel nous nous tenions. Il posa sa paume contre le tronc, et son *véris* sortit immédiatement. Ces vignes couraient juste sous ou au-dessus de la peau des Édocits, sur leurs mains, leurs pieds, et s'entremêlaient avec leurs cheveux. Elles permettaient à son espèce de se connecter à n'importe quelle plante, arbre, et même au sol lui-même. Sur leur planète natale, les animaux, les poissons et les oiseaux possédaient également leur propre *véris*, permettant aux Édocits de communiquer directement avec eux.

En l'occurrence, Marès se connecta à l'arbre, lui permettant de transférer sa conscience à travers toute la flore interconnectée, lui ouvrant ainsi une fenêtre sur les régions les plus reculées de la planète. Naturellement, plus sa conscience voyageait loin, plus il lui fallait de temps pour revenir. C'était pourquoi les Édocits choisissaient toujours avec soin l'endroit où ils utilisaient ce pouvoir, car leur corps restait vulnérable aux attaques pendant ce temps.

Son visage se détendit lorsque ses *véris* s'enfoncèrent dans les rainures de l'écorce du tronc. Contrairement à ceux de sa planète, ces arbres n'avaient pas leurs propres *véris*, ce qui rendait la connexion un peu plus faible.

— Merde, vous, les aliens, vous avez tous ces pouvoirs géniaux et une force incroyable, alors que nous, les humains, on est nuls, marmonna Tala.

Même si elle le dit sur le ton de la plaisanterie, je notai la pointe d'envie dans ses paroles.

— Les humains ne sont pas nuls, et toi encore moins, dis-je avant de lui serrer doucement l'épaule.

— Pfft, n'essaie pas de m'apaiser. Tu es trop cool pour avoir besoin d'une monture volante, car tu as ces ailes incroyables. Tu peux lire les émotions des gens et tu es probablement en train de rouler des yeux intérieurement devant toute la jalousie mesquine que je diffuse. Et tu pourrais me projeter à l'autre bout du jardin d'un simple mouvement du poignet.

Je ne pus m'empêcher de rire devant la façon excessivement dramatique dont elle dit tout cela. Elle lança ensuite un regard faussement sévère à son copain, qui restait inconscient de ce qui se passait ici, son esprit parcourant le monde.

— Et il pourrait survivre pendant des mois en se nourrissant simplement par photosynthèse. Il peut utiliser ses vignes et ses tentacules *véris* pour projeter son esprit à travers toute cette fichue planète. Marès peut communiquer à la fois avec la flore et la faune de son monde. ET pour ajouter l'insulte à l'injure, mon homme-plante peut faire pousser dans ses cheveux des drogues récréatives géniales, sans danger et totalement non addictives.

Mais nous, les humains, on se fait botter le cul par tout ce qui bouge.

Une vague de culpabilité m'envahit lorsque je ris. Mais Tala avait le don de rendre tout ce qu'elle disait absolument hilarant.

J'espérais que, quelle que soit la direction que prendraient nos carrières, nous pourrions rester en contact étroit, ou du moins faire en sorte que la distance ne tue pas notre amitié. Elle était une bouffée d'air frais et un rayon de soleil que je voulais garder pour toujours dans ma vie.

— Même si tout ce que tu as dit sur les Édocits et les Témernes est techniquement vrai, les humains ne sont pas nuls, déclarai-je d'un ton indulgent. Les humains sont sans aucun doute l'espèce la plus adaptable de toute la galaxie. Ce qui vous manque en pouvoirs et en habiletés, vous le compensez par votre ingéniosité. La race humaine a développé des outils et des technologies incroyables qui vous permettent de rivaliser avec certaines des races les plus puissantes qui soient, voire de les surpasser dans certains cas. Ce n'est pas pour rien que vous êtes la seule espèce à faire partie des deux alliances galactiques de l'univers connu. Tout le monde vous veut.

Elle plissa les lèvres dans une moue adorable, même si mes paroles l'avaient touchée.

— D'accord, mais nous sommes quand même des faiblards.

Marès rit affectueusement, attirant notre attention. Le mâle sournois était revenu dans son corps pendant que nous parlions.

— Tu n'es pas faible, mon amour. Tu es fabuleuse, et tu me rends heureux, dit-il en la serrant à nouveau dans ses bras avant de l'embrasser sur le front.

Elle se blottit contre lui, leur amour brillant de mille feux. À ma grande surprise, Marès se tourna vers moi avec une lueur moqueuse dans les yeux.

— Et ton homme-oiseau sexy est également en route.

Mon cœur bondit.

— Vraiment ?!

Il acquiesça.

— Je l'ai vu voler au-dessus de la rivière en direction du campus. Je suppose qu'il ne pouvait plus attendre pour te voir, dit-il avec un clin d'œil.

— Ooh, super ! Alors je vais pouvoir lui demander directement puisque tu ne me donnes aucun détail, dit Tala avec un sourire effronté.

Je secouai la tête d'une manière qui indiquait clairement qu'elle était un cas désespéré.

— Quant au Canyon, c'est parti ! dit Marès. Le ciel est bleu et le temps est parfait. Il ne nous reste plus qu'à convaincre ton petit ami de nous accompagner.

Je faillis répondre instinctivement qu'il n'était pas mon petit ami, plus par principe que par conviction, mais je décidai plutôt de garder le silence. À vrai dire, je ne savais pas vraiment où nous en étions. Dans mon cœur, nous formions officiellement un couple. Mais comme nous n'avions pas explicitement discuté de la question, je ne voulais pas être trop présomptueuse. Ce serait embarrassant si je me montrais possessive avec lui et qu'il me remette à ma place en public.

Quelques instants plus tard, je le vis voler au loin. Mon pouls s'accéléra lorsqu'il se dirigea droit vers nous, sans cette hésitation que l'on observait souvent chez les gens qui ne savaient pas où aller. Kayog volait avec détermination, ses pouvoirs extrêmement aiguisés lui permettant de localiser ma position exacte sans effort.

Je détestais mon incapacité à lui cacher mes émotions alors qu'il commençait sa descente. Il était magnifique, les rayons du soleil frappant chaque muscle défini de son corps à l'angle parfait alors qu'il glissait vers un atterrissage gracieux à quelques mètres devant moi. Toutes mes inquiétudes quant au fait qu'il puisse être amusé par mon engouement pour lui s'évanouirent dès que nos regards se croisèrent. La lueur tendre et possessive dans ses yeux argentés me fit battre le cœur et vaciller les genoux.

Malgré cela, je ne savais pas comment le saluer. Chaque cellule de mon corps me poussait à me jeter dans ses bras. Mais il y avait des dizaines, voire des centaines d'autres étudiants qui nous entouraient, regroupés en petits ou grands groupes éparpillés sur la pelouse et le large chemin pavé menant à l'entrée principale.

Alors qu'il réduisait la distance entre nous, Kayog me tendit la main. Mon estomac fit un saut périlleux lorsque je plaçai immédiatement la mienne dans la sienne. Il m'attira vers lui, et je vins à lui volontiers avant de fondre contre sa poitrine. Il me serra avec une possessivité qui me fit frissonner de plaisir. Je glissai mes bras autour de sa taille et caressai doucement le duvet à la base de ses ailes. Il frémit contre moi, et je réprimai à grand-peine l'envie de roucouler de victoire. C'était un point sensible, mais aussi un endroit que l'on ne touchait que sur quelqu'un que l'on réclamait comme sien.

Il a bien dit hier qu'il était à moi.

Et cette démonstration publique de sa part le rendait officiel. Il se pencha et frotta son bec contre le mien. À ma grande surprise, au lieu de s'éloigner, il effleura ma joue avec le côté de son bec, puis descendit le long de mon cou, avant de me piquer dans le creux. J'eus l'impression qu'un éclair avait frappé le bas de ma colonne vertébrale, et mes genoux faillirent se dérober sous moi. Je haletai et mes doigts s'enfoncèrent légèrement dans son dos. Son petit rire suffisant aurait dû m'agacer, mais cela ne fit que me rendre folle de désir. Il frotta son visage contre mon cou, respira mon parfum, puis me relâcha enfin.

Bien qu'il gardât les yeux rivés sur les miens pendant qu'il me caressait la joue, il s'adressa soudainement à mon amie.

— Ferme la bouche, Tala, ou tu risques d'avaler un insecte.

J'éclatai de rire mais me ressaisis aussitôt.

— Kayog ! m'écriai-je d'un ton désapprobateur.

— Quoi ? demanda-t-il avec un air d'innocence des moins sincères. J'essaie simplement d'être utile.

— Oh, mon Dieu, Lin ! Laisse-le tranquille ! Il connaît mon nom ! s'exclama Tala en se cramponnant à Marès comme si ses jambes ne pouvaient plus la soutenir, tout en s'éventant de manière théâtrale avec sa main.

Je me couvris le visage de ma paume tandis que Kayog éclatait de rire.

— Bien sûr que je le connais. Je connais les personnes que ma colombe aime, dit-il d'un ton amusé avant de tourner son attention vers son copain. Bonjour, Marès.

À ma grande consternation, l'Édocit pressa sa paume contre sa poitrine comme s'il craignait d'avoir une crise cardiaque. Simultanément, une expression excessivement choquée envahit ses traits dans une performance qui surpassait même celles de Tala.

— Par les dieux ! Il connaît mon nom aussi ! Je vais me pavaner partout sur le campus, en agitant mes vignes comme une diva.

— Vous êtes désespérants, dis-je d'un ton découragé entre deux rires.

Mais j'appréciais vraiment qu'il connaisse leurs noms. Je ne lui avais pas parlé d'eux. Avec son statut de célébrité sur le campus, il devait savoir que cette attention les toucherait. J'aimais qu'il fasse preuve d'une telle considération envers les personnes qui m'étaient chères.

— Bon, maintenant que nous avons fini de te flatter, pouvons-nous te convaincre de nous accompagner dans une excursion au Canyon de Xilqen ? Nous mourons d'envie de faire cette visite et de chevaucher les montures volantes, dit Marès.

Kayog grimaça.

— Des montures volantes ? Sans vouloir vous offenser, je préfère de loin utiliser mes propres ailes.

Je m'ébrouai et fis une grimace moqueuse à Marès.

— Je te l'avais dit !

— Mais je serais heureux de voler à côté de leurs montures si tu veux y aller, me dit Kayog.

— Vraiment ? demandai-je, interloquée. Tu serais à l'aise d'y aller ?

La gratitude avec laquelle il sourit me fit tout drôle.

— Oui, ma colombe, répondit-il d'un ton rassurant. Le Canyon de Xilqen est en fait très calme et isolé. En plus, il est incroyablement beau. D'ailleurs, je peux te montrer un antre secret qui te laissera bouche bée devant les merveilles de ce monde et de ses habitants originels.

— Oh, marché conclu ! dis-je avec enthousiasme.

— Tu peux nous montrer aussi ? demanda Marès d'un ton plein d'espoir.

Kayog lui lança un regard hautain qui me fit m'ébrouer à nouveau.

— Je ne sais pas. Vos pauvres fesses sans ailes devraient probablement s'en tenir au parcours.

— Hé ! Ce n'est pas gentil, rabat-joie ! dit Tala. Tu sais que tu veux nous emmener. Sinon, on va rebattre les oreilles de ta copine en lui disant à quel point on s'est sentis mal aimés et rejetés.

Kayog rit.

— Wow, ton sans-gêne impose le respect. Très bien, tu as gagné. Je ne peux pas laisser les meilleurs amis de ma conjointe la harceler à cause de moi.

— Bon garçon ! dit Tala d'un air suffisant.

— Je cherche à plaire, répondit Kayog en faisant une révérence théâtrale.

Créateur, comme j'aimais voir ce côté détendu et enjoué de sa personnalité. Étant donné le nombre de personnes présentes à proximité — qui échouaient lamentablement à ne pas nous espionner — j'avais craint qu'il ne soit très mal à l'aise.

— Tu sais, tu es bien plus cool que je ne le pensais, dit Marès d'un air pensif.

Kayog haussa les sourcils, sa curiosité faisant écho à la mienne.

— Vraiment ? demanda-t-il.

Marès acquiesça et lui adressa un sourire penaud.

— Je m'attendais à ce que tu sois un peu prétentieux et légèrement froid, pour ne pas dire presque hautain.

Kayog s'ébroua.

— Les apparences sont souvent trompeuses, mon ami.

— Je sais, concéda l'Édocit. C'est juste que tu es tellement... distant et réservé que je ne m'attendais pas à ce genre d'humour décontracté de ta part. Mais cela me fait très plaisir. Comme tu peux le voir, Tala et moi sommes deux farceurs. Et je dois l'empêcher de continuer à me gâcher avec ses expressions humaines étranges.

Nous rîmes tandis que Tala lui donnait un petit coup de coude.

— La plupart des gens ont une perception très inexacte de qui je suis vraiment, dit Kayog d'un ton plus sérieux. J'ai du mal à être enjoué avec les personnes qui dégagent une aura désagréable ou qui aiment se complaire dans des émotions négatives. Mais les vôtres, à tous les deux, sont formidables.

Tala et Marès eurent tous deux une réaction de surprise, même s'ils se sentirent profondément touchés par ce compliment.

— Vraiment ? demanda Tala.

— Mmhmm. La plus belle émotion au monde est l'amour véritable. La chanson de deux âmes sœurs réunies est envoûtante. C'est comme un flot de lumière divine qui brille sur nous. On a envie de s'envelopper dedans, dit Kayog.

Marès fronça les sourcils, sa confusion reflétant celle que ressentait Tala.

— Une chanson ? répéta Marès.

Kayog hocha la tête.

— Chaque âme a une chanson, une mélodie unique. Les chansons de deux âmes sœurs vibrent en parfaite harmonie, comme les vôtres. C'est absolument magnifique et je trouve extrêmement agréable de me prélasser dans votre aura.

— Tu veux dire qu'ils sont des âmes sœurs ? demandai-je, le cœur rempli de joie.

— Oui, tout à fait, répondit Kayog avec conviction.

— Vraiment ? demanda Tala d'une voix hésitante.

— Oui, sans aucun doute. Félicitations à vous deux pour vous être trouvés, dit mon conjoint en souriant.

Marès et Tala échangèrent un regard incertain avant de nous regarder tour à tour, Kayog et moi, leurs émotions trahissant clairement leur confusion.

— C'est une blague, ou... ? demanda Marès.

— Je ne plaisante jamais à ce sujet, répondit Kayog d'un ton qui montrait clairement qu'il ne jouait pas. Vous êtes assurément des âmes sœurs. Mais vous le savez depuis un certain temps déjà.

Mes amis échangèrent un autre regard, mais cette fois, ce fut un regard d'amour teinté d'une pointe de timidité qui domina. Ils s'embrassèrent avant de jeter un coup d'œil à Kayog.

— Donc, tu es capable de voir quand deux personnes quelconques sont des âmes sœurs ? insista Marès.

— En gros, oui, répondit Kayog en haussant les épaules.

— Bon sang, mon ami. Si tu peux trouver à 100 % l'âme sœur des gens, tu devrais créer une sorte d'agence matrimoniale. Les gens de toute la galaxie en ont marre des applications et des sites de rencontre minables.

Nous éclatâmes tous de rire.

— Kayog, l'entremetteur, dit mon conjoint avec une expression incrédule. Et tu dis que c'est moi qui ai le sens de l'humour ?

Marès haussa les épaules.

— Je pense que ce serait génial de pouvoir offrir aux gens leur bonheur éternel. Ce serait bien mieux que tous ces boulots minables dont personne ne veut.

— C'est vrai. Mais je crois que je vais passer mon tour. Par contre, c'est une suggestion intéressante, dit Kayog d'un ton taquin.

— Je cherche à plaire, rétorqua Marès en imitant la révérence théâtrale que Kayog avait faite lorsqu'il avait prononcé ces mêmes mots un peu plus tôt.

Nous rîmes.

— Allez, bande d'aliens ridiculement surpuissants. Mettons-nous en route. J'ai une superbe monture ailée à chevaucher ! dit Tala.

— Ouvre la voie, mon amour, répondit Marès.

Nous montâmes à bord de la navette personnelle de Marès pour effectuer le trajet de trente minutes jusqu'au Canyon de Xilqen. C'était une terre majestueuse et protégée où les espèces indigènes de Mazéria avaient prospéré pendant des siècles avant leur extinction. Des visites guidées étaient proposées à dos d'une monture ailée qui suivait un parcours spécifique à travers le vaste territoire occupé par les Syllènes.

Tala le comparait au Grand Canyon sur Terre, mais avec des crêtes rocheuses beaucoup plus rapprochées et des passages plus étroits entre elles. De plus, le Canyon de Xilqen n'avait pas la couleur rouge et ocre de sa planète natale. Au contraire, les crêtes de pierres grisâtres étaient recouvertes de mousse ou de vignes luxuriantes et d'autres végétaux.

Nous allâmes acheter nos billets, Tala et Marès choisissant chacun la monture qu'ils allaient chevaucher. Les Nordjarimms étaient des créatures magnifiques, mi-oiseaux, mi-mammifères. Ces montures à quatre pattes avaient des sabots fendus à l'arrière et des griffes reptiliennes à l'avant. Selon Tala, leur tête d'oiseau ressemblait à un mélange de macareux et de faisan doré, deux créatures de sa planète natale. La touffe de poils dorés sur leur tête et les longues barbes qui pendaient de chaque côté de leur bec leur conféraient un air sage et âgé. Leur corps était recouvert d'une douce fourrure brune et ils avaient deux majestueuses ailes à plumes. Bien qu'il s'agisse de créatures pacifiques, leur croupe se prolongeait par deux très longues queues jumelles. Elles se terminaient par un appendice rougeâtre en forme de feuille, muni de dards nervurés, qui pouvaient poignarder ou électrocuter tout prédateur qui les menaçait.

L'employé du comptoir de location nous remit à chacun un ensemble de guides virtuels. Ces petits appareils magnétiques en forme de larme se fixaient sur nos tempes d'une simple pression. Une fois en vol, ils activaient des affichages holographiques accompagnés d'un commentaire audio personnalisé expliquant ce que nous voyions, y compris des superpositions virtuelles projetées directement sur l'environnement pour nous montrer une reconstitution de la vie quotidienne des populations indigènes ou d'événements historiques. Comme il s'agissait de guides individuels, ils ne gênaient pas et ne chevauchaient pas ce que voyaient les autres.

— Ça va aller avec ça ? demandai-je à Kayog, inquiète, alors qu'il appuyait le premier module contre sa tempe droite.

Il me sourit d'un air rassurant.

— Oui, ma colombe. Ça ne me fera pas de mal. Ils fonctionnent sur une fréquence différente et ciblent une autre partie de mon cerveau.

— Très bien, répondis-je, soulagée.

Il frotta son bec contre le mien dans un baiser tendre. Même si je ne pouvais pas lire ses émotions, il était évident qu'il aimait que je me soucie de son bien-être.

Après avoir aidé sa copine à monter en selle et s'être assuré que les mécanismes de sécurité étaient en place pour empêcher tout invité de tomber de sa monture en plein vol, Marès sauta sur sa propre monture et attendit patiemment que l'employé effectue lui aussi son contrôle de sécurité. Cela me faisait fondre le cœur de voir à quel point Marès était toujours protecteur et attentionné envers Tala.

Nous prîmes notre envol et accompagnâmes nos amis le long du circuit prédéfini que les Nordjarimms avaient été entraînés à suivre. Une haute colline cachait la vue du canyon derrière elle. Mais dès que nous la survolâmes, la beauté du paysage derrière elle me coupa le souffle. Même si j'en avais vu des images, rien n'aurait pu me préparer à la magnificence qui s'étendait devant nous.

De gigantesques statues à l'effigie des Syllènes – une espèce de dryades disparue depuis longtemps – avaient été sculptées directement dans les parois rocheuses du canyon. Elles mesuraient facilement vingt mètres de haut, leur largeur variant en fonction de la pose ou de la chevelure de la statue. Je comprenais désormais d'où Acadia avait tiré son inspiration pour la conception du campus, les angles des bâtiments ayant vaguement la forme des visages des Syllènes.

Leurs traits uniques me fascinaient. Plusieurs siècles auparavant, les Sikariens – une espèce avancée de tritons – avaient colonisé Mazéria. Bien qu'ils aient construit leurs propres villes loin des indigènes primitifs, des croisements avaient fini par se produire. Les traits des tritons étaient désormais visibles sur leurs visages, avec des oreilles en forme de nageoires, des branchies dans le cou et quelques écailles sur le front.

Les émotions puissantes qui émanaient de Marès me donnèrent la chair de poule. D'une certaine manière, les Syllènes pouvaient être considérés comme des cousins éloignés des Édocits, même s'ils avaient évolué dans une direction différente.

Le guide virtuel expliqua en détail comment cette espèce primitive avait accompli des prouesses architecturales aussi phénoménales. Bien que les Sikariens aient rejoint leurs tribus, ils avaient toujours respecté de nombreuses règles de la Directive Première pendant leur période de colonisation en n'introduisant pas leur technologie plus avancée auprès de leurs nouveaux peuples. Cela n'avait pas empêché les Syllènes d'atteindre de grands sommets.

Cela dit, contrairement aux Sikariens, les Syllènes ne transformaient pas leurs jambes en queues lorsqu'ils entraient dans l'eau. Ils conservaient toujours leurs jambes, mais avaient des pieds et des mains palmés, ainsi qu'une longue queue en éventail.

La cerise sur le gâteau ? Tout comme Marès, ils possédaient également des *véris*.

Des sentiers sinueux contournaient le large gouffre entre les élévations rocheuses du canyon. Le guide expliqua qu'ils ne disposaient malheureusement d'aucun texte ou autre archive sur cette espèce disparue qui aurait pu expliquer pourquoi ils avaient construit leurs villages dans le canyon et à une telle altitude alors qu'ils étaient des hybrides de dryades et de tritons. Il aurait été plus logique qu'ils s'installent dans une forêt près d'un grand plan d'eau.

Néanmoins, j'étais fascinée de voir comment ils avaient intégré leurs sculptures à leur environnement naturel. Ma préférée était sans conteste ce visage géant à la bouche ouverte d'où une cascade se déversait dans ses mains ouvertes, créant deux bassins et plateaux différents dans lesquels les gens pouvaient se baigner.

Malheureusement, comme c'était trop souvent le cas avec les civilisations disparues, l'ingérence d'étrangers avait complètement fait dérailler l'avenir qu'ils construisaient. Les visiteurs avaient tenté de s'installer ici. Cependant, contrairement aux Sikariens, ils étaient venus avec des intentions hostiles, la principale étant de convertir les habitants à leur foi. Naturellement, les Syllènes avaient résisté. En représailles, les colons avaient détruit leurs temples pour les contraindre à se convertir. Et un bain de sang monumental s'en était suivi.

Les colons qui n'avaient pas été massacrés fuirent la planète. Mais le mal était déjà fait. La population locale tomba malade et mourut lentement. L'histoire ne savait pas avec certitude quelle avait été la source de la maladie qui avait décimé la population locale. Certains pensaient que les colons avaient apporté une sorte de virus contre lequel les Syllènes n'avaient pas pu lutter. D'autres pensaient que, par pure méchanceté, les colons avaient empoisonné la terre, leurs réserves alimentaires ou l'eau. Nous ne le saurions probablement jamais.

Cependant, plus nous nous enfoncions dans le canyon, plus je sentais quelque chose d'étrange, comme si toute la région était vivante. Cela n'avait aucun sens, car il ne restait que des pierres et de la végétation. Et pourtant, il y avait un flux indéniable d'émotions, presque comme un soupir discret en arrière-plan.

Je jetai un regard inquiet à Kayog qui volait à côté de moi, ses larges ailes déployées tandis qu'il glissait sur les courants aériens. Avec sa sensibilité accrue, je craignais que les émotions inexplicables que je percevais ne soient une douloureuse cacophonie pour lui. Mais son visage affichait une expression paisible, presque rêveuse. Sentant mon inquiétude, il tourna la tête vers moi et m'adressa un sourire si joyeux que toute la tension que je ressentais s'évanouit. Il réduisit la distance qui nous séparait et me prit la main.

Avec l'envergure de nos ailes, nous devions faire très attention à la façon dont nous volions pour éviter les collisions. Mais grâce à nos décennies d'expérience, nous nous adaptâmes instantanément l'un à l'autre. La douceur avec laquelle il serra ma main avant de la caresser du pouce me fit fondre de l'intérieur.

Ce mâle tenait vraiment à moi.

À cet instant, des pensées concernant notre vol nuptial défilèrent dans mon esprit. Il était bien trop tôt pour penser à cela. Mais je ne doutais pas que ce jour viendrait.

Trop tôt, la visite se termina dans une grande vallée près d'un immense plan d'eau. Diverses races de Syllènes organisaient une foire annuelle où les tribus voisines se visitaient et célébraient ensemble. Les regarder danser et chanter grâce à la superposition virtuelle me captiva. Évidemment, il ne s'agissait que de spéculations dérivées de tous les artefacts trouvés par les archéologues et les historiens. Mais cela donnait tout de même un aperçu fascinant du peuple extraordinaire qu'ils avaient été. Le guide virtuel nous informa que la partie consacrée aux Syllènes était terminée. Nous allions retourner au centre d'accueil par un chemin légèrement différent. Il couvrirait des sujets plus généraux sur la faune et la flore de Mazéria. Kayog lâcha ma main et se hâta devant nos amis. Il nous fit signe de le suivre, incitant Tala et Marès à prendre les rênes pour détourner leurs montures de leur trajectoire prédéfinie.

Au début, je craignis qu'ils refusent l'ordre. Techniquement, les cavaliers avaient un certain contrôle sur leurs montures, surtout s'ils voulaient revisiter une partie du circuit ou se rapprocher un peu plus des structures. Ils pouvaient également atterrir dans diverses zones sûres, à condition de ne pas tenter de quitter le Canyon de Xilqen avec leur Nordjarimm ou de pénétrer dans des zones clairement marquées comme interdites.

À notre grande surprise, Kayog nous ramena à la statue de la cascade aux mains ouvertes. Il vola directement vers la main inférieure, puis disparut derrière la cascade. Je me précipitai à sa suite et, à ma grande surprise, l'entrée de ce qui semblait être un temple apparut derrière le rideau d'eau.

Le magnifique portail devait avoir été sculpté, mais les motifs complexes et tourbillonnants semblaient extrêmement organiques. C'était comme si d'énormes vignes en bois, de la taille d'épaisses branches d'arbres, avaient émergé du sol et enlaçaient les pierres grises d'une manière délibérée mais artistique. Des feuilles luxuriantes poussaient dessus et de petites vignes vertes pendaient à certains endroits. Cependant, ce furent les fleurs délicates ornées de pistils lumineux qui me coupèrent le souffle. À mon grand regret, le guide virtuel s'était tu, nous privant d'informations supplémentaires sur cet endroit secret.

Je me posai et m'approchai de Kayog, qui s'était arrêté à

quelques mètres de là. L'air paisible de son visage reflétait ce que je ressentais. Cet endroit était sacré et rayonnait de divinité. Tala et Marès atterrirent quelques instants plus tard, affichant un air de pur émerveillement alors qu'ils descendaient de leurs Nordjarimms. Leurs montures refusèrent de les suivre à l'intérieur lorsqu'ils tirèrent tous deux sur les rênes. Je ne percevais aucune crainte de la part des créatures, seulement la ferme résolution d'animaux domestiques qui avaient été correctement dressés à ne pas faire certaines choses.

— Tout va bien, dit Kayog d'un ton rassurant. Les Nordjarimms ne sont pas autorisés à entrer dans le temple. Mais ils attendront patiemment que nous en sortions.

— Sommes-nous autorisés à entrer ? demanda Tala d'un ton légèrement inquiet, faisant écho à la pensée que Marès et moi partagions.

Kayog sourit.

— L'accès n'est pas interdit aux visiteurs, mais il n'est pas annoncé, car ils préfèrent limiter le nombre de personnes qui y entrent. Dans un instant, vous comprendrez pourquoi. Mais sachez qu'il existe de nombreux mécanismes de protection cachés à la vue de tous. Si quelqu'un tente de profaner cet endroit, il sera paralysé et les gardes seront alertés.

— Bon, je suis content de l'entendre, dit Marès, le soulagement et l'excitation perceptibles dans sa voix. C'est fascinant. J'ai presque l'impression que cet endroit me parle.

— Ce n'est pas surprenant, dit Kayog avec un sourire. Les Syllènes partagent de nombreuses similitudes avec ton espèce. On spécule beaucoup sur le fait que vous ayez un ancêtre commun, bien que l'on ne sache pas exactement comment cela s'est produit. Viens, il faut que tu voies ça.

Les émotions émanant de Marès augmentèrent progressivement tandis que nous marchions dans le large couloir vers ce qui semblait être une immense grotte. Au milieu du couloir, une cavité peu profonde d'environ 60 cm de large et 30 cm de profondeur s'étendait sur toute sa longueur, permettant à l'eau de s'écouler dans la grotte. Je restai bouche bée lorsque nous arrivâmes au bout du couloir. Une immense chambre nous accueillit. La statue d'une femelle syllène dominait la pièce. Elle avait passé ses bras autour des épaules des deux enfants qui la flanquaient – un mâle et une femelle – et qui la regardaient affectueusement. Mais alors que leurs visages exprimaient la confiance et la sérénité, le sien me donna des frissons dans le dos. Ce n'était pas son expression, mais le fait qu'un liquide rouge ressemblant à du sang coulait de ses yeux en un filet régulier qui se déversait dans l'étang occupant le centre de la grotte.

Tout autour, d'innombrables arbres immenses entrelaçaient leurs branches pour former un cercle continu, presque comme un nœud celtique. Ils n'avaient pas de feuilles, juste quelques lianes entrelacées dans leurs branches épaisses, comme celles qui ornaient l'entrée de la grotte. Cependant, ce furent les nœuds géants qui recouvraient leurs troncs qui me coupèrent le souffle. Un dôme doré, semblant être fait d'ambre, recouvrait la grande ouverture des nœuds. Et à l'intérieur, des personnes en position fœtale semblaient dormir.

Des Syllènes momifiés...

— Ancêtres, souffla Marès en s'avançant presque en transe vers les arbres.

Ce n'était pas l'horreur qui avait provoqué cette réaction, mais l'émerveillement.

— Est-ce du sang ? demandai-je avec hésitation en regardant l'eau rouge jaillir des yeux de la statue.

— Non, répondit Tala avec une conviction qui me surprit. Du moins, j'en doute fortement. Il n'y a pas de coagulation sur les bords de l'étang, et il n'y a pas cette odeur caractéristique du sang. Je pense que c'est le même phénomène qui se produit sur Terre à Blood Falls. Il s'agit d'une cascade située dans le glacier Taylor, en Antarctique. L'eau souterraine emprisonnée en dessous est excessivement saturée en fer. Dès qu'elle jaillit, le fer rouille instantanément au contact de l'air, ce qui lui donne cette couleur rouge sang.

— Tu as raison, Tala, dit Kayog d'un ton approbateur. D'après les textes retrouvés, une prophétie syllène affirme que le jour où Étreya cessera de pleurer du sang, les Syllènes renaîtront.

— Je suppose que cette statue représente Étreya ? demanda Tala.

Kayog hocha la tête.

— C'est la Mère Suprême, la déesse de la terre, du foyer, de la famille, de la fertilité et de l'amour. D'après les archéologues, cette légende pourrait bien être vraie.

— Quoi ?! s'exclama Tala.

— Des études récentes sur les cours d'eau souterrains ont montré que les niveaux de fer diminuent régulièrement, expliqua Kayog d'une voix excitée. Ils pensent que dans trente à quarante ans, ils auront suffisamment chuté pour que de l'eau claire coule à la place sur son visage.

— Mais comment renaîtront-ils ? demanda Tala.

Son ton exprimait clairement qu'elle avait du mal à accepter ce qu'elle pressentait être sa réponse. Le regard troublé qu'elle jeta vers les arbres le confirma.

— Ces Syllènes vont revivre, murmura Marès à la place de Kayog avant de poser délicatement sa paume contre le tronc d'un des arbres, à quelques centimètres d'un des nœuds à l'intérieur duquel gisait un Syllène momifié.

Son *véris* s'extruda et s'enfonça entre les rainures de l'écorce, tout comme il l'avait fait avec l'arbre à l'extérieur du campus. En quelques secondes, une expression de pur bonheur envahit son beau visage. Ses lèvres s'entrouvrirent et tremblèrent légèrement, comme s'il ne savait pas s'il voulait sourire ou pleurer. Les yeux de l'Édocit brillèrent, puis des larmes commencèrent à couler sur son visage.

— Marès, ça va ? demanda Tala en s'approchant nerveusement de son copain.

— Oui, Tala. Il va bien, répondis-je d'un ton rassurant.

Même si je ne pouvais ni voir ni ressentir ce que Marès était en train de vivre, ses émotions exprimaient haut et fort une joie profonde et un amour infini.

— Mère... murmura enfin Marès d'une voix tremblante.

Je retins mon souffle lorsque d'innombrables fleurs bleues aux pistils lumineux s'épanouirent soudainement le long des vignes qui ornaient les branches entrelacées des arbres. Ce fut comme un effet domino, qui partit de l'arbre que Marès touchait et se propagea à tous les autres. On aurait presque dit qu'une nuit étoilée était apparue à l'intérieur de la grotte faiblement éclairée.

En réponse, les fleurs dans les cheveux de Marès se mirent à éclore. C'était une réaction instinctive sur laquelle les Édocits n'avaient aucun contrôle et qui exprimait un bonheur extrême.

— Ils sont vivants. Tous ces Syllènes sont vivants... mais endormis, dit Marès avec émerveillement. Ces arbres sont presque comme nos arbres mères. Mais au lieu de simplement abriter les Syllènes pendant leur gestation comme le font les nôtres, ils préservent leurs enfants jusqu'à ce que le moment de leur renaissance arrive.

— Vraiment ? demanda Tala d'une voix étouffée, abasourdie. Leur espèce n'a-t-elle pas disparu il y a plus de deux cents ans ?

Kayog hocha la tête.

— C'est exact. Mais ils sont restés dans cet état de semi-stase depuis lors. Ils semblent momifiés simplement parce qu'ils ont perdu toute l'eau de leur corps. Cela stoppe leur métabolisme et les rend extrêmement résistants à la déshydratation, aux radiations et aux variations importantes de température jusqu'à ce que leur environnement redevienne sûr. Il s'agit d'un état d'hibernation profonde similaire à celui des tardigrades sur Terre.

— Wow, c'est incroyable ! dit-elle avec admiration.

— En effet, acquiesçai-je. Pendant tout notre vol, je pouvais sentir leur présence, mais je ne parvenais pas à déterminer qui émettait ces émotions douces. Je ne me serais jamais attendue à cela, même dans un million d'années.

— Tu peux sentir les Syllènes en hibernation ?! s'exclama Tala, stupéfaite.

— Oui, répondis-je, tandis que Kayog hochait la tête.

— Oui, dit Marès, d'un ton songeur. Ils rêvent pendant que les Mères veillent sur eux.

— Vous faites vraiment chier avec tous vos pouvoirs super cool, dit Tala avec envie en regardant les arbres avec émerveillement.

Marès rit doucement.

— Ne sois pas triste, mon amour. Viens, laisse-moi te présenter à Mère, dit-il en lui tendant la main.

Bien que surprise par sa demande, elle s'approcha de lui de bon gré. Il prit sa main droite et la pressa contre le tronc de l'arbre. Tala s'humecta nerveusement les lèvres et jeta un regard incertain à son copain. Il lui adressa un sourire doux.

— Tu ne peux pas la sentir pour l'instant, mais elle peut te sentir. Elle t'aime beaucoup et m'a fait promettre qu'une fois que toi et moi serons unis, je te ramènerai afin que tu puisses être correctement présentée. Tu auras alors tes propres *véris*.

— J'aimerais beaucoup cela, dit Tala d'une voix étranglée par l'émotion avant de jeter un regard autour de la pièce en fronçant les sourcils. Ce temple doit être protégé à tout prix. Je te suis très reconnaissante de nous avoir amenés ici, mais personne ne devrait pouvoir entrer dans ce lieu sacré. Nous avons peut-être de bonnes intentions, mais on ne peut pas en dire autant de n'importe quelle autre personne.

— Je suis d'accord, dis-je en jetant un regard interrogateur à Kayog.

— Les Syllènes ne sont pas en danger, dit-il d'un ton rassurant. Au-delà des systèmes de sécurité que j'ai mentionnés précédemment, ces arbres ne sont pas sans défense. Si quelqu'un mal intentionné tente quoi que ce soit, les arbres peuvent projeter des épines acérées qui transperceront les imbéciles qui auront osé s'approcher. Ces jolies fleurs peuvent également libérer des spores mortelles qui vous démoliront en quelques secondes et pourront même vous tuer si vous y êtes exposé pendant plus d'une minute.

— Ne te frotte pas à une mère, dit Tala, impressionnée, en caressant une dernière fois l'écorce de l'arbre avant de baisser la main.

Kayog hocha la tête.

— Cependant, ils ne sont pas aussi bien protégés que je le souhaiterais. Je déteste que cette grande nation ait été détruite par des étrangers. Et maintenant, un autre groupe cupide veut s'assurer qu'ils ne reviennent pas.

— Quoi ?! m'écriai-je, mon choc se reflétant sur les visages de mes amis. Que veux-tu dire ?

— Une conférence aura lieu dans quelques jours au centre des congrès de la ville capitale, expliqua Kayog.

— Une conférence sur quoi ? demanda Marès, la tension et une colère préemptive s'infiltrant dans sa voix.

— À propos des projets de construction et de développement touristique dans le canyon, répondit Kayog avec dégoût et colère. L'organisateur est un homme nommé Connor Harmond. Il représente plusieurs conglomérats immobiliers. Depuis des années, ils tentent d'obtenir des permis de construire et d'acheter certaines terres dans et autour du canyon en affirmant que les Syllènes sont morts depuis suffisamment longtemps.

— Il est évident qu'ils ne sont pas morts ! s'exclama Marès avec indignation.

— Le conglomérat soutient que nous confondons le fait que les arbres soient vivants comme une preuve de vie des cadavres desséchés qu'ils abritent. Ils font valoir que des ressources inestimables sont gaspillées à cause de délires fantaisistes et de contes de vieilles femmes, ajouta mon conjoint avec mépris.

— Quelles ressources recherchent-ils ? demanda Tala d'une voix dure.

— La région est riche en minéraux rares, expliqua Kayog. Les terres sont fertiles et la concentration en fer dans la nappe phréatique permet la culture de plantes uniques. Depuis des années, le conglomérat tente de faire abroger les lois de protection. Les défenseurs des Syllènes font pression pour que les lois de la Directive Première soient instaurées dans la région.

— Comment cela pourrait-il être possible ? demandai-je en fronçant les sourcils. Même si j'adorerais que cela arrive, Mazéria est colonisée par les humains depuis plus de cent ans.

— Oui, mais nous ne demandons pas l'expulsion des humains, dit Kayog avec un sourire indulgent. Nous devons simplement rendre cette région et toutes les terres qui y sont rattachées à son peuple et lui accorder la protection de la Directive Première jusqu'à son réveil.

Je claquai le bec d'un air pensif et hochai lentement la tête.

— Si les estimations sont exactes, trente à quarante ans suffisent amplement pour préparer leur retour et permettre aux entreprises qui se sont implantées dans la région de déménager progressivement. Le musée et le centre des visiteurs peuvent recréer toute cette expérience par holodeck. Il ne sera pas difficile de scanner et de reproduire l'ensemble de la région avec un haut niveau de réalisme.

— Exactement ! s'exclama Kayog avec ferveur. Visiter cet endroit alors que je terminais ma maîtrise précédente m'a motivé à poursuivre mes études actuelles. Nous avons besoin d'une application plus stricte de la Directive Première afin de protéger les planètes et les espèces telles que celles-ci. Elles méritent d'avoir l'opportunité de prospérer et d'atteindre leur plein potentiel sans être pillées par des entreprises cupides.

Je souris, ravie de comprendre enfin ce qui le motivait. Ses discussions sur la possibilité d'occuper un poste administratif à l'OPU pour rédiger des lois sur la Directive Première prenaient désormais tout leur sens.

— Wow ! s'exclama Tala. Tu es vraiment passionné par ce sujet.

— Tout à fait, répondit Kayog avec fermeté avant de prendre un air penaud. Cela dit, même si je souhaite empêcher les espèces avancées comme les nôtres d'interférer dans la vie quotidienne et l'évolution des espèces primitives comme celle-ci, je donnerais tout pour les rencontrer et apprendre à les connaître. Mais je devrai me contenter de les aider à prospérer dans l'ombre.

— Et c'est une grande récompense en soi, dit Marès d'une voix douce. Merci de nous avoir permis de partager cette expérience incroyable. Si jamais tu as besoin de mon aide pour ce projet ou pour quoi que ce soit d'autre, n'hésite pas. C'est le plus beau cadeau que tu pouvais me faire.

— Vous êtes témoins, mesdames ! dit Kayog d'un ton taquin. N'oublie pas ta promesse quand je viendrai collecter sans vergogne.

Marès s'ébroua et marmonna quelque chose à propos de sa misérable bouche qui lui causait toujours des ennuis. Après un dernier adieu aux arbres mères et aux Syllènes endormis, nous quittâmes la chambre secrète, la paix presque divine du temple nous enveloppant encore alors que nous terminions la visite sur le chemin du retour vers le centre d'accueil.

CHAPITRE 10
KAYOG

Cette dernière semaine s'avéra être la plus heureuse de toute ma vie. Je ne me lassais pas de ma conjointe, de sa présence apaisante, de son sourire lumineux et du chant envoûtant de son âme. Je n'aurais jamais imaginé pouvoir être en si parfaite harmonie avec quelqu'un. Elle n'avait pas besoin de longues explications pour me comprendre. Nos visions du monde et les objectifs que nous voulions atteindre ne pouvaient être plus alignés, même si nous souhaitions les aborder sous des angles légèrement différents.

Être avec elle me rendait tout simplement heureux.

Mais son cadeau ne s'arrêtait pas là. Ma Linséa avait également fait entrer Marès et Tala dans ma vie. Après avoir passé près de trois décennies dans l'isolement, je pensais m'être résigné à être seul. Ces derniers jours m'avaient montré à quel point ma solitude avait été douloureuse. C'étaient de belles âmes qui vous faisaient systématiquement sourire. Leur espièglerie avait réveillé celle qui sommeillait au fond de moi, attendant juste une occasion de s'exprimer. J'aimais cette partie de moi-même qui n'avait jamais vraiment eu l'occasion de s'épanouir.

Voir ma colombe tisser également des liens étroits avec ma

sœur de cœur Isobel me remplit le cœur de joie. La prêtresse était la seule personne que je pouvais vraiment considérer comme une amie et qui m'avait aidé à tenir le coup dans mon isolement. Cependant, sa vocation religieuse nous empêchait de passer beaucoup de temps ensemble, car elle était souvent en pèlerinage, participait à des retraites spirituelles ou partait étudier dans des communautés religieuses ou des sectes isolées. Je ne me souvenais pas avoir jamais invité des gens chez moi pour une soirée de jeux, encore moins pour un rendez-vous à quatre. Et pourtant, nous étions là, à nous affronter dans un jeu de stratégie en équipe. Sans entrer dans les détails, je leur avais donné un aperçu de mon état qui m'empêchait de fréquenter les lieux bondés. L'empathie et le respect avec lesquels ils avaient accueilli cette information m'avaient profondément touché. Cela m'avait fait du bien de pouvoir être honnête et simplement moi-même.

Cela me poussa également à me demander si, dans ma peur d'être perçu comme un détraqué et une abomination, je n'avais pas été l'architecte de ma propre souffrance en gardant tout si secret. En même temps, mon instinct de survie continuait à insister que cela avait été la meilleure chose à faire.

Quoi qu'il en soit, il y avait une raison pour laquelle nous n'étions pas amis avec tout le monde. Nous étions attirés par les personnes qui partageaient notre énergie, mais aussi par celles dont l'aura nous faisait nous sentir bien. Les personnes toxiques et négatives repoussaient naturellement les autres. Alors que la plupart des espèces ne pouvaient souvent pas expliquer précisément pourquoi elles n'aimaient pas fréquenter une personne en particulier, les espèces empathiques percevaient plus précisément cette énergie désagréable.

Marès et Tala dégageaient le genre d'émotions dont j'avais envie de m'envelopper. En assistant à nouveau à mon concert hier soir, ce couple et ma conjointe avaient rendu l'expérience encore plus agréable. Notre nouvelle relation avait créé un lien.

Et leur affection à mon égard m'avait transmis une énergie positive encore plus intense pendant que je me produisais. Cela avait à son tour noyé toutes les ondes négatives qui m'assaillaient.

Après avoir terminé la dernière partie – que ma conjointe et moi remportâmes de justesse – je fus sincèrement triste de voir nos amis partir. En même temps, je ne pouvais pas me plaindre de passer des moments intimes avec mon âme sœur.

Pendant que je rangeais le jeu, Linséa apporta dans le salon une boîte plate munie d'une poignée. Elle l'avait placée dans le placard à son arrivée plus tôt dans la journée. Un sentiment de malaise s'installa au creux de mon estomac. Je savais exactement ce qu'elle contenait.

Linsea m'adressa un sourire compatissant et me fit signe de m'asseoir sur le canapé. Je m'exécutai, et elle s'assit sur mes genoux, face à moi, la boîte posée sur le coussin à côté de nous.

— Tu me fais confiance ? demanda-t-elle doucement.

— Bien sûr, mon amour, répondis-je d'une voix ferme. Ce sont *eux* qui m'inquiètent.

— Alors sois assuré que je ne donnerai des informations te concernant qu'à des personnes dignes de confiance, dit-elle de la même voix apaisante.

— Je suis désolé. Tout ça me rend vraiment nerveux, dis-je d'un air penaud.

— Tu n'as pas à t'excuser. Je ne peux même pas imaginer à quel point cela doit être difficile pour toi. Je te suis simplement reconnaissante d'avoir accepté, malgré tes réserves légitimes.

— C'est seulement pour toi, mon amour.

Linséa frotta son bec contre le mien dans un doux baiser, puis se pencha sur le côté pour retirer un anneau argenté de la boîte. Elle le tint au-dessus de ma tête et marqua une pause, me regardant dans les yeux pour obtenir mon accord définitif. Je souris, bien que de manière un peu raide, et hochai la tête pour qu'elle poursuive. Elle me rendit mon sourire et activa le dispositif avant de le lâcher.

Il plana en émettant un léger bourdonnement et commença à briller. L'anneau se divisa en deux croissants, un de chaque côté de mon visage, qui descendirent lentement, balayant ma tête jusqu'à mes clavicules avant de remonter pour un deuxième passage. Je m'efforçai de rester aussi immobile que possible et de faire le vide dans mon esprit afin d'éviter que des émotions extrêmes ne perturbent certaines données. Dès que les deux moitiés se fusionnèrent à nouveau, ma conjointe prit l'appareil de scan et tapa quelques instructions sur sa petite interface.

J'essayai de faire taire le malaise qui voulait s'emparer de moi, sachant qu'elle transférait probablement les données à sa grand-mère ou à un contact médical.

— Tu vois ? C'est rapide et indolore, dit Linséa avec cette douceur excessive que les médecins utilisaient pour s'adresser aux jeunes enfants capricieux qui n'aimaient pas se faire vacciner.

Je lui fis une grimace, ce qui la fit rire. Cependant, elle redevint rapidement sérieuse et me caressa la tête avec une expression très grave sur son magnifique visage.

— Ta confiance me touche plus que tu ne l'imagines. Je t'aime beaucoup, Kayog. Et je veux vraiment dire beaucoup. Quoi que nous réserve l'avenir, et quels que soient ces résultats, je ne laisserai personne te faire de mal sous ma garde. Ne te laisse pas tromper par mon apparente douceur. J'ai des griffes et je n'hésiterai pas à les utiliser contre quiconque se met en travers de mon chemin ou de celui de ceux qui me sont chers.

Mon cœur se réchauffa de l'amour qui grandissait sans cesse dans mon cœur pour mon âme sœur. Je voulais dire quelque chose de profond et de significatif, mais ma stupide bouche décida de prendre les devants.

— Alors je ferais mieux de m'assurer que tu continueras à veiller sur moi pour toujours, dis-je d'un ton taquin.

Elle s'ébroua.

— Tu es plutôt agréable à regarder, donc tu n'auras peut-être pas trop de mal à me convaincre de le faire. Quoi qu'il en soit, un petit oiseau m'a dit que nous étions des âmes sœurs. Par conséquent, quoi qu'il arrive, nous sommes coincés l'un avec l'autre.

— Nous le sommes, dis-je avec force. Et sur ce point, ce petit oiseau ne se trompe jamais.

Elle sourit, ses doigts jouant avec le duvet sur ma tête et mes tempes d'une manière qui me donnait envie de roucouler.

— Comment va ta tête ? demanda Linséa avec une sincère inquiétude.

Je haussai les épaules avec nonchalance.

— Comme d'habitude. Mais être avec toi m'aide énormément.

Elle fronça les sourcils, loin d'être apaisée.

— Es-tu sûr de vouloir aller à cette conférence demain soir ?

Cette question me prit au dépourvu.

— Oui. Tu sais à quel point je suis passionné par la protection des Syllènes et de leurs terres. La conférence ne sera diffusée nulle part, donc la seule façon d'avoir un compte rendu précis de ce qui se passera est que je sois physiquement présent.

Elle claqua distraitement du bec, d'une manière qui équivalait à celle des humains qui pincent les lèvres lorsqu'ils ne sont pas satisfaits de quelque chose.

— C'est juste que tu as donné un concert hier soir, que tu as passé la soirée avec nous trois ce soir, et que tu as cette importante conférence demain. Ça fait beaucoup pour toi, tout ça d'affilée, dit Linséa avec précaution.

Je resserrai mon étreinte autour de sa taille, la rapprochant un peu plus de mon corps. Merde, c'était incroyable d'avoir quelqu'un d'aussi merveilleux qu'elle qui se souciait sincèrement de mon bien-être.

— Le concert et la soirée passée avec vous tous se sont bien déroulés. En fait, je me nourris de l'énergie positive des fans pendant un spectacle. Et je suis parti immédiatement après, avant de pouvoir être accablé par leurs autres émotions. Et être avec vous trois n'est pas du tout une épreuve, bien au contraire. J'aimerais que vous puissiez entendre et ressentir à quel point c'est incroyable d'être entouré de personnes qui rayonnent d'amour pur. Tes amis et toi m'apportez non seulement la paix, mais vous me guérissez aussi à bien des égards.

— Tu sais, si tu essaies de me faire t'apprécier, tu y arrives très bien, dit Linséa d'un ton moqueur pour cacher à quel point mes paroles l'avaient touchée, mais elle ne pouvait pas me tromper.

— Non, ma colombe. Je n'essaie pas de te faire m'apprécier. Je veux que tu sois follement amoureuse de moi.

— Si tu continues comme ça, ça pourrait très bien arriver, dit-elle d'un ton taquin.

— Pas pourrait, mais va, rétorquai-je avec une pointe d'arrogance.

Elle rit et secoua la tête.

— Défi accepté. Mais cela ne m'empêche pas de m'inquiéter pour toi demain.

Ses paroles me touchèrent profondément.

— Je n'ai pas l'intention de m'attarder très longtemps là-bas. Je veux juste avoir une idée de la tournure que prennent les choses et des projets actuels de Harmond. Ensuite, je partirai tôt.

Linséa hocha lentement la tête en réfléchissant à mes paroles.

— Tu veux que je vienne avec toi ?

Mon cœur bondit, et je luttai pour ne pas crier un « oui » retentissant.

— Seulement si tu le veux, répondis-je prudemment.

Elle me lança un regard peu impressionné.

— Ce n'est pas la question que j'ai posée. Veux-tu que je vienne avec toi ?

Je lui fis une grimace.

— Tu ne devrais même pas poser cette question. Je veux toujours que tu sois à mes côtés. Donc, si tu veux vraiment y

aller – ou du moins si cela ne te dérange pas de m'accompagner
– alors oui, j'adorerais que tu sois là avec moi.

— Pour une raison étrange, il semble que moi aussi, j'aime
être avec toi, dit-elle avec un soupir résigné qui me donna envie
de lui donner une fessée.

— Alors c'est entendu, dis-je avec un sourire effronté.

— Alors c'est entendu, répéta-t-elle en me regardant droit
dans les yeux.

À cet instant, quelque chose changea. Je n'aurais su dire ce
qui le provoqua. L'instant d'avant, nous étions en train de discuter. L'instant d'après, nous nous embrassions. Et un volcan entra
soudain en éruption entre nous.

Au cours de la semaine précédente, nous nous étions livrés à
des caresses de plus en plus intenses, nous retenant juste avant
que notre passion n'atteigne des niveaux irrésistibles. Aujourd'-
hui, les chaînes que nous nous étions imposées s'effondrèrent, et
nous cédâmes au désir qui n'avait cessé de grandir entre nous.

Les mains de Linséa glissèrent le long de mes flancs avec
une possessivité qui me fit frissonner de plaisir. Mes paumes se
posèrent sur ses fesses et caressèrent leurs courbes généreuses.
Les plumes douces de sa queue frétillèrent, effleurant le dos de
mes mains comme pour exprimer leur approbation.

Nous approfondîmes notre baiser, nos langues s'entremêlant
dans une danse sensuelle qui enflamma mes reins. L'excitation
de Linséa était la plus grande source d'excitation imaginable.
Elle me criait presque de continuer, de me livrer à mes désirs
pervers avec elle et de lui faire toutes les choses dont je rêvais
secrètement. Elle pressa sa poitrine contre la mienne, la chaleur
de son corps s'infiltrant en moi.

J'interrompis notre baiser et la fis doucement basculer en
arrière, ma main gauche soutenant sa nuque, tandis que l'autre
agrippait fermement ses fesses. Je me régalai les yeux de sa
beauté, et j'eus l'eau à la bouche en regardant son bassin reposer
contre le mien. Son ventre frémit, et elle me submergea involon-

tairement d'une nouvelle vague de désir qui résonna directement dans mon aine. J'aurais aimé pouvoir partager avec elle les émotions qu'elle suscitait en moi. Mais rien ne devait gâcher ce moment.

Mes yeux remontèrent vers les siens. Aucun mot n'était nécessaire. Avec un sourire teinté de tension sexuelle, Linséa me donna sa bénédiction. Sans un mot, je me levai, la tenant toujours devant moi. Ma femelle passa ses jambes autour de ma taille tandis que je la portais vers ma chambre, nos regards toujours rivés l'un à l'autre.

Elle déploya largement ses ailes tandis que je la déposais délicatement sur le matelas. Je ne la rejoignis pas immédiatement et pris plutôt un moment pour admirer sa beauté. La couverture bleu foncé qui recouvrait le lit servait de toile de fond parfaite à ce chef-d'œuvre qu'était ma femelle.

Je m'agenouillai sur le lit et effleurai doucement du bout de mon bec les minuscules écailles de ses pattes, juste avant qu'elles ne cèdent la place aux plumes douces de ses mollets. Linséa frissonna et ses serres se contractèrent tandis que je remontais le long de sa jambe, ma main droite caressant son autre jambe au passage.

Merde, elle était incroyablement douce !

Je frottai mon visage contre son bassin, mes doigts se glissant dans le duvet délicat le long de l'intérieur de ses cuisses. Un violent frisson la parcourut lorsque je sortis partiellement mes griffes pour gratter doucement la peau sensible en dessous.

Un petit rire suffisant m'échappa. Il fut involontaire, en partie alimenté par un soupçon de soulagement. Dès que les choses avaient commencé à évoluer vers une relation plus sérieuse entre nous, je m'étais inquiété de la façon dont se passerait notre première fois ensemble – en supposant que nous allions aussi loin. En raison de mon état, je n'avais jamais été en couple avec qui que ce soit et n'avais donc jamais eu de relations intimes avec une femelle. Même si j'essayais de me rassurer en me disant que les choses allaient naturellement se mettre en place avec mon âme sœur, je ne pouvais pas faire taire cette petite voix importune qui me harcelait en me rappelant toutes les façons dont j'allais échouer.

Mais je n'avais pas pris en compte mes pouvoirs empathiques.

Au début, je tentai d'analyser ses réactions tout en explorant la perfection qu'elle incarnait, avant de réaliser que je réfléchissais trop. Ma conjointe me disait ce qu'elle voulait et ce dont elle avait besoin, je n'avais qu'à l'écouter... puis y ajouter ma petite touche personnelle.

Je sentais qu'elle avait envie que ma main s'aventure vers son trésor interdit. Et merde, j'en avais envie moi aussi. Mais je continuai à la taquiner, mes doigts errant autour de son pelvis tandis que je continuais à peloter les plumes de son abdomen et de sa poitrine avec mon bec, tout en lui donnant de petits coups de bec prudents.

Linséa murmura mon nom, et ce son plein de désir fit affluer le sang vers mon entrejambe. Mon membre se tendait douloureusement contre ma poche protectrice, me suppliant de le laisser sortir. Je le fis taire et me concentrai plutôt sur la merveilleuse sensation des mains de Linséa caressant ma tête et glissant vers mes épaules. Je picorai le creux de son cou, près de sa nuque, à cet endroit qui provoquait toujours une forte réaction chez elle. Comme prévu, elle frissonna et poussa un gémissement des plus sexy.

Je levai la tête pour la regarder. Bordel, elle était magnifique, le bec légèrement entrouvert, les yeux bleus assombris par le désir alors qu'elle me fixait du regard. Sans détourner les yeux, je glissai enfin entre ses cuisses la main qui taquinait son pelvis. Linséa retint son souffle. Je frottai mes paumes sur son sexe, toujours caché à la vue.

— Ouvre pour ton conjoint, murmurai-je d'une voix basse mais autoritaire.

Un autre frisson parcourut ma femelle. Elle n'était pas soumise, et cet ordre fit monter son excitation d'un cran. Pendant une fraction de seconde, elle envisagea de me défier, ne serait-ce que pour voir comment j'allais réagir. Mais son besoin d'être touchée l'emporta sur son désir de me tester. À l'avenir, je ne doutais pas une seconde que nous allions nous livrer à des échanges de pouvoir des plus sexy.

Son panneau protecteur s'écarta, révélant sa fente déjà humide. Le parfum enivrant de son musc me parvint, faisant palpiter mon membre d'impatience. Je voulais que sa chaleur enveloppe mon membre, le serrant de tous côtés tandis que je la pénétrais, encore et encore. Mais cela aussi, je le fis taire. Je voulais voir ma femelle s'effondrer avant d'assouvir ma faim vorace.

Linséa inspira brusquement lorsque je glissai un doigt en elle, puis un deuxième. Je me concentrai sur les crêtes en forme d'anneau qui tapissaient ses parois intérieures. Chacune d'elles agissait comme le point G chez les femelles témernes et était impossible à manquer, leur procurant un plaisir intense lorsque leur partenaire entrait ou sortait. Un cri étouffé s'échappa de ma femelle lorsque je frottai doucement les deux premiers anneaux que je pouvais atteindre. Elle souleva son bassin, comme pour m'aider à la pénétrer plus profondément. Je commençai à bouger mes doigts en elle, accélérant progressivement le mouvement.

Bientôt, le son de ses gémissements emplit mes oreilles alors qu'elle se tortillait en contrepoint de mes mouvements, à la poursuite de l'orgasme qui se profilait à l'horizon. Je repris possession de sa bouche, avalant le son de son plaisir tout en le laissant imprégner chaque cellule de mon corps grâce à mes pouvoirs empathiques. Merde, je pouvais atteindre mon propre orgasme rien qu'en me nourrissant de son plaisir. Linséa fit glisser ses ongles le long de mon dos avant de les enfoncer presque sauvagement dans la zone hautement érogène à la base de mes ailes.

Je ne pensais pas qu'elle avait planifié de le faire avec une telle force. Comme elle savait à quel point cela m'excitait, Linséa avait probablement seulement voulu me rendre le plaisir que je lui procurais. Mais son orgasme la submergea à ce moment précis.

Nous poussâmes tous deux un cri en même temps. L'extase l'emporta, tandis que ses griffes sur mon dos me procuraient un mélange insensé de plaisir et de douleur qui fit presque sortir mon membre de sa poche protectrice de sa propre volonté. Mes reins étaient en feu et mon estomac se contractait spasmodiquement tandis que ma semence bouillonnait, impatiente de jaillir.

J'enroulai ma main autour de la base de mon membre, le serrant brutalement pour endiguer le flux avant qu'il ne fasse éruption. Le visage enfoui dans le cou de ma femelle, je la picorai de doux baisers tandis que mes doigts continuaient à lui faire l'amour. Me concentrer sur son état de béatitude et sur le fait de la maintenir en plein extase m'aida à retrouver un peu de mon contrôle ébranlé.

Alors que Linséa commençait à redescendre, je repris mon exploration de son corps, enregistrant chacune de ses zones sensibles, comme le creux de son coude droit, la base de sa colonne vertébrale où commençait sa queue, et lécher son nombril, pour n'en citer que quelques-unes.

Lorsque mon visage revint vers son intimité, Linséa se raidit, animée d'un étrange mélange d'anticipation et de désapprobation. Cela me déconcerta un instant avant que je ne réalise qu'elle était mécontente que je me concentre une fois de plus sur son plaisir au lieu de la laisser prendre soin de moi. Comme elle ne pouvait pas ressentir mes émotions, elle ignorait à quel point m'occuper d'elle me faisait également planer. Et à vrai dire, j'étais encore trop avide de découvrir tout ce qui la concernait.

Avant qu'elle ne puisse protester ou me refuser le plaisir qui me mettait l'eau à la bouche, je plongeai entre ses jambes comme un mâle affamé. Après avoir longuement léché sa fente, j'enfonçai ma langue en elle. Ma conjointe poussa un cri et ses mains agrippèrent ma tête avec quelque chose qui ressemblait à du désespoir.

Je te tiens ! Ses gémissements voluptueux s'écoulaient en un flot régulier tandis que je la dévorais. Je ne me lasserais jamais de son goût acidulé et de la sensation merveilleuse de ses crêtes internes frottant contre ma langue alors que je la plongeais en elle. Je pouvais sentir qu'elle se dirigeait à nouveau vers l'orgasme. J'accélérai mes caresses, faisant tournoyer ma langue en elle pour augmenter la friction sur ses crêtes. Lorsque ma conjointe souleva son bassin alors qu'elle s'apprêtait à basculer à nouveau, je glissai une main derrière son postérieur et griffai l'endroit sensible à la base de sa queue.

Linséa s'effondra instantanément. Le puissant orgasme qui la submergea me frappa également comme un boulet de canon. Rejetant la tête en arrière, je poussai un cri puissant tandis que mes doigts s'enfonçaient dans le matelas. Quelques gouttes de ma semence se déversèrent, et je grinçai du bec tandis qu'un grognement presque bestial vibrait dans ma poitrine. Je me sentais étourdi, mon corps tendu, mes ailes raides alors que je luttais contre l'orgasme qui tentait de m'engloutir. Ma femelle me martelait de vagues successives de plaisir, rendant la tâche presque impossible.

Toujours à moitié étourdie, Linséa s'agrippa à mes épaules à deux mains et m'attira vers elle. Elle écarta largement les jambes et me fixa d'un regard lascif. Ses pupilles étaient tellement dilatées qu'elles engloutissaient presque ses iris. Je m'allongeai sur elle, ma queue palpitant violemment au rythme de mon pouls. Ma femelle posa ses paumes sur mes fesses, les serrant fermement.

Je frottai mon bec contre le sien avant de l'embrasser profondément. Les tendres émotions qui émanaient d'elle me bouleversèrent.

— M'acceptes-tu, Linséa ? demandai-je, la voix presque douloureuse à cause de mon désir refoulé.

— Oui, murmura-t-elle d'une voix haletante.

— Es-tu mienne ? insistai-je pour une raison que je ne pouvais expliquer.

— Oui, souffla-t-elle à nouveau.

— Ma conjointe, dis-je comme une prière, plein d'amour et de dévotion alors que je commençais à m'enfoncer en elle.

Je n'avais pénétré que de quelques centimètres quand je dus m'arrêter. Les yeux fermés, la mâchoire serrée, je luttai une fois de plus contre l'envie de jouir. La chaleur brûlante de ses parois internes pressées contre mes ganacs hautement érogènes me mit au bord de l'orgasme. Son fourreau étroit serrait ces bosses sensibles à l'extrémité de mon membre, envoyant des décharges électriques de pur plaisir dans mes veines.

Compte tenu de ma taille, c'était moi qui aurais dû l'aider à gérer l'inconfort de ma pénétration. Au lieu de cela, c'était Linséa qui me murmurait des mots doux, me caressait et m'embrassait de manière apaisante et encourageante pendant que je luttais pour ne pas perdre le contrôle. Centimètre par centimètre, je m'enfonçais progressivement dans le fourreau divin de ma femelle. Une fois entièrement gainé, je faillis m'effondrer sur ma conjointe, mon corps tremblant sous l'effort et les sensations accablantes qui enflammaient mon sang.

La suffisance qui émanait d'elle m'énervait tout en m'amusant. Il était normal qu'elle me mette dans tous mes états après que je lui aie déjà arraché deux orgasmes tout en lui refusant la possibilité de me rendre la pareille.

Après ce qui me parut être une éternité honteuse, je retrouvai suffisamment mon sang-froid pour commencer à bouger. Que le Créateur m'emporte ! Chaque coup de reins me rendait fou de béatitude. Comme si la friction contre mes ganacs ne suffisait pas, les anneaux qui tapissaient ses parois internes me caressaient et me serraient à chaque mouvement.

Je ne me souvenais même pas avoir accéléré le rythme. Un instant, je serrais les mâchoires pour ne pas répandre ma semence tandis que je prenais ma femelle avec des coups de reins lents et prudents. L'instant d'après, je la pilonnais avec un abandon effréné.

Linséa se tordait sous moi, ses mains parcourant fiévreusement tout mon corps tandis que des soupirs de plaisir s'échappaient de sa gorge. Un brasier faisait rage en moi. Je brûlais de l'intérieur, mais j'avais besoin de plus, j'en voulais plus, même si mon esprit menaçait de se fracturer. Plus rien n'avait d'importance à part la sensation du corps doux de ma femelle sous moi, son fourreau serré autour de mon membre et ses bras tendres m'enserrant dans une étreinte possessive et passionnée. Je voulais que cela dure éternellement, me perdre en elle et ne jamais retourner dans le monde des mortels.

L'orgasme de Linséa la submergea avec la rapidité, la soudaineté et la force dévastatrice d'un raz-de-marée. Je n'essayai pas de résister, car il m'emporta également, son plaisir incommensurable s'abattant sur moi, s'ajoutant au mien.

Nous criâmes à l'unisson. Son dos se cambra au-dessus du lit, ses ailes s'étendirent encore plus largement sur le matelas, leurs extrémités raides. Je m'enfonçai brutalement en elle en rugissant d'extase, la tête rejetée en arrière et la queue dressée. Ma semence jaillit dans un flot presque douloureux, chaque jet me donnant l'impression d'innombrables éclairs qui se déchaînaient dans mon aine.

Je me sentis défaillir, et la pièce tournoya autour de moi, tandis que mon corps reprenait instinctivement son mouvement de va-et-vient dans ma conjointe jusqu'à ce que ma semence soit épuisée. Toujours enfoui profondément en Linséa, je m'effondrai sur elle, secoué par des soubresauts de félicité qui me parcouraient de la tête aux serres. À moitié étourdi, je roulai sur le côté, en prenant soin de ne pas écraser son aile droite avant de l'attirer sur moi. Elle tremblait légèrement, son souffle laborieux tandis qu'elle glissait ses bras autour de moi, et elle s'agrippa à moi comme si elle craignait que je ne disparaisse.

Je la berçai dans mes bras, mon corps vibrant d'un plaisir infini, mon cœur débordant et mon esprit envoûté par le chant divin de nos âmes s'élevant dans un crescendo sans fin. Linséa me possédait... tout entier. Quel que fût l'avenir qui nous attendait... qui m'attendait... cet instant, ici et maintenant, justifiait toute la vie de misère que j'avais endurée.

CHAPITRE 11
KAYOG

Pour la millionième fois, je remis en question la sagesse d'assister à la conférence. Je voulais désespérément être en présence de cet homme et entendre ses paroles afin de mieux mesurer la menace qu'il représentait pour les Syllènes. Je devais également évaluer qui étaient ses partenaires et alliés silencieux. Au cours des trois dernières années, je m'étais de plus en plus impliqué dans la protection des mondes primitifs. Ce faisant, j'avais découvert l'identité des marionnettistes secrets qui tiraient les ficelles dans l'ombre simplement en me rendant à ce type d'événements.

Les gens pouvaient mentir de la manière la plus convaincante qui soit et couvrir parfaitement leurs traces. Mais leurs émotions ne mentaient pas. Plus d'une fois, mes pouvoirs m'avaient permis de dénoncer anonymement ces riches manipulateurs. La réaction négative du public suffisait à les forcer à se retirer ou à annuler les aspects les plus néfastes des politiques qu'ils promouvaient ou finançaient. J'espérais accomplir quelque chose de similaire dans ce cas précis.

Et pourtant, mon sentiment de malaise à propos de toute cette affaire n'avait cessé de croître tout au long de la journée. Même maintenant, alors que Linséa et moi volions vers le centre des congrès, mon estomac se nouait d'appréhension. J'aurais pu rester à la maison avec ma femelle, me délecter de son affection, et peut-être même m'adonner à nouveau à des ébats coquins avec elle. J'avais honte d'être encore aussi affamé d'elle, compte tenu de la voracité dont j'avais fait preuve toute la nuit, et encore une fois moins d'une demi-heure auparavant.

Ma conjointe me possédait véritablement, à tous les égards. Je n'arrivais toujours pas à croire qu'elle était mienne de son plein gré, même si j'étais complètement brisé.

La pression qui montait déjà dans ma tête alors que nous étions encore à dix minutes de l'événement me faisait sérieusement reconsidérer la situation. Les nouvelles avaient rapporté de nombreuses manifestations tout au long de la journée dans la capitale. Une énorme foule en colère avait défilé dans les rues et atteint son point de ralliement, situé à l'entrée du centre des congrès, trente minutes avant le début de la conférence.

Je pris un comprimé de dipramine dans le compartiment secret de mon brassard et le mis dans ma bouche. Même si je continuais à empêcher Linséa de percevoir mes émotions, elle remarqua mon geste et s'inquiéta immédiatement. Je lui adressai un sourire rassurant et continuai d'avancer. Comme nous étions presque arrivés, cela n'avait aucun sens de faire demi-tour maintenant. De toute façon, je n'avais besoin que de quelques minutes à l'intérieur pour obtenir la plupart des réponses que je cherchais.

Alors que nous survolions la foule bruyante et en colère, je me félicitai intérieurement d'avoir décidé de voler plutôt que de prendre une navette. L'aire de stationnement se trouvait à une distance non négligeable et nous aurait obligés à nous faufiler à travers la foule. Au lieu de cela, nous volâmes sans vergogne jusqu'à l'entrée avant d'atterrir près des gardes. Deux d'entre eux se dirigèrent aussitôt vers nous avec un air agressif, les mains un peu trop près de leurs blasters à mon goût. Certes, leurs armes étaient réglées sur « paralysie », mais me faire tirer dessus ne faisait pas partie de mes projets pour la soirée.

Avant qu'ils ne puissent dire un mot, ma conjointe et moi leur présentâmes nos billets. Les gardes se détendirent instantanément, la tension se dissipant de leurs épaules après avoir scanné nos billets et confirmé leur validité. D'un hochement de tête raide, ils nous firent signe d'entrer.

Ils n'eurent pas besoin de le répéter.

Ma tête me lançait déjà violemment tandis que nous gravissions le petit escalier menant à l'immense bâtiment. Il mélangeait le style moderne et industriel qui dominait les villes humaines de Mazéria. Ironiquement, tout comme le campus, il comprenait également certains éléments de l'architecture syllène, avec des visages géants sculptés dans certains murs et de grandes colonnes dont la forme organique rappelait vaguement celle d'un arbre.

À ma grande consternation, dès que nous franchîmes la porte, une demi-douzaine de gardes ralentirent encore notre progression vers la salle en procédant à des contrôles de sécurité approfondis, comprenant des scans, des fouilles corporelles et même l'inspection des sacoches et des sacs. Lorsque nous eûmes traversé le long couloir menant à la salle principale, je compris que venir ici avait été une énorme erreur. Des aiguilles acérées me piquaient à l'arrière des yeux, tandis que mon cerveau semblait déterminé à sortir de mon crâne.

Plusieurs cartes holographiques étaient posées sur une grande table près de l'entrée de la salle en forme de losange. Elles servaient de dossiers d'information pour les participants. J'en saisis une et la glissai dans la pochette suspendue en diagonale sur mon torse pour transporter mes effets personnels, puis je me tournai vers ma conjointe. Elle n'avait pas besoin que je parle pour comprendre la situation. Dès le moment où nous avions commencé notre descente, son inquiétude à mon égard avait augmenté de façon exponentielle.

— Bon, c'était une mauvaise idée, dis-je, la douleur que je ressentais transparaissant dans ma voix malgré tous mes efforts.

— Rentre chez toi, Kayog. Je peux rester, enregistrer la conférence et te l'apporter, proposa Linséa.

— Les enregistrements sont interdits, rétorquai-je.

Elle me lança un regard qui criait « Est-ce que j'ai l'air de m'en soucier ? » avant de me caresser la joue.

— Premièrement, il faut qu'ils m'attrapent. Et deuxièmement, s'ils le font et me mènent la vie dure, je ferai semblant de ne pas être au courant. D'ici là, j'aurai déjà diffusé la majeure partie en streaming pour toi, dit-elle avec une expression obstinée.

Dans d'autres circonstances, j'aurais ri et je l'aurais probablement même embrassée. Mais mon estomac commençait à se retourner sous l'effet de la nausée provoquée par la douleur. J'ignorais quelle expression ma conjointe voyait sur mon visage, mais cette fois, elle sembla presque avoir peur pour moi.

— Il vaut peut-être mieux que je te raccompagne, dit Linséa en glissant son bras sous le mien comme pour me soutenir.

Je souris et lui tapotai la main qui tenait mon bras.

— Non, mon amour. Tu peux rester. De toute façon, je vais juste rentrer chez moi et m'écrouler dans mon lit ou méditer. Je serai très reconnaissant pour toutes les informations que tu pourras recueillir ici.

— Tu es sûr ? insista-t-elle, ses yeux oscillant entre les miens.

— Oui, ma conjointe. Je suis sûr.

Je me penchai vers elle et l'embrassai. Elle me rendit mon baiser et me regarda reculer d'un pas avec beaucoup de réticence. Alors qu'elle se dirigeait vers la salle de conférence, je fis demi-tour et retournai vers l'entrée. Les gens qui arrivaient en sens inverse me ralentirent un peu, ce qui me donna presque l'impression d'étouffer.

À mon grand désarroi, à quelques mètres à peine de mon salut, deux gardes me bloquèrent le passage.

— Mauvaise direction, monsieur ! dit le garde d'une voix sévère. Veuillez ne pas perturber la circulation et vous diriger vers le hall.

— J'essaie de partir, expliquai-je.

L'homme secoua la tête et désigna le hall principal avec une expression inflexible.

— La sortie est par là, à l'autre bout. L'entrée est déjà assez bondée, et nous avons trop à faire pour assurer la sécurité de tout le monde pour nous occuper des personnes qui arrivent derrière nous. Veuillez avancer.

Mon poing brûlait d'envie de le frapper à la gorge. Je devais sortir de cet endroit misérable, et il m'empêchait de prendre le chemin le plus rapide. Évidemment, je comprenais sa logique. En temps normal, je l'aurais remercié et je me serais peut-être même excusé de l'avoir dérangé avant de suivre ses instructions. Aujourd'hui, même si j'obéis, je le fis en marmonnant une série de jurons hautement inappropriés.

J'aurais pu me frayer un chemin de force, et je l'envisageai d'ailleurs sérieusement. Mais malgré le chaos qui me déchirait l'esprit, je percevais clairement qu'il n'allait pas céder et que toute tentative de ma part serait accueillie avec une extrême hostilité.

Comme pour m'empêcher de m'échapper rapidement, la foule sembla se refermer sur moi. Des groupes de personnes s'arrêtaient au hasard sur mon chemin pour se saluer ou entamer des conversations aléatoires. D'autres essayaient de couper devant moi, ralentissant encore plus ma progression.

Si les personnes présentes étaient en grande partie responsables de mon inconfort, ce qui me perturbait vraiment c'était la colère des manifestants et des gardes à l'extérieur de plus en plus débordés. Le son aigu et continu de leur courroux me transperçait le crâne comme une lame dentelée.

J'avais été tellement stupide. Je savais bien que ce n'était pas une bonne idée, mais la semaine presque idyllique que j'avais passée avec ma conjointe m'avait rendu téméraire, me convainquant que je pouvais mener une vie à peu près normale. Comment avais-je pu être aussi con ?

Je regardai dehors à travers l'une des grandes fenêtres équipées de barres métalliques de protection, astucieusement conçues pour ressembler à des fenêtres françaises. Le tumulte devant le bâtiment atteignait un niveau critique. Certains manifestants avaient commencé à bousculer les agents de sécurité, probablement pour forcer l'entrée. Même si j'étais convaincu que les agents seraient capables de contrôler la situation, je me demandai si j'aurais dû insister pour que Linséa parte avec moi. À en juger par les émotions qui émanaient des gens à l'extérieur, les choses allaient probablement continuer à dégénérer jusqu'à ce que la situation devienne carrément violente.

Mais je chassai cette pensée de mon esprit. Le bâtiment disposait de quelques pièces sécurisées qui seraient impossibles à pénétrer si les choses devaient vraiment déraper. De toute façon, je ne doutais pas que les gardes assureraient la sécurité des invités à l'intérieur, sans parler des renforts qu'ils avaient en réserve.

Mon estomac se révolta à nouveau, pris de nausées provoquées par la douleur. Me faufilant entre les invités qui se trouvaient sur mon chemin, j'atteignis enfin le poste de garde situé près de la sortie est du bâtiment. À ma grande horreur, dès que l'un des gardes me vit approcher, il se plaça devant moi.

— Je suis désolé, monsieur. Vous ne pouvez pas aller là-bas, dit-il d'un ton d'excuse.

— J'essaie de partir, grognai-je, luttant contre l'envie de le projeter à travers la pièce pour l'écarter de mon chemin.

Visiblement mécontent de mon ton, son visage se durcit et il souleva le menton d'un air de défi.

— Pour votre propre sécurité, vous ne pouvez pas partir

maintenant. Des manifestants tentent de s'introduire dans le bâtiment. Nous ne pouvons être tenus responsables si vous êtes agressé. Vous devez donc attendre.

La rage sauvage qui s'était lentement édifiée en moi, parallèlement à l'agonie qui déchirait mon esprit, monta encore d'un cran.

— JE DOIS PARTIR MAINTENANT, BORDEL ! hurlai-je, mes griffes sortant de mes mains et mes doigts tremblant d'une envie brûlante de lui déchiqueter la figure.

Cette fois, il posa la main sur son blaster, une expression menaçante se dessinant sur son visage. Deux de ses quatre collègues qui montaient la garde près de la porte firent quelques pas vers nous, prêts à intervenir si les choses s'envenimaient.

— Dernier avertissement, Témerne, prévint le garde. Reculez jusqu'à ce que les choses se calment. Ne nous obligez pas à...

Il ne termina jamais sa phrase. Une violente explosion secoua le bâtiment. Dans mon dernier moment de lucidité, je réalisai vaguement que l'explosion provenait de juste devant la porte de sortie. Je ne savais pas quel type d'engin avait détoné. Mais à en juger par la façon dont certaines fenêtres volèrent en éclats, il s'agissait de quelque chose de sérieux. Si le garde m'avait laissé sortir quand je l'avais souhaité, j'aurais probablement été grièvement blessé par le souffle.

Le visage de Linséa défila devant mes yeux tandis que la peur pour ma femelle surgit en moi. Mais même cela s'estompa dans la fraction de seconde où ces deux pensées traversèrent mon esprit après l'explosion. La douleur la plus intense que j'aie jamais ressentie me transperça le cerveau et descendit le long de ma colonne vertébrale. Mes genoux faillirent se dérober sous moi tandis que des haut-le-cœurs à sec me tordaient l'estomac atrocement. Tout autour de moi, les gens hurlaient, se bousculant dans leur panique pour trouver refuge loin de la source inconnue de la menace.

Leur terreur était comme des lames qui me poignardaient à

répétition, puis versaient de l'acide dans mes blessures. J'eus à nouveau la nausée en titubant vers l'avant, plaquant mes mains contre le mur, quelques instants avant que je ne me serais effondré. Mon cerveau était sur le point d'exploser tandis qu'une main démoniaque arrachait ma colonne vertébrale de mon corps.

J'avais besoin qu'ils s'arrêtent, qu'ils se taisent juste une seconde, une seconde bénie avant qu'ils ne me tuent. Mais ils ne s'arrêtaient pas. Au contraire, s'auto-alimentant, la foule devenait de plus en plus terrifiée, d'autant plus que quelques personnes commençaient à tomber, certaines se faisant piétiner par celles qui étaient encore debout et essayaient frénétiquement de courir se mettre à l'abri.

Quelque chose se brisa dans ma tête.

— ARRÊTEZ ! criai-je avec une telle force que mes cordes vocales me firent mal.

Mais rien ne pouvait même vaguement se comparer à l'agonie dans ma tête. En même temps que je criai ce mot inutilement, je tentai de chasser de toutes mes forces ce bruit débilitant de mon esprit. Je ne saurais expliquer comment, mais j'eus l'impression qu'une énorme déflagration détonnait tout autour de moi.

Et puis, tout devint silencieux.

Non, pas silencieux. Le bruit m'assaillait toujours, mais il avait considérablement diminué, comme si la moitié des personnes qui me bombardaient de leurs émotions ignobles avaient soudainement disparu. Appuyé contre le mur, les entrailles encore horriblement nouées, j'essayai de retourner vers l'entrée principale à l'aveuglette. Après seulement quelques pas, je faillis tomber lorsque mon pied heurta quelque chose de mou. D'instinct, j'enfonçai mes griffes dans le mur pour m'agripper et me remettre droit.

Clignant des yeux, la tête battante, je cherchai à comprendre ce que ma vision trouble essayait de me montrer. Cela ne pouvait pas être vrai. Et pourtant, c'était indéniable. Des dizaines de corps gisaient à mes pieds. Tout le monde autour de moi, jusqu'au bout du couloir, était affalé sur le plancher. J'ignorais s'ils étaient morts. L'un d'eux semblait respirer, mais je n'en étais pas sûr. De toute façon, même si j'avais voulu aider, je n'étais pas en état de le faire. La douleur atroce qui me broyait le crâne me mettait également au bord de l'effondrement.

Alors que je me frayais maladroitement un chemin parmi les corps inanimés, le répit que m'avait procuré l'évanouissement de toutes ces personnes s'estompait rapidement. D'autres voix paniquées et des cris effrayés devant moi m'assaillirent comme une volée de harpies enragées. Je me pliai en deux sous l'effet d'un autre haut-le-coeur sec. Tous les muscles de mon corps hurlaient comme s'ils étaient frappés par des massues hérissées de pointes.

Un liquide chaud commença à couler de mes deux oreilles. Une partie de moi savait ce que c'était et comprenait que cela indiquait que mon corps était sur le point de subir une défaillance critique. Je ne savais pas si j'allais pouvoir sortir à temps. Je ne pouvais que me concentrer pour mettre une patte devant l'autre tant que j'avais encore des forces.

À ma grande horreur, lorsque j'atteignis le hall principal, j'aperçus vaguement les silhouettes de personnes accroupies sur le balcon, cherchant à se mettre à l'abri, tandis que d'autres tentaient de ramper vers l'une des pièces où elles allaient probablement se cacher. Les personnes qui se trouvaient de l'autre côté du hall étaient conscientes et terrifiées. Mon cerveau ne comprenait pas pourquoi elles étaient allongées sur le sol, la plupart à genoux, les mains en l'air.

Mais cela m'était égal. Le liquide épais qui coulait de mes yeux m'aveuglait presque. Alors que j'ouvrais la bouche pour crier aux personnes agenouillées de dégager de mon chemin, deux mâles masqués firent irruption dans le hall principal depuis l'entrée.

— Merde, mais qu'est-ce qui se passe ici ?! Qu'est-il arrivé ? cria l'un des hommes en jetant un coup d'œil à toutes les personnes inconscientes derrière moi. Pourquoi tes yeux saignent-ils ?

— Silence, murmurai-je, le son de ma propre voix me faisant mal aux oreilles.

— C'est quoi ce bordel ?! s'exclama l'homme en pointant son blaster vers moi. À terre, espèce de détraqué. Ne fais pas un pas de plus !

— Silence ! répétai-je, plus fort cette fois, alors qu'une rage meurtrière montait en moi.

— Putain, je t'ai dit de... !

— SILENCE ! hurlai-je, l'interrompant.

Mes mains se levèrent d'elles-mêmes devant moi. Mes paumes me picotèrent et une chaleur intense se répandit autour d'elles avant qu'une lumière aveuglante ne se déclenche. Les deux hommes semblèrent avoir été frappés par un bélier et furent projetés en arrière, s'écrasant brutalement contre le mur avant de glisser sur le sol, inconscients.

À l'unisson, les personnes de l'autre côté de la pièce se mirent à hurler et à se démener pour s'enfuir. J'avais l'impression que mille marteaux me frappaient le crâne en même temps. Quelque chose se brisa en moi alors que j'essayais de les repousser. L'air autour de moi changea, comme si un puissant aspirateur avait extirpé tout l'oxygène de la pièce.

Tout le monde se tut. Mais je m'en moquais désormais. Le sol se rua vers moi. Je ne sentis pas le moment où je le touchai, car un néant béni m'engloutit avant.

CHAPITRE 12
LINSÉA

Je me réveillai au son de sirènes, de gémissements douloureux et de voix paniquées. Sous le choc, je réalisai que j'étais allongée sur le sol, dans l'allée entre les sièges de la salle de conférence. J'avais un peu mal à la tête, comme après une légère gueule de bois. Cependant, voir tout le monde autour de moi également affalé par terre et tenter péniblement de se relever me donna des frissons dans le dos.

Un simple coup d'œil à la pièce ne révéla aucun dommage structurel qui aurait pu être causé par un tremblement de terre ou quelque chose de ce genre. Cela aurait expliqué pourquoi tout le monde était tombé, certains d'entre nous s'étant cogné la tête, ce qui aurait justifié mon mal de crâne et le fait que j'avais perdu connaissance. Mais il était clair que quelque chose d'autre s'était produit.

Et puis je me souvins du bruit d'une explosion. Le bâtiment avait été attaqué.

— Kayog ! murmurai-je, la voix remplie de frayeur.

Je levai mon avant-bras gauche devant moi et tapotai quelques instructions sur mon brassard tout en essayant de me précipiter hors de la pièce. À ma grande consternation, Kayog ne répondit pas à mon appel. J'essayai de le joindre à nouveau tout en me frayant un chemin à coups de coudes, mais il ne répondit pas. Me sentant défaillir d'inquiétude, j'essayai de localiser son appareil.

Mon sang se glaça lorsqu'il m'indiqua qu'il n'était qu'à quelques mètres de là.

Il aurait dû être parti depuis longtemps et être déjà à mi-chemin de chez lui. Comment se faisait-il qu'il soit encore ici ? Pourquoi ne répondait-il pas ? Mon imagination fertile commença à inventer toutes sortes de scénarios horribles, surtout après les deux explosions. Cependant, un tableau encore plus effrayant m'attendait lorsque je finis par déboucher dans le hall principal.

— KAYOG ! criai-je, terrifiée.

Je me ruai vers lui, la poitrine serrée et l'estomac noué par la peur en le voyant gisant sur le sol. Il écrasait son aile droite, sur laquelle il était tombé dans une mauvaise position. Mais le sang qui coulait sur son visage depuis ses yeux et ses oreilles me bouleversa. Des spasmes involontaires secouaient son corps tandis qu'il respirait par petits à-coups sifflants.

— MÉDECIN ! criai-je en passant mon brassard sur sa tête.

Il ne pouvait effectuer que les scans de base standard proposés par la plupart des brassards personnels. Mais il était suffisamment avancé pour confirmer un gonflement critique et une hémorragie cérébrale.

— MÉDECIN ! criai-je à nouveau, luttant contre les larmes qui me piquaient les yeux.

À mon grand soulagement, deux gardes accoururent. Un seul regard sur mon conjoint leur suffit pour comprendre qu'il devait être emmené d'urgence à l'hôpital. Avec l'aide de deux autres gardes qui leur ouvraient la voie, ils transportèrent Kayog à l'extérieur, près de la navette médicale où les ambulanciers s'affairaient pour soigner les blessés dans la foule.

Pendant que nous courions, j'appelai ma grand-mère.

180

— Ma chérie, comment vas-tu ?

— Il est en train de mourir, Nana ! m'écriai-je, l'interrompant. Kayog est en train de mourir. Nous sommes au Centre des Congrès Hemlock.

— Là où l'attaque a eu lieu ?! s'exclama-t-elle.

— Oui. Kayog s'est effondré. Il a du sang qui coule de ses yeux et de ses oreilles, et mon scan confirme qu'il y a une hémorragie cérébrale importante. Nous avons besoin d'aide !

— Bien compris. Je rassemble immédiatement une équipe de médecins. Dis-moi où ils l'emmènent et je les enverrai là-bas, dit Nana Arika d'une voix déterminée.

— Merci, Nana, dis-je, le cœur serré par la peur pour mon conjoint, tout en étant rempli de gratitude envers ma grand-mère.

Le chaos régnait à l'extérieur. Si les gardes étaient déjà débordés auparavant, ils devaient désormais faire face à une situation totalement anarchique. Malgré la pagaille causée par l'attaque, certains idiots continuaient d'essayer de protester, d'inciter à la révolte ou d'exciter la foule déjà à cran. Des gens cherchaient désespérément un ami ou un proche dont ils avaient été séparés lorsque l'attaque avait commencé. D'autres tentaient de faire soigner leurs blessures ou apportaient leur aide là où ils le pouvaient.

Dès que les secouristes remarquèrent les gardes qui s'approchaient avec Kayog, ils abandonnèrent tout ce qu'ils faisaient pour s'occuper de mon conjoint. N'importe qui pouvait voir qu'il était la priorité absolue. Les premiers répondants commencèrent à le charger dans la navette médicale. À mon grand choc, alors que je m'approchais, l'une des secouristes leva la main dans un geste d'arrêt.

— Je suis désolée, madame, mais vous ne pouvez pas entrer, me dit-elle d'un ton navré.

— Quoi ?! m'écriai-je, outrée.

— Il n'y a pas de place. Nous devons la garder pour les

autres patients. Beaucoup de gens ont été blessés dans la panique, expliqua la femme.

— Mais je suis sa conjointe ! protestai-je en essayant de la contourner pour entrer.

— Je suis désolée, madame. Nous ne pouvons pas vous laisser entrer. Nous l'emmenons à l'Hôpital Danmère. N'hésitez pas à nous y rejoindre, dit la secouriste d'un ton qui ne souffrait aucune discussion.

Lorsque je tentai de contester davantage sa position, deux gardes intervinrent, me repoussant afin de pouvoir charger deux autres patients avant de partir. Je dus faire appel à toute ma volonté pour ne pas piquer une crise et exiger qu'ils me laissent monter à bord. Une partie de moi avait honte de mon comportement. Il était évident qu'ils devaient donner la priorité aux blessés. Mais voir Kayog dans un état aussi terrible me privait de toute pensée rationnelle.

Je pris immédiatement mon envol avant eux et appelai ma grand-mère pour l'informer de sa destination. Le soulagement m'envahit lorsqu'elle me confirma que son équipe médicale s'y rendrait immédiatement.

À ma grande consternation, malgré la grande vitesse que je pouvais atteindre en volant, je ne pouvais pas suivre la navette, qui me dépassa à vive allure, à la vitesse maximale autorisée pour les véhicules d'urgence. Néanmoins, le fait de pouvoir voler était en soi une immense bénédiction. Si j'avais été une espèce sans ailes, qui sait comment j'aurais réussi à le suivre.

Trop de pensées se bousculaient dans mon esprit pour que je puisse les organiser de manière rationnelle. La majeure partie de mon attention était concentrée sur Kayog et sur l'ampleur des dommages qu'il avait pu subir en étant submergé par tant d'émotions extrêmes. L'autre partie avait besoin de comprendre ce qui s'était passé. Qu'est-ce qui avait bien pu assommer autant de personnes, moi y compris, sans causer de dommages structurels visibles ? Quel genre d'attaque avait été lancée contre nous ? Et qui aurait pu faire cela ?

Pire encore, avais-je subi une blessure que j'aggravais en volant aussi vite que possible avant d'être examinée par un professionnel ? Je poussai un cri et mon cœur faillit bondir hors de ma poitrine lorsque mon com se mit soudainement à sonner. Le cœur battant à tout rompre, je répondis à l'appel en voyant le nom d'Isobel s'afficher sur l'interface.

— Linséa, tu vas bien ? J'ai vu l'attaque aux nouvelles, mais je n'arrive pas à joindre Kai ! dit Isobel d'une voix légèrement paniquée.

— C'est grave, Isobel, dis-je, la voix tremblante d'inquiétude et de chagrin. Je suis en route pour l'Hôpital Danmère. Ils y emmènent Kayog. Il s'est effondré et saignait des yeux et des oreilles.

— Non ! s'écria Isobel, horrifiée. J'arrive !

— Merci, répondis-je avec une gratitude sincère. On se voit là-bas.

Nous terminâmes l'appel, et je me démenai de toutes mes forces pour atteindre ma destination. Il me fallut plus de douze minutes – une putain d'éternité – avant que l'hôpital n'apparaisse enfin devant moi. Alors que je commençais ma descente, je contemplai le chaos total qui régnait ici aussi. D'innombrables navettes se disputaient la priorité et tentaient de trouver une place de stationnement. Mon cœur se serra instantanément pour Isobel. Elle allait devoir atterrir assez loin, car il était impossible qu'elle trouve une place ici.

Cet endroit était généralement facile d'accès. Mais ce soir-là, les amis et les proches se précipitaient sans doute eux aussi ici pour prendre des nouvelles de leurs êtres chers. Le pire, c'était que beaucoup de ceux qui contribuaient à créer ce trafic inutile n'avaient même pas besoin d'être là. Comme c'était trop souvent le cas, les gens agissaient d'abord et réfléchissaient ensuite. Ils avaient entendu dire que des blessés avaient été amenés ici, alors ils étaient venus immédiatement avant d'avoir la confirmation que leurs proches figuraient parmi eux. Et pourtant, je ne pouvais pas leur en vouloir. À leur place, si je n'avais pas pu joindre mon conjoint, j'aurais moi aussi supposé qu'il faisait partie des victimes transportées à l'hôpital. Et vous pouvez être sûr que je me serais précipitée ici.

Une fois de plus, je remerciai toutes les puissances de l'univers d'être une Témerne. J'atterris sans effort près de l'entrée et courus à l'intérieur. Un désordre total m'accueillit. À mon grand agacement, ce n'étaient pas les victimes qui criaient et réclamaient de l'attention, mais les familles qui se disputaient avec les réceptionnistes et le personnel infirmier, les accusant de mentir lorsqu'ils affirmaient que leurs proches ne figuraient pas dans leur système.

Réalisant que je n'allais pas obtenir grande aide ici avec tant d'autres personnes monopolisant le personnel déjà débordé, je me dirigeai vers les soins intensifs situés au quatrième étage. Ici aussi, tout le monde courait. Ceux à qui j'essayais de demander de l'aide m'ignoraient ou secouaient la tête distraitement en réponse à ma question de savoir si Kayog était là.

Désespérée, je finis par attraper un infirmier qui passait en courant pour le forcer à s'arrêter et à me parler. Il me lança un regard agacé.

— Je suis désolée, mais j'ai besoin que quelqu'un me réponde ! dis-je d'un ton furieux qui m'effraya moi-même. Mon conjoint a été transporté d'urgence à cet hôpital, il saigne des yeux et des oreilles.

— Je ne sais pas où il est, et on a besoin de moi de toute urgence au bloc opératoire. Demandez à la réceptionniste au bout de ce couloir, à gauche, me répondit-il sèchement avant d'arracher son bras de ma poigne et de s'éloigner précipitamment.

Malgré ma colère – non pas envers l'infirmier, mais envers le sentiment d'impuissance que je ressentais – je me mis à courir dans la direction qu'il m'avait indiquée. À mi-chemin dans le large couloir, des uniformes noirs dans un corridor adjacent attirèrent mon attention. Je m'arrêtai net lorsque je reconnus les Défenseurs.

Ils sont là pour Kayog.

Je n'aurais su dire pourquoi cette pensée me frappa avec une telle force, mais tout en moi criait que c'était vrai. Sans hésiter, je me mis à courir après eux. Ils tournèrent dans un autre couloir. Une civière aéroplane me coupa la route, m'obligeant à ralentir. Je jurai intérieurement, luttant contre l'envie de les pousser à aller plus vite pour dégager le passage. Et si ces Défenseurs entraient dans une pièce ou dans un ascenseur avant que je ne puisse les voir ? Et si... ?

Mon sang se glaça et toutes ces questions s'envolèrent de mon esprit lorsque j'atteignis enfin le coin et jetai un coup d'œil dans le passage. Dix mètres plus loin, deux médecins témernes se tenaient devant une pièce, en train de parler aux Défenseurs. L'un avait des plumes bleu pâle avec des taches noires sur la poitrine et des plumes noires sur le bord des ailes. L'autre était vert foncé avec la poitrine et la tête blanches. Un rapide scan empathique des médecins confirma mes pires craintes.

Ils étaient prêts à tuer.

Je courus vers eux, érigeant mes barrières psychiques pour les empêcher de lire dans mes pensées. Le médecin bleu me remarqua alors que je réduisais la distance qui nous séparait. Il se raidit instantanément et son expression se durcit tandis qu'il plissait les yeux en me regardant. Ses émotions criaient la suspicion et une attitude défensive qui pouvait facilement se transformer en combativité.

Il avait décidé d'une ligne de conduite qu'il était déterminé à suivre à tout prix. Mais pourquoi ? Pourquoi l'état de mon conjoint déclenchait-il des pulsions aussi violentes chez des personnes vouées à sauver et protéger des vies ?

— Je dois voir Kayog, dis-je d'un ton impérieux.

— Les visiteurs ne sont pas autorisés ici, répondit froidement le médecin bleu.

Les Défenseurs se tournèrent vers moi, le visage impassible, même si leurs émotions exprimaient un mélange de réserve et de curiosité. Pour l'instant, ils ne représentaient pas une menace. Je détestais simplement ne pas connaître ces individus en particulier.

— Je ne suis pas un visiteur, dis-je d'un ton hautain. Je suis sa conjointe. Quel est son état ?

Les Témernes eurent un mouvement de recul et échangèrent un regard troublé avant de se retourner vers moi en fronçant les sourcils.

— J'ai posé une question, grognai-je lorsqu'ils restèrent silencieux, réfléchissant à la réponse qu'ils allaient me donner... s'ils en donnaient une.

— Il n'a pas de conjointe, répondit le médecin vert avec un ton dédaigneux qui me donna envie de lui mettre mon poing dans la figure.

— Nous ne sommes pas encore mariés, concédai-je avec un geste agacé, mais nous le serons bientôt.

— Je suis désolé, mais son dossier ne contient aucune indication de ce genre, déclara le médecin bleu avec une lueur victorieuse dans ses yeux noirs, tout en levant le menton d'un air provocateur. Son dossier ne mentionne pas non plus de conjoint ou de proche parent.

— Kayog n'a personne d'autre que moi pour s'assurer qu'il reçoive les soins adaptés à ses besoins spécifiques, insistai-je, m'efforçant de parler d'un ton ferme mais raisonnable.

— Nous avons déjà discuté de ce qu'il faut faire au sujet de M. Voln, dit le médecin vert d'une manière qui indiquait claire-ment que leur décision n'était pas négociable et que je devais m'écarter. C'est un cas très particulier qui doit être traité immé-diatement avant... qu'une escalade malheureuse ne se produise.

— Je ne vous laisserai pas le tuer ! grondai-je en le pointant d'un doigt accusateur tout en avançant d'un pas menaçant vers lui.

Les Défenseurs tressaillirent visiblement à ma déclaration, puis tournèrent brusquement la tête vers les médecins pour les fixer d'un regard mêlé de stupéfaction et de suspicion. Cette réaction involontaire me donna de l'espoir. Ils n'avaient pas été envoyés ici pour exécuter Kayog ou pour assister à son meurtre. Alors pourquoi sont-ils ici ?

— Quelle déclaration scandaleuse ! Nous sommes des guérisseurs ! s'exclama le médecin vert.

— Ne me prenez pas pour une idiote, sifflai-je. Je suis une putain de Témerne. Je sais ce que vous, les « guérisseurs », faites aux Édals.

Cette fois, ils tiquèrent tous les deux, le dos raide, et me fixèrent avec stupéfaction. Le médecin bleu se ressaisit le premier. Abandonnant toute prétention, son visage se durcit et une lueur presque cruelle brilla dans ses yeux d'obsidienne.

— Je ne vous demanderai pas comment vous connaissez les Édals. Mais cela signifie que vous savez qu'il représente un danger pour tout le monde ici, dit-il d'une voix dure. Au dernier décompte, plus de 426 personnes ont été admises au cours de la dernière heure à cause de lui.

Ce fut à mon tour de tressaillir et de les dévisager, bouche bée, confuse et outrée.

— Mais de quoi parlez-vous ? Ce qui s'est passé là-bas n'est pas de sa faute. Des explosifs ont détoné et...

— Je vais vous demander de partir immédiatement. Vous mettez tout le monde dans cet hôpital en danger avec votre ingérence, dit le médecin vert d'un ton menaçant.

Un frisson glacial me parcourut l'échine. Quelque chose avait changé après ma dernière remarque. Lorsque j'avais mentionné pour la première fois que Kayog était un Édal, leurs émotions étaient devenues prudentes et méfiantes, comme lorsque l'on se rendait compte que l'on se trouvait en présence d'un prédateur potentiellement plus fort que soi. Mais j'avais dit quelque chose qui les avait convaincus que j'en savais beaucoup moins qu'ils ne l'avaient d'abord supposé, ou que je ne représentais en fait aucune menace pour ce qu'ils voulaient faire. Qu'est-ce qui m'échappait ? Ils ne pouvaient tout de même pas insinuer que Kayog avait déclenché ces explosions ?

— Je ne partirai pas ! rétorquai-je sèchement.

— Y a-t-il un problème ici ? demanda la Défenseure, les yeux rivés sur les médecins et moi.

— Officier, veuillez faire sortir cette femelle, ordonna le Témerne bleu d'un ton autoritaire.

— Ils vont le tuer ! m'écriai-je d'un ton suppliant.

La femme fronça les sourcils et cligna deux fois rapidement des yeux tandis qu'elle essayait de comprendre ce qui se passait. Ses émotions indiquaient qu'elle nourrissait une certaine méfiance envers les médecins, mais qu'elle pensait surtout que j'étais irrationnelle. Heureusement, elle réservait encore son jugement et se donnait un peu plus de temps pour analyser la situation.

— Ce sont des médecins. Ils soignent les gens, dit-elle prudemment d'une voix douce. Étant donné l'état grave dans lequel il a été amené ici, vous voulez sûrement qu'ils s'occupent de lui.

— Je suis sa conjointe, insistai-je obstinément. Je suis également une Témerne, je peux donc lire leurs émotions. Même si cela peut vous sembler exagéré, je vous assure qu'ils veulent lui faire du mal. En tant que sa conjointe, j'exige qu'un autre médecin lui soit assigné.

— Il n'est pas marié, rétorqua sèchement le médecin vert.

L'ignorant, je fixai du regard la Défenseure.

— Je suis Linséa Kenna, petite-fille d'Arika Sorek, Conseillère juridique principale de l'OPU, fille de Karis Kenna, Négociatrice en chef de l'OPU, et de Randel Kenna, Avocat pénaliste principal pour les Défenseurs, Division Ulthor. Arika

Sorek a déjà envoyé une équipe spéciale de médecins pour s'occuper de Kayog. Ils devraient arriver d'une minute à l'autre.

— Ils n'ont pas juridiction ici, siffla le médecin vert, même si une pointe de peur s'était désormais glissée dans sa voix.

— Bien sûr que si ! dis-je d'un ton cinglant. Éloignez-vous de lui, sinon je vous ferai perdre votre licence et je ferai tomber tout cet hôpital. Je viens de terminer un stage avec l'Ambassadeur Olmek sur la négociation dans les prises d'otages. Je sais exactement quels leviers utiliser pour détruire une organisation, voire un gouvernement tout entier. J'ai les relations nécessaires pour vous détruire, vous, toute votre putain de lignée et cet endroit tout entier. Alors ne me mettez pas au défi !

— Vous venez de l'entendre nous menacer, n'est-ce pas ?! dit le Témerne bleu aux Défenseurs, outré.

Je me tournai vers la Défenseure, son collègue mâle se tendant, prêt à passer à l'action si les choses s'aggravaient.

— Appelez ma grand-mère, lui dis-je. Appelez Arika Sorek pour confirmer mes propos.

Elle plissa les yeux en me regardant.

— Pourquoi ne l'appelez-vous pas vous-même ?

Je souris d'une manière qui signifiait « défi accepté ». C'était astucieux de sa part et clairement un test. Si elle était vraiment ma grand-mère, alors je devais avoir son numéro direct.

— Avec plaisir, répondis-je. Et pendant que je fais ça, veuillez faire venir Colin Wilson. Il me connaît et s'intéresse aussi beaucoup à mon conjoint.

Sans attendre sa réponse, j'utilisai le com de mon brassard et le mis en mode haut-parleur dès qu'il se mit à sonner. Ma grand-mère répondit presque immédiatement.

— Linséa, sont-ils arrivés ? demanda ma grand-mère en guise de salutation.

— Non, pas encore. Mais il y a deux médecins témernes ici qui veulent tuer Kayog, répondis-je en les fusillant du regard.

— Nous n'avons jamais dit... commença le médecin bleu avant que ma grand-mère ne l'interrompe.

— Restez loin de M. Voln, dit-elle d'un ton glacial qui aurait fait trembler même le guerrier le plus féroce. Il est sous la protection de l'OPU. La confirmation a été envoyée aux directeurs de l'hôpital. Vérifiez auprès d'eux. Mais retirez-vous immédiatement.

— Comment savoir si vous êtes bien celle qu'elle prétend que vous êtes ? contra le médecin vert.

— C'est une question légitime, intervint la Défenseure. Je suis l'Agente Tana Murphy.

— Tana Murphy, Cheffe de l'équipe Alpha Bravo, récemment affectée à Mazéria après avoir servi sur Xoccoris, précisa ma grand-mère. Nous avons discuté dans mon bureau de la situation précaire d'une nouvelle recrue en qui vous croyiez.

— Conseillère Sorek, merci d'avoir confirmé votre identité, dit l'agent Murphy, d'un ton immédiatement déférent. Quels sont les ordres de l'OPU ?

— M. Voln doit être protégé à tout prix. Ces médecins témernes ne doivent en aucun cas l'approcher. Nos spécialistes arriveront bientôt pour s'occuper de lui, répondit-elle avec une autorité qui me remplit le cœur de fierté et de gratitude.

— Bien reçu, répondit l'agent Murphy.

— Linséa, préviens-moi dès qu'ils seront arrivés, dit ma grand-mère.

— Sans faute. Merci, répondis-je chaleureusement.

Dès que nous eûmes terminé notre conversation, je m'apprêtai à entrer dans la pièce, mais le misérable médecin vert se dressa sur mon chemin, sa colère presque palpable.

— Vous ne pouvez toujours pas entrer, siffla-t-il. Non seulement les visiteurs ne sont pas autorisés dans cette aile, mais seule la famille peut obtenir une autorisation spéciale dans des conditions spécifiques. Rien ne prouve que vous soyez sa conjointe.

— Elle est bien sa conjointe, dit une voix féminine derrière nous.

Surpris, nous nous retournâmes tous pour voir Isobel s'avancer vers nous.

— Je suis une prêtresse certifiée par le Collège Clérical Galactique, ici à Mazéria pour terminer mon doctorat, dit Isobel avec aplomb. Linséa et Kayog ne sont pas mariés, mais ils sont fiancés. Je suis la conseillère spirituelle de Kayog. Il m'a personnellement confirmé que Linséa est son âme sœur et qu'il a l'intention de l'épouser cette année. Elle m'a également confirmé directement son affection pour lui. De plus, ils ont été vus en public en tant que couple.

— Cela ne signifie pas qu'ils le sont...

— Attention, docteur, à accuser une Prêtresse de mentir, dit Isobel d'un ton sévère au médecin vert. Vous savez que ce genre de calomnie a de graves conséquences. De plus, vous êtes un Témerne. Vous pouvez sentir que je parle honnêtement.

Il claqua du bec d'une manière qui exprimait une profonde frustration, mais aussi la défaite.

— Maintenant, si vous avez fini de me faire perdre mon temps, je vais voir mon conjoint, dis-je en écartant les médecins pour entrer dans la chambre.

Ils tentèrent d'arrêter Isobel, mais je l'attrapai par le bras et la traînai derrière moi. Dès que la porte se referma, je me précipitai vers Kayog. La colère bouillonna en moi en le voyant dans cet état, la peau brûlante, le corps secoué de tremblements et le souffle court. Au moins, le sang avait été essuyé de son visage, même si je pouvais encore voir quelques traces accrochées à certaines de ses plumes sur le côté de ses joues.

— Merci de m'avoir aidée, dis-je distraitement à Isobel en jetant un coup d'œil au moniteur auquel il était connecté.

— Non, Linséa. Merci à toi de le protéger, dit-elle d'une voix apaisante en s'approchant du lit, du côté opposé au mien.

— C'est vraiment grave, dis-je d'une voix douloureuse, la

colère et la frustration faisant rage au plus profond de moi, car l'équipe médicale n'était toujours pas arrivée.

Isobel hocha la tête.

— C'est le chaos total dehors. Tout le monde panique, ici et dans les environs, et toutes ces émotions doivent le détruire.

Mon estomac se noua d'inquiétude.

— Il est inconscient pour l'instant, mais je ne sais pas si cela l'affecte encore ou si ses réactions actuelles sont dues à un gonflement ou à un saignement. Il doit être placé dans une chambre d'isolement ou en stase. Peux-tu voir si cela peut être arrangé jusqu'à l'arrivée des médecins ?

— Bien sûr, tout de suite, répondit Isobel avant de se précipiter hors de la pièce.

Dès que la porte se referma derrière elle, je me sentis irrationnellement abandonnée. Une vague d'impuissance m'envahit alors que j'observais Kayog. Je détestais le voir si brisé alors qu'il était si fort. Je détestais les êtres ignobles qui avaient provoqué tant de pagaille et de violence, poussant Kayog dans une spirale infernale. Mais par-dessus tout, je me détestais de ne pas l'avoir accompagné hors du centre de congrès dès qu'il avait dit qu'il commençait à se sentir accablé. Si seulement j'avais écouté mon instinct avant même que nous atterrissions et l'avais forcé à faire demi-tour, il ne serait pas blessé et potentiellement mourant.

Mon cœur bondit lorsque Kayog se mit soudain à gémir. Son visage se crispa et son corps se remit à trembler. Le sédatif qu'on lui avait administré avait cessé de faire effet.

— Kayog ? dis-je en me penchant vers lui et en caressant sa tête.

Il ouvrit brusquement les yeux et se mit immédiatement à hurler, me faisant sursauter. Avant que je ne puisse dire un mot, les médecins témernes firent irruption dans la pièce, suivis par les Défenseurs.

— Sortez ! criai-je aux médecins.

Battant des ailes, je volai de l'autre côté du lit pour les empêcher de s'approcher.

— Mlle Kenna, dit l'Agente Murphy d'un ton raisonnable, M. Voln a clairement besoin d'aide.

— Il doit être mis en stase. Mais pas par ces deux-là. Trouvez-nous quelqu'un d'autre, maintenant !

— Vous ne comprenez pas ce que vous faites ! s'exclama le médecin en bleu. Il faut l'abattre maintenant avant qu'il ne nous tue tous !

Cette fois, les Défenseurs regardèrent le médecin avec stupéfaction et horreur, car il avait enfin avoué ses intentions maléfiques.

— Écarte-toi de mon chemin, stupide femelle ! cria le médecin en se précipitant vers moi.

Il ne parvint jamais à m'atteindre car les Défenseurs le plaquèrent au sol. Ils le tenaient chacun par un bras tandis qu'il tentait de se libérer en criant une série d'insultes. Profitant du chaos, le docteur vert se précipita vers Kayog, ses intentions meurtrières si puissantes qu'elles en étaient presque palpables. Sans réfléchir, je m'emparai du blaster du Défenseur mâle, qui n'avait pas remis le cran de sécurité en place après l'avoir détaché plus tôt.

Il hoqueta et tenta de me le reprendre, mais je battis à nouveau des ailes et volai en arrière vers le côté opposé du lit.

— Reste loin de lui ! criai-je, le blaster pointé sur le médecin.

Il s'arrêta net, à quelques mètres du lit.

— Recule, ou je te fais sauter la cervelle ! criai-je.

— Mlle Kenna ! Donnez-moi cette arme ! dit l'Agente Murphy d'un ton sévère en tendant la main vers moi et en avançant lentement.

— Sortez-les tous les deux d'ici et envoyez une infirmière pour le mettre en stase, maintenant ! grognai-je.

Mon cœur bondit lorsque le médecin bleu arracha son bras de la poigne du Défenseur mâle, qui le retenait toujours. La main levée, une sorte de seringue dans la main, il se rua sur Kayog. Je n'hésitai pas et lui tirai dans la poitrine. Des cris fusèrent tout autour, et un violent spasme secoua Kayog. Ses hurlements devinrent plus forts. Mon cœur se brisa lorsque je réalisai que mes efforts pour le protéger créaient encore plus de chaos émotionnel qui devait le détruire.

Deux humains, un homme et une femme, firent irruption dans la pièce, alertés par le vacarme, mais ils se figèrent à la vue de la scène qui se déroulait devant eux. La femme se précipita vers le médecin bleu allongé au sol.

— Maîtrisez-la ! cria le médecin vert aux Défenseurs en me pointant du doigt avec colère. Elle est folle.

J'ouvris la bouche pour répondre, mais Kayog m'interrompit.

— Tue-moi... Lin... Linséa. Tue-moi, supplia-t-il.

— NON ! Kayog, non ! m'écriai-je, la voix brisée par les larmes, en reportant mon attention sur lui.

— Libère-moi. Je... Je ne peux pas. Fais que ça s'arrête. S'il te plaît. Tue-moi.

— Non ! Mon amour, non. Tu dois tenir bon. Pour moi, pour nous. Je vais arranger ça.

— S'il te plaît...

Un mouvement au bord de mon champ de vision me fit relever la tête brusquement. Le Témerne vert avait pris la seringue de son compagnon tombé et s'approchait du lit.

— Pose ça et éloigne-toi de lui ! criai-je en pointant mon blaster vers lui.

— Tu l'as entendu ! dit le médecin vert. Il l'a demandé ! Tu n'as pas le droit...

Il esquiva mon tir en se jetant sur le côté et en percutant un plateau roulant qui, heureusement, était vide.

— TOI, METS-LE EN STASE IMMÉDIATEMENT ! hurlai-je à l'humain qui se tenait près de la porte.

À en juger par son uniforme, il était soit infirmier, soit médecin, mais sans aucun doute un professionnel de la santé.

Bien que visiblement effrayé, il s'approcha prestement, les yeux rivés tour à tour sur moi, mon blaster et Kayog qui hurlait de douleur. Tremblant, l'homme commença à taper des instructions sur l'appareil médical à côté du lit. Le médecin bleu commença à bouger alors que l'effet paralysant de mon tir de blaster se dissipait.

Cependant ce fut la terreur véritable qui émanait du médecin vert qui me déstabilisa. Il était terrifié par Kayog et croyait sincèrement que si nous ne le tuions pas immédiatement, quelque chose de terrible allait se produire.

— Ma colombe... dit Kayog d'une voix brisée.

Des larmes me montèrent aux yeux lorsque je tournai mon attention vers lui. Au-delà de la douleur atroce qui le détruisait, c'était le regard trahi qu'il me lança qui me bouleversait.

— Tue-moi.

— Je ne peux pas. Je ne te perdrai pas. Tu t'es battu trop longtemps, trop durement pour abandonner maintenant. S'il te plaît, tiens bon pour moi. Je te jure que nous allons te soigner.

Mon sang se glaça lorsque ses yeux et ses mains se mirent à briller. C'était une lumière blanche, mais elle semblait rouge autour de ses yeux, car du sang recommençait à couler de ceux-ci.

— Nous allons tous mourir, murmura le médecin vert d'une voix terrifiée en commençant à reculer.

La lueur s'intensifia, et à cet instant, je compris que ce qui arrivait à Kayog était ce qu'ils avaient essayé d'empêcher depuis le début... ce qu'ils croyaient capable de tous nous tuer.

Puis Kayog devint mou, la lueur disparaissant instantanément de ses yeux et de ses mains.

— C'est fait, dit l'humain d'une voix tremblante, avant de s'éloigner du lit.

Quelque chose se brisa en moi. Je serrai dans mes bras le corps inconscient de Kayog et pleurai.

CHAPITRE 13
LINSÉA

J e ne résistai pas lorsque quelqu'un retira le blaster de ma
main. Mes actes auraient de graves conséquences. En plus
d'avoir volé l'arme d'un Défenseur, j'avais tiré sur quelqu'un devant plusieurs témoins. Le fait de savoir que l'arme était
réglée sur une charge non létale ne rendait pas mon crime moins
grave. Au moins, je ne serais pas accusée de tentative de
meurtre...

... en tout cas, je l'espérais.

Mais même cela n'avait que peu d'importance à mes yeux.
Mon cœur se brisait en mille morceaux tandis que la culpabilité
me déchirait. La voix de Kayog me suppliant de le libérer tournait en boucle dans mon esprit. Même si j'étais incapable de
ressentir ses émotions, la souffrance flagrante dans sa voix, dans
son corps, dans ses yeux alors qu'il implorait ma pitié allait me
hanter pour le reste de ma vie. Je voulais croire que ce n'était pas
mon besoin égoïste de le garder qui m'avait poussée à refuser
d'accéder à sa demande. Prétendre que cela n'avait joué aucun
rôle serait évidemment un mensonge. Mais il s'était battu si fort
et si longtemps que renoncer maintenant, alors que les meilleurs

médecins de la galaxie s'apprêtaient à chercher une solution, n'avait aucun sens. *Mais s'ils ne parviennent pas à le guérir ? Et si je n'avais fait que prolonger son calvaire ?* Les larmes coulaient librement sur mon visage tandis que je serrais son corps inerte dans mes bras, la stase m'empêchant de trouver du réconfort en écoutant les battements de son cœur. Trop perdue dans mes pensées sombres et mon chagrin, je fis abstraction des voix animées qui débattaient intensément autour de moi. Ce ne fut que lorsqu'une main secoua mon épaule que je levai enfin la tête pour me recentrer sur mon environnement.

L'infirmier qui avait mis mon conjoint en stase se tenait à côté de moi, un scanner portable à la main, et me regardait d'un air interrogateur.

— Quoi ? demandai-je, confuse quant à ce qu'il voulait.

— J'ai besoin que vous vous asseyiez un instant afin que je puisse vous scanner, dit-il d'une voix apaisante. Je crois comprendre que vous étiez parmi les personnes présentes au centre de congrès lorsque l'explosion s'est produite. Nous devons nous assurer que vous n'êtes pas... affectée.

La façon dont il hésita avant de prononcer ce dernier mot, et à en juger par les émotions qui émanaient de lui, il pensait que ce qu'il percevait comme un comportement psychotique de ma part pouvait être causé par un effet secondaire de l'explosion qui avait secoué le centre.

Je voulus protester, mais je me tus et obéis. Pendant qu'il passait l'appareil principalement autour de ma tête, je jetai un coup d'œil aux deux médecins témernes qui étaient toujours en grande conversation avec les Défenseurs. Complètement remis de la paralysie, le médecin bleu semblait encore plus en colère que son compagnon. Quelques instants plus tard, la porte s'ouvrit sur la vue bénie de deux médecins que je reconnus comme travaillant pour l'OPU. Je n'avais jamais interagi directement avec eux, mais je les avais vus à plusieurs reprises lorsque je rendais visite à ma grand-mère.

Malgré mon malaise face au fait que l'un d'eux était un Témerne, l'absence d'agressivité envers mon conjoint qui émanait de lui me rassura sur le fait qu'il serait en sécurité... du moins pour l'instant.

— Vous avez un léger œdème cérébral dû à l'explosion, mais vous semblez autrement indemne, dit l'infirmier, récupérant mon attention. Je peux vous donner des analgésiques si vous avez mal à la tête, ou...

— Non, merci. Ça va, répondis-je distraitement, voulant me concentrer sur ce que faisaient les médecins.

Mon estomac se noua lorsque je vis Colin entrer dans la pièce, l'air sévère, voire glacial. Le semi-ami avec lequel j'avais l'habitude d'avoir des conversations agréables avait disparu. Cet homme était le Directeur des Défenseurs en mission. Même s'il ne dégageait pas d'émotions menaçantes envers Kayog, il n'avait plus la chaleur et l'intérêt vif qu'il avait manifestés auparavant. Cette fois, il considérait une menace potentielle à évaluer et à traiter en conséquence.

Pourquoi ont-ils tous si peur de lui, bon sang ?

— Vous êtes des imbéciles de garder cette saloperie en vie, siffla le médecin bleu. Mais c'est votre problème maintenant. Sortez cette abomination de cet hôpital avant qu'il ne tue tout le monde.

— C'est quoi votre putain de problème ?! m'écriai-je, incrédule.

— Mon problème...

— S'en va, l'interrompit Colin d'une voix aussi froide que le regard qu'il lança au médecin. Comme vous pouvez le voir, notre équipe le prépare pour le transfert. Nous serons partis dans quelques minutes.

— Ce ne sera pas trop tôt, rétorqua-t-il, la voix pleine de colère et de mépris.

Les médecins de l'OPU déplacèrent Kayog sur une civière aéroplane, le transférant vers leur propre appareil de stase avant de faire un signe de tête rigide à Colin.

— Vous voyez ? On y va, dit-il au médecin d'une voix lourde de sarcasme.

L'Agent Murphy et son collègue ouvrirent la marche pour sortir de la pièce, suivis par les médecins de l'OPU qui encadraient la civière aéroplane de Kayog, l'un devant, l'autre derrière. Je m'empressai après eux, mais Colin me saisit par le bras et m'arrêta.

— Pas si vite, dit-il d'un ton sec. Tu viens avec moi.

Mon cœur se serra, même si je m'y étais attendue. Comme résister ne ferait qu'empirer les choses, j'acquiesçai avec résignation, tout en le regardant avec des yeux suppliants.

— Très bien, dis-je d'un ton conciliant. Mais laisse-moi au moins l'accompagner jusqu'à la navette.

Ma poitrine se serra davantage lorsqu'il secoua la tête, son expression indiquant clairement que ce n'était pas négociable.

— Ta prêtresse peut le raccompagner à ta place, dit-il d'un ton impérieux en désignant Isobel du menton.

Ce ne fut qu'à ce moment-là que je remarquai qu'elle se tenait près de l'entrée, tandis que la civière planait devant elle. Ayant apparemment entendu les paroles du Directeur des Défenseurs, elle m'adressa un sourire rassurant avant de suivre Kayog et son escorte.

Je claquai du bec avec agacement, vaincue.

— Par ici, dit Colin en me faisant signe de le suivre alors qu'il quittait lui aussi la pièce, laissant derrière lui les médecins témernes en colère.

Je m'exécutai en silence et découvris deux autres Défenseurs qui attendaient dans le couloir. Sans un mot, ils nous suivirent tandis que Colin nous conduisait vers une partie de l'hôpital que je n'avais jamais visitée.

— Tu as provoqué tout un bordel ici, Linséa, dit-il, la voix toujours dépourvue de toute chaleur, même si elle n'était plus aussi dure.

— Je n'avais pas le choix. Ils voulaient le tuer, répondis-je de manière évidente.

— T'est-il venu à l'esprit qu'ils pouvaient avoir de très bonnes raisons pour cela ? demanda-t-il d'un ton neutre.

J'eus un mouvement de recul et mes pas vacillèrent. Ce n'était pas seulement le choc provoqué par ses paroles, mais surtout les émotions qui émanaient de lui. Il pensait également que tuer Kayog aurait pu être le choix le plus sage – une solution qu'il envisageait toujours.

— Pourquoi avez-vous tous si peur de lui ? demandai-je, sidérée. Où l'emmènent-ils ?

— Relaxe, Linséa. Kayog n'est pas en danger. Pour l'instant, il ne lui arrivera rien. Sinon, Arika nous le ferait payer cher. Mais toi et moi devons parler.

— Je t'écoute, dis-je, le dos raide d'appréhension quant à ce qui allait suivre.

Il secoua la tête.

— Pas ici. Les murs ont des oreilles.

À ma grande surprise, je réalisai qu'il m'avait emmenée dans l'aire de stationnement des premiers intervenants et des forces de l'ordre.

— Une navette ? demandai-je, l'inquiétude se glissant dans ma voix. Pourquoi montons-nous dans une navette ? Un disrupteur ou un brouilleur dans n'importe quelle pièce privée ici devrait suffire, non ?

— Non, aucun des deux ne suffirait, dit-il d'un ton neutre, sans ralentir. Du calme, Linséa. Je ne t'emmène pas hors de la planète. Nous allons simplement au bureau des Défenseurs pour plus d'intimité.

— C'est vraiment si grave ? demandai-je en frissonnant. Je veux dire, si c'est à propos du médecin, je paierai volontiers les dommages pour lui avoir tiré dessus. Mais je savais que le blaster était réglé sur paralysie. Il n'a jamais été en danger.

Colin émit un son dédaigneux.

— Ces médecins sont le cadet de tes soucis.

— Que veux-tu dire ? demandai-je, même si je connaissais déjà sa réponse.

— Ton homme est un sérieux problème. Kayog est une bombe ambulante.

— Qu'est-ce que ça veut dire ? insistai-je.

— Dans une minute, répondit-il alors que nous entrions dans l'aire de stationnement et nous dirigions vers une navette noire de taille moyenne arborant le logo des Défenseurs en grosses lettres dorées et argentées.

Mon esprit tournait à toute vitesse alors que j'essayais de deviner où cette conversation allait nous mener. Je ne doutais pas que Kayog avait été honnête avec moi au sujet de ses pouvoirs. Alors, qu'est-ce qui m'échappait et mettait tout le monde dans un tel état de panique ?

Nous entrâmes dans la grande navette et Colin se dirigea directement vers la salle de réunion. À chaque pas, mon pouls s'accélérait un peu plus. La conversation à venir allait sans aucun doute bouleverser mon univers. J'ignorais si j'étais prête à l'affronter. Je voulais juste être avec Kayog, voir ce qui se passait et prendre soin de lui.

Je m'installai à la petite table pouvant accueillir six personnes. La pièce était presque vide, à l'exception d'un grand écran vidéo, d'un projecteur holographique 3D et d'une console équipée d'un réplicateur de boissons et de nourriture. Ce vaisseau de transport étant conçu pour des vols courts et moyens, cet espace pouvait servir de salle de réunion ou de salle de mess. Colin prit deux bouteilles d'eau dans le petit réfrigérateur que je n'avais pas remarqué sous le comptoir, m'en tendit une, puis s'installa à la table en face de moi.

— Arika et tes parents tirent de grosses ficelles en ce moment, dit Colin, me prenant au dépourvu.

— À propos de quoi ? demandai-je.

— À propos du sort de Kayog.

— Tu veux dire s'il faut le tuer ou non ? demandai-je d'un ton sec.

Il fit un geste dédaigneux de la main.

— L'idée de tuer ton homme a été écartée dès qu'il a lancé une explosion psionique dans un rayon de cent mètres, assommant quatre cent vingt-six personnes.

— Ce n'était pas lui ! m'écriai-je, outrée. Kayog a perdu connaissance à cause de son état. Je l'ai trouvé allongé sur le sol, du sang coulant de ses oreilles, de ses yeux et de son nez.

Colin secoua la tête avec une expression triste.

— Non, Linséa. C'était lui.

Il passa sa main au-dessus du milieu de la table pour activer l'interface intégrée. Il y tapa quelques instructions qui allumèrent l'écran géant. Quelques secondes plus tard, je regardai avec consternation les images provenant des caméras de surveillance du centre de congrès. Je poussai un léger halètement lorsque je vis clairement une vague floue émaner de Kayog alors qu'il était appuyé contre le mur près de la sortie arrière du centre. Immédiatement, toutes les personnes visibles à l'écran s'effondrèrent, inconscientes.

Les larmes me montèrent aux yeux, et je posai ma main sur ma poitrine en le regardant tituber, à moitié ivre, vers l'entrée. Voir l'attaque cinétique ciblée contre les hommes masqués, suivie d'une deuxième explosion encore plus puissante qui assomma tout le monde – moi y compris – juste avant qu'il ne s'évanouisse, me laissa sans voix.

Je fixai l'écran, hébétée, longtemps après qu'il soit redevenu noir, trop abasourdie pour parler ou même former une pensée cohérente.

— Savais-tu qu'il pouvait faire ça ? demanda Colin, d'un ton curieux mais sans aucune accusation.

Je secouai la tête.

— Non, absolument pas. J'ai vu ses yeux et ses mains briller le jour de l'incident sur le campus, mais...

Ma voix s'éteignit tandis que mon cerveau luttait pour donner un sens à tout cela.

— Cela m'amène à me demander ce qu'il te cache d'autre, réfléchit Colin à voix haute.

Cette remarque me chiffonna.

— Malgré les apparences, je suis convaincue que Kayog ne me cache rien. Je pense qu'il ne sait même pas qu'il peut faire ça et qu'il ne comprend pas les pouvoirs qu'il possède.

Colin me lança un regard dubitatif.

— Vraiment ?

J'acquiesçai fermement.

— N'as-tu pas regardé son visage dans cette vidéo ? À en juger par sa façon de marcher, Kayog était hébété, ensanglanté et souffrait manifestement le martyre. Après que j'aie insisté lourdement, il m'a donné un aperçu de ce que c'est que de ressentir des émotions comme lui. J'ai failli m'évanouir à cause de la douleur et du chaos. Et c'était ce qu'il considérait comme un niveau faible et tolérable pour lui alors qu'il se trouvait dans l'abri partiel de son bunker.

Colin fronça les sourcils et plissa les lèvres en soupesant mes paroles. À cet instant, je compris que ce que j'allais dire au cours de cette « conversation » pourrait avoir un impact sérieux sur le sort de Kayog. Il essayait d'évaluer à quel point mon conjoint représentait une menace, et donc comment il devait être traité.

— Le niveau de panique qui régnait dans le centre de congrès après l'explosion a dû être une véritable agonie pour lui. Ce que j'ai vu sur cette vidéo, c'était un mâle qui était passé en mode survie. Ce chaos était littéralement en train de le tuer. Son instinct l'a poussé à se protéger avant de subir des dommages irréparables. À ma connaissance, il n'a jamais été exposé à une situation aussi critique que celle-ci.

À mon grand soulagement, Colin acquiesça lentement.

— Oui, la prêtresse Isobel a dit cela. Mais il a tout de même frappé quatre cent vingt-six personnes, dont certaines étaient des hauts fonctionnaires étrangers. Ils veulent que le coupable réponde de ses actes.

Mon estomac se tordit de peur. Mais je me ressaisis. Il était temps de faire appel à mon expérience et à la formation en négociation dont j'avais bénéficié.

— Quelle était la gravité de leurs blessures ? demandai-je.

Il sursauta légèrement et me lança un regard perplexe.

— Quel est le rapport ? Ce n'est pas la question.

— Si, ça l'est ! insistai-je. Quelle était la gravité de leurs blessures ?

Il haussa les épaules, toujours perplexe, mais se montra indulgent.

— Ils se rétabliront complètement.

— Ce n'est donc pas très sérieux, dis-je triomphalement.

Colin me lança un regard outré.

— Des gens ont quand même été blessés !

— Kayog a arrêté une attaque terroriste et a potentiellement prévenu plusieurs morts et blessures graves, arguai-je. Je doute que les personnes masquées qui ont déclenché cette explosion portaient des Tasers comme armes. Elles étaient là pour causer de sérieux dommages. Vous pouvez facilement inventer une histoire qui protégera Kayog.

Il me regarda en plissant les yeux, son expression se durcissant légèrement.

— Me demandes-tu de blâmer à tort les attaquants pour avoir assommé tout le monde ?

Je roulai des yeux et secouai la tête.

— Ils ont déclenché deux explosions, pas une détonation psychique. Quoi qu'ils aient utilisé, l'équipe médico-légale ne pourra pas expliquer comment les invités ont été affectés par celles-ci. Cependant, personne ne s'attendait à ce type d'attaque à cet endroit. En creusant suffisamment, je suis certaine que les enquêteurs découvriront que les explosions ont déclenché une réaction en chaîne avec quelque chose dans le centre de congrès. Le département scientifique des Défenseurs n'aura aucun mal à expliquer comment certains produits chimiques contenus dans les bombes ont réagi de manière insolite avec certains des matériaux étrangers utilisés pour construire le centre.

— Tu oublies les vidéos de surveillance, dit Colin d'un ton moqueur.

Je haussai les épaules.

— Malheureusement, elles ont été gravement endommagées par l'explosion et les déflagrations inhabituelles qu'elles ont déclenchées.

— Et tous les témoins ?

Je fis un geste dédaigneux de la main.

— Les lumières brillantes qu'ils ont vues devant Kayog n'étaient qu'une manifestation de l'anomalie, un avertissement précoce de la véritable explosion qui allait suivre. Mon pauvre compagnon se trouvait malheureusement exactement à l'endroit où l'explosion s'est produite, ce qui explique à la fois pourquoi elle semblait provenir de lui et pourquoi il est le seul à avoir saigné de cette façon.

Il s'ébroua et secoua la tête.

— Eh bien, eh bien, Linséa. Qui aurait pu deviner qu'une femelle aussi impitoyable se cachait sous cette apparence douce et raffinée ?

Je levai le menton avec défi.

— Comme vous le dites, vous les humains, l'Enfer n'a pas de pire furie qu'une femme bafouée. Personne ne fera de mal à mon conjoint. Tout cela est arrivé parce que tout le monde l'a laissé tomber. Je ne le ferai pas.

— Les choses ne sont pas si simples, Linséa, dit Colin, la

tension revenant dans sa voix. Ta grand-mère ne sait pas tout sur les Édals. C'est un secret qui est gardé pour éviter de semer la panique parmi la population ou dans d'autres mondes. Les médecins voulaient l'éliminer pour sauver la vie de tous les autres dans cet hôpital. Ces deux décharges psioniques n'ont causé que des commotions cérébrales et quelques contusions au cerveau des personnes présentes. Je veux croire que, même dans son état « hébété » comme tu le prétends, Kayog a *choisi* de ne faire de mal à personne. Mais d'autres Édals qui ont utilisé ce pouvoir ont tué des centaines de personnes.

Je reculai.

— Comment est-ce possible ? Je pensais que tous les Édals précédents étaient morts dans les heures ou les jours suivant leur naissance.

Colin hocha la tête.

— Ils sont morts d'un anévrisme cérébral juste après avoir tué ou gravement blessé des centaines de personnes. La poignée d'Édals qui ont survécu jusqu'à leur naissance ont réagi si violemment à l'assaut des émotions de leur entourage qu'ils ont tenté d'éliminer la cause. Ils ont également émis une explosion psionique, sauf que la leur était mortelle. Les disrupteurs psioniques ne fonctionnent pas sur eux. Dès que leurs yeux commencent à briller, c'est qu'ils s'apprêtent à lancer leur attaque. C'est pourquoi ces médecins étaient prêts à tout pour éliminer Kayog. Il aurait littéralement pu anéantir tous les patients, tout le personnel médical et tous les visiteurs de cet hôpital d'une seule pensée.

Je frémis et me serrai dans mes bras. La peur qui avait émané de ces deux médecins témernes avait été indéniable. J'avais également vu ses yeux briller auparavant, sur le campus, sur les images de la caméra du centre de congrès et à l'hôpital, juste avant que l'infirmier ne le mette en stase.

Avait-il vraiment été sur le point de tous nous tuer ?

— Je comprends ce que tu veux dire, répondis-je prudemment. Cependant, il a lancé deux attaques au centre de congrès et n'a tué personne. Il nous a simplement assommés pour étouffer nos émotions.

— Et c'est la seule raison pour laquelle il est encore en vie à l'heure actuelle, dit Colin d'un ton grave. Tu es extrêmement naïve si tu penses qu'on peut simplement le soigner et le renvoyer chez lui pour que vous puissiez vivre heureux pour toujours. En supposant qu'on arrive à le soigner, que crois-tu qu'il va lui arriver ?

— Pourquoi ai-je l'impression que je ne vais pas aimer ta réponse ? demandai-je, la voix tendue.

— Parce que tu ne l'aimeras sûrement pas, concéda-t-il d'un ton navré. Kayog est non seulement unique, mais c'est aussi une anomalie dotée de pouvoirs terrifiants. En ce moment même, nos médecins et nos scientifiques salivent à l'idée de l'étudier.

— Ce n'est pas un rat de laboratoire ! m'écriai-je en me redressant sur ma chaise.

— Vraiment ? défia Colin en haussant un sourcil interrogateur. Afin de trouver une solution à son état, tous les professionnels devront le sonder et l'examiner pour comprendre ce qu'il est, pourquoi il est incapable de protéger son esprit des autres, l'étendue de ses pouvoirs et comment les contrôler. Honnêtement, exaucer son souhait de mourir aurait peut-être été un acte de miséricorde.

— Je ne le permettrai pas, sifflai-je. Vous n'allez pas le transformer en cobaye ou en sujet d'expérience bizarre.

— Comment vas-tu l'empêcher ? demanda Colin, une pointe de raillerie dans la voix.

— Tu sembles oublier que je sais comment fonctionne le système. Je peux créer le pire cauchemar en matière de relations publiques pour l'OPU et les Défenseurs, répondis-je d'un ton glacial.

— Nous pouvons t'en empêcher, rétorqua-t-il en haussant les épaules.

— Vraiment ? le défiai-je.

— Évidemment, répondit-il comme si cela allait de soi.

Ce fut à mon tour de le regarder d'un air moqueur.

— Mais après avoir causé combien de dégâts ? Tu sais qu'une fois que je me serai lancée, cela causera des dommages presque impossibles à réparer. Aucun de nous ne souhaite en arriver là, n'est-ce pas ?

— Bien sûr que non, dit-il d'un ton moins amical.

— Alors ne me forcez pas la main, dis-je d'un ton sévère. L'OPU et les Défenseurs ont de nombreux ennemis qui seraient ravis de m'aider à semer la zizanie.

— Est-ce que tu nous menaces ? demanda Colin en plissant les yeux.

— Je ne fais pas de menaces, seulement des promesses. Tu sais que je ne veux rien de tout cela. Tout ce que je demande, c'est que tu protèges mon conjoint des plans hautement discutables que certaines personnes pourraient entretenir à son sujet, dis-je d'un ton raisonnable.

Je respectais beaucoup Colin, et me le mettre à dos serait une grave erreur. Mais pour ne pas me faire dévorer toute crue dans cette « négociation », je devais montrer que je ne me laisserais pas faire.

— Nous ne savons pas ce qu'il est ni à quel point il peut être dangereux, répondit-il d'une voix lourde de frustration.

— Alors découvrez-le et guérissez-le, rétorquai-je d'un ton neutre.

— Et risquer de perdre ses incroyables pouvoirs ? objecta-t-il.

Je fis un geste désinvolte de la main.

— À quoi servent-ils s'ils détruisent son esprit ? Je ne suis peut-être pas médecin, mais il ne faut pas être un génie pour comprendre que des hémorragies cérébrales répétées laisseront des séquelles permanentes.

— Et ensuite ? demanda Colin. Que se passera-t-il une fois que nous l'aurons guéri ?

— Kayog est doté d'une intelligence hors du commun. C'est un protecteur né, il a une moralité irréprochable, des capacités athlétiques exceptionnelles et un charisme incroyable. Mon conjoint pourrait être un atout considérable dans divers rôles au sein des Défenseurs ou de l'OPU, lançai-je avec un peu trop d'empressement.

Avec ses pouvoirs, qu'ils disparaissent ou non après une cure, aucune des deux organisations ne voudrait jamais le laisser partir, car ses aptitudes pourraient revenir. Et en supposant qu'il ne les perde jamais, il serait une arme bien trop dangereuse, errant librement dans la nature sans surveillance. Pire encore, des ennemis pourraient chercher à le recruter pour le retourner contre nous. Colin n'avait pas besoin d'entrer dans les détails pour que je comprenne que mon conjoint ne serait jamais vraiment libre. Mais il existait des moyens pour lui de bénéficier de quelque chose de suffisamment proche et de vivre selon ses propres conditions au sein de l'organisation.

Et j'avais l'intention d'utiliser tous les outils à ma disposition pour m'en assurer.

Colin secoua la tête.

— Je lui ai déjà proposé de nous rejoindre. Il a catégoriquement refusé. Et à en juger par son ton, il serait impossible de le faire changer d'avis.

J'émis un son dédaigneux.

— Bien sûr qu'il a refusé. Dans son état actuel, cela lui aurait été complètement impossible. Guéris-le, puis demande-lui à nouveau. Je parie que tu seras agréablement surpris par sa réponse.

Il plissa les yeux en me regardant, une lueur spéculative brillant dans son regard.

— Tu me promets qu'il acceptera ?

Je lui lançai un regard qui disait « ne sois pas stupide ».

— Tu sais que je ne peux pas prendre un tel engagement en son nom. Mais fais-lui une offre qu'il ne pourra pas refuser, et il acceptera.

— Tu t'attends à ce que je me batte pour un énorme « peut-être », rétorqua Colin.

Je me penchai en avant, le regard intense, pour tenter de le convaincre.

— Aucun Édal n'a jamais vécu plus de quelques heures ou quelques jours, rétorquai-je. Vous en avez un adulte, capable de parler et de raisonner. Combien d'autres comme lui sont morts inutilement parce qu'ils ne pouvaient pas exprimer la cause et l'origine de leur détresse ? Vous avez une occasion en or d'en apprendre davantage sur les personnes comme lui tout en cherchant un remède. Les Témernes sont des membres importants de l'OPU. L'organisation nous doit bien de nous aider à trouver une cure.

Il s'ébroua.

— Ton propre peuple veut sa mort.

Je soufflai avec mépris.

— Par ignorance. Ils ne font que suivre une vieille tradition née de la peur. La science a évolué depuis les premiers cas. Il n'y a aucune raison pour que nous ne puissions pas réexaminer la question avec un esprit plus ouvert. D'ailleurs, l'un des objectifs fondamentaux de l'OPU n'est-il pas de mettre fin à ce type de tragédies et de massacres fondés sur des croyances primitives ?

Il me lança un regard étrange, le coin de ses lèvres se relevant discrètement avec une pointe d'amusement.

— Les Témernes ne sont pas primitifs.

— Dans ce cas, ils agissent comme une espèce primitive, pensant que les Édals sont des démons simplement parce qu'ils ne comprennent pas ce qui leur arrive ni comment résoudre leurs problèmes, dis-je en haussant les épaules. Les humains n'avaient-ils pas l'habitude de lobotomiser les personnes souffrant de troubles mentaux parce qu'ils ne savaient pas comment les aider ? Ce n'est pas différent.

— Je t'accorde que leurs politiques concernant les Édals remontent à plusieurs générations et doivent être réexaminées, dit Colin calmement.

— Oui, je suis tout à fait d'accord. Alors parles-en à tes scientifiques et invente une histoire pour expliquer l'explosion psionique au centre de congrès. Je suis riche et ma famille apportera tout le soutien nécessaire pour aider à trouver un traitement. L'OPU et les Défenseurs ont tout à gagner à protéger Kayog. Je suis convaincue qu'il deviendra un atout fantastique.

Colin s'adossa à sa chaise, un sourire indéfinissable étirant ses lèvres tandis qu'il me jetait un regard évaluateur.

— Je t'aime bien, Linséa Kenna. Tu es audacieuse, impitoyable et indomptable quand il s'agit de choses qui te tiennent à cœur. Au fait, joli désarmement de mon garde. Malheureusement pour lui, il ne va pas apprécier les mesures disciplinaires qui l'attendent.

Je tiquai, mon cœur se serrant pour le pauvre agent.

— S'il te plaît, ne sois pas trop dur avec lui. Avec mes références et le soutien de ma grand-mère, il n'avait aucune raison de s'attendre à ce que je fasse un coup pareil. N'oublie pas que j'ai également suivi une formation en autodéfense et en combat, comme c'est exigé pour les futurs négociateurs et ambassadeurs.

— Même si c'est vrai, il s'est tout de même laissé désarmer en ne sécurisant pas correctement son arme après l'avoir initialement détachée, dit Colin d'un ton qui ne souffrait aucune discussion. Comme personne n'est mort à cause de sa négligence, il ne sera pas renvoyé, mais il ne refera plus cette erreur. Alors, quand rejoindras-tu les Défenseurs ?

Je m'ébrouai.

— Jamais.

— Vraiment ? demanda-t-il, semblant sincèrement surpris.

— Je rejoins l'OPU pour protéger des gens comme mon

conjoint de vos décisions stupides. Alors ne rends pas mon embauche embarrassante en m'obligeant d'abord à tous vous humilier publiquement, dis-je d'un ton hautain.

Il éclata de rire, et je lui rendis son sourire, ravie que mes efforts pour atténuer la tension qui s'était accumulée aient porté leurs fruits.

— Je ne peux rien te promettre, Linséa, dit-il prudemment.

— Je ne te demande pas de promesse, seulement que tu fasses en sorte que cela se réalise.

Il sourit.

— Je ferai ce que je peux. Et toi, veille à ce qu'il nous rejoigne.

∾

Colin fit que cela se réalise, mais cela prit des jours, puis des semaines, puis trop de mois. Ce jour-là, au centre de congrès, quelque chose s'était produit qui avait complètement réorganisé le cerveau de Kayog. La seule bénédiction dans tout ce gâchis était le fait que j'avais effectué un scan complet de son cerveau avant l'incident. Cela permit aux médecins et aux scientifiques de voir ce qui avait changé après cet épisode.

Cela ouvrit la voie à d'innombrables possibilités, et de nombreux experts dans divers domaines se réunirent pour étudier ce qui fut salué comme l'une des plus grandes découvertes des deux derniers siècles. Grâce à nos technologies avancées, il était presque impossible de tomber sur une nouvelle espèce inconnue. Bien qu'il fût un Témerne, Kayog était une toute nouvelle race qui fascinait la communauté scientifique.

Puisqu'ils ne parvenaient pas à trouver un moyen de l'empêcher d'être agressé par les émotions des autres, ils ne pouvaient pas le réveiller pour tester leurs différentes théories et remèdes potentiels. Ils recréèrent donc son cerveau virtuellement, dans les moindres détails. Cela seul nécessita près de trois mois de travail pour les meilleurs ingénieurs, neurologues et spécialistes en psionique. Le simulateur avait une portée incroyable, capturant et traduisant parfaitement les émotions dans un rayon aussi vaste que celui dont mon conjoint était capable.

À leur grand dam, ils ne parvinrent jamais à faire en sorte que le cerveau virtuel recrée l'explosion psionique.

Au cours des semaines qui suivirent, tous les systèmes de restriction qu'ils tentèrent d'appliquer à ce cerveau virtuel pour bloquer les émotions des autres échouèrent lamentablement. Finalement, ils comprirent qu'une approche différente était nécessaire. Kayog ne disposait pas de certaines voies neuronales que possédaient les Témernes normaux, ce qui nous permettait de bloquer les personnes à proximité afin que leurs émotions ne nous assaillent pas. Les scientifiques décidèrent donc d'arrêter de chercher un dispositif externe capable de réguler en permanence l'afflux de signaux qu'il recevait. À la place, ils mirent au point un outil d'entraînement pour rediriger les voies neuronales dans son cerveau.

Des simulations organiques confirmèrent la création de nouvelles voies neuronales et une restructuration de la glande pinéale. Une fois convaincus de la sécurité de leur méthode, ils l'utilisèrent sur Kayog, tout en le maintenant dans un état semicomateux. Rapidement, il commença à former les nouvelles connexions neuronales dont il avait tant besoin.

Sept mois, deux semaines et quatre jours après l'incident, ils le réveillèrent enfin.

CHAPITRE 14

KAYOG

M a peau picotait et mon corps semblait en état de semi-apesanteur alors que j'émergeais de ce qui me semblait être le sommeil le plus profond que j'avais jamais connu. Mes muscles étaient engourdis et faibles, comme s'ils avaient perdu toute leur force après une longue période d'inactivité. Une lumière aveuglante me poignarda les yeux lorsque j'essayai de les ouvrir. Je clignai plusieurs fois des paupières pour m'habituer à la luminosité intense qui m'entourait.

Cependant, quelque chose était terriblement anormal. Il me fallut un moment pour comprendre ce qui m'affectait si profondément, jusqu'à ce que cela me frappe.

Un silence total et complet.

Le silence ?!

Sous le choc, je me redressai brusquement du matelas confortable du lit dans lequel j'étais allongé. Une vague de vertige faillit me faire retomber. Mais la vue d'un Témerne et d'une humaine debout au pied de mon lit me terrifia.

— Ne vous approchez pas ! m'écriai-je en rejetant la couverture de mes jambes afin qu'elle ne m'empêche pas de m'échapper si nécessaire.

— Kayog, tout va bien ! Tu es en sécurité, dit une voix très chère à mon cœur.

Je tournai brusquement la tête vers la droite pour voir ma belle Linséa, debout à quelques mètres de mon lit, le visage rayonnant de joie, de tendresse et d'autre chose que je ne pouvais définir.

— Ce sont tes médecins, choisis par ma grand-mère, poursuivit-elle d'un ton rassurant tout en se rapprochant de moi. Ils t'ont soigné.

— Ils m'ont soigné ? répétai-je en tendant la main vers elle pour m'assurer qu'elle n'était pas une illusion.

Elle acquiesça et me prit la main. Ce fut comme si la foudre m'avait frappé tout en me procurant la sensation d'être enveloppé dans une couverture chaude.

— Oui, mon amour. Ils ont travaillé sur une solution pour faire cesser le bruit, expliqua-t-elle.

Ma gorge se serra alors que le silence béni se prolongeait. C'était divin, un rêve impossible que je n'arrivais toujours pas à croire et qui s'était enfin réalisé. La paix... tellement de paix.

— C'est la raison de ce silence ? demandai-je d'une voix légèrement tremblante.

— Oui, répondit-elle avec un sourire. Il n'y aura plus de chaos dans ta tête.

— C'est tellement calme, répétai-je, les larmes aux yeux. Si incroyablement calme... Merci. Merci !

Je la serrai dans mes bras et enfouis mon visage dans sa poitrine avant de pleurer de la manière la plus pathétique qui soit. J'avais seulement voulu exprimer ma gratitude et mon affection, mais quelque chose s'était brisé en moi. Après une vie de misère, cette nouvelle paix me bouleversait. Chaque larme qui coulait emportait avec elle une partie de la douleur, du chaos et du désespoir qui avaient fait de chaque instant de chaque jour de mon existence un véritable cauchemar.

Linséa me berça dans ses bras, et ses ailes immaculées m'enveloppèrent tandis que je versais toutes les larmes de mon corps. Sa voix magnifique et réconfortante coula sur moi tandis qu'elle fredonnait une chanson apaisante. Je n'aurais su dire combien de temps je pleurai. Il me fallut une éternité pour me ressaisir, mais je n'avais jamais connu une telle paix auparavant. Pendant tout ce temps, le silence béni continua de tourbillonner autour de nous, ne faisant que rehausser la merveilleuse mélodie que ma conjointe chantait pour moi.

Mais il manquait quelque chose d'encore plus parfait.

— Je ne te sens pas, murmurai-je, la tête toujours posée sur sa poitrine. Je n'entends pas ta chanson.

— Tu l'entendras, mon amour, dit Linséa d'un ton rassurant.

Bien que gêné de m'être ainsi donné en spectacle, je levai la tête pour la regarder. À mon grand soulagement, son visage ne montrait ni dédain ni déception face à mon effondrement pathétique devant elle et des témoins. Même si j'aimais cette nouvelle paix, j'avais perdu un sens fondamental sur lequel je m'étais fortement appuyé toute ma vie. Ne pas savoir quelles émotions animaient les gens autour de moi était non seulement déstabilisant, mais me rendait également vulnérable.

— Les médecins vont tout t'expliquer, dit-elle en essuyant délicatement avec ses pouces les traces d'humidité qui subsistaient sur mes joues.

— Bonjour, Kayog. Je suis le Dr. Arafin Luleth, et voici ma collègue, le Dr. Ellen Schumer. Mais appelle-moi Arafin, dit le Témerne d'un ton amical.

— Et appelle-moi Ellen, dit la docteure humaine sur un ton tout aussi accueillant.

— Bonjour, répondis-je d'une voix réservée, tout en regardant Arafin avec une suspicion et une méfiance que je ne pouvais réprimer.

Linséa me frotta doucement l'arrière de l'épaule de manière apaisante. Cela m'aida un peu.

— Nous avons mené les efforts pour trouver un remède à ta

pathologie, poursuivit Arafin avec enthousiasme. Mais avant d'entrer dans les détails de ce que nous avons fait et de la voie à suivre jusqu'à ton rétablissement complet, nous aimerions effectuer quelques tests rapides pour voir comment tu te portes et nous assurer que tu vas bien.

Je réprimai mon envie instinctive de lui dire d'aller se faire voir et hochai la tête avec raideur à la place.

— Très bien, dis-je.

Mon cœur rata un battement et une vague de panique m'envahit lorsque Linséa retira sa paume de mon épaule et recula. Ma main se précipita vers la sienne et l'attrapa avant qu'elle ne puisse s'éloigner davantage.

— Reste ! m'écriai-je, l'inquiétude perceptible dans ma voix.

— Bien sûr, mon amour. Je ne vais nulle part, répondit-elle avec un sourire.

Une fois de plus, je me sentis complètement pathétique d'être aussi dépendant. Mon monde venait d'être bouleversé. J'étais confus, perdu et complètement dépassé. Les derniers souvenirs qui me traversaient l'esprit étaient une douleur atroce comme je n'en avais jamais ressenti auparavant et un besoin désespéré de m'échapper. J'avais l'impression que seulement cinq minutes s'étaient écoulées depuis cet incident. Mais il était clair que beaucoup plus de temps était passé.

Un milliard de questions se pressaient sur ma langue, mais je savais instinctivement qu'elles trouveraient une réponse en temps voulu. Malgré ma curiosité, la présence de ma conjointe me rassura suffisamment pour me permettre d'attendre sans insister.

Les deux médecins prirent rapidement ma tension artérielle, effectuèrent un scan similaire à celui que Linséa avait utilisé chez moi – bien que celui-ci fût clairement un modèle encore plus avancé – et réalisèrent d'autres tests, notamment en prélevant du sang à l'aide d'un stylet. Ellen s'occupa de cette dernière tâche. Mon instinct me dit que c'était un choix délibéré que ce soit elle qui utilise une aiguille sur moi plutôt qu'Arafin. Malgré son attitude non menaçante à mon égard, je ne pouvais m'empêcher de me crisper systématiquement chaque fois qu'il s'approchait de moi ou me touchait.

D'habitude, je contrôlais mieux mes réactions physiques envers les autres. Mais mon incapacité actuelle à lire leurs émotions me rendait incroyablement méfiant et sur la défensive. Mon instinct de combat ou de fuite était en ébullition.

— Terminé, dit Arafin avec la même gaieté que les médecins employaient souvent avec les enfants effrayés.

Une fois de plus, je me sentis mortifié de me montrer si nerveux et fragile.

— Tout semble bien, à part ta tension artérielle, dit le médecin témerne d'un ton légèrement réprobateur, comme s'il réprimandait gentiment un enfant qui se comportait mal. Ton rythme cardiaque est un peu trop élevé, ce qui signifie que tu dois te détendre. Comme ta conjointe l'a mentionné plus tôt, tu es en sécurité ici. Je comprends pourquoi tu as des réserves en ma présence. Nous allons donc y remédier. Dans quelques minutes, je vais restaurer tes pouvoirs empathiques. Tu verras alors que je ne représente aucune menace pour toi.

Mes joues brûlèrent de honte. Il n'avait rien fait pour mériter ma suspicion flagrante. Le fait que ma conjointe se soit portée garante pour lui soulignait encore davantage le caractère grossier de ma réaction. Il m'adressa un sourire rassurant, puis désigna mon front.

— Au cas où tu ne l'aurais pas remarqué, tu portes un bandeau spécial, expliqua Arafin. Il agit comme un amortisseur spécifiquement conçu pour ta situation particulière. C'est lui qui étouffe actuellement tes émotions.

Ma main se posa sur mon front. Je ne sentis rien jusqu'à ce que mes doigts glissent vers ma tempe, où je détectai alors le dispositif métallique très fin qui faisait le tour de l'arrière de ma tête pour se terminer à mon autre tempe.

Comment diable ne l'ai-je pas senti plus tôt ?
Maintenant que j'étais conscient de sa présence, je pouvais clairement le sentir. Même s'il n'était pas serré contre ma tête, j'étais stupéfait de ne pas l'avoir remarqué, même quand j'avais pressé mon visage contre ma femelle en pleurant et qu'elle avait caressé doucement ma tête.

— Devrai-je toujours le porter ? demandai-je, mes doigts continuant à suivre les contours discrets de l'appareil.

À mon grand soulagement, il secoua fermement la tête.

— Ce n'est qu'une aide temporaire, le temps que nous t'apprenions à bloquer toi-même les signaux extérieurs, répondit Arafin.

Il prit un très petit appareil dans le plateau médical près de mon lit et me le montra.

— C'est le contrôleur de ton bandeau. Il suffit de faire glisser ton pouce vers le bas pour réduire son effet d'atténuation et vers le haut pour le renforcer. Je vais le baisser progressivement. Dis-moi quand tu commences à percevoir nos émotions.

— Très bien, répondis-je, incapable de cacher l'excitation – pour ne pas dire la faim – dans ma voix.

Je me sentais comme un toxicomane ayant désespérément besoin d'une dose. Découvrir à quel point je me sentais handicapé sans ma capacité à ressentir les autres me stupéfiait. Mais par-dessus tout, je brûlais du besoin d'entendre à nouveau le chant de ma conjointe. Être à côté d'elle sans la sentir, c'était comme si une partie de moi m'avait été arrachée.

Mon dos se raidit et un léger halètement m'échappa lorsqu'un picotement à l'arrière de ma tête laissa place aux sensations familières des autres dans mon esprit.

— Tu le sens ? demanda Ellen, la voix et le regard intenses.

— Oui, répondis-je en hochant la tête.

— Est-ce douloureux ou inconfortable ? demanda Arafin, une pointe d'inquiétude perceptible dans sa voix.

— Non, répondis-je sans hésiter. C'est juste bruyant, surtout maintenant que j'ai découvert ce qu'est le vrai silence.

J'ouvris la bouche pour ajouter quelque chose, mais les mots me manquèrent. Comment s'excuser auprès de quelqu'un pour lui avoir fait porter les pires soupçons, non pas à cause de ses actions, mais simplement à cause de sa race et de sa profession ? Même dans le bruit chaotique de toutes leurs émotions entremêlées, l'absence totale de malice ou d'intention malveillante de la part d'Arafin me fit honte.

— Malgré le bruit, peux-tu dire quelle émotion appartient à qui ? demanda Arafin.

— Oui. Je perçois clairement tes émotions, répondis-je timidement. Merci.

Même s'il n'avait peut-être que dix ou quinze ans de plus que moi, le Témerne m'adressa un sourire presque paternel.

— Bien. Je suis content que ce soit réglé. Maintenant, j'aimerais que tu te concentres sur les émotions de ta conjointe et que tu nous bloques, Ellen et moi.

Je clignai des yeux, regardant tour à tour Linséa, Ellen et Arafin.

— Je... je ne sais pas comment faire, dis-je avec hésitation.

— Dans le cadre du traitement que nous avons mis au point pour toi, nous avons aidé ton cerveau à développer de nouvelles connexions neuronales que tous les autres Témernes possèdent naturellement et qu'ils renforcent avec le temps. Elles devraient te permettre d'isoler les émotions que tu veux percevoir tout en bloquant les autres. Je vais envoyer un faible signal à ces neurones spécifiques pour les stimuler et t'aider à voir quelle partie de ton cerveau tu dois activer.

— D'accord, répondis-je, mon excitation montant d'un cran.

Depuis qu'il avait réduit l'effet d'atténuation, le chant envoûtant de l'âme de Linséa m'envahissait comme une caresse des plus délicieuses. Malheureusement, sa beauté se noyait dans les émotions – certes plutôt agréables – des deux médecins. Mais l'idée de pouvoir enfin me délecter de la perfection de la mélodie de ma femelle sans aucune autre interférence me rendait fou d'impatience.

Je frissonnai violemment lorsque ce qui ressemblait à une petite étincelle électrique jaillit au plus profond de mon cerveau.

— Ça va, Kayog ? demanda Arafin d'une voix inquiète. C'était trop fort ?

Je secouai la tête pour le rassurer.

— Non, pas trop fort. Ça m'a juste pris par surprise. Mais oui, je vois quelle partie tu as stimulée.

— Parfait, dit Ellen avec enthousiasme. Essaie de reproduire cela tout seul et exclue tout le monde sauf Linséa.

J'acquiesçai et tentai de reproduire l'étincelle que j'avais ressentie. À mon grand choc, cela ne prit que quelques secondes. Cependant, au lieu d'isoler ma conjointe, un silence complet résonna bruyamment, car j'avais en fait bloqué tout le monde.

Il me fallut une douzaine d'essais avant d'y parvenir enfin. Les larmes me montèrent aux yeux lorsque sa chanson envoûtante s'éleva dans toute sa pureté divine, sans être altérée, défiée ou perturbée par d'autres bruits indésirables.

— Tu es tellement belle, ma colombe, murmurai-je, la gorge serrée.

— Ça a marché ? demanda Arafin, la voix excitée.

J'avais envie de lui dire d'aller se faire voir et de ne pas me distraire alors que je savourais le chant envoûtant de ma conjointe. Mais je réprimai cette pensée ingrate et me forçai à me concentrer sur la tâche à accomplir. Plus vite j'apprendrais à maîtriser ce merveilleux don, plus vite je pourrais enfin être seul avec mon âme sœur et lui accorder toute mon attention.

— Oui. Je n'entends qu'elle pour l'instant, confirmai-je.

— Excellent. Maintenant, répète la même chose, mais concentre-toi uniquement sur moi tout en bloquant les deux autres, puis fais la même chose avec Arafin une fois que tu auras réussi avec moi, dit Ellen.

Je m'exécutai. À ma grande consternation, il me fallut plusieurs essais avant de parvenir à les isoler. Même si je comprenais mieux comment y parvenir, il allait me falloir beaucoup de pratique pour que cela devienne plus naturel et que je réussisse du premier coup.

Nous répétâmes le processus une deuxième fois, en me concentrant tour à tour sur chaque personne, puis Arafin réduisit encore l'effet d'atténuation jusqu'à ce que je ne puisse plus isoler personne. Il remonta le niveau jusqu'à ce que je me sente à nouveau à l'aise et que je puisse bloquer les autres sans trop de difficulté.

— Nous allons laisser le bandeau à ce réglage pour l'instant, déclara Ellen.

— Pour l'instant ? répétai-je.

Elle hocha la tête.

— C'est comme un muscle qu'il faut entraîner. Plus tu pratiqueras, plus tu gagneras en contrôle sur ces voies neuronales, en plus de probablement en créer de nouvelles plus efficaces. Si tout se passe comme prévu — et jusqu'à présent, cela semble être le cas — bientôt, tu n'auras plus besoin du bandeau.

Mon sourire heureux s'effaça rapidement en voyant l'expression sérieuse d'Arafin.

— Cependant, tu devras rester ici pendant quelques semaines, voire quelques mois, afin d'entraîner correctement tes pouvoirs pendant que nous continuons à effectuer des tests et à nous assurer qu'il n'y a pas d'effets secondaires négatifs.

Aussi bouleversé que je fusse à l'idée de devoir passer plusieurs mois dans ce qui ressemblait à un centre médical de haute technologie, j'acceptai ce commentaire avec un calme que je n'aurais jamais cru possible. Ils m'avaient offert une nouvelle vie. Je n'étais plus une abomination brisée, mais une personne qui allait enfin pouvoir mener une vie normale.

— Je comprends, répondis-je.

Après quelques questions et commentaires supplémentaires,

les médecins quittèrent la pièce, me laissant enfin seul avec ma colombe.

Je serrai immédiatement Linséa contre moi, refermant mes ailes autour d'elle tout en laissant son chant envoûtant m'envelopper. C'était étrange à quel point elle semblait délicate et fragile dans mes bras, et pourtant, elle était le roc qui m'avait empêché de sombrer dans l'océan de folie qui avait menacé de m'engloutir.

Nous restâmes enlacés pendant un temps indéfini avant que je ne la lâche à contrecœur. Elle frotta son bec contre le mien, et mon cœur se gonfla d'amour pour cette femelle qui avait apporté lumière et espoir dans le gouffre sans fin de désespoir et d'obscurité qu'avait été ma vie.

— Combien de temps suis-je resté inconscient ? demandai-je en caressant les plumes douces de sa joue.

— Un peu plus de sept mois, répondit Linséa d'un ton compatissant.

Je me raidis et la dévisageai, bouche bée, complètement sous le choc.

— Sept mois ?! m'écriai-je. Mais qu'est-ce qui s'est passé ?

Ma conjointe me poussa gentiment pour que je m'assois sur le bord du lit avant de se blottir contre moi. Elle me raconta alors tout ce qui s'était passé depuis l'explosion au centre de congrès jusqu'à mon réveil ici, dans les installations de recherche médicale avancée des Défenseurs.

Je passai ma main sur ma tête, bouleversé et désemparé par tout ce que j'avais manqué, par le lourd fardeau que Linséa avait porté pour assurer ma sécurité et par la nouvelle réalité insensée qu'était devenue ma vie.

— Et tes cours ? demandai-je.

— Ça n'a pas été facile, et j'ai dû faire appel à beaucoup de faveurs, mais j'ai réussi à obtenir mon diplôme. J'ai suivi ton exemple et je les ai convaincus de me permettre de suivre la plupart des classes à distance afin que je puisse rester à tes côtés.

— Merci, ma colombe, dis-je avec une sincère gratitude, le cœur fondant d'affection pour elle. Y a-t-il eu des conséquences juridiques suite à ce qui s'est passé ?

Elle fit un geste vague de la main.

— Nous nous en sommes occupés. Le service des relations publiques des Défenseurs a veillé à ce que ton nom ne soit en aucun cas associé à ce qui s'est passé dans le centre. Tu n'as rien à craindre.

— Peut-être pas de la part du système judiciaire, mais qu'en est-il de l'OPU et des Défenseurs ? Suis-je prisonnier ici ? demandai-je prudemment.

Bien qu'elle secouât immédiatement la tête, je n'en remarquai pas moins la pointe d'hésitation et d'inquiétude qu'elle tentait de dissimuler.

— Tu n'es pas prisonnier, mais Colin voudra te parler, dit Linséa en choisissant soigneusement ses mots. À ce moment-là, écoute ce qu'il a à dire avec un esprit ouvert.

Mon estomac se noua d'appréhension et un sentiment de malaise m'envahit.

— Il va essayer de me recruter, n'est-ce pas ? demandai-je, même si c'était plutôt une affirmation.

— Il ne fait aucun doute qu'il le fera. Mais il t'avait déjà abordé à ce sujet bien avant cet incident, répondit Linséa de manière évasive.

Je croisai son regard et scrutai ses traits pour mieux comprendre ce qu'elle pensait au-delà des émotions réservées et prudentes qu'elle dégageait.

— Tu veux que j'accepte sa demande ? demandai-je, le dos raidi par la tension.

À ma grande surprise et à mon grand soulagement, ma conjointe soutint mon regard sans broncher et répondit avec une sincérité qui effaça tout doute que je pouvais encore avoir sur ses véritables intentions à ce sujet.

— Je veux que tu fasses ce que tu penses être bon pour toi,

Kayog. Quelle que soit ta décision, je te soutiendrai jusqu'au bout.

— Mais ? insistai-je.

— Mais tu es extrêmement unique, dit-elle d'un ton presque navré. Tu es incroyablement puissant – ou du moins tu l'étais quand tu t'es effondré au centre. Tant qu'ils n'auront pas effectué d'autres tests, nous ne saurons pas avec certitude quel genre de pouvoirs et de capacités tu possèdes.

— Ils pensent donc que je représente un risque pour la sécurité, dis-je d'un ton sombre, comprenant soudainement la situation.

— Ils doivent envisager cette possibilité, corrigea-t-elle doucement.

— Oui, je le conçois, concédai-je à contrecœur.

Elle sourit et me caressa doucement le visage.

— Si cela peut te consoler, Colin et moi en avons longuement discuté. Comme il souhaite vraiment que tu les rejoignes, il te fera une offre qui sera probablement intéressante.

Même si Linséa avait dit qu'elle soutiendrait ma décision quelle qu'elle soit, et même si je ne doutais pas de sa sincérité, ma conjointe espérait manifestement que j'accepterais. Ne serait-ce que parce qu'elle m'avait sauvé la vie, j'allais probablement le faire. Mais j'aurais le temps d'y réfléchir plus tard.

Je jetai un regard émerveillé autour de la pièce, ayant encore du mal à croire que c'était ma nouvelle réalité.

— C'est tellement calme, murmurai-je d'un ton rêveur avant de regarder ma femelle avec adoration. Merci de m'avoir sauvé et de ne pas m'avoir laissé abandonner quand j'étais au plus bas.

À ma grande surprise, le bec de Linséa trembla et une émotion puissante mêlée à un intense soulagement se refléta sur son visage.

— Qu'y a-t-il, ma colombe ? demandai-je, déconcerté par sa réaction.

— J'avais tellement peur que tu me détestes pour t'avoir

forcé à rester alors que tu me suppliais de t'accorder la paix, dit-elle d'une voix tremblante. Je ne pouvais tout simplement pas te laisser partir. C'était égoïste de ma part, mais tant qu'il y avait un espoir que tu puisses guérir, je ne pouvais pas abandonner.

— Et je suis heureux que tu ne l'aies pas fait, dis-je avec force. Ne t'excuse pas et ne te sens pas coupable de ce que tu as fait. C'était ma douleur qui parlait à ce moment-là. Je voulais juste que cela s'arrête. Mais si nos rôles avaient été inversés, j'aurais moi aussi lutté de toutes mes forces pour te garder. Merci de t'être battue pour moi alors que je n'avais plus la force de le faire.

Des larmes lui montèrent aux yeux tandis qu'une nouvelle vague de soulagement, de gratitude et d'affection profonde l'envahissait. Linséa passa ses bras autour de mon cou et nous échangeâmes un baiser profond et tendre. Créateur ! Je tombais follement amoureux de cette femelle.

À contrecœur, nous nous arrêtâmes avant que la passion ne nous emporte. Même si je doutais qu'ils nous espionnaient, notre intimité n'était pas quelque chose que des regards indiscrets devaient voir ou découvrir par inadvertance. Ma conjointe se blottit contre moi et frotta son visage contre mon cou. Bon sang, j'adorais quand elle faisait ça !

— Pour ce que ça vaut, Isobel m'a aussi beaucoup aidée, dit Linséa d'un ton songeur.

Mon cœur se réchauffa aussitôt pour mon amie humaine lorsque ma conjointe raconta comment elle était intervenue, utilisant son statut de prêtresse pour aider Linséa dans ses efforts pour me protéger. Isobel s'était portée garante pour moi auprès de Colin, des Défenseurs et de l'OPU dans son ensemble, ce qui avait apaisé certaines de leurs inquiétudes. En fait, ses paroles avaient pesé plus lourd que celles de Linséa, dans la mesure où elle me connaissait depuis des années. En tant que conseillère spirituelle et mentor en méditation, elle était en mesure de fournir de nombreux exemples illustrant ma retenue et mon absence de propension à la violence.

— Elle est vraiment la sœur de mon cœur, dis-je avec affection. Où est-elle maintenant ?

— Isobel a accepté une mission temporaire dans un abri pour réfugiés à proximité afin de pouvoir être là pour toi. C'est une femme extraordinaire. Tu as eu de la chance le jour où elle est entrée dans ta vie, dit Linséa chaleureusement.

— En effet. Tout comme lorsque *tu* es entrée dans ma vie, répondis-je avec adoration. Mais qu'en est-il de toi ?

Elle fronça les sourcils.

— Je travaille pour l'OPU. Même si cela a toujours été mon objectif, je serai heureuse lorsque je pourrai changer de poste.

— Oh ? demandai-je, inquiet. Les choses ne se passent pas comme tu l'espérais ?

Elle secoua la tête.

— Ce n'est pas ça, dit Linséa d'un ton rassurant. J'ai accepté un travail administratif pour pouvoir rester près de toi, ici même, au centre de recherche. Pour l'instant, je donne des conseils sur divers conflits.

— Et tu n'aimes pas ça ? demandai-je prudemment.

— Ça ne me dérange pas, répondit-elle en haussant les épaules. En vérité, c'est une excellente expérience d'apprentissage. Mais je préférerais être celle qui négocie plutôt que de simplement lire des articles sur les conflits et fournir des points de discussion et des solutions potentielles. Travailler avec des textes n'est pas la même chose qu'interagir directement avec les gens. Les mots écrits peuvent être si facilement mal interprétés...

J'acquiesçai avec compassion.

— Crois-moi, ma conjointe. Je comprends parfaitement ce que tu veux dire.

— Je n'en doute pas, dit-elle avec un sourire. Mais pour l'instant, tu dois manger. Tu as été nourri par intraveineuse pendant trop longtemps. Ensuite, je suis désolée de te dire qu'un nombre très désagréable de tests t'attend avec Arafin et Ellen, tes deux médecins.

Mes épaules s'affaissèrent. Naturellement, c'était logique. En fait, je m'étais attendu à ce qu'ils me plongent directement là-dedans. Ce bref répit avec ma colombe représentait donc beaucoup pour moi. Cela me parut également être leur façon de me dire que, même s'il était inévitable que je sois un peu traité comme un rat de laboratoire, ils allaient rendre cette expérience aussi agréable que possible. Je détestais que cela soit nécessaire, mais le cadeau incommensurable de paix qu'ils m'avaient offert justifiait tous les tests auxquels ils pouvaient vouloir me soumettre.

Le déjeuner passa trop vite. Au moins, Linséa put me donner des nouvelles de tout le monde. Marès et Tala avaient tous deux obtenu leur diplôme et participaient chacun à un stage différent. À ma grande joie, Marès avait pris la relève pour protéger les Syllènes et avait rejoint une équipe chargée de présenter un plan détaillé pour la suppression progressive de la présence des étrangers et des installations touristiques sur leurs terres ancestrales. Cela ne garantissait pas que leur plan serait adopté, mais il avait judicieusement impliqué le gouvernement édocit dans l'ensemble du processus. Leur parenté évidente avec cette espèce primitive incitait son peuple à vouloir les protéger. Tala avait effectué un stage similaire à celui que ma conjointe avait tout juste terminé avant de nous rejoindre à l'université.

Quant au groupe, ils avaient initialement voulu attendre mon retour, mais Linséa leur avait clairement fait comprendre que cela ne serait probablement pas possible. Les Défenseurs avaient inventé toute une histoire pour expliquer pourquoi je n'étais jamais retourné à l'école en affirmant que j'avais subi de graves lésions cérébrales à la suite de l'explosion. Et même si je devais me rétablir complètement, cela prendrait plusieurs mois, suivis d'une période encore plus longue de physiothérapie et de réadaptation.

Finalement, ils avaient recruté un nouveau chanteur et avaient signé avec une maison de disques. Même si j'étais heureux pour eux, mon ego avait été un peu blessé qu'ils m'aient remplacé si rapidement. Certes, cela leur avait pris plus de quatre mois et d'innombrables refus parmi les centaines de candidats. Cependant, apprendre qu'ils avaient rejeté toutes les candidatures provenant de Témernes m'avait fait un drôle d'effet. Selon Linséa, Ben avait déclaré qu'Echoes of Madness n'avait qu'un seul Témerne, et que c'était moi. Personne d'autre ne pourrait jamais prétendre à ce titre.

Est-ce que cela flatta mon ego ? Absolument.

En même temps, cela me sembla être une sage décision. Avoir un autre chanteur principal témerne risquait de le faire constamment comparer à moi. En choisissant une personne d'une autre espèce, elle pouvait s'approprier le rôle, apporter sa propre touche et son propre style sans que les gens aient des attentes irréalistes basées uniquement sur la race.

Une fois notre repas terminé, je me soumis à une série interminable de tests. Ce fut d'autant plus pénible que Linséa ne pouvait pas rester avec moi pendant toute cette épreuve. De toute façon, elle avait du travail. Mais ma consternation atteignit un tout autre niveau lorsqu'ils m'informèrent que j'allais passer la nuit en observation dans ma chambre médicale. Évidemment, je ne m'étais pas attendu à être autorisé à rentrer chez moi. Cependant, j'avais bêtement pensé que je pourrais rester avec Linséa dans l'appartement qui lui avait été temporairement attribué pendant qu'elle occupait le poste de conseillère pour l'OPU.

Je tentai sans vergogne de les convaincre de la laisser passer la nuit avec moi, mais la raison de leur refus devint rapidement évidente. Une fois qu'ils eurent fini de m'installer, j'avais perdu le compte du nombre de fils, de patchs de surveillance magnétiques, de capteurs et d'autres appareils qui étaient attachés à moi d'une manière ou d'une autre. Heureusement que je n'étais pas du genre à bouger beaucoup pendant mon sommeil, sinon ils auraient dû m'attacher au lit pour éviter que tout ce bazar ne s'envole dès que j'essaierais de tourner.

La deuxième journée commença par quelques tests supplémentaires avant de passer, heureusement, à quelque chose de bien plus intéressant. Arafin m'emmena à l'étage inférieur du bâtiment et me présenta un Raithéen nommé Yinric.

Comme tous les membres de son espèce, il n'avait pas de jambes, mais huit tentacules, dont seulement quatre étaient munis de ventouses. Son torse était musclé et bien dessiné, avec deux bras et cinq doigts, comme moi. Là où mon torse était recouvert de duvet, de loin, sa poitrine aurait pu passer pour celle d'un humain à la peau gris foncé. Mais en y regardant de plus près, on pouvait voir que sa peau ressemblait davantage à celle d'un mammifère marin comme un dauphin, et que de discrètes écailles étaient disséminées sur ses épaules, ses bras et ses côtés.

Il me tendit la main pour me saluer à la manière traditionnelle des humains. Je lui rendis son geste, bien que surpris. Ni son espèce ni la mienne ne se serraient normalement la main. Je ne pouvais que supposer que ses fréquentes interactions avec les humains en avaient fait une réponse instinctive lorsqu'il rencontrait des étrangers.

Il sourit chaleureusement, son excitation s'exprimant par le recroquevillement des extrémités des tentacules plus courts et plus étroits qui ornaient sa tête presque comme des cheveux. Cela aurait dû me déranger que la perspective de me faire passer des tests déclenche cette réaction emballée. Mais il y avait quelque chose de si innocent et enthousiaste chez lui que son comportement devenait quelque peu contagieux.

— Je te laisse entre les mains compétentes de Yinric, dit Arafin, l'amusement dans sa voix laissant entendre qu'il avait lui aussi perçu la fébrilité du Raithéen. Une fois que tu auras terminé, va voir Ellen pour t'assurer que tout va bien. Ne le laisse pas se surmener, ajouta Arafin d'une voix sévère en regardant son collègue.

À l'expression penaude que lui adressa Yinric, je compris que l'avertissement s'adressait en réalité au Raithéen, et non à moi. Je le soupçonnais d'être du genre à se laisser facilement emporter par un projet qui le passionnait.

Alors que le médecin témerne sortait de l'immense pièce, Yinric me fit signe de le suivre. Il se dirigea vers ce qui ressemblait à un comptoir d'accueil en forme de croissant de lune. Un rapide coup d'œil me permit de constater qu'il s'agissait en fait d'une sorte de tableau de commande sophistiqué. Je soupçonnais qu'il permettait d'activer divers appareils dans toute la pièce.

À environ cinq mètres devant nous, une grande table pouvant accueillir huit personnes était placée devant un écran de la taille d'un écran de cinéma qui occupait près de la moitié du mur du fond. Actuellement, il affichait une animation inerte représentant un faisceau lumineux aux couleurs pastel chatoyantes qui rampait paresseusement sur l'écran.

— Mon rôle est d'aider à évaluer et à entraîner tes aptitudes physiques et cinétiques, dit Yinric d'une voix excitée en s'arrêtant à côté du panneau de contrôle situé dans la zone centrale. Tu vas d'abord faire quelques échauffements de base, puis des exercices cardiovasculaires et de musculation. Les scanners et les tests effectués par tes médecins indiquent que tu n'as subi aucune atrophie pendant ta stase. Cependant, tu étais un excellent athlète, et nous voulons nous assurer de te ramener au moins au même niveau qu'avant l'incident, et, si possible, de te rendre encore meilleur.

J'obtempérai avec plaisir. J'écarquillai les yeux lorsque le Raithéen appuya sur un bouton du panneau de contrôle et que le sol s'ouvrit à quatre endroits différents sur le côté gauche de la pièce, de même que quelques sections du mur derrière. Le meilleur équipement d'entraînement disponible dans toute la galaxie surgit du sol.

Mes pattes me portèrent d'elles-mêmes vers eux, mais Yinric me retint. Il me fit faire une série d'exercices spécifiques, qui s'avérèrent être plus des tests qu'un véritable échauffement et une séance d'entraînement. Me faire courir sur le tapis roulant aurait presque pu être considéré comme tel, mais ce misérable mâle m'arrêta juste avant que je puisse atteindre mon deuxième souffle.

— Tu auras un véritable entraînement demain ou après-demain, dit le Raithéen en riant quand je lui lançai un regard noir. Aujourd'hui, nous nous assurons simplement que tout fonctionne comme il se doit. Et jusqu'à présent, cela semble être le cas, ce qui est une excellente nouvelle !

Il désigna une grande pièce rectangulaire entourée d'une paroi vitrée. Elle était complètement vide et occupait plus d'un tiers de la partie droite de la salle.

— La deuxième partie de l'entraînement d'aujourd'hui se déroulera dans ce holodeck, poursuivit-il. Ces parois vitrées sont renforcées et suffisamment solides pour résister à la pression de l'espace. Je suis convaincu qu'elles pourront supporter tout ce que tu leur lanceras.

Je fronçai les sourcils de le voir faire cette dernière déclaration sérieusement plutôt que sous forme de plaisanterie. À quel point me croyait-il puissant pour que cela soit une préoccupation ?

— La principale chose que nous voulons évaluer est l'étendue de tes pouvoirs cinétiques, dit Yinric tout en tapant quelques instructions sur le panneau de contrôle.

Une série de cibles virtuelles apparurent à différentes hauteurs le long des murs à l'intérieur de la pièce vitrée. Certaines étaient extrêmement petites, nécessitant une grande précision pour les atteindre, tandis que d'autres, beaucoup plus grandes, étaient presque impossibles à manquer. L'écran géant sur le mur du fond prit également vie, l'animation tourbillonnante laissant place à une série de diagrammes et de tableaux actuellement vides de données.

— Reste immobile un instant pendant que je place ceci sur toi, dit le Raithéen.

Il prit une poignée d'électrodes sans fil, qu'il plaça stratégiquement sur ma poitrine, mes tempes, mes avant-bras et le bas de mes jambes. À ma grande surprise, il en ajouta trois autres dans mon dos : une sur ma nuque et les deux autres le long de ma colonne vertébrale, entre mes ailes. Divers chiffres apparurent instantanément dans les tableaux sur l'écran géant tandis que les graphes se dessinaient, indiquant mon pouls et d'autres signes vitaux.

Yinric se dirigea vers le holodeck en me faisant signe de le suivre. Le mouvement ondulant de ses hanches était hypnotique.

Je me demandai vaguement pourquoi il n'avait pas transformé six de ses tentacules en jambes de fortune, comme le faisaient habituellement les membres de son espèce. Comme les ventouses permettaient également aux Raithéens de goûter, ils évitaient généralement de glisser sur le sol. Après tout, personne ne voulait lécher le plancher. Certes, ils pouvaient désactiver leur capacité gustative, mais des granules ou des résidus finissaient toujours par s'incruster.

— Tout d'abord, je vais te demander d'entrer dans la pièce et d'essayer de reproduire la pulsion cinétique que tu as utilisée pour repousser les hommes masqués dans le centre de congrès, dit Yinric en me faisant signe d'entrer dès que les portes s'ouvrirent devant nous.

Je me raidis.

— Euh... Je crains de ne pas savoir comment faire. Honnêtement, je ne savais même pas que je possédais ce pouvoir avant que Linséa ne me raconte ce qui s'était passé.

Il plissa les lèvres et hocha lentement la tête.

— Te souviens-tu de ce que tu as ressenti ce jour-là, et plus particulièrement à ce moment précis ?

— La seule chose que j'ai ressentie, c'était de la douleur et de la colère. C'était comme si un poignard me transperçait le cerveau, répondis-je, le ventre noué au souvenir de cette horrible expérience.

— Essaie de te concentrer sur la source de cette douleur. C'est peut-être là que réside ton pouvoir. Ensuite, essaie de le canaliser vers l'une des cibles présentes dans la pièce. Il serait peut-être plus facile de commencer par une grosse cible, dit Yinric avec enthousiasme. Mais attends que je sois sorti de la pièce.

Je le regardai bouche bée tandis qu'il sortait rapidement en glissant. Pensait-il que je possédais une sorte d'interrupteur que je pouvais simplement actionner pour envoyer de l'énergie cinétique sur mon environnement ? La porte se referma derrière lui, et je restai là, perdu et un peu désœuvré. Il s'arrêta de l'autre côté de la paroi vitrée et fit un geste légèrement impatient pour me dire de bouger.

Poussant un soupir, j'essayai de suivre ses instructions. Se concentrer sur la source de cette douleur était beaucoup plus facile à dire qu'à faire. Certes, je pouvais essayer de me focaliser dessus, mais cela ne me donnait toujours rien avec quoi travailler. Je ne ressentais aucune étincelle ni énergie latente que je pouvais tenter d'amplifier et de projeter vers l'extérieur. Les secondes s'étirèrent en minutes sans que rien ne se passe. Chaque instant qui passait augmentait ma frustration et son impatience dans une égale mesure. Je ne pouvais même pas lui en vouloir, car son attitude était parfaitement calme, posée et même encourageante. Mais on ne pouvait pas tromper les perceptions empathiques d'un Témerne.

— Je suis désolé, finis-je par dire, commençant à me sentir exaspéré et incompétent. Je ne sais pas quoi faire car je ne ressens rien dans la zone qui m'avait causé de la douleur. J'ai peut-être perdu ce pouvoir après la grave hémorragie cérébrale que j'ai subi ce jour-là.

Yinric secoua fermement la tête en signe de dénégation. Je ne saurais dire si cette réaction était motivée par la conviction sincère que mes pouvoirs étaient toujours intacts ou s'il refusait simplement d'accepter cette possibilité.

— Je suis certain que tu possèdes toujours tes pouvoirs. Étant donné que tu ne savais même pas que tu les possédais, il n'est pas surprenant que tu aies du mal à les invoquer consciemment, répondit le Raithéen d'un ton apaisant. Nous devons simplement continuer d'essayer, et je suis convaincu que ça finira par venir.

À ma grande consternation, il exigea que je poursuive mes efforts. Après dix, vingt, puis trente minutes de cette absurdité, je commençai sérieusement à m'énerver. Cela ne me dérangeait pas de m'entraîner pour m'améliorer dans quelque chose de difficile, mais là, c'était une pure perte de temps. Comment diable pouvais-je y arriver alors que je ne savais même pas comment m'y prendre ?

Je poussai un grognement de colère et ouvris la bouche pour dire à Yinric que j'en avais assez et qu'il fallait passer à autre chose. Cependant, son cri victorieux résonnant dans les haut-parleurs du holodeck me fit taire.

— Là ! s'exclama-t-il en pointant quelque chose sur l'écran géant. Quoi que tu aies fait, refais-le !

Je clignai des yeux, perplexe, mon regard passant de lui au moniteur. Un pic visible indiquait que j'avais effectivement déclenché ou provoqué une sorte de surtension. Une partie de moi voulait être enthousiaste, mais je n'avais vraiment aucune idée de comment j'avais fait cela.

— Je ne sais pas ce que j'ai fait, dis-je d'un ton désolé.

Au lieu de s'énerver contre moi, Yinric leva l'index pour me faire signe d'attendre un instant.

— Un moment. Laisse-moi essayer quelque chose, dit-il avec empressement.

Le Raithéen glissa rapidement vers le panneau de contrôle central et commença à taper quelques instructions sur l'interface.

Quelques secondes plus tard, une sensation désagréable de décharge électrique me traversa le crâne.

— Arrête ! sifflai-je. Ne refais pas ça !

Mais Yinric était trop excité pour se soucier de mon mécontentement.

— Ça y est ! Tu vois ça ? demanda-t-il en pointant du doigt le pic sur le graphique de mes ondes cérébrales affiché sur l'écran géant. Je suis désolé si ça t'a fait mal, mais c'est bien là. Même tes yeux brillent. Je suppose que c'est un mécanisme de défense qui se déclenche lorsque tu te sens menacé.

Je voulais le fusiller du regard, mais son excitation était une fois de plus contagieuse. Cela m'agaçait de ne pas pouvoir voir mes propres yeux briller à cet instant. Je regardai mes mains, mais elles semblaient toujours normales.

— Maintenant que tu sais où il se trouve, essaie de le stimuler. N'en fais pas trop, ajouta-t-il rapidement de manière prudente. Nous pouvons attendre demain ou les jours suivants pour que tu utilises pleinement tes pouvoirs. Pour l'instant, nous pouvons simplement nous concentrer sur le fait de te mettre à l'aise pour invoquer ou activer ton pouvoir à volonté.

Je comprenais son raisonnement, mais mon côté curieux voulait aller de l'avant le plus rapidement possible. Cependant, étant donné que j'avais passé les sept derniers mois – presque huit – en stase partielle pendant qu'ils réparaient mon cerveau, la prudence semblait être une approche judicieuse.

Pendant la demi-heure qui suivit, je me conformai aux instructions de Yinric. Bien que lent au début, je me sentis rapidement à l'aise pour stimuler la partie de mon cerveau qui contrôlait mes pouvoirs cinétiques. Lorsque le Raithéen annonça la fin de la séance, j'étais capable de faire briller mes mains à volonté. Même si je ne pouvais toujours pas voir mon propre reflet, je pouvais désormais sentir un léger picotement derrière mes yeux, signe qu'ils brillaient. La même sensation chatouillait mes paumes lorsque mon pouvoir était actif.

— Ce sera tout pour aujourd'hui, dit Yinric, me prenant par

surprise. Tu peux retourner voir tes médecins afin qu'ils t'examinent à nouveau avant de terminer ta journée.

— Déjà ? demandai-je, déçu.

Il m'adressa un sourire complice en hochant la tête.

— Oui. Même si je partage ton impatience, je ne veux pas risquer de te blesser. Repose-toi bien cette nuit et reviens me voir frais et dispos afin que nous puissions passer à la vitesse supérieure lors de notre prochaine séance.

— D'accord, grommelai-je.

Il rit.

— Tant qu'Arafin te déclare apte, attends-toi à ce que je te pousse à fond demain.

— Je m'en réjouis d'avance, répondis-je d'un ton railleur avant de quitter la pièce.

Alors que je retournais vers la section médicale de l'établissement, je ne pus m'empêcher de m'interroger sur la grande liberté qu'ils m'accordaient. Compte tenu de la menace qu'ils semblaient penser que je pouvais représenter, je m'étais attendu à être constamment surveillé – pour ne pas dire espionné – et escorté où que j'aille. Certes, ils avaient installé des caméras de sécurité partout et mis en place diverses mesures de sécurité dans tout le complexe qui leur permettraient de m'enfermer facilement dans une zone confinée si nécessaire. Mais je pensais qu'ils me laissaient intentionnellement plus de liberté afin que je puisse prouver ma fiabilité et pour me démontrer que rejoindre leur équipe ne serait pas la prison que je redoutais.

Je fus surpris de voir Ellen m'attendre dans la salle médicale qui me servait actuellement de domicile. Arafin était sans conteste le médecin principal chargé de mes soins. Pour sa part, Ellen semblait plus axée sur mes analyses sanguines et mon système endocrinien. Elle lisait quelque chose sur le moniteur à côté de mon lit, le visage intensément concentré.

Elle releva brusquement la tête pour me regarder lorsque j'entrai dans la pièce.

— Le voilà, dit-elle d'un ton amical une fois remise de sa surprise. Comment te sens-tu ?

— Très bien, répondis-je en toute sincérité. Même si je me sens un peu floué qu'il ait écourté la séance. Je voulais pousser mon entraînement un peu plus loin aujourd'hui.

— La patience est une vertu, dit Ellen d'un ton légèrement réprobateur. Ton thérapeute a eu raison d'écourter la séance. D'après les données qu'il nous a transmises, tu as quelques contusions à l'intérieur du cerveau. Nous allons donc rétablir l'intensité maximale de ton bandeau afin de réduire la tension et de te permettre de guérir.

Elle m'adressa un sourire compatissant lorsque je grognai bruyamment de déception dès que le bandeau bloqua complètement mes pouvoirs empathiques et cinétiques. Même si les raisons étaient valables, cela me donnait systématiquement l'impression d'être handicapé et dépouillé d'une partie essentielle de moi-même.

— Tout cela est nouveau pour toi, dit Ellen doucement. Nous devons donc être très prudents pendant que tu t'entraînes et apprends à mieux contrôler tes nouvelles aptitudes. Il est important que tu ne te pousses pas trop. Tu dois te reposer cette nuit. Pas d'entraînement, même pas pour bloquer les autres. Ne réduis pas l'effet d'atténuation du bandeau, même si tu en as très envie. Plus tu suivras nos instructions, plus vite tu te débarrasseras de cette béquille temporaire. Ne te surmène pas.

J'acquiesçai d'un signe de tête, l'air légèrement boudeur.

— Oui, ton conjoint a dit à peu près la même chose.

À ma grande surprise, Ellen recula et me regarda comme si j'avais dit quelque chose d'absurde.

— Mon conjoint ?! répéta-t-elle.

— Oui, Yinric, répondis-je avec assurance.

— Qui ? demanda-t-elle, perplexe.

— Yinric Myar, mon entraîneur cinétique, répondis-je, désormais perplexe moi aussi.

Elle secoua la tête.

— Désolée, mais je ne l'ai jamais rencontré. Il est nouveau ici. Et c'est généralement Arafin qui interagit avec les spécialistes des autres disciplines impliquées dans ce projet.

— Oh wow ! murmurai-je, plus pour moi-même que pour elle.

Elle pencha la tête sur le côté et me lança un regard légèrement déconcerté et interrogateur.

— Pourquoi as-tu supposé que nous étions conjoints ?

— Parce que vous êtes des âmes sœurs, répondis-je de manière factuelle.

Elle recula à nouveau, un million d'émotions contradictoires la traversant. Même si je ne pouvais plus les ressentir, elles étaient clairement visibles sur son visage expressif. La professionnelle en elle se demandait si mon cerveau était dérangé. Mais son côté personnel semblait à la fois intrigué et choqué par ce qu'elle percevait comme étant complètement absurde.

— Ce n'est pas possible. N'est-il pas un Raithéen ? rétorqua-t-elle.

Je lui lançai un regard sévère.

— En quoi est-ce pertinent ? L'espèce d'une personne ne détermine pas si elle peut être notre âme sœur. Et dans ce cas précis, il ne fait aucun doute que vos âmes sont en parfaite harmonie.

Malgré son embarras d'avoir été remise à sa place pour son commentaire absurde, Ellen était trop choquée pour répondre. Elle me regarda bouche bée pendant un moment, l'esprit en ébullition.

— Tes pouvoirs te permettent donc de savoir quand deux personnes sont des âmes sœurs ? demanda-t-elle enfin avec prudence.

J'acquiesçai.

— Oui.

Elle remua sur ses pieds, le visage empreint d'un mélange d'excitation et de déni.

— Lui as-tu dit que tu pensais que nous étions des âmes sœurs ? demanda la docteure, une pointe de nervosité dans la voix.

Je compris alors qu'elle craignait un éventuel rejet de la part de ce mâle et qu'elle voulait donc garder ses attentes très basses au cas où je me tromperais. Même si ses doutes étaient compréhensibles, cela n'en blessa pas moins ma fierté.

— Non, je ne lui ai rien dit. Le sujet n'est pas venu sur le tapis. J'ai simplement supposé que vous étiez en couple puisque vous êtes des âmes sœurs et que vous travaillez sur le même projet, répondis-je en haussant les épaules.

Ellen passa nerveusement ses doigts dans ses longs cheveux brun foncé.

— Je ne sais pas quoi dire.

Je lui lançai un regard amusé.

— À moi ? Rien de particulier. Mais tu devrais aller voir Yinric. Tu pourrais peut-être l'inviter à prendre un café sous prétexte de discuter de mon cas. Ensuite, tout se mettra en place.

Son expression était hilarante. Il me fallut toute ma volonté pour ne pas éclater de rire. Cependant, ce fut sa curiosité sous-jacente à propos du Raithéen qui retint mon attention. J'aimais le fait que, malgré ses doutes quant à l'exactitude de ma déclaration, elle était en réalité disposée à en vérifier la véracité. Son enthousiasme grandissant était contagieux. Je pourrais devenir accro à susciter de telles réactions chez les autres.

Après tout, il n'y avait pas de plus grand bonheur au monde que d'être entouré d'âmes sœurs réunies.

— Bon, si je peux y aller maintenant, j'aimerais passer un peu de temps avec ma propre conjointe avant le couvre-feu, dis-je d'un ton taquin.

Cela sembla sortir Ellen de ses pensées vagabondes. Elle rougit joliment avant d'acquiescer.

— Je dois juste prélever un autre échantillon de sang et télécharger les données de ton bandeau, puis j'appellerai ta conjointe pour qu'elle t'accompagne à ses quartiers.

Mon cœur bondit.

— Ses quartiers ?! répétai-je.

Ce fut à son tour de m'adresser un sourire amusé.

— Tu es suffisamment stable pour pouvoir retourner dans un environnement plus normal. Personne n'aime être enfermé dans l'infirmerie. Tant que tu continues à suivre les instructions médicales que nous t'avons données, tout devrait bien se passer.

Même si elle prononça ces mots d'un ton amical et désinvolte, le message sous-jacent était clair. Coopère ou perds tes privilèges.

Ses paroles ne tombèrent pas dans l'oreille d'un sourd.

CHAPITRE 15
KAYOG

Mes yeux papillonnaient dans tous les sens tandis que ma conjointe m'accompagnait dans le long couloir reliant le centre de recherche au bâtiment résidentiel réservé au personnel et aux familles qui y travaillaient. Le hall principal abritait une épicerie, un bar, un restaurant et une salle de sport à la pointe de la technologie. Au moins trente personnes s'y promenaient, vaquant à leurs occupations. Mais mon esprit restait obsédé par le fait que leur présence ne me menaçait pas et ne me déstabilisait pas.

Depuis mon réveil hier, je n'avais jamais été en présence de plus de trois ou quatre personnes à la fois. Le fait que l'anneau continuait de me protéger complètement contre l'assaut de tant d'esprits aléatoires dans mon voisinage tenait tout simplement du miracle. Pour la première fois de ma vie, je pouvais réellement prendre le temps d'analyser le comportement et les actions des gens lorsque j'étais dans le monde réel. Avant, je passais la plupart de mon temps à chercher l'endroit le plus sûr où me tenir et à repérer les voies d'évacuation les plus rapides.

Une toute nouvelle réalité était désormais à ma portée. Même si je déplorais que mon anneau m'empêche de lire leurs émotions, il me lançait un nouveau défi que j'étais ravi de relever : apprendre à interpréter les émotions des gens à partir de leur langage corporel.

Nous atteignîmes trop vite les ascenseurs. D'après le sourire tendre – bien qu'un peu amusé – que Linséa m'adressa pendant que nous marchions, elle avait deviné la raison pour laquelle je déambulais si lentement pour faire durer le plaisir et avait gentiment adapté son rythme au mien.

Nous montâmes dans l'ascenseur qui nous emmena au cinquième étage, les cinq premiers étant réservés aux invités temporaires. Nous passâmes devant plusieurs grandes portes menant à divers logements pour nous diriger vers la dernière, au bout du couloir à droite des ascenseurs. Mes yeux s'écarquillèrent lorsque nous entrâmes dans un appartement magnifique offrant une vue imprenable sur le paysage naturel de la planète. Une rivière cristalline coulait parallèlement au salon. Au-delà de ses rives, une forêt luxuriante s'étendait à perte de vue, encadrée par la silhouette majestueuse des montagnes loin à l'horizon.

Je n'aurais su dire si le confortable mobilier gris clair avait été choisi par ma conjointe ou s'il faisait déjà partie de l'ameublement de cet hébergement temporaire. Étant donné qu'elle était là depuis des mois, elle avait sans doute aménagé les lieux à son goût. On pouvait voir des touches personnelles indéniables sous la forme de peintures d'artistes témernes célèbres ainsi que de sculptures d'espèces qu'elle avait visitées dans le cadre de son stage de formation en négociation.

Les murs blanc cassé, les parquets en bois foncé et les immenses fenêtres rendaient l'endroit lumineux et spacieux. Comme dans ma propre maison, Linséa avait choisi un décor sobre, juste ce qu'il fallait pour répondre à tous les besoins et offrir un confort optimal sans devenir encombré ou chaotique. Tout était dans des tons de blanc, crème et gris pâle. Mais des touches colorées apportées par des coussins, des tableaux et d'autres objets décoratifs créaient un équilibre parfait.

Elle me fit visiter rapidement les lieux. Il n'y avait qu'une seule chambre, la deuxième pièce fermée servant de bureau. Le concept d'espace ouvert combinant cuisine et salle à manger indiquait clairement que cet appartement n'était pas destiné à une famille, mais plutôt à un couple ou à une personne seule en voyage.

— Tu as soif ou faim ? demanda Linséa lorsque nous retournâmes dans le salon.

Je secouai la tête.

— Ils me nourrissent comme s'ils craignaient que je meure d'inanition.

Elle s'ébroua et posa ses mains sur mes hanches. Je l'attirai contre moi.

— Je le conçois, dit Linséa en s'appuyant contre moi. Tu dois reconstituer ta masse musculaire après avoir été en stase pendant si longtemps. Étant donné l'intensité avec laquelle ils veulent que tu t'entraînes au cours des prochains jours – voire des prochaines semaines – tu vas devoir nourrir ton corps délectable. À ce propos, comment te sens-tu ?

— Je vais bien. L'entraînement avec Yinric était à la fois génial et exaspérant, dis-je avec un soupir résigné avant de lui résumer rapidement ma journée.

— Créateur ! Tu as vraiment jumelé Ellen et Yinric ? s'exclama-t-elle lorsque je lui révélai cette dernière conversation.

Je bombai le torse avec suffisance.

— Eh comment !

— Wow ! J'ai hâte de voir comment cette relation va évoluer, dit Linséa d'un ton songeur.

— Elle évoluera vers sa conclusion naturelle, c'est-à-dire qu'ils tomberont follement amoureux l'un de l'autre, répondis-je avec une assurance frôlant l'arrogance. Mais parler de ça ne fait que remuer le fer dans la plaie, car on me refuse ce dont j'ai le plus envie.

Elle haussa un sourcil interrogateur.

— Et qu'est-ce donc ?

— Entendre le chant de ton âme. Te sentir, répondis-je d'un air abattu. Je n'ai pas le droit d'utiliser mes pouvoirs psychiques ou cinétiques avant demain.

— Tant mieux ! s'exclama Linséa avec une lueur presque malicieuse dans ses yeux bleus.

Je reculai.

— Tant mieux ?! En quoi est-ce tant mieux ?

— Parce que cela signifie que je vais enfin pouvoir te rendre la pareille.

Je clignai des yeux, complètement dérouté.

— Que veux-tu dire ?

— Depuis que nous nous sommes rencontrés, tu as eu un accès illimité à mes émotions, tandis que les tiennes étaient hermétiquement enfermées derrière un mur impénétrable.

— C'était pour te protéger ! m'écriai-je, outré.

— C'est peut-être vrai, mais tu m'as quand même refusé ce qui m'appartient de droit. Maintenant, j'ai l'intention de me gâter ! dit-elle d'une voix pleine de promesses.

Avant que je ne puisse trouver une réplique futée, les mains de Linséa posées sur mes hanches glissèrent vers mon torse dans une douce caresse... puis me poussèrent.

Je poussai un cri de surprise et jetai une main derrière moi pour amortir ma chute, avant d'atterrir sur le coussin moelleux du canapé derrière moi. Ses paumes sur mes épaules me maintinrent assis lorsque je me redressai. Toutes les questions ou remarques que j'avais l'intention de formuler moururent sur ma langue lorsque ma femelle se pencha vers moi.

Elle frotta son bec contre le mien avant de le picorer doucement, comme pour me demander l'accès. Je m'exécutai immédiatement, l'estomac frémissant alors que nos langues s'entremêlaient. Malgré mon tempérament plutôt dominant, je la laissai prendre les rênes. Tout en savourant son goût sucré et la possessivité avec laquelle elle m'embrassait, je luttai contre l'envie de prendre le dessus. Je lui appartenais et elle pouvait faire de moi ce qu'elle voulait.

À ma grande consternation, elle s'éloigna de moi juste au moment où je m'inclinais davantage vers elle pour l'embrasser. D'une commande vocale, elle activa le lecteur de musique, et un morceau instrumental lent résonna dans la pièce. D'une autre commande vocale, Linséa tamisa la lumière, créant ainsi l'ambiance parfaite.

Le sang afflua à mon aine et je me redressai encore plus sur le canapé pour mieux profiter du spectacle qui se déroulait sous mes yeux avides. Linséa se mouvait avec grâce, balançant ses hanches de gauche à droite, les longues plumes de sa longue queue accentuant le mouvement alors qu'elles traînaient derrière elle comme une cascade.

Elle pivota lentement sur elle-même, ses mains parcourant son corps d'une manière sensuelle qui enflamma mon sang en un instant. Me tournant le dos, Linséa se pencha en avant et agita son postérieur de manière à ce que la pointe de sa queue effleure mon visage de manière provocante. J'avais envie de me jeter sur elle, de la plaquer au sol et de m'enfoncer en elle avant de la baiser à mort.

Ce maudit anneau laissait mes émotions à la merci de ma conjointe. Linséa gloussa avec suffisance, se délectant du pouvoir qu'elle avait sur moi. Voulant faire monter les enchères, la misérable femelle se pencha encore plus bas, levant la queue et écartant davantage les jambes. Mon membre tressaillit furieusement, exigeant d'être libéré des confins de ma poche de protection lorsque Linséa ouvrit son panneau protecteur, exposant sa fente dans toute sa splendeur pour me faire saliver.

La tête en bas, ma conjointe me jeta un regard provocateur

entre ses jambes. Elle se lécha le bec de manière lascive avant de titiller sa fente avec un doigt, le faisant entrer et sortir plusieurs fois. Elle se redressa brusquement, ses plumes caudales balayant ma joue avec une impertinence qui méritait une bonne fessée. Mais Linséa se retourna pour me faire face tout en léchant le doigt avec lequel elle venait de se caresser, d'une manière qui me fit presque grogner de frustration.

Ma femelle gloussa à nouveau en se pavanant vers moi avec la grâce d'un prédateur s'approchant d'une proie paralysée par la peur. Sauf que c'était le désir qui me clouait sur place.

Un feu s'alluma au creux de mon estomac alors qu'elle caressait mon corps avec une hardiesse croissante. Lorsque j'essayai de lui rendre la pareille, elle me donna une tape assez forte pour que ça pince. Je brûlais d'envie de protester, de renverser la situation et de lui montrer qui était en charge. Mais je réprimai à nouveau cette impulsion.

Depuis toujours, je me battais pour acquérir un certain contrôle sur ma vie, qui semblait constamment partir en vrille. C'était presque devenu intrinsèque à ma personnalité d'être toujours aux commandes de ce sur quoi j'avais réellement mon mot à dire. Mais là, c'était différent.

Même si je doutais que Linséa me testait, moi et ma capacité à me soumettre, je soupçonnais au plus profond de moi qu'elle avait besoin de savoir que je lui faisais suffisamment confiance pour m'abandonner à elle. Et je le fis. Il n'y avait rien que je n'aurais pas fait pour cette femelle.

Un son à mi-chemin entre un ronronnement et un roucoulement vibra dans ma poitrine tandis que Linséa sortait partiellement ses griffes et les ratissait délicatement entre le duvet de mon cou, de ma poitrine et de mes flancs. Un frisson violent me parcourait chaque fois que son exploration minutieuse déclenchait une forte réaction – physique ou émotionnelle – qui révélait l'un de mes points sensibles. Tout comme je l'avais fait lors de notre première fois ensemble, elle étudiait mes réactions émotionnelles à son toucher afin de déterminer mes zones érogènes et ce que j'aimais qu'elle me fasse. Comme elle, j'aimais qu'on me picore doucement le creux du cou, surtout près de la nuque. Pour une raison inexplicable, cela résonnait toujours directement dans mon membre. Ses griffes sur mon bassin, juste en dessous de mon nombril, attisaient également le feu de mon excitation. Mais la seule chose à laquelle je ne m'attendais pas, c'était que Linséa me gratte délicatement l'intérieur de la paume avec son bec en suivant le tracé des lignes avant de sucer mon index.

Une vague de désir explosa entre mes cuisses. Le petit rire suffisant de Linséa alors que sa langue tourbillonnait autour de mon doigt m'énerva et m'excita à la fois. C'était la façon provocante dont elle penchait la tête pour croiser mon regard tout en continuant à sucer mon doigt. Sa main droite couvrant mon entrejambe rendait son intention claire. Créateur, je pouvais presque sentir sa bouche sur mon membre.

Ses griffes taquinèrent doucement la jonction de mon aine, m'incitant à m'extruder. Pendant une fraction de seconde, j'envisageai de résister, à la fois pour la provoquer et pour voir comment elle me « punirait » pour ma mauvaise conduite. Cette dernière pensée me poussa presque à lui refuser sa requête. Mais j'avais silencieusement promis de me soumettre à sa volonté — cette fois-ci — et je m'y conformai donc.

Le sifflement de soulagement qui m'échappa me surprit. Je n'avais pas réalisé à quel point mon membre avait été tendu, coincé dans son confinement alors qu'il devenait de plus en plus dur. Cependant, ma femelle enserrant avidement ma longueur de sa main fit passer le sifflement à un gémissement étranglé.

Linséa lécha lentement mon doigt de bas en haut, en parfaite synchronisation avec sa main qui me caressait. Mes muscles abdominaux se contractèrent et une pulsation sourde résonna dans mon membre. Mon souffle se bloqua lorsqu'elle étendit sa langue sur toute sa longueur d'un peu plus de vingt centimètres, et se mit à lécher l'intérieur de ma paume. Ma queue tressaillit en réponse et, à ma grande honte, une goutte de précum s'échappa. Un sourire triomphant étendit le bec de ma conjointe. Se déplaçant à la vitesse de l'éclair, elle abandonna ma main pour lécher mon gland, puis avala mon membre.

Je criai, mon dos se cambrant alors que mes ailes tressaillaient, poussées par le besoin instinctif de se déployer. Linséa serra la base de mon membre presque douloureusement, alors qu'elle commençait à mouvoir sa tête au-dessus de moi. Je pouvais sentir le gland heurter le fond de sa gorge à chaque mouvement vers le bas. J'aurais pu m'émerveiller du fait que cela ne semblait pas déclencher son réflexe nauséeux, mais d'intenses vagues de plaisir me privèrent de toute pensée rationnelle.

Elle ajusta l'angle de sa tête de sorte que chaque fois que mon membre heurtait le fond de sa gorge, chacun de mes *ganacs* entrait en contact avec elle.

Ces petites bosses naturelles sur mon gland ressemblaient vaguement à des implants sous-cutanés. En plus d'augmenter le plaisir de notre femelle pendant la pénétration, elles étaient également très érogènes pour nous, les mâles. Chaque impact sur elles provoquait des étincelles électriques de félicité qui partaient de la tête de mon membre, se propageaient sur toute sa longueur et envoyaient des vrilles ardentes dans toute ma région pelvienne.

La douce chaleur de sa langue qui enveloppait et tourbillonnait autour de mon gland à chaque mouvement me rendait fou de plaisir. Quand elle ferma son bec, le frottant délicatement contre les rainures en spirale de mon membre, je faillis chavirer.

Je criai et mes hanches se cambrèrent involontairement, la suffoquant presque. Mes reins étaient en feu et je me sentais faible, prêt à céder à l'extase. Mais je refusais de jouir avant ma conjointe, surtout après tant de mois de séparation.

Alors que j'étais sur le point de la repousser, Linséa lécha une dernière fois mon membre avant de se relever de sa position agenouillée devant moi. Elle grimpa sur mes genoux, son panneau de protection s'écartant pour révéler sa fente humide. Le parfum délicieux de son musc fit trembler tout mon corps de désir. Il fallut un moment à mon cerveau embrumé pour comprendre ce qui avait provoqué le gémissement presque douloureux de Linséa quelques secondes avant qu'elle ne s'empale sur mon membre.

Je criai à nouveau sous l'effet de la brûlure exquise et de la chaleur intense de son fourreau qui m'enveloppait étroitement. À en juger par l'expression de son visage et les tremblements de son corps, ma conjointe était submergée par son plaisir et le mien. Je me souvenais trop bien à quel point c'était dément de voir le plaisir que me procurait son toucher multiplié par mille par celui qu'elle ressentait.

Une série de grognements sauvages s'échappa de ma bouche lorsque ma femelle adopta immédiatement un rythme effréné en chevauchant mon membre avec un abandon sauvage. Ma crainte de ne pas réussir à lui donner du plaisir sans pouvoir ressentir ses émotions s'évanouit complètement. Même avec l'anneau qui me bloquait encore, les sons voluptueux émanant de ma femme, son visage magnifique dissous dans un air de pur félicité, et la façon frénétique dont elle me touchait et répondait à mes attentions montraient clairement qu'elle approuvait largement mes soins.

Ayant mémorisé chacun de ses points sensibles lors de nos précédents ébats, je les stimulai tous, la faisant gémir et murmurer mon nom avec la possessivité que j'adorais tant.

Un brasier faisait rage en moi, me brûlant de l'intérieur. Les parois internes de Linséa se resserraient autour de mon membre, menaçant de me faire basculer dans l'extase. Ayant besoin d'encore plus, je glissai mes mains sous ses fesses, la soulevant légèrement sans effort avant de la pénétrer par en dessous. Elle s'agrippa à mes épaules, la tête rejetée en arrière, tandis qu'un flot incessant de gémissements s'échappait de sa bouche. Elle ressemblait à une déesse avec ses immenses ailes d'un blanc immaculé déployées derrière elle, oscillant doucement à chaque coup de rein. Sa longue queue duveteuse caressait également mes jambes à chaque mouvement.

Les jambes de ma conjointe se mirent à trembler et ses griffes s'enfoncèrent dans mes épaules tandis que sa respiration devenait plus bruyante et plus laborieuse. Sentant son orgasme imminent, je la serrai contre moi et repris possession de sa bouche. Ma main gauche la soutenant toujours au-dessus de moi, je glissai ma main droite derrière son dos pour griffer le duvet à la base de ses ailes.

J'avalai son cri d'extase alors qu'elle s'effondrait dans mes bras. Après quelques coups de reins supplémentaires, je cédai à mon propre orgasme. Ma colonne vertébrale se raidit et mes ailes se déployèrent largement tandis que je rugissais ma délivrance. Ma semence jaillit dans ma conjointe dans un flot infini de pur félicité. Même si je détestais ne pas pouvoir percevoir son propre plaisir, je me délectai tout de même de la merveilleuse sensation du corps fiévreux de ma Linséa, qui tremblait encore dans mes bras sous les affres de la passion.

Elle s'effondra sur moi, le cœur battant, le visage enfoui dans mon cou. Je resserrai mon étreinte, le cœur rempli d'amour pour ma conjointe. Je fermai mes ailes autour d'elle alors qu'elle se blottissait davantage contre moi. Entendre ma conjointe roucouler de contentement me fit sourire.

Je pensai fugacement à la façon dont cette expérience m'avait donné un nouveau respect pour les humains et les autres espèces non empathiques. Être capable de ressentir les émotions de notre partenaire était en réalité une forme de tricherie. Nous n'avions pas besoin de nous concentrer autant sur eux ou sur leurs réactions à nos actions, car celles-ci nous étaient directement transmises.

— Arrête de t'inquiéter autant, gros bêta, dit Linséa d'une voix encore légèrement groggy. Tu t'en es très bien sorti.

Créateur, il allait me falloir un certain temps pour m'habituer au fait que mes émotions soient pleinement exposées aux autres.

— Évidemment, répondis-je avec suffisance. Je suis Kayog Voln.

Elle éclata de rire et leva la tête pour me regarder comme si j'étais un cas désespéré.

— Pour être honnête, j'avais un avantage grâce à nos moments intimes précédents. Mais j'ai hâte de te ressentir à nouveau, dis-je timidement.

— Et tu vas bientôt le faire, dit-elle en frottant son bec contre le mien.

— Bientôt, confirmai-je. Mais pour l'instant, je vais devoir continuer à m'entraîner à interpréter tes besoins et tes émotions sans empathie. Voyons voir comment je m'en sors quand c'est moi qui suis aux commandes.

Elle gloussa joliment lorsque je me levai, mon membre toujours enfoui profondément en elle. Linséa passa ses jambes autour de ma taille tandis que je la portais jusqu'à la chambre, nos langues s'entremêlant...

～

La semaine suivante fut une succession interminable d'entraînements de plus en plus intenses. Je passais désormais la plupart de mon temps avec Yinric, suivi de l'habituel examen médical rapide de quinze minutes effectué par Arafin ou Ellen. À ma grande joie, j'utilisais maintenant le bandeau avec moins de la moitié de son effet d'atténuation. En fait, je pouvais fonctionner sans lui, mais seulement pendant de courtes périodes avant que l'effort ne m'épuise. Heureusement, je n'allais plus tarder à ne plus avoir besoin de cette béquille.

Arafin m'injecta une série de nanites qui accéléraient le processus de guérison lorsque je souffrais de contusions dues à un effort excessif. Elles facilitaient également la formation de nouvelles voies neuronales, ce qui me permettait de mieux contrôler mes pouvoirs. Le fait qu'ils bloquent mes capacités empathiques pendant la journée continuait de me déranger. Même s'ils prétendaient que c'était pour limiter les blessures et préserver mon énergie psychique pour mon entraînement cinétique, je soupçonnais fortement qu'il s'agissait plutôt de m'empêcher de percevoir ce qu'ils pensaient ou ressentaient en ma présence. Je ne doutais pas un instant que j'étais constamment observé et évalué par bien plus d'yeux que je ne pouvais en voir.

Je refusai de me laisser perturber par cela. J'avais suffisamment étudié la politique et le fonctionnement des grandes organisations telles que l'OPU et les Défenseurs pour comprendre la nécessité pour eux d'enquêter de manière approfondie sur le type de menace – ou d'atout – que je pouvais représenter. Je me concentrai sur l'acquisition d'un contrôle total sur mon corps et mes pouvoirs, pour lesquels ils m'apportaient un soutien dont je n'aurais jamais osé rêver auparavant. J'allais m'occuper de la suite en temps voulu.

Pour l'instant, je m'amusais comme un fou avec la nouvelle simulation à laquelle Yinric m'avait fait passer. Le deuxième jour avec lui, je parvins à invoquer mon pouvoir cinétique ciblé, que nous appelâmes « impulsion cinétique ». Sentir cette explosion d'énergie monter dans mon avant-bras, s'accumuler dans ma paume, puis jaillir avec une force remarquable était plus qu'exaltant. Cela me donna presque une érection.

Son enthousiasme rivalisait avec le mien alors qu'il m'encourageait à l'utiliser sur les différentes cibles à l'intérieur du holodeck. Bien que maladroit au début et d'une précision peu impressionnante, je fis rapidement des progrès au cours des jours suivants. Outre ma précision de tir, je devins également plus habile à contrôler sa puissance et à le projeter sur de plus grandes distances. Il me fallut un certain temps pour évaluer correctement la force nécessaire en fonction de la proximité variable de mes cibles. Mais mon côté très compétitif se délecta de ce défi.

Malgré une formation intensive au combat – qui m'avait aidé dans ma concentration et ma discipline au fil des ans – je n'avais jamais été très attiré par les sports ou les activités impliquant des armes. Mais là, c'était tout autre chose. Mon arme n'était pas un blaster ou une épée, c'était mon propre corps et l'énergie qu'il contenait.

Au cours des trois derniers jours, Yinric lança des simulations dans lesquelles je combattais des ennemis holographiques. Il s'agissait d'un scénario virtuel immersif semblable à un stand de tir où des méchants de tout acabit me sautaient dessus depuis leur cachette. Au début, seul un petit nombre d'entre eux surgissaient dans la rue pour me menacer avec diverses armes contondantes ou à longue portée. Puis leur nombre augmenta, les armes qu'ils utilisaient devinrent plus meurtrières et avaient une plus grande portée, et ils commencèrent à venir de différents endroits. Ils ne sortaient plus des portes des bâtiments ou de derrière des abris prévisibles le long de la rue. Désormais, certains d'entre eux surgissaient du ciel ou émergeaient du sol sans crier gare.

La diversité des espèces – des humains aux monstres – augmenta également la difficulté. Je ne pouvais pas les frapper avec la même intensité cinétique, car l'explosion serait mortelle pour certaines espèces, mais à peine suffisante pour ralentir ou étourdir d'autres. À ma grande consternation, il me fallut un certain temps pour mieux comprendre comment ajuster la puissance, surtout à la volée, car les espèces de mes attaquants changeaient rapidement, me laissant peu de temps de réaction.

La traînée de victimes que je laissai derrière moi aurait été stupéfiante – pour ne pas dire dévastatrice – si elle n'avait pas été virtuelle. Néanmoins, la montée d'adrénaline que cela me procura fit bouillir mon sang. C'était le jeu vidéo ultime, bourré d'action, qui m'aidait également à développer des compétences incroyables.

Je n'étais pas assez stupide pour ne pas comprendre pourquoi Yinric modifiait progressivement l'entraînement afin que les simulations s'orientent de plus en plus vers des missions de sauvetage. Même maintenant, alors que je volais autour du holodeck, mes yeux allaient et venaient tandis que j'esquivais les tirs de blaster tout en essayant d'abattre un groupe de snipers cachés dans des bâtiments. Dans la rue en contrebas, une voiture en fuite filait à toute allure avec un haut fonctionnaire pris en otage.

Je m'élevai de quelques mètres à la verticale, me positionnant à une hauteur qui me permettait de garder tous les snipers à moins de trois mètres au-dessus ou en dessous de moi. Je fis appel à mon onde cinétique – pas l'impulsion ciblée, mais la zone d'effet. Un puissant picotement à l'arrière de ma tête signala l'énergie qui s'accumulait. Je la laissai s'intensifier jusqu'à ce qu'elle atteigne le niveau que je jugeais approprié pour atteindre mon objectif. Je la poussai vers l'extérieur, la forçant à se propager dans un rayon spécifique autour de moi, mais sans dépasser une certaine hauteur au-dessus et en dessous de moi. La contrainte verticale était la partie la plus difficile, mais nécessaire, car je ne voulais pas toucher les personnes au sol, en particulier le conducteur de la voiture en fuite. Un accident pourrait tuer la victime kidnappée, ce qui irait à l'encontre de l'objectif de l'opération.

L'air autour de moi se brouilla lorsque l'explosion cinétique jaillit de moi. Une demi-seconde plus tard, les snipers semblèrent neutralisés. Même si je détestais ne pas avoir accès à mes pouvoirs empathiques, j'adorais voir à quel point je pouvais être efficace pour identifier les ennemis sans cet outil supplémentaire. Même si les ennemis étaient virtuels, les simulations holographiques pouvaient envoyer des signaux spécifiques à des espèces empathiques comme la mienne pour simuler les émotions des personnages ou des créatures du scénario.

Je plongeai vers la voiture, la devançant avant de me retourner. Volant à reculons, je tirai une série d'impulsions cinétiques pour la ralentir. À ma grande consternation, le conducteur tenta un virage serré et perdit le contrôle. La voiture se renversa sur le côté et aurait fait plusieurs tonneaux si je ne l'avais pas rapidement arrêtée à l'aide de nombreuses impulsions.

Je volai jusqu'au véhicule accidenté et ouvris brutalement la portière avant, mais je me retrouvai face à un blaster pointé sur mon visage. Je parvins de justesse à me jeter sur le côté pour éviter un tir mortel – même si, dans ce simulateur, je n'aurais subi qu'une décharge électrique désagréable. La colère monta en moi et une sensation étrange m'envahit le crâne. C'était différent du picotement que je ressentais habituellement lorsque j'utilisais mes impulsions cinétiques. Mais quelque chose se produisit. Lorsque je me positionnai à nouveau devant la porte ouverte, prêt à frapper le conducteur avec une impulsion cinétique, je le trouvai affalé, conscient, mais tremblant comme s'il avait été sauvagement électrocuté.

Bien que perplexe, je jetai un coup d'œil à l'arrière de la voiture où la victime kidnappée me souriait avec gratitude. Mais avant que je ne puisse l'aider à sortir du véhicule, son visage prit une expression horrifiée alors qu'il fixait quelque chose par-dessus mon épaule. Je tournai brusquement la tête et vis un essaim de monstres – terrestres et aériens – former un mur alors qu'ils se ruaient vers nous depuis l'autre bout de la rue.

— Je vais redresser la voiture. Restez à l'abri à l'intérieur, ordonnai-je avant d'utiliser une impulsion cinétique pour remettre la voiture sur ses roues.

Volant vers la horde, j'invoquai une puissante vague d'énergie cinétique avant de la projeter sur eux. La plupart des petites créatures s'effondrèrent immédiatement, mais les autres continuèrent leur avancée avec détermination, piétinant les créatures terrassées sans aucun égard.

Même si je savais qu'il ne s'agissait que d'une simulation, je ne ressentais pas la peur normale que l'on devrait éprouver dans une situation similaire. Les seules émotions qui m'animaient étaient le frisson de la chasse et un incroyable sentiment de puissance.

C'était enivrant.

Je les bombardai d'ondes cinétiques tout en esquivant les attaques à longue portée des créatures qui pouvaient lancer des fléchettes et même une sorte d'éclairs. Comme j'adorais voler, les acrobaties aériennes nécessaires pour éviter d'être touché ne faisaient que rendre l'expérience encore plus exaltante. À plusieurs reprises, cet étrange pouvoir se manifesta à nouveau, comme une curieuse chaleur au centre de mon cerveau qui cherchait une cible. Il me fallut un moment pour réaliser lesquels de mes ennemis avaient été touchés. Mais je reconnus les spasmes qui les secouaient comme s'ils avaient été électrocutés.

Lorsque je parvins enfin à repousser l'assaut, je me sentis presque floué. Mon sang bouillonnait d'adrénaline et je voulais anéantir davantage d'abominations. La simulation prit fin, le décor urbain dans lequel je m'étais battu s'estompa et redevint les parois de verre transparent qui entouraient le holodeck.

Des applaudissements me firent sursauter, me tirant de ma transe sanguinaire. Tournant vivement la tête, je vis Colin debout à côté de Yinric. Mon cœur bondit dans ma poitrine. J'attendais sa visite depuis mon réveil, huit jours auparavant. Je pouvais imaginer pourquoi il avait attendu si longtemps avant de finalement venir me voir. La partie de moi qui était soulagée que tout cela soit enfin sur le point d'être réglé ne pouvait faire taire l'autre partie qui craignait que la routine confortable que j'avais établie avec ma conjointe ne soit bouleversée.

Je m'inclinai en signe de gratitude devant leurs acclamations tandis que j'atterrissais gracieusement. Les deux mâles cessèrent d'applaudir et Yinric me fit signe avec enthousiasme de sortir du holodeck. Je m'exécutai, m'efforçant d'afficher une expression neutre mais amicale sur mon visage tout en maîtrisant mes émotions.

— Nous nous revoyons enfin, dis-je nonchalamment. Je me

demandais combien de temps cela prendrait avant que cela n'arrive.

Colin sourit, indiquant qu'il était conscient de ma désapprobation sous-jacente quant au fait qu'il m'ait laissé dans l'incertitude pendant si longtemps.

— Crois-moi, je ne souhaitais rien de plus que de venir te voir plus tôt. Cependant, il m'a semblé beaucoup plus raisonnable de te laisser le temps de guérir et de retrouver tes repères, dit-il avec une compassion qui ne me trompa nullement, même si mon pouvoir de lire ses émotions était toujours bloqué.

Je n'avais aucun doute que ce retard n'était pas tant dû aux raisons qu'il invoquait, mais plutôt à son désir de mieux évaluer ma puissance.

— C'est logique, répondis-je poliment.

— Comme Yinric a rendez-vous avec une charmante femme, j'ai décidé de te kidnapper pour le reste de la journée, dit Colin en jetant un regard taquin au Raithéen.

— Un rendez-vous ?! répétai-je, les yeux écarquillés de surprise.

Je ne pus m'empêcher de rire lorsque les écailles charbon de Yinric prirent une teinte encore plus sombre, trahissant son embarras.

— Je sors avec Ellen, marmonna-t-il timidement.

— C'est formidable ! m'exclamai-je d'un ton approbateur.

Ne voulant pas me mêler des affaires des autres, je n'avais pas interrogé Ellen ni lui depuis la première fois où j'avais informé Ellen qu'elle et Yinric étaient des âmes sœurs. J'étais ravi qu'ils poursuivent ce qui aboutirait inévitablement à leur bonheur perpétuel. J'étais impatient d'être en leur présence pour profiter de l'harmonie parfaite de leurs âmes.

— Elle est très charmante, dit Yinric, toujours un peu timide, ce qui contrastait fortement avec son attitude habituellement plus affirmée et enjouée. Merci d'avoir contribué à établir cette connexion.

— Avec plaisir. Tout le monde mérite de trouver son autre moitié, répondis-je avec un gentil sourire avant de reporter mon attention sur Colin. Est-ce que je peux prendre une douche avant ?

— Bien sûr ! répondit Colin. Prends ton temps. De toute façon, j'ai quelques choses à discuter avec Yinric.

Pour une raison que je ne pouvais expliquer, cela me mit instantanément mal à l'aise. Ma réaction n'avait aucun sens dans la mesure où Colin était au courant de tout ce qui m'était arrivé pendant ma formation et mes examens médicaux. Ainsi, les informations supplémentaires qu'il allait obtenir du Raithéen ne pouvaient pas être plus préjudiciables que celles qu'il possédait déjà. Pourtant, je ne pus m'empêcher d'éprouver une certaine méfiance.

Je pris une douche rapide, puis retournai en toute hâte dans la salle d'entraînement, où je trouvai Colin seul devant le panneau de contrôle avec ma dernière simulation étant diffusée sur l'écran géant qui occupait tout le mur du fond.

— Travail impressionnant, dit Colin alors que je me rapprochais de lui, ses yeux toujours rivés sur l'écran.

— Merci, répondis-je d'une voix neutre en m'arrêtant près de lui.

— Tu sembles t'amuser, continua-t-il avant de me jeter un regard de biais.

Je haussai les épaules.

— Oui, j'aime ça. J'ai toujours aimé les sports de compétition. C'est presque comme jouer à Lazgar, mais avec des combats. La seule chose qui manque, c'est un score maximum à battre.

Il s'ébroua, une lueur d'approbation brillant dans ses yeux.

— Viens, asseyons-nous, dit-il en arrêtant la simulation avant de se diriger vers la table de travail devant l'écran.

Juste au moment où nous nous asseyions, un serveur entra dans la pièce avec un plateau aéroplane chargé de collations et de boissons. Je réprimai un sourire en voyant les craquelins aux grains dont j'avais rendu Linséa accro.

— Tu as faim ? demanda-t-il, comme un hôte parfait.

Je secouai la tête en souriant.

— Non, mais je prendrais bien une boisson.

— Bien sûr ! dit-il en montrant les bouteilles d'eau aromatisée.

J'en saisis une avec l'intention de ne boire que quelques gorgées, mais je finis par la vider d'un trait. Un peu gêné, je lui adressai un sourire penaud tout en remettant le bouchon sur la bouteille vide.

— Merci, marmonnai-je.

— Prends-en une deuxième ! dit-il en me tendant une autre des cinq bouteilles.

— Avec plaisir, répondis-je en acceptant son offre avec avidité.

Cette fois-ci, je fis preuve d'un peu plus de retenue et n'en bus qu'un tiers.

— Désolé, dis-je en reposant la bouteille.

Il fit un geste vague de la main.

— Ne le sois pas ! C'est normal d'être déshydraté après une performance aussi incroyable.

Je lui lançai un regard qui lui fit clairement comprendre qu'il ne me dupait pas.

— Alors tu es là pour me recruter à nouveau ?

— Bien sûr, répondit Colin d'un ton évident.

Je plissai les yeux en le regardant.

— Et si je refuse ?

— Alors nous aurons un problème, dit-il d'un ton neutre.

Je haussai les sourcils devant la franchise et la nonchalance avec lesquelles il avait fait cette déclaration.

— Vraiment ? demandai-je, sincèrement intrigué de voir où ça allait mener.

Encore une fois, je détestais ne pas pouvoir lire ses

émotions. Je faillis toucher mon bandeau pour réduire l'effet d'atténuation. Cependant, j'avais déjà accepté non seulement de jouer selon leurs règles, mais aussi de rejoindre les Défenseurs tant que leurs demandes ne me semblaient pas immorales. Au-delà du fait que je voulais une vie paisible aux côtés de ma conjointe, je leur devais franchement cette nouvelle vie qu'ils m'avaient offerte.

— Tu es beaucoup trop puissant, Kayog, dit Colin d'un ton raisonnable. Ce dont tu es capable dépasse tout ce que j'ai vu jusqu'à présent. Et tu n'as pas encore fini.

Je me raidis à ces mots.

— Que veux-tu dire ?

— La plupart des espèces atteignent leur pleine maturité à l'âge de vingt-cinq ans, tant sur le plan physique que mental ou psychique. Tu es passé à la vitesse supérieure lorsque tu as atteint cet âge. Même maintenant, tu continues à évoluer. Dieu seul sait quand tu atteindras ton apogée.

— Tu ne peux pas en être certain, rétorquai-je d'une voix hésitante.

Il hocha fermement la tête.

— Je le peux très certainement. Tes médecins l'ont confirmé. Nous ne savons pas à quel point tu vas devenir puissant ni quels nouveaux pouvoirs tu vas développer. Cela te rend imprévisible.

— Et donc dangereux ? lançai-je.

— Potentiellement, admit-il. Cela signifie que nous ne pouvons pas te laisser libre. Aujourd'hui encore, il y a eu un pic inhabituel pendant ta simulation. Il a sollicité une autre partie de ton cerveau qui était jusqu'alors pratiquement inactive. Yinric analysera les données où l'ordinateur a indiqué que tu avais utilisé un nouveau pouvoir contre certaines cibles.

Même si je m'efforçai de garder une expression neutre, quelque chose dans mon visage ou mon langage corporel trahit le fait qu'il avait correctement évalué ce qui s'était passé pendant la simulation. Je ne savais pas quel nouveau pouvoir j'avais utilisé ni même comment le reproduire délibérément. Combien d'autres nouvelles capacités allais-je découvrir ?

— En tant que membre des Défenseurs ou de l'OPU, tu peux bénéficier de tout le soutien dont tu as besoin tout en nous permettant de garder un œil sur toi. Si tu évolues à l'extérieur, nous serions obligés de dépenser beaucoup trop de ressources pour nous assurer que tu ne deviens pas une menace, que ce soit de ton plein gré ou sous la contrainte de forces hostiles, expliqua Colin d'un ton doux et raisonnable.

— Alors, ne serait-il pas plus simple pour vous de simplement me tuer ? demandai-je avec une pointe de défi dans la voix.

Il émit un son dédaigneux.

— Personne ne veut faire ça, et en ce qui me concerne, ce n'est même pas une option envisageable. Nous devons donc trouver une solution qui garantira ta sécurité et celle de tout le monde. Tu ne veux pas non plus te retrouver seul si ton cerveau continue à se développer de manière inattendue. Seules les ressources considérables des Défenseurs et de l'OPU pouvaient accomplir ce que nous avons fait pour toi.

— Alors maintenant, vous considérez que je vous suis redevable ? lui demandai-je en plissant les yeux.

À ma grande surprise, il secoua immédiatement la tête.

— Pas du tout. C'était notre choix de dépenser autant de ressources pour te soigner. Tu n'as jamais accepté quoi que ce soit en échange de notre aide, et ta conjointe a clairement indiqué qu'elle ne ferait jamais de promesses ou d'engagements en ton nom sans ton consentement. Nous l'avons fait parce que nous avons vu en toi un grand potentiel, des avantages à long terme pour les autres membres de ton espèce nés avec ta condition, et parce que Linséa est une négociatrice hors pair, surtout lorsqu'il s'agit du mâle qu'elle aime.

Je baissai les yeux, profondément ému par ses paroles. J'avais une assez mauvaise opinion des méga-organisations comme celle pour laquelle il travaillait. Mais la sincérité dans sa voix lorsqu'il exposa sa position sur la question résonna haut et fort. Cependant, c'était sa déclaration concernant l'implication de ma colombe qui me bouleversa. Je ne doutais pas qu'elle ait tout fait pour me protéger. Et je ne comprenais toujours pas comment j'avais mérité une femelle aussi parfaite.

— Je ne te connais pas, Kayog Voln. Je ne sais que ce que j'ai lu dans ton dossier – et crois-moi, je l'ai lu dans les moindres détails, dit Colin d'un ton sérieux. Tu as un parcours exceptionnel, et l'équipe médicale qui travaille avec toi t'admire beaucoup. Ce n'est pas un exploit facile à réaliser, surtout en ce qui concerne Arafin. J'aime beaucoup Linséa et je veux qu'elle soit heureuse. Mais mon devoir passe avant tout. Si tu avais représenté une menace, nous nous serions déjà occupés de toi depuis longtemps. À la place, tout le monde dans cet établissement veut s'assurer que tu iras bien et qu'aucun mal ne te sera fait. Nous devons donc trouver une solution tout en honorant notre devoir galactique.

Mes yeux oscillèrent entre les siens tandis que j'étudiais ses traits. Une fois de plus, ses paroles me touchèrent profondément. J'avais en effet développé une relation plus que cordiale avec mes médecins et mes entraîneurs. Les quelques fois où j'avais pu lire leurs émotions avaient révélé leur désir sincère de me voir réussir. Le reste du temps, chacun de leurs gestes et chacune de leurs paroles renforçaient mon opinion qu'ils étaient tous des gens bien ayant mon intérêt à cœur.

— Tu peux désactiver l'anneau et lire dans mes pensées pour t'assurer que je dis la vérité, proposa Colin.

Je secouai la tête.

— Ce n'est pas nécessaire. Je sais que c'est le cas.

Un sourire subtil étira ses lèvres avant qu'il ne penche la tête sur le côté en me jetant un regard évaluateur.

— Tu es intelligent, charismatique, l'un des combattants les plus impressionnants que j'aie jamais vus...

— Arrête, l'interrompis-je d'un ton impérieux. Je n'ai

aucune envie de devenir soldat. Je ne veux pas être assassin, espion, membre d'une équipe d'infiltration ou quoi que ce soit d'autre de ce genre.

— Mais tu es suffisamment redoutable pour exceller dans tous ces domaines, argua Colin, même si son ton était plus factuel que désireux de convaincre. Tes tests dans le holodeck parlent d'eux-mêmes. Sans parler du fait que tu aimes visiblement le combat.

— Dans un contexte compétitif, oui, concédai-je. Mais je ne suis ni un tueur ni un prédateur. J'aime gagner, être le meilleur et exceller dans tout ce que je fais. Je n'ai aucune envie de faire du mal. Si tu examines attentivement mes tests, tu verras que je n'ai jamais utilisé de force meurtrière contre mes adversaires, pas même contre les monstres cauchemardesques que tu m'as envoyés.

Colin plissa les lèvres et hocha lentement la tête. À en juger par la lueur dans ses yeux, il était pleinement conscient de mon approche non meurtrière tout au long de mon entraînement. À ce moment précis, je me reprochai de ne pas avoir accepté son offre de désactiver mon bandeau afin de mieux comprendre ce qu'il en pensait. Me trouvait-il faible ? Se demandait-il si c'était une ruse pour me faire paraître moins dangereux que je ne l'étais réellement ? Pensait-il que c'était une limitation de mes pouvoirs qui m'empêchait d'infliger des dommages plus importants ?

— Sais-tu ce qui m'a permis de survivre au chaos qui détruisait ma vie ? lui demandai-je soudainement.

Il secoua la tête, les yeux brillants d'intérêt.

— La joie, répondis-je calmement. Les émotions positives apaisent la douleur que je ressens. C'est l'une des principales raisons pour lesquelles j'ai rejoint le groupe. As-tu déjà assisté à un concert ou à un événement sportif ?

Il hocha la tête d'un air évident.

— Les gens y assistent parce que l'énergie y est électrique. On veut être entouré de cet enthousiasme collectif. C'est contagieux et cela rend l'expérience bien plus intense que lorsque l'on regarde seul chez soi. C'est presque comme une conscience collective qui fait vibrer tout le monde au même rythme pendant toute la durée de l'événement. Mais la haine, la colère et la peur me sont extrêmement néfastes. Elles sont visqueuses et me poignardent le cerveau. Je déteste ces émotions, sans parler de la douleur qu'elles me causent.

— En effet, dit Colin d'un air pensif. Arafin m'a expliqué que tu perçois les émotions des autres à la fois comme des manifestations physiques et sensorielles.

— Effectivement. C'est pourquoi je n'accepterais jamais un travail qui m'exposerait à ces émotions ou me pousserait à les infliger à d'autres. Je veux protéger les gens et leur apporter de la joie. Les sentiments les plus merveilleux sont l'espoir, le bonheur, l'amour et, par-dessus tout, être en présence de deux âmes sœurs.

À ma grande surprise, Colin sourit d'un air entendu.

— Je savais que tu dirais quelque chose comme ça.

— Oh ? dis-je, intrigué.

— Bien que tes évaluations psychiatriques indiquent que tu as des instincts de chasseur et de prédateur très développés, tu es avant tout un protecteur et un pourvoyeur, dit Colin avec une expression légèrement déçue. C'est vraiment dommage. Tu aurais pu être l'un de nos meilleurs chefs d'unité. Mais ton côté offensif ne se manifeste que si tu te sens menacé, et surtout si tu vois quelqu'un de vulnérable en danger. Tu ne serais pas à l'aise dans le type de rôle que j'aurais voulu te confier. Cela nous amène à la question suivante : que faire de toi ?

C'était une question légitime que je me posais depuis que Linséa m'avait prévenu que le Directeur des Défenseurs allait tenter de me recruter à nouveau.

— Je devrais peut-être devenir entremetteur pour les aliens, dis-je d'un ton taquin.

À ma grande stupeur, Colin ne sourit pas et ne rit pas à ma mauvaise blague, mais me lança plutôt un regard évaluateur.

— C'était une blague, dis-je d'un ton évident lorsqu'il sembla soupeser le bien-fondé de cette déclaration.

Il pencha la tête sur le côté et me lança un regard étrange.

— Vraiment ?

— Bien sûr ! m'écriai-je avec force. Je ne faisais que répéter une remarque faite au hasard par un ami il y a quelque temps pour détendre l'atmosphère. Et de toute façon, qu'est-ce que les Défenseurs ou l'OPU pourraient bien faire d'un entremetteur ?

— Tu es passionné par les espèces primitives, n'est-ce pas ? demanda Colin, ignorant ma question.

— Absolument, répondis-je d'un ton impérieux. Elles doivent être défendues à tout prix contre les conglomérats cupides et les personnes douteuses qui cherchent à tirer profit des espèces les plus vulnérables. Chaque monde devrait avoir le droit d'évoluer à son propre rythme et selon ses propres termes.

— Exactement, dit-il avec une expression satisfaite. Et tu pourrais contribuer à cela en les accouplant.

Mon cerveau se figea et je le dévisageai, complètement perplexe. Qu'est-ce que cela pouvait bien signifier ? En quoi le fait de jumeler un couple pouvait-il contribuer à la protection des espèces primitives ?

Il m'adressa un sourire indulgent.

— Tout au long de l'histoire, le mariage a été utilisé pour établir des alliances étroites entre les peuples. Les espèces primitives sont généralement fermées et inaccessibles au commun des mortels. Tu pourrais contribuer à ouvrir ces portes.

Mon visage se durcit.

— Tu me demandes de t'aider à les infiltrer ?

Il s'ébroua et secoua la tête.

— Non, je veux que tu nous aides à nouer des liens avec eux. La meilleure façon d'apprendre à connaître la culture d'un peuple est de vivre avec lui. Une visite temporaire de quelques jours ne permet pas d'avoir une représentation fidèle de la réalité. Grâce à leurs conjoints, nous pouvons en apprendre beaucoup sur eux, tout en leur apportant conseils et protection.

Je plissai les yeux en le regardant.

— Ce que tu dis ressemble toujours beaucoup à de l'infiltration.

Il sourit.

— Il y a une ligne très fine entre l'infiltration, l'assimilation et la collaboration. Quelqu'un comme toi, qui a le pouvoir de savoir quand deux personnes sont des âmes sœurs, aidera à créer le genre de couples qui assureront la protection des peuples primitifs. Après tout, notre âme sœur voudra toujours ce qu'il y a de mieux pour nous, n'est-ce pas ?

J'acquiesçai, bien que loin d'être persuadé.

— C'est peut-être vrai, mais sais-tu quelles sont les probabilités que je trouve un jour l'âme sœur d'un alien primitif ? Il y a des milliards de personnes dans toute la galaxie. Autant essayer de compter le nombre de gouttes d'eau dans l'océan.

Le sourire de Colin s'élargit.

— Qu'importe ? Tu pourras quand même rencontrer ces aliens, leur parler et découvrir leur culture. Tu as toujours voulu rencontrer des espèces primitives. Que demander de plus ?

Mon cœur bondit. Il avait tout à fait raison. Même maintenant, mon esprit fourmillait de toutes les espèces avec lesquelles j'aurais aimé pouvoir interagir directement ou passer quelques semaines parmi elles. Malgré l'excitation qui bouillonnait en moi, je me forçai à contenir mon enthousiasme. Ce projet comportait beaucoup trop de failles. Je détestais l'échec. Je n'avais rien contre le travail acharné, mais me lancer dans un projet condamné d'avance ne figurait pas sur ma liste de choses à faire.

— C'est vrai, répondis-je prudemment. Mais que se passera-t-il si je n'obtiens aucun résultat positif ? Et si je ne jumelle jamais personne ou seulement une fois de temps en temps ?

Il haussa les épaules.

— Je ne m'inquiète pas pour ça. Les résultats viendront lentement mais sûrement. Tu dois simplement être exposé à autant de personnes que possible. Ce que tu dois comprendre, c'est que les gens afflueront vers toi. À travers tout l'univers, l'amour est l'une des activités les plus lucratives dans toutes les sociétés. Les industries qui prospèrent continuellement sont celles qui aident les gens à trouver un partenaire de vie. Sais-tu combien d'agences matrimoniales existent dans la galaxie connue ?

— Des tonnes ! m'écriai-je. C'est exactement ce que je veux dire ! Quand les gens pensent à trouver un conjoint, ils ne pensent pas aux Défenseurs ou à l'OPU !

Colin gloussa.

— C'est pourquoi tu ne seras officiellement employé par aucun des deux. Tu auras simplement l'OPU comme affilié et commanditaire principal. Les gens en ont assez de gaspiller leur argent dans des agences qui les déçoivent et de perdre leur temps à sortir avec des partenaires qui étaient pratiquement incompatibles dès le départ. Avec toi, le couple parfait est garanti. Ils se battront pour obtenir tes services.

— En supposant que je parvienne à trouver leur âme sœur ! répétai-je, déconcerté qu'il ne semble pas comprendre mon point de vue.

Il m'adressa un sourire indulgent.

— Tu t'inquiètes trop. Les gens achètent des billets de loterie tout en sachant que leurs probabilités de gagner sont quasi nulles. Mais cette possibilité existe. Et la récompense vaut largement le pari. Tu peux leur offrir le gros lot gratuitement.

Je me redressai, cette dernière remarque retenant mon attention.

— L'OPU paiera ton salaire et couvrira tous tes frais d'exploitation. Le rôle d'entremetteur n'est qu'une couverture qui te permet en plus de faire tout ce que tu aimes le plus, à savoir protéger les espèces primitives, apporter de la joie aux autres et t'entourer d'âmes sœurs. Tout le monde y gagne.

— Tu as vraiment réfléchi à tout ça, dis-je, ébahi.

Au départ, je pensais que ma blague sur le fait de devenir entremetteur avait semé cette idée dans son esprit. Mais il était désormais clair pour moi qu'il avait déjà étudié cette possibilité. Il me lança un regard mystérieux.

— Je n'agis jamais sur un coup de tête, répondit-il comme s'il avait lu mes pensées. J'ai pesé le pour et le contre de cette approche depuis que tu as jumelé Yinric et Ellen.

Je sursautai.

— Quoi ?

— Ellen n'aurait jamais envisagé un Raithéen comme conjoint potentiel, et Yinric n'aurait jamais même regardé une humaine avec une pensée romantique. Ce n'était pas à cause d'une perception négative de l'autre espèce. C'était simplement une chose à laquelle ils ne pensaient pas. Tous deux présumaient qu'ils finiraient par se marier avec quelqu'un de leur propre race.

— Jusqu'à ce que je me mêle de leurs affaires, dis-je avec amusement.

— Jusqu'à ce que tu leur offres leur bonheur éternel sur un plateau d'argent, rétorqua Colin avec une lueur presque triomphante dans les yeux. Même si cela les a surpris, ils ne l'ont pas remis en question parce qu'ils te font confiance. Kayog, tu ne sembles pas réaliser à quel point tu es charismatique et sympathique. Tu mets les gens en confiance. La façon dont tu les regardes et leur parles leur donne l'impression qu'ils ont toute ton attention, comme s'ils étaient le centre de ton univers pendant le bref moment où ils interagissent avec toi.

Je remuai avec malaise sur ma chaise, ne sachant pas trop comment réagir à ces compliments.

— Comme je l'ai dit, ne t'inquiète pas trop pour les quotas. Même si tu ne fais qu'un ou deux appariements par an, chacun d'entre eux renforcera ton statut et ta crédibilité, déclara Colin avec force. En attendant, tu peux visiter tous ces mondes protégés, parler à leurs habitants, comprendre leurs difficultés et documenter les moyens par lesquels nous pourrions les aider.

Je plissai les yeux en le regardant, à la recherche d'un signe de tromperie.

— Les moyens par lesquels nous pourrions les aider ou les exploiter ? interpellai-je.

Une expression étrange passa sur son visage au charme rude.

— Tu poses cette question à moi, Colin Wilson ? Ou au représentant des Défenseurs et de l'OPU ?

La façon dont il prononça ces mots me frappa. À cet instant, je compris qu'il abandonnait son masque et jouait cartes sur table.

— Aux deux, répondis-je d'un ton sérieux.

— Comme toutes grandes organisations, l'OPU et les Défenseurs rechercheront toujours tout ce qui peut profiter à leurs membres, accroître leur influence ou leur donner un avantage dont ils pourront tirer parti plus tard. Ces organisations ne sont pas des saints, mais au-delà de toutes les manœuvres politiques et les luttes de pouvoir, leur mission reste une chose à laquelle je suis fier d'être associé. Donc oui, ils seraient ravis de recevoir toute information intéressante qui pourrait servir leurs intérêts, dit Colin d'un ton neutre.

— Très bien, répondis-je, appréciant sa franchise. Et qu'en est-il de toi ?

— Je suis en train de constituer une équipe de personnes qui, comme moi, veulent servir la véritable cause de ces deux organisations. Tu as rencontré nos médecins et nos entraîneurs ici. Même si tes pouvoirs d'empathie sont bloqués, tu peux voir à quel point ce sont de bonnes personnes, professionnelles et dévouées. Ta conjointe et toi êtes exactement le type de personnalités que nous cherchons à ajouter à nos rangs. Vous êtes tous deux hautement qualifiés dans vos domaines respectifs, réellement dévoués à la protection des personnes pour lesquelles nos organisations ont été créées, et vous possédez des valeurs morales remarquables. Ici, nous ne nous soucions pas de politique. Nous nous soucions de faire ce qui est juste pour les plus vulnérables.

La passion avec laquelle il s'exprimait témoigna une fois de plus de sa sincérité. Je ne pouvais pas non plus contester sa description de l'équipe avec laquelle j'avais eu le plaisir d'interagir ici. Si le reste du personnel sous sa supervision était à l'image de celui-ci, alors je me voyais tout à fait vouloir en faire partie.

— La Directive Première est bafouée à chaque instant, continua Colin en fronçant les sourcils. Beaucoup de ces espèces primitives soit se font embobiner par ceux qui enfreignent les règles, soit développent une rancœur envers les étrangers en général. Tu pourrais aider à rétablir l'équilibre. À bien des égards, tu agirais comme un ambassadeur informel et contribuerais à établir des relations plus positives avec ces espèces. En apportant le bonheur à leurs peuples, avec le soutien de l'OPU, tu peux nous aider à être considérés comme des amis à mesure qu'ils développent leurs propres pouvoirs. C'est un travail de longue haleine. Et qui mieux que toi pour fournir des recommandations sur la manière dont nous pouvons aider ou signaler les menaces actuelles ou les règles existantes qui doivent être réexaminées ?

Dire qu'il m'avait sérieusement emballé serait un euphémisme. Mais j'avais tout de même d'innombrables réserves. De toutes les tournures que cette conversation aurait pu prendre, je n'aurais jamais imaginé celle-là.

— Tu m'as donné matière à réflexion. Mais un entremetteur ? dis-je, mon hésitation clairement perceptible dans ma voix.

Il rit et me regarda avec une suffisance qui m'énerva. Dans son esprit, il m'avait déjà convaincu. Savoir qu'il avait probablement raison rendait la situation encore plus agaçante.

— Prends les deux prochains jours pour y réfléchir, puis

rédige un plan pour ton agence matrimoniale, dit Colin d'un ton autoritaire.

— Deux jours ? répétai-je, dérouté par ce délai qui me semblait arbitraire.

— Oui. Mon premier fils doit naître demain. Ma femme me tuera si je ne suis pas là – non pas que je veuille manquer la naissance de mon petit Tédrick pour quoi que ce soit au monde. Parles-en avec ta conjointe et reviens me voir avec un plan détaillant tout ce que tu désires. Sois aussi extravagant que tu le juges nécessaire. Dans ce genre de situation, il vaut toujours mieux demander trop pour obtenir ce que tu veux plutôt que de ne pas en demander assez et te mettre dans une situation délicate.

Je le regardai bouche bée tandis qu'il se levait. Il me fit un signe de tête presque moqueur, puis quitta la pièce d'un pas nonchalant.

CHAPITRE 16
LINSÉA

Assise sur le canapé, les jambes repliées sur le côté, je ne pouvais m'empêcher de rire devant l'expression consternée de mon pauvre conjoint. Absorbée par mon travail, j'étais rentrée à la maison un peu plus tard que d'habitude et l'avais trouvé en train de faire les cent pas dans le salon, complètement déboussolé.

— Sérieusement, Lin, un entremetteur ? répéta-t-il pour la centième fois. Dans les deux prochaines années, tu deviendras la plus grande ambassadrice de l'OPU. Et moi ? Tu imagines discuter avec certaines des personnes les plus influentes de la galaxie, puis leur présenter ton mari entremetteur ?

— Hé ! Ne sois pas élitiste ! dis-je en fronçant les sourcils.

Il cessa d'arpenter la pièce et se tourna vers moi avec une expression légèrement offensée.

— Je ne suis pas élitiste. Mais qu'en est-il de ton image ? Tu sais comment réagissent les gens de ces cercles privilégiés lorsqu'ils jugent quelqu'un inférieur.

— Tout d'abord, je ne suis pas élitiste non plus. Et les gens qui jugent peuvent aller se faire foutre, dis-je d'un ton qui ne souffrait aucune discussion. Le métier que tu finiras par exercer n'a aucune importance. Les gens malveillants trouveront toujours quelque chose pour intimider les autres. Pendant mon stage, j'ai vu à quel point certaines personnes pouvaient être méchantes par pure malice. La vraie question est de savoir si c'est quelque chose que tu aimerais faire.

— Apparier des âmes sœurs tout en côtoyant d'innombrables espèces primitives dans le strict respect des règles de la Directive Première ? Putain que oui, j'adorerais ça ! Mais les probabilités que je réussisse à former des couples sont quasi nulles, dit-il, ses larges épaules s'affaissant.

— Les probabilités sont faibles, mais pas nulles, rétorquai-je doucement avant de lui tendre la main.

Il s'approcha du canapé et me prit la main, me permettant de le tirer vers moi. Kayog s'installa à côté de moi et je me blottis contre lui. Créateur, je ne me lasserais jamais de la merveilleuse sensation de son corps contre le mien, de la possessivité avec laquelle il m'enlaçait, et surtout des incroyables émotions qu'il émettait toujours à mon égard. Kayog m'adorait littéralement. Je n'aurais jamais imaginé que quelqu'un puisse être aussi heureux rien qu'en étant en ma présence et me faire sentir aussi adorée qu'il le faisait.

— Peu importe le nombre de couples que tu parviens à réunir, chaque union est une bénédiction. Au final, ce n'est qu'une couverture très agréable pour ton véritable objectif, qui est d'aider à définir les lignes de conduite de la Directive Première et les politiques intergalactiques concernant les espèces primitives, dis-je d'un ton apaisant.

Il fit une moue adorable qui me fit rire à nouveau et frotter ma tempe contre la sienne.

— Mais j'aime exceller dans tout ce que je fais, dit-il d'une voix légèrement geignarde. Me contenter de faire seulement quelques jumelages n'est pas à la hauteur de mes standards.

— Gros bêta. Arrête de t'inquiéter autant. Je n'ai aucun doute que, contre toute attente, tu excelleras dans ce domaine aussi.

Il grogna de manière indistincte, toujours boudeur et sceptique. Kayog était incroyablement mignon.

— Tu sais, dis-je, en redevenant sérieuse. Colin fait un énorme acte de foi envers toi. L'OPU est extrêmement sélective lorsqu'il s'agit de choisir qui peut interagir avec les espèces primitives. Ils ont mené une enquête approfondie sur toi pendant les sept mois où tu étais en stase. Arafin n'a que des éloges à ton égard, ce qui a joué un rôle considérable dans la décision finale.

— Colin l'a dit, dit pensivement Kayog à voix haute en fronçant légèrement les sourcils. Mais cela me semble être un pari trop risqué. Après tout, mes émotions pendant les examens ne révèlent qu'une partie limitée de qui je suis vraiment en tant que personne.

J'hésitai, ce qui piqua immédiatement sa curiosité.

— Qu'y a-t-il ?

— Arafin ne t'a pas seulement évalué pendant tes examens. La raison pour laquelle ils ont activé ton anneau pendant la journée était afin que lui et d'autres professionnels témernes puissent t'évaluer dans diverses circonstances. Tes émotions pendant les simulations de combat ont été d'un grand intérêt. Tu te délectais du pouvoir que tu exerces désormais, mais tu n'as jamais montré la moindre tendance malicieuse ou psychopathique.

Le choc et le sentiment de trahison qui l'envahirent me frappèrent de plein fouet.

— Ils espionnaient mes émotions depuis le début, et tu le savais ?! s'écria-t-il, outré.

— Oui, répondis-je calmement en levant légèrement le menton en signe de défi. Mais ce n'était pas de manière officielle. J'ai soupçonné ce qui se passait dès que tu m'as dit qu'ils bloquaient tes pouvoirs empathiques pendant la journée. Une petite enquête m'a permis de le confirmer.

Bien que Kayog ne s'éloignât pas de moi, la façon dont son corps se raidit contre le mien et dont son bras autour de moi se relâcha me fit sérieusement mal. Nos pouvoirs empathiques pouvaient être à la fois une bénédiction et une malédiction.

— Pourquoi ne m'as-tu rien dit ? demanda-t-il.

— Parce que ce n'était pas nécessaire, répondis-je avec conviction. En fait, t'avertir aurait joué en ta défaveur. Les Défenseurs testaient tes réactions. L'écran géant dans la pièce est un miroir sans tain qui permet aux autres d'observer ton entraînement et ton comportement. Arafin a assisté à certaines simulations pour confirmer que tu étais bien un protecteur. C'est une procédure standard pour toute personne envisagée pour un poste de haut rang.

— Mais cela n'explique toujours pas pourquoi tu ne m'as rien dit, insista-t-il.

— Parce que tu devais réussir par tes propres moyens, répondis-je de manière évidente. Je savais déjà que tu réussirais haut la main. Cependant, te le dire aurait pu altérer tes réactions. Une fois que tu aurais su que tu étais observé, il y avait de fortes chances que tu modifies ton comportement naturel pour répondre à ce que tu pensais qu'ils voulaient voir. Et ils auraient également eu l'impression que tu n'étais pas toi-même. Maintenant, ils ont pu voir ton vrai visage, sans artifice. Et comme prévu, ils t'ont adoré.

Il fronça les sourcils en réfléchissant à mes paroles, mais heureusement, la tension quitta peu à peu son visage.

— D'accord, marmonna-t-il avant de me lancer un regard incertain. Tu penses vraiment que je devrais le faire ?

— Oui, répondis-je avec conviction et sans hésitation. Tu excelles vraiment dans tout ce que tu entreprends, et je suis persuadée que tu dépasseras toutes les attentes ici aussi. Plus important encore, tu pourras réaliser ton rêve d'interagir avec des espèces primitives, aider les gens à trouver le bonheur et, surtout, le faire selon tes propres conditions. Que demander de plus ? Cette fois, je sentis qu'il abandonnait sa dernière résistance. Une partie de moi croyait que sa réticence ne venait pas principalement de sa crainte de ne pas former suffisamment de jumelages. Kayog était un surdoué qui aimait les défis. Ce n'était pas pour rien qu'il s'était lancé dans la course de canoë alors que le fait d'avoir des ailes ajoutait un niveau de difficulté supplémentaire incroyable. Et pourtant, il avait réussi à se hisser parmi les meilleurs athlètes de cette discipline. Il allait déchirer dans son rôle d'entremetteur. C'était la peur de ne pas être à la hauteur de ce qu'il croyait bêtement être le bon niveau pour être le partenaire de quelqu'un avec mes ambitions politiques.

Malgré son arrogance, mon conjoint manquait parfois sérieusement de confiance en lui. Chaque jour, j'allais lui rappeler à quel point il était parfait et extraordinaire à mes yeux.

— Tu dois maintenant travailler sur ton projet d'agence matrimoniale de rêve, dis-je pensivement. Cela signifie définir les règles à appliquer, les règles à suivre une fois que les gens ont été mis en couple, les ressources que l'OPU doit te fournir pour gérer ton entreprise, du transport au logement en passant par le marketing.

— Ouf, dit Kayog, l'air abattu. Ça va être beaucoup de travail.

Je haussai les épaules et lui lançai un sourire moqueur.

— Ce n'est pas grave. Tu as le temps. Et tu m'as, moi. Je serai ravie de revoir les règles que tu auras établies et même de t'aider à les élaborer si tu veux.

— Ce serait fantastique, dit mon conjoint en me souriant. On va vraiment le faire ?

— Absolument, répondis-je avec un sourire excité.

Kayog s'ébroua, et son regard se perdit dans le lointain

tandis qu'il se remémorait quelque chose, avant de se recentrer sur moi.

— Marès va mourir de rire quand il apprendra ça, dit Kayog.

Je pouffai de rire.

— Il le fera très certainement, et avec raison.

CHAPITRE 17
KAYOG

Les deux jours suivants se transformèrent en quatre semaines de travail acharné. Mes maîtrises en xénobiologie et en espèces primitives m'aidèrent énormément à définir les règles de l'agence. Le nombre de cas marginaux et de scénarios à prendre en compte était colossal. Ma conjointe fit même appel à sa grand-mère Arika pour m'aider à examiner certains aspects juridiques.

Même si nos interactions se cantonnèrent à des appels vidéo, j'appréciais vraiment Arika. Je voyais ma conjointe en elle. Cette femelle efficace et pragmatique pouvait être terrifiante si nécessaire. Mais sinon, c'était la personne la plus douce, la plus aimante et la plus supportrice que l'on puisse espérer.

Après cette première conversation avec Colin, toutes les restrictions de mouvement qui m'avaient été imposées furent levées. Aucune zone ne m'était interdite. Je pouvais aller et venir librement à l'extérieur de l'établissement, et on ne me forçait plus à porter l'anneau, sauf dans les rares occasions où des ecchymoses apparaissaient. Ma conjointe n'avait pas exagéré en disant que Colin faisait un énorme acte de foi en moi. Et cela me donnait envie de lui prouver qu'il avait eu raison de me faire confiance.

Ainsi, entre l'entraînement et le travail sur le projet, je passai des moments merveilleux avec ma Linséa. Elle m'emmena volontiers dans tous les endroits dont je rêvais, mais où je n'avais jamais osé m'aventurer, car les conséquences auraient été catastrophiques. La foire locale fut sans aucun doute l'un de mes endroits préférés. Entre les manèges délirants, les jeux d'adresse, les artistes de rue et la foule hétéroclite, je profitai d'une merveilleuse surcharge sensorielle sans douleur.

Parfois, je craignis que ma conjointe ne s'agace ou ne se sente négligée alors que je m'imprégnais de tout et de tous ceux qui m'entouraient. J'étais comme un toxicomane qui se gavait après une longue période de sevrage. Je lisais les émotions de chaque personne autour de moi, me délectais de leur excitation collective ou observais simplement leur comportement dans un lieu public très animé. Toute ma vie, j'avais été obligé de me déplacer rapidement dans de tels endroits pour me mettre en sécurité, sans jamais avoir le temps ni la possibilité d'apprécier vraiment le monde qui m'entourait et ceux qui l'occupaient.

Mais elle ne manifesta jamais aucune impatience ni détresse à ce sujet. En fait, c'était ma Linséa qui m'emmenait dans des endroits encore plus peuplés ou dans des lieux où les amateurs de sensations fortes pouvaient faire le plein d'adrénaline. Lorsque je la questionnai à ce sujet, elle répondit simplement que c'était merveilleux d'expérimenter le monde à travers mon regard neuf. Elle avait commencé à considérer tant de choses comme acquises. À travers moi, elle redécouvrait la beauté du monde dans lequel nous vivions et tout ce qu'il avait à offrir.

Il s'avéra que ma conjointe aimait aussi danser et qu'elle était plutôt douée. Dire que nous prîmes d'assaut les clubs locaux serait un euphémisme. En tant qu'ancien artiste de scène, j'avais peut-être tendance à me donner en spectacle. Cela non plus ne dérangea pas ma conjointe. En fait, sa fierté possessive chaque fois que les gens m'admiraient me chatouillait aux bons endroits. J'aimais appartenir à cette femelle de toutes les manières possibles. Chaque soir, nous faisions quelque chose de différent : cinéma, restaurant, centre commercial, et même casino. Pour la première fois, je découvrais vraiment ce que c'était que d'être normal. Je n'avais plus besoin de chercher des échappatoires ou des refuges. Je n'avais plus besoin de compter le nombre de personnes qui entraient dans un espace donné, de peur que leurs émotions ne me submergent.

Enfin, je commençais à vivre.

À mon grand regret, trois semaines après ma discussion avec Colin, Linséa dut partir en mission. Cela ne devait durer qu'une semaine, mais la simple idée de me séparer d'elle, ne serait-ce qu'un jour, me sembla une éternité. Certes, cela s'avéra être un bon test pour nos futures carrières respectives. La situation n'en était pas moins difficile. Au moins, nous communiquions tous les jours. À chaque fois, mes doigts trépignaient d'envie de traverser l'écran pour toucher son beau visage. Pire encore, ne pas pouvoir entendre le chant de son âme se révéla être la partie la plus douloureuse de cette séparation. À ma grande stupeur, je me surpris plus d'une fois à le fredonner. Cela ne remplaçait pas la vraie chanson, mais cela m'apaisait.

Je me ridiculisai sans doute un peu à son retour. Tout d'abord, j'arrivai beaucoup trop tôt pour attendre l'atterrissage de sa navette dans le hangar du centre de recherche. Ensuite, je fis les cent pas et marmonnai avec tant d'impatience que les agents de sécurité me prévinrent en plaisantant que je serais condamné à payer les frais de réparation du sol que j'avais usé. Ils m'offrirent même un banc et de l'eau, mais je refusai tout.

Oui, j'étais pathétique, mais ma moitié me manquait terriblement.

Une fois que la navette pénétra dans le hangar, je faillis me faire écraser dans ma hâte de courir vers elle avant même qu'elle ait fini d'atterrir. Heureusement, Linséa fut la première à débarquer. Sinon, j'aurais peut-être bousculé les autres passagers pour la rejoindre. Elle hésita entre le besoin tout à fait justifié de me réprimander et l'envie de simplement se réjouir de nos retrouvailles et de me serrer dans ses bras.

Je lui enlevai ce choix.

Je l'embrassai comme un mâle affamé, puis je la serrai si fort et si longtemps dans mes bras qu'un petit malin demanda si nous avions besoin d'un pied-de-biche pour nous séparer. Je lui lançai un regard noir tandis qu'il s'éloignait avec un air suffisant, les autres passagers gloussant en sortant eux aussi du hangar. Ma paume me démangeait d'envie de lui envoyer une impulsion cinétique stratégiquement placée sur les fesses. Une chute inoffensive face contre terre aurait suffi à le faire descendre d'un cran ou deux.

Les griffes de ma conjointe s'enfonçant dans la zone sensible à la base de mes ailes m'arrachèrent un son étrange, à mi-chemin entre un cri et un gémissement, tandis que je tournais brusquement la tête vers elle.

— Comporte-toi bien, vilain garçon, dit Linséa d'un ton sévère, malgré l'amusement sous-jacent dans sa voix. Ne fais pas de mal à des innocents qui te reprochent ton enthousiasme excessif.

— Bien me comporter est la dernière chose que j'ai en tête en ce moment, grognai-je d'une voix pleine de promesses.

Je n'avais rien voulu dire de particulier – et surtout rien de grivois – au moment où je prononçai ces mots. J'avais simplement voulu dire que lorsqu'il s'agissait de ma conjointe, je me moquais de ce que les gens pouvaient penser de mon comportement. Pendant trop longtemps, on m'avait refusé le plaisir élémentaire de me permettre de ressentir quoi que ce soit. À présent, j'avais bien l'intention de m'adonner autant que possible à mes envies et de vivre pleinement ma vie – au diable l'opinion des autres. Cependant, l'excitation instantanée de ma colombe fit affluer le sang vers mon aine. Et maintenant, j'avais vraiment envie de... *mal* me comporter.

— Vraiment ? demanda-t-elle d'une voix sensuelle.

— Tout à fait, répondis-je dans un murmure grave et plein de sous-entendus.

Son excitation augmenta d'un cran et fit bouillir mon sang. Toutes les pensées que j'avais eues au sujet de nos retrouvailles romantiques s'évanouirent. Ce fut son tour de pousser un cri lorsque je la soulevai, poitrine contre poitrine, et commençai à voler vers la sortie. Elle rit, bien qu'un charmant mélange d'embarras, de désir et d'amusement émanait d'elle alors qu'elle passait ses jambes autour de ma taille.

Si la hauteur des plafonds me permit de voler avec ma femelle au-dessus des autres passagers jusqu'à la sortie du hangar, je fus malheureusement contraint d'atterrir pour parcourir les longs couloirs menant aux ascenseurs des étages résidentiels. Cela ne m'empêcha pas de continuer à porter ma conjointe, au grand amusement des personnes qui nous voyaient.

Mais honnêtement, je me fichais complètement de ce que les gens pouvaient penser.

J'emmenai Linséa directement à notre chambre et passai les deux heures suivantes à lui montrer à quel point elle m'avait manqué. Elle me rendit la pareille de la manière la plus coquine qui soit.

Après une longue douche – qui impliqua quelques mains baladeuses supplémentaires – nous retournâmes enfin à la cuisine où je réchauffai le repas que j'avais préparé pour elle. Nous mangeâmes dans une atmosphère détendue. Comme nous avions discuté tous les jours, elle n'avait plus grand-chose à me raconter sur son voyage. Elle aborda donc rapidement le sujet qui me rendait plutôt nerveux.

— As-tu terminé ton projet pour l'agence ? demanda-t-elle entre deux bouchées.

Je remuai mes ailes et triturai la nourriture dans mon assiette pendant que je rassemblais mes pensées.

— La plupart des trucs administratifs, comme mon bureau, le site d'information, les déplacements et mon assistant seront principalement gérés par le service logistique de l'OPU. J'ai déjà discuté de beaucoup de ces aspects avec eux et avec Colin. C'est surtout les directives opérationnelles de l'agence que je devais finaliser. Et je suis plutôt content de ce que j'ai préparé. Attends.

Je courus jusqu'au bureau – que nous partagions désormais – et récupérai ma tablette. Linséa me regarda approcher avec une excitation qui me toucha profondément. Elle ne comprenait pas à quel point son soutien et sa confiance en moi me donnaient de la force. Avec elle à mes côtés, rien ne semblait trop intimidant ou impossible. Malgré cela, je ressentis encore une grande nervosité lorsque je me rassis à côté d'elle. Écartant mon assiette, je positionnai la tablette entre nous et activai l'affichage holographique afin que nous puissions tous deux regarder l'écran confortablement.

— Voilà, j'ai résumé les points principaux du plan, expliquai-je. Chacun de ces points est décrit plus en détail dans le document, mais voici un aperçu général.

Elle acquiesça avec un sourire encourageant. Je pris une profonde inspiration, puis me lançai.

— Tout d'abord, je souhaite me concentrer sur le jumelage de partenaires humains avec les espèces primitives avec lesquelles je vais travailler.

Comme prévu, Linséa sursauta et me regarda avec surprise.

— Pourquoi des humains ? Et si deux âmes sœurs appartiennent à des espèces différentes ? demanda-t-elle.

Je souris.

— Je n'exclurai pas les autres espèces. Si je trouve une paire qui n'implique pas d'humain, je vais évidemment jumeler ces personnes. Mais les humains sont l'espèce la plus adaptable de la galaxie. Ils sont compatibles avec la plupart des autres races, ou généralement assez flexibles pour s'adapter à de nouvelles cultures, et peuvent s'épanouir dans divers environnements, à condition de disposer des outils adéquats. Il m'est plus facile de me concentrer sur un seul groupe de candidats, du moins au début, puis d'élargir éventuellement le cercle.

— D'accord, concéda Linséa. Tant que les autres ont aussi leur opportunité, ton raisonnement est logique.

Je souris à nouveau, soulagé par sa réaction.

— Le deuxième point est que le couple doit se marier selon les coutumes des deux cultures afin que l'union soit pleinement valide pour toutes les parties. Les Archives Galactiques n'exigent qu'un seul certificat de mariage pour considérer une union comme valide. Cependant, certaines espèces ne reconnaissent pas les contrats étrangers, ce qui laisserait le partenaire sans protection dans ce nouveau monde si les choses tournaient mal.

— Très bien vu ! Je suis impressionnée ! dit fièrement ma conjointe.

Je lui lançai un regard penaud.

— Malheureusement, je ne peux pas m'attribuer tout le mérite. En discutant avec Isobel, je lui ai proposé de m'accompagner pour célébrer les mariages occasionnels que j'aurai arrangés, car elle est également fascinée par les espèces primitives. C'est elle qui a souligné qu'il pourrait y avoir des problèmes juridiques avec certains d'entre eux. Et ta grand-mère l'a confirmé.

— Mais c'est toi qui as établi la règle finale en tenant compte des commentaires des personnes formidables qui t'entourent. Cela fait de toi un chef de projet compétent, et non un narcissique qui pense avoir toutes les réponses. Personne ne réussit seul dans des projets de cette envergure. C'est bien de reconnaître le mérite des autres, mais ne te sous-estime pas non plus.

— Noté, mon amour, répondis-je avant de frotter mon bec contre le sien.

Merde, comme j'aimais cette femelle !

Avant même que je ne lise le troisième point, la vive réaction de Linséa révéla qu'elle y avait déjà jeté un œil et qu'elle était sidérée. Je m'attendais d'ailleurs à ce qu'elle et tout le monde le soient face à cette exigence.

— Du sexe dès la première nuit ?! s'exclama Linséa, ahurie.

Je hochai la tête et la regardai droit dans les yeux.

— Oui. J'y ai longuement réfléchi et j'en suis arrivé à la conclusion que c'était la meilleure approche. Cela permettra au couple de se rapprocher beaucoup plus rapidement et éliminera une grande partie du stress. Décider quand passer à l'étape suivante dans une relation est toujours un véritable casse-tête. On ne veut pas paraître trop impatient, trop facile ou trop difficile à conquérir. En imposant cette règle, nous supprimons immédiatement cette barrière et ils peuvent se concentrer sur leur histoire d'amour plutôt que de marcher sur des œufs face à l'inévitable.

— Je comprends ce que tu veux dire, répondit ma conjointe avec prudence. Cependant, la situation de chacun est différente. Certains peuvent avoir subi des traumatismes ou vivre des circonstances qui pourraient rendre cette exigence néfaste pour eux.

À sa grande surprise, je souris en signe d'accord.

— C'est exact. Mais cette règle sera vraiment utile à ces couples, même à ceux qui se trouvent dans des circonstances particulières qui rendraient mauvais de coucher ensemble tout de suite.

Mon sourire s'élargit devant son expression perplexe.

— Ce n'est pas une règle exécutoire dans la mesure où nous n'allons pas faire de tests sanguins pour nous assurer qu'ils ont copulé. Nous n'allons pas non plus installer des caméras ou les espionner pendant leur nuit de noces. En vérité, je m'attends à ce qu'au moins dix à vingt pour cent des couples ne respectent pas cette règle.

— Alors pourquoi l'instaurer d'emblée ? demanda Linséa, confuse.

— Parce que cela les obligera à avoir cette conversation inconfortable et leur permettra de la régler immédiatement. En retour, cela contribuera à instaurer la confiance entre eux et montrera le respect qu'ils se porteront mutuellement. Ces personnes seront des âmes sœurs. Quelles que soient les circonstances qui les amèneront à former un couple, elles voudront naturellement protéger leur partenaire. Et si cela signifie attendre un peu plus longtemps jusqu'à ce qu'ils soient prêts, cela aura été discuté et convenu.

— C'est une façon intéressante de voir les choses, dit ma conjointe en hochant lentement la tête. Je me verrais bien stresser sur la façon d'aborder le sujet si j'étais dans une telle situation. Cela rendrait les premiers jours extrêmement tendus, car nous tournerions autour du pot. Cela dit, je reste curieuse de voir comment cela va fonctionner. Mais je peux adhérer au concept.

Je souris et caressai sa joue. Elle s'appuya contre ma main, ce qui me fit fondre de l'intérieur. Elle était tellement parfaite. Détournant mon regard de sa beauté, je jetai un coup d'œil à l'affichage holographique projeté depuis ma tablette.

— Le prochain point sera que l'OPU m'accorde un budget discrétionnaire pour tous les couples appariés, poursuivis-je. La relocalisation vers des planètes primitives peut être assez onéreuse. Je ne veux pas que cela soit un obstacle. Certes, j'ai ajouté quelques dispositions afin que les gens n'en abusent pas, mais en tant que véritables âmes sœurs, je ne m'inquiète pas trop que les candidats tentent d'utiliser mes services comme un moyen d'obtenir un voyage gratuit vers une destination exotique.

— Encore un bon point. Ils vont probablement essayer de te freiner en ce qui concerne les montants qu'ils accepteront. Mais tant qu'il y a des justifications raisonnables, cela ne devrait pas poser trop de problèmes.

— La relocalisation est la dernière chose dont ils se plaindront. Ce sont les cadeaux de démarrage que je veux inclure qui vont probablement les faire rechigner, dis-je d'un ton espiègle.

— Des cadeaux de démarrage ? Je suis intriguée.

— Selon toute vraisemblance, c'est le partenaire humain qui déménagera sur la planète primitive de l'alien. L'inverse ne serait pas avantageux pour l'OPU, dont l'objectif est de créer des liens plus forts avec ces espèces, ce qui ne peut se produire que si nous sommes physiquement présents sur leur planète d'origine. Mais ils sont primitifs, ce qui signifie qu'ils manqueront probablement de certaines choses essentielles au bien-être d'un être humain. Par exemple, des soins médicaux, des équipements de base appropriés pour les aider à survivre dans des environnements potentiellement plus difficiles, et d'autres choses de ce genre.

— Encore un excellent point. Cependant, pourquoi ai-je l'impression qu'il y a autre chose que tu ne mentionnes pas ? demanda-t-elle, avec une lueur de suspicion dans ses beaux yeux bleus.

Je gloussai, impressionné par son intuition.

— Parce que c'est le cas. Je ne veux pas m'enfermer dans un carcan trop étroit qui ne me laisserait aucune marge de manœuvre. D'après mes études sur les espèces primitives et les innombrables violations de la Directive Première, je peux imaginer des scénarios dans lesquels un cadeau de mariage — même si je les qualifie de dot — pourrait indirectement contribuer à réparer certains des dommages causés à cette espèce. Il existe de nombreuses façons d'aider quelqu'un en frôlant la limite des règles sans pour autant les enfreindre.

— Tu sais, c'est peut-être toi qui devrais devenir ambassadeur, dit Linséa, à moitié sérieuse.

— Techniquement, c'est ce que Colin m'a dit que je serais,

mais en secret, répondis-je avec un sourire. En fait, la prochaine étape serait d'ajouter une période d'essai. Ce n'est pas seulement pour rassurer chaque partenaire, en particulier celui qui déménage, qu'il ne se retrouvera pas coincé dans un mariage sans amour ou abusif, en supposant que j'aie fait une erreur. Évidemment, je n'en ferai pas. Mais les gens aiment toujours savoir qu'il y a une issue si nécessaire.

— Évidemment que tu n'en feras pas, répéta-t-elle d'un ton moqueur, en secouant la tête comme si j'étais un cas désespéré.

— Exactement, répondis-je avec suffisance. Cela dit, la période d'essai me donnera également plus de temps pour voir si cette dot doit être augmentée ou modifiée afin de répondre aux besoins spécifiques de ce couple ou de cette espèce.

— Wow, tu envisages vraiment cela presque davantage comme une aide aux espèces primitives, dit Linséa, surprise.

— Ce projet me donne le pouvoir de faire tout ce que je pensais ne jamais pouvoir faire. Je ne peux pas réécrire l'histoire ni empêcher les guerres. Mais je peux atténuer les dégâts, empêcher certains d'entre eux de se produire ou réparer ce qui a été fait, dis-je d'un ton sérieux.

— J'ai hâte de voir ce que tu vas faire avec cette agence. Je savais que tu serais formidable, mais je commence à penser que tu vas épater tout le monde avec ce que tu vas réellement accomplir, dit Linséa avec admiration.

— J'espère que ta prédiction se réalisera. La seule chose que je crains, c'est que l'OPU s'oppose à mon souhait de réserver ces avantages exclusivement aux couples impliquant une espèce primitive. Si je forme un couple dont les deux membres appartiennent à une espèce avancée, la relocalisation et tout le reste devraient être à leur charge.

— Hum, pourquoi cela ? Si l'OPU finance ce projet, pourquoi priver certains couples de ces avantages ?

— Parce que je veux préserver autant de ressources que possible pour que l'AP puisse offrir des incitatifs et des avantages aux personnes désireuses de former un couple avec des aliens primitifs. Les membres des espèces avancées auront les moyens de se rencontrer ou d'accéder à des programmes destinés aux personnes à faibles revenus afin de les aider à atteindre leurs objectifs. Je ne veux pas non plus que l'AP devienne une agence matrimoniale pour l'élite. Les personnes qui viendront me voir sauront dès le départ qu'elles seront jumelées avec quelqu'un provenant d'une planète en développement.

— Je suis d'accord. Mais tu as dit deux fois l'AP. C'est le nom de ton agence ?

Mon visage s'empourpra et je hochai la tête d'un air penaud.

— Oui. Après mûre réflexion, j'ai décidé de l'appeler l'Agence Prime. C'est un peu évident, mais je vais mettre en relation des personnes avec des partenaires primitifs dans le cadre de la Directive Première.

— Je trouve ça génial, dit Linséa avec un enthousiasme sincère. Tu vas avoir une foule de gens qui vont se bousculer à ta porte.

— Je l'espère et le redoute à la fois, répondis-je avec un rire nerveux. Au début, les gens devront postuler en ligne, mais ils devront comprendre qu'une rencontre en personne sera nécessaire pour que je puisse entendre le chant de leur âme.

— Hmmm, je suis d'accord avec la candidature en ligne pour que les gens réservent leur place. Mais je pense que cela devrait être fait de manière plus équitable. Tu annonces que tu seras à un endroit précis, à une date fixe, dans une plage horaire définie. Les gens peuvent réserver un créneau pour te rencontrer.

— Cela fonctionnerait à terme. Mais je ne pense pas avoir suffisamment de monde au début pour que cela soit viable, répondis-je d'un ton indulgent.

Linséa rit et secoua la tête comme si j'étais naïf.

— Mon chéri, tu n'as aucune idée du genre de machine promotionnelle que l'OPU et les Défenseurs vont mettre en place pour toi. Tu ne peux pas imaginer à quel point ils sont investis dans ta réussite. La manière la plus efficace que je puisse imaginer pour toi serait de procéder par région. Tout comme pour une tournée musicale, tu annonces la région où tu vas te rendre et les dates, et les gens réservent leurs places pour venir te voir.

— Mais qu'est-ce que cela signifiera pour toi et moi ? demandai-je, la poitrine serrée à l'idée de passer de longues périodes loin d'elle.

— Nous devrons simplement coordonner nos missions afin qu'elles puissent se dérouler dans la même région. Je serai moins flexible sur ce point, car c'est le conflit qui déterminera où je devrai me rendre. Mais tu seras en grande partie ton propre patron.

— Alors je m'assurerai de faire une tournée dans la région où tu te trouves, dis-je, soulagé. Cela dit, je dois m'assurer que l'OPU et les Défenseurs n'essaient pas de dicter les couples que je forme. Je ne mettrai en relation que de véritables âmes sœurs.

Mon cœur se serra lorsque Linséa afficha une expression neutre sur son visage. Le fait qu'elle essaye également de bloquer une partie de ses émotions me blessa profondément. Maintenant que je ne portais plus le bandeau, mes pouvoirs empathiques étaient revenus à leur pleine puissance, sans le chaos qui me rendait fou auparavant. Personne ne pouvait m'empêcher de lire leurs émotions si je le souhaitais.

— Ne te ferme pas à moi, dis-je, la douleur que je ressentais étant perceptible dans ma voix.

La vague de culpabilité qui l'envahit me frappa de plein fouet.

— Je suis désolée, dit Linséa avec sincérité. Ce n'était pas intentionnel, juste un réflexe professionnel lorsque je traite de sujets délicats.

— Pourquoi le fait que je ne veuille pas créer de faux couples est-il un sujet délicat ? demandai-je, le dos raide de tension.

— Pour des raisons politiques, ils pourraient te demander de faciliter...

— Je ne veux pas jumeler des personnes qui ne sont pas faites l'une pour l'autre, dis-je avec force, l'interrompant. Pourquoi les condamnerais-je à une vie potentiellement misérable ? Ce serait un grave abus de mon don.

Elle me caressa la joue d'un geste apaisant tout en m'adressant un sourire compatissant.

— Je comprends très bien ce que tu ressens. Cependant, ton aide dans cette affaire pourrait en fait éviter à ce couple cette vie de misère. Les mariages arrangés entre familles riches, nobles et dirigeants politiques ont toujours existé et continueront de le faire. Tu pourrais aider à trouver le couple le plus compatible ou le plus proche parmi un groupe de candidats très restreint. Ils ne seraient pas des âmes sœurs, mais ils seraient la meilleure option.

Je fronçai les sourcils et observai ses traits tandis que le soupçon germait en moi.

— Cela semble plutôt spécifique, rétorquai-je.

— Parce que ça l'est, répondit Linséa sans remords. Je dois repartir en mission dans trois semaines. Un dirigeant très influent cherche à conclure une alliance avec une entreprise rivale en mariant sa fille. Nous avons de sérieuses réserves quant à cette union. Si tu m'accompagnes, tu pourras peut-être évaluer la menace.

Cela me laissa sans voix. À cet instant, je compris que les choses n'allaient pas se passer tout à fait comme je l'avais imaginé. Mon désir viscéral de refuser de m'impliquer fut immédiatement écrasé par mon instinct protecteur qui refit surface. Je ne connaissais même pas la fille en question, mais j'avais toujours eu du mal à accepter l'idée d'utiliser son enfant comme un actif ou une monnaie d'échange, en ignorant ses propres souhaits et aspirations.

Le fait de pouvoir voyager avec ma conjointe et d'être à ses côtés pendant qu'elle exerçait sa magie était également une opportunité trop belle pour la laisser passer.

— Très bien. J'évaluerai les candidats, mais je ne m'impliquerai dans aucun jumelage. Je laisserai ce merdier au reste d'entre vous, marmonnai-je.

Linséa gloussa et se leva de sa chaise pour s'installer sur mes genoux.

— Tu sais, tu es vraiment sexy quand tu es grincheux, dit ma conjointe d'un ton taquin.

— Je suis toujours sexy, point final, répondis-je d'un ton hautain.

Elle s'ébroua et frotta son bec contre le mien.

— Sexy, et tout à moi.

— Tout à toi, maintenant et pour toujours.

CHAPITRE 18

KAYOG

La présentation de mon plan à Colin se déroula étonnamment bien. Nous étions assis dans la salle d'entraînement, à la même table de travail près de l'écran géant que lors de notre première rencontre après mon réveil. Il ne m'opposa aucune des résistances auxquelles je m'étais attendu, même s'il remit en question certains aspects, notamment les dots. Cependant, il ne le fit pas de manière critique, mais simplement pour bien comprendre mes objectifs et mes motivations. À ma grande surprise, il approuva sans réserve mon souhait d'exclure les espèces avancées des avantages que j'allais accorder aux couples comprenant au moins une espèce primitive.

— C'est excellent, dit Colin d'un ton approbateur. Ton dossier et ton profil psychologique indiquaient que tu étais perfectionniste. Je suis ravi de voir à quel point tu t'es investi et que tu as pris cela au sérieux. Même si les hauts placés vont rechigner à certaines de tes demandes, elles sont raisonnables. Tu m'as également fourni suffisamment d'arguments pour les faire taire.

— Merci, répondis-je, incapable de cacher mon enthousiasme grandissant pour ce projet.

— Pendant que nous mettons tout en place, je t'encourage vivement à socialiser autant que possible. Tu dois cultiver une image d'une grande vedette érudite, mais en tant qu'entremetteur. Les gens doivent te voir comme le dieu des entremetteurs. De la même manière que la foule s'éventait quand tu jouais avec Echoes of Madness, et qu'elle s'extasiait discrètement chaque fois qu'elle te voyait passer, nous avons besoin que le grand public réagisse de la même manière lorsqu'il s'agit de trouver l'amour.

— Comment suis-je censé faire cela exactement ? demandai-je avec hésitation.

— Sois arrogant, répondit Colin d'un ton impassible. Sois arrogant et affirme avec certitude que ton talent ne se trompe jamais, mais sans être odieux. Tu as un sens de l'humour agréable, laisse-le s'exprimer. Notre équipe marketing s'occupera du reste. Nous avons juste besoin que tu apparaisses en public avec ton charme habituel. Ceux qui bénéficient de tes services doivent avoir l'impression d'avoir le privilège d'entrer dans un club exclusif.

— Je ne veux pas être exclusif, objectai-je en fronçant les sourcils.

— Tu ne le seras pas, répondit Colin avec un sourire indulgent. Les gens doivent simplement avoir l'impression que c'est le cas. Mais sache que tu seras submergé par bien plus de demandes que tu ne peux l'imaginer. Je sais que tu ne le crois pas. Et j'aime ce côté humble chez toi. Ne le perds jamais, mais reste quand même arrogant.

Je gloussai.

— Ce n'est pas du tout contradictoire.

— Pas du tout, dit-il d'un ton taquin avant de reprendre un air sérieux. Ta conjointe va participer à une série d'événements importants au cours des prochaines semaines. Nous voulons que tu l'accompagnes et que tu établisses autant de contacts et de relations que possible. Beaucoup de ces personnes seront des élitistes.

Ne laisse pas leur attitude hautaine te déstabiliser. En comparaison, la moitié d'entre eux ne peuvent même pas revendiquer un tiers de ton pedigree. Montre-leur pourquoi tu peux être une force avec laquelle il faut compter et un excellent allié à avoir à leurs côtés.

— Et comment suis-je censé faire cela exactement ? demandai-je, perplexe.

— C'est à toi de le découvrir, mais je peux te dire que tu possèdes une connaissance approfondie de la plupart des espèces que tu vas rencontrer. Tires-en parti, en particulier de manière à leur être utile.

Je remuai nerveusement sur ma chaise, commençant à me sentir un peu dépassé. Bien qu'il ne possédât aucune capacité d'empathie, Colin sembla deviner immédiatement les pensées qui me traversaient l'esprit.

— Relax, Kayog. Personne ne s'attend à ce que tu fasses des miracles lors de tes premières sorties. Il s'agit simplement de nouer des relations et de te faire connaître. Ne t'inquiète pas. Nous serons là pour te soutenir à chaque étape. Si tu as des questions, demande-les. Si tu as besoin de plus de ressources, demande-les. Si tu n'es pas sûr de ce que tu peux ou ne peux pas faire...

— Laisse-moi deviner... Demande, dis-je d'un ton taquin.

Ses yeux gris brillèrent d'espièglerie.

— En fait, j'allais te dire de suivre ton instinct et ton bon sens. Et si tu es toujours indécis, alors demande.

J'éclatai de rire. Je commençais sérieusement à m'attacher à cet humain.

Nous continuâmes à passer en revue les détails pratiques, notamment mon salaire, mes frais professionnels, mon emploi du temps et d'autres formalités ennuyeuses. Je retournai ensuite à notre appartement, l'estomac noué par le trac.

Les parents et la grand-mère de Linséa étaient arrivés une heure plus tôt, soit trois heures avant l'heure prévue. J'avais voulu être là pour les accueillir au hangar, mais je me retrouvai coincé au milieu d'une séance d'entraînement. Comme Colin partait en mission le lendemain matin, nous ne pouvions pas reporter.

Dire que j'étais nerveux serait l'euphémisme du millénaire. Je les sentis bien avant d'atteindre la porte. À mesure que je m'approchais, je luttai contre l'envie de refouler mes émotions. Je n'avais aucune difficulté à les bloquer complètement. Même si cela m'aurait mis beaucoup plus à l'aise, cela aurait donné l'impression que j'étais fourbe, méfiant et plutôt grossier.

Évidemment, personne ne s'attendait à ce que l'un d'entre nous s'ouvre complètement aux autres pour qu'ils puissent piller ses sentiments. Cependant, c'était une question de courtoisie élémentaire — et à la fois un signe de bonne volonté et d'absence de mauvaises intentions — que de permettre aux autres d'accéder à nos émotions superficielles. Étant donné qu'ils savaient très bien que je pouvais les lire entièrement, quelle que soit la barrière psychique qu'ils pouvaient ériger, me fermer à eux aurait été encore plus irrespectueux.

Je me rappelai que, même s'ils ne me connaissaient pas, les parents et la grand-mère de Linséa avaient usé de toute leur influence et sollicité autant de faveurs que possible pour me protéger. Même si ce n'était pas pour moi personnellement, leur désir de rendre leur fille heureuse avait joué un rôle important dans ma présence ici aujourd'hui. Ils voulaient que je sois le mâle qui lui convienne.

Ma main trembla légèrement lorsque j'ouvris la porte d'entrée. Ils n'avaient pas remarqué mon approche jusqu'à ce moment-là. Un mélange de soulagement et de nervosité accrue m'envahit lorsque leurs émotions détendues passèrent soudainement à l'excitation, à l'anticipation fébrile et à un niveau surprenant de nervosité. Je fus renversé de réaliser à cet instant qu'eux aussi espéraient faire une bonne première impression.

— Le voilà ! s'exclama Linséa dès que j'entrai dans l'appartement.

La fierté et la joie dans ses yeux me bouleversèrent. Je ne comprenais pas comment une femelle aussi parfaite pouvait tenir autant à moi. Elle vint vers moi et entoura ma taille de ses bras avant de lever son visage vers le mien pour recevoir mon baiser. Une petite voix dans ma tête voulait que je sois embarrassé et que je m'éloigne afin que ses parents ne soient pas offensés par cette démonstration d'affection. Mais je l'ignorai.

J'aimais ma conjointe. Laisser transparaître mes sentiments naturels à son égard serait la meilleure preuve pour ses parents de mon dévouement envers ma petite colombe. Comme à notre habitude, nous nous enlaçâmes, Linséa aplatissant ses ailes contre son dos afin que je puisse refermer les miennes autour de nous deux. J'aimais la façon dont elle réagissait à ce geste. Chaque fois que je le faisais, elle exprimait bruyamment un sentiment de sécurité, de bien-être et d'appartenance. Cela me donnait l'impression d'être le plus grand protecteur de l'univers.

Elle roucoula en frottant son visage contre mon cou avant de me donner un petit coup de bec, exactement comme je l'aimais. Puis, à contrecœur, elle s'éloigna de moi. Je caressai sa joue avec une tendresse infinie avant de jeter un coup d'œil aux trois personnes qui se tenaient au bout du petit couloir menant de l'entrée au salon.

Nana Arika attira immédiatement mon regard. Elle était magnifique et majestueuse. Une aura d'autorité, de confiance et de force émanait de cette femelle plus âgée. À première vue, elle semblait avoir près de quatre-vingt-dix ans. Comme notre peuple avait une durée de vie moyenne de cent cinquante ans, elle serait encore considérée comme étant dans la fleur de l'âge par la plupart des autres espèces. Elle était le reflet opposé de mon âme sœur, avec des plumes entièrement noires et des taches blanches sur la poitrine, mais avec les mêmes yeux bleus saisissants. Elle nous observait avec une approbation qui me fit tout drôle.

Ses parents nous regardaient avec la même chaleur. Sa mère, Karis, avait des plumes gris argenté avec des accents noirs et les plus beaux yeux verts. Elle était étonnamment petite par rapport à sa fille. Quant au père de ma conjointe, il ressemblait beaucoup à sa mère Arika, avec des plumes entièrement noires et des yeux bleus assortis. Cependant, il n'avait pas les taches blanches sur la poitrine ou les ailes.

— Kayog, je te présente mes parents. Ma mère Karis et mon père Randel. Tu as déjà rencontré ma grand-mère Arika lors de vos appels vidéo, dit Linséa d'une voix émue en les présentant tour à tour. Maman, papa, grand-mère, je vous présente Kayog.

La possessivité et la fierté avec lesquelles elle me présenta me chamboulèrent profondément. À en juger par leur approbation encore plus enthousiaste, ils avaient clairement perçu l'effet que ses paroles avaient eu sur moi.

— Bonjour, mon fils, dit Karis d'une voix douce en s'approchant de moi. Ma Linny n'a que des éloges à ton sujet. Bienvenue dans la famille.

Ma gorge se serra lorsqu'elle m'attira dans ses bras pour me donner la plus douce des étreintes maternelles. Compte tenu de sa petite taille, cela me semblait étrange d'adopter un rôle soumis dans ce câlin, en aplatissant mes ailes pour qu'elle puisse m'envelopper des siennes. Ce fut bref, mais inoubliable. Elle s'écarta pour laisser son mari me saluer. À ma grande surprise, il m'enlaça lui aussi dans une étroite accolade ailée. Nous étions de taille comparable, mais il avait la silhouette plus élancée et plus mince de notre peuple, tandis que mon obsession pour le sport et l'entraînement m'avait donné une carrure plus musclée.

Il me relâcha pour mieux me tenir les épaules à deux mains, ses yeux bleus plongés dans les miens.

— Avant toi, je pensais que personne ne trouverait jamais grâce à ses yeux. Mais pour toi, ma petite fille était prête à affronter l'OPU elle-même et à entrer en guerre contre les Défenseurs. Tu dois vraiment être un mâle exceptionnel.

— C'est Linséa qui est extraordinaire », répondis-je, soulagé que ma voix ne tremble pas. Elle m'a sauvé la vie alors que j'avais abandonné tout espoir et m'a offert un avenir que je n'aurais jamais cru possible. Linséa est mon ange, ajoutai-je en jetant un coup d'œil à ma conjointe qui se tenait à côté de moi.

Elle se blottit contre moi. Son père lâcha mes épaules et je passai un bras possessif autour de ma femelle.

— Ne te laisse pas tromper par son joli visage et son comportement adorable, mon fils, intervint Arika d'un ton taquin en s'approchant de moi. C'est un dragon aux serres mortelles quand on la contrarie.

Karis s'ébroua.

— Tu devrais le savoir mieux que quiconque, car elle a hérité ces traits de toi.

— C'est vrai ! dit Randel en riant, regardant sa mère avec une expression espiègle tandis que Linséa gloussait.

Arika fit un geste dédaigneux de la main.

— J'ai transmis le meilleur de cette famille à ma petite-fille. Vous pourrez tous me remercier plus tard.

Arika éloigna Linséa de moi sans ménagement afin de pouvoir également me donner une étreinte maternelle.

— Bienvenue dans la famille, Kayog, dit-elle, faisant écho aux paroles de sa belle-fille. Et merci d'être aussi incroyablement dur à cuire, comme aiment à le dire les humains. L'OPU bourdonne de rumeurs au sujet du demi-dieu cinétique dans ma famille.

— Tout comme les Défenseurs, ricana Randel. Les gens me regardent avec admiration, comme si j'avais le moindre mérite dans cette affaire.

— C'est le cas, répondis-je, amusé. Tu m'as aidé à rester en vie.

— Mais oui, tu as raison ! Je vais pouvoir me vanter maintenant ! s'exclama Randel avec une excitation espiègle.

Nous rîmes tous, puis nous nous rendîmes dans le salon pour

boire un verre et converser. Naturellement, la famille de Linséa prit un malin plaisir à l'embarrasser en racontant des anecdotes amusantes sur sa jeunesse. Mais ils partagèrent également de nombreuses histoires fascinantes sur leur travail au sein de l'OPU et des Défenseurs. Ils me donnèrent aussi de précieux conseils pour mon avenir au sein de l'organisation. Même s'ils ne me posèrent aucune question indiscrète, je leur rendis leur franchise en leur racontant des anecdotes sur ma jeunesse, autant agréables que difficiles.

À la fin de la soirée, j'avais enfin compris ce que cela signifiait d'appartenir véritablement à une famille. Un autre cadeau inestimable de la part de ma bien-aimée...

CHAPITRE 19
LINSÉA

J'étais extasiée de voir ma famille accueillir Kayog à bras ouverts. Même si je m'attendais à ce qu'ils s'entendent bien, une petite appréhension avait persisté dans mon esprit, craignant que les choses tournent mal. Je ne savais pas si je devais trouver cela amusant ou rouler des yeux alors que ma mère n'arrêtait pas de dire à quel point il était beau et gentil. Même ma grand-mère secouait la tête en direction de ma mère.

Comme j'avais toujours été très exigeante en matière de partenaires potentiels, son enthousiasme était compréhensible. Depuis quelque temps, ma mère craignait que je reste célibataire à jamais. Cela m'avait toujours semblé ridicule, car je n'avais que vingt-six ans. Mais peu importait. J'avais trouvé l'amour de ma vie.

Le voir discuter avec animation avec mon père de certaines affaires qu'il avait plaidées pour le compte des Défenseurs me réchauffait le cœur. Une fois que mon père se lançait sur le sujet du droit, bonne chance pour l'arrêter. Il fallait reconnaître que ses récits sur certaines violations de la Directive Première auxquelles il avait été confronté étaient fascinants. Il avait souvent dû faire preuve de créativité pour trouver des solutions permettant aux Défenseurs d'intervenir localement malgré les réglementations strictes interdisant l'accès à la planète. C'était toujours délicat de devoir enfreindre la loi que l'on essayait de faire respecter pour arrêter les contrevenants.

Je laissai ma mère discuter avec ma grand-mère pour me diriger vers mon conjoint afin de voir s'il avait besoin d'être sauvé de mon père trop bavard. Je caressai doucement les plumes de la nuque de Kayog, et il m'enlaça de manière possessive alors que je m'appuyais contre lui.

— Comment ça va, vous deux ? demandai-je. J'espère que Papa ne te rend pas fou.

Mon père s'ébroua et me jeta un regard faussement indigné.

— Non, répondit Kayog, amusé. Ses histoires sont vraiment passionnantes et très instructives.

— Oh, oh ! Tu es tombé dans son piège. Il n'y a peut-être plus aucun espoir pour toi, dis-je avec une expression excessivement catastrophée.

Mon père souffla avec dédain.

— Ce n'est pas à moi de le piéger. La question est plutôt : quand vas-tu officiellement le menotter ?

Ma mâchoire tomba, et un silence assourdissant s'installa dans la pièce.

— Papa ! m'écriai-je. Ce n'est pas une question appropriée !

— Pourquoi pas ? rétorqua-t-il, l'air sincèrement surpris. Au-delà du fait que Kayog peut détecter quand deux personnes sont des âmes sœurs — ce qu'il a déclaré que vous étiez — n'importe qui peut voir à quel point vous êtes parfaits l'un pour l'autre.

Je remuai, mal à l'aise, et jetai un regard nerveux à Kayog. La seule chose qui m'empêcha de paniquer était les émotions paisibles et amusées qui émanaient de lui.

— Malgré cela, il ne faut pas lui mettre la pression pour qu'il s'engage avec moi, marmonnai-je.

Kayog resserra son étreinte autour de ma taille avant de m'attirer sur ses genoux.

— C'est une chose pour laquelle personne n'aura jamais à me mettre la pression. Tu es mon cœur et mon âme. Je t'épouserais immédiatement si tu étais prête. Il ne pourra jamais y avoir quelqu'un d'autre pour moi. Cependant, le jour où nous nous engagerons officiellement l'un envers l'autre sera celui qui te conviendra. Que ce soit dans une semaine, dans un mois ou dans dix ans, cela m'importe peu tant que tu es dans ma vie, dit-il doucement.

À chacun de ces mots, je fondais un peu plus contre lui.

— Il ne pourra jamais y avoir quelqu'un d'autre pour moi non plus, dis-je en passant mes bras autour de son cou. Je suis prête quand tu l'es.

— Eh bien, la famille est là, s'exclama Maman d'une voix enjouée.

Une partie de moi voulait dire à mes parents de se calmer un peu, mais une autre partie était trop occupée à se prélasser dans l'amour de mon conjoint. L'expression pleine d'espoir de Kayog me fit un effet étrange.

— Tu as raison, répondis-je pensivement. Cependant, Tala menace constamment de me plumer. Si elle découvre que je me suis mariée en son absence, elle va devenir folle furieuse.

Toute ma famille éclata de rire, y compris Kayog, qui hocha la tête avec une lueur espiègle dans les yeux.

— Hé, cela t'épargnerait le long et désagréable processus de ta prochaine mue. Mais je doute que cela soit un look approprié pour ta prochaine mission, dit-il d'un ton taquin.

— Ce n'est certainement pas approprié sur le plan stylistique, répondis-je avec une expression exagérément dramatique avant de redevenir sérieuse. Tala et Marès ne sont pas très loin. Nous pourrions les faire venir pour une nuit.

Kayog acquiesça.

— J'aimerais aussi qu'Isobel soit présente.

— Alors faisons en sorte que cela se réalise, dit Nana Arika d'un ton impérieux.

Ainsi, nous prîmes rapidement nos dispositions, et nos amis furent ravis de cette invitation impromptue. Les mariages témernes étant toujours des événements intimes et de petite envergure, nous n'avions qu'à organiser le transport, l'hébergement et un simple buffet pour le petit groupe de personnes présentes. En temps normal, seuls les parents, les grands-parents et les frères et sœurs étaient présents, même si l'on invitait parfois d'autres proches ou des amis chers. Néanmoins, la cérémonie réunissait rarement plus de huit ou dix personnes, le couple compris.

Traditionnellement, le mariage avait lieu dans le jardin ou la cour arrière de la résidence conjugale du couple. Comme nous vivions encore temporairement dans l'appartement attenant au centre de recherche de l'OPU, nous n'avions qu'un balcon. Et la cour commune ne semblait pas appropriée pour l'événement.

Grâce à sa touche magique, Isobel nous obtint l'autorisation d'utiliser le magnifique jardin du sanctuaire religieux attenant à l'abri pour réfugiés où elle avait travaillé bénévolement pendant que Kayog était maintenu en stase. Avec ses compositions florales exquises dans une palette pastel, il aurait fait pâlir d'envie les jardins botaniques les plus raffinés. Conformément à nos coutumes, nous célébrâmes la cérémonie juste au début de la nuit. Comme beaucoup de ces fleurs exotiques brillaient naturellement dans l'obscurité, elles baignèrent le jardin d'un halo onirique aux couleurs douces. Des pierres lumineuses stratégiquement placées balisaient les allées et fournissaient un éclairage supplémentaire grâce aux différentes statues et sculptures dans lesquelles elles avaient été habilement encastrées.

Isobel nous conduisit vers l'espace ouvert devant une immense fontaine finement sculptée qui saillait du mur à l'extrémité est du jardin. Sur le rebord du bassin ovale qui recevait l'eau de la fontaine, on pouvait voir des symboles religieux illuminés de l'intérieur, qui représentaient plusieurs confessions.

Kayog et moi nous tînmes face à face, main dans la main. Isobel présida la cérémonie, un honneur normalement réservé à la matriarche la plus âgée de la lignée du couple. Cela aurait donc dû être soit ma grand-mère aînée, soit la sienne. Comme Kayog ne connaissait pas sa famille, cet honneur revenait automatiquement à la mienne. Ma grand-mère maternelle étant décédée quelques années auparavant, cela aurait dû être Nana Arika. Mais elle céda gracieusement cet honneur à Isobel. À plus d'un titre, la prêtresse avait contribué à garder mon conjoint vivant toutes ces années avant que je n'entre enfin dans sa vie. Elle n'était plus simplement sa meilleure amie, elle était ma sœur et un membre cher de notre famille.

Mes parents, Tala, Marès et Nana Arika se tenaient en cercle autour de nous. Un espace plus large avait été laissé entre Papa et Maman pour qu'Isobel puisse les rejoindre. Une fois la première partie de la cérémonie terminée, elle refermerait le cercle en leur donnant la main, mes amis se plaçant entre les membres de ma famille.

— Nous sommes réunis ici pour être témoins de l'union de deux âmes, de deux personnes merveilleuses qui ont surmonté des défis incroyables et qui en sont sorties plus fortes et plus unies que jamais. C'est un immense honneur pour moi de présider l'union de mon cher frère et de ma sœur bien-aimée.

Nous jetâmes tous deux un coup d'œil à Isobel, le même amour que je ressentais pour la prêtresse humaine émanant de mon conjoint. Contrairement à de nombreuses religions humaines, les couples témernes n'échangeaient pas de vœux et ne suivaient aucun rituel complexe. Tout ce qui devait être dit était communiqué grâce à nos facultés empathiques. Ce lien serait encore plus fort – et en fait indestructible – une fois que nous aurions scellé notre union.

Kayog et moi décidâmes néanmoins d'échanger quelques mots. Elle nous fit signe de procéder.

— Kayog, tu es entré dans ma vie comme une tornade. Je ne cherchais ni l'amour ni un partenaire. Mais dès que j'ai posé les yeux sur toi, j'ai su. J'ai bêtement essayé de résister, mais certaines choses ne peuvent être niées. Le destin nous a réunis. Je t'ai choisi alors, maintenant et pour toujours. Pour toi, je combattrai les dieux eux-mêmes, s'il le faut. Personne ne m'a jamais apporté autant de bonheur ni ne m'a rendue aussi complète que toi. Tu me fais rire et redécouvrir les merveilles de nos mondes avec un regard neuf. Avec toi, je me sens en sécurité, respectée, voire adorée. Chaque instant à tes côtés est une bénédiction. Je jure de t'aimer jusqu'à mon dernier souffle. Quel que soit l'avenir qui nous attend, qu'il s'agisse d'une tempête ou d'un ciel bleu clair, rien ne pourra jamais nous séparer. Tu es mon cœur et mon âme. Et je suis tienne pour toujours, dis-je, la voix étranglée par l'émotion.

L'adoration dans ses yeux et qui émanait de lui me bouleversa. Ses mains se resserrèrent autour des miennes.

— Dans mes moments les plus sombres, tu as fait briller une lumière divine qui m'a guidé vers une paix, une joie et un bonheur que je n'aurais jamais imaginés possibles. Tu t'es battue pour moi, tu m'as protégé et tu m'as aimé alors que j'étais complètement brisé. Tu m'as donné une nouvelle vie, une merveilleuse famille à laquelle appartenir et un avenir que j'ai hâte d'explorer avec toi, quels que soient ses hauts et ses bas. Je m'engage à être ton partenaire, ton meilleur ami et ton plus fidèle soutien. Je promets de te chérir et de t'honorer, de t'aimer inconditionnellement quelles que soient les difficultés qui se présenteront, et d'être ton refuge, tout comme tu es le mien. Mon cœur, mon corps, mon âme, tout ce que je suis est et sera toujours à toi. Je t'aime, Linséa.

Des larmes me montèrent aux yeux. Je clignai des paupières pour les refouler. Nos regards se croisèrent, et je le laissai m'attirer contre son corps musclé. Nous lâchâmes nos mains pour qu'il puisse me tenir par la taille.

Au moment où je posais mes paumes sur son torse musclé, une lueur espiègle s'alluma dans ses beaux yeux argentés.

— Et je promets de toujours te laisser le dernier craquelin aux grains, même si j'en ai terriblement envie, dit Kayog d'un ton pince sans rire.

Je hoquetai, abasourdie, avant d'éclater de rire avec le reste de ma famille. Isobel s'ébroua, puis gloussa en secouant la tête à l'intention de mon conjoint.

J'aurais dû avoir envie de lui botter les fesses, mais je voulais juste le serrer dans mes bras et l'embrasser. Créateur, il était tellement parfait.

Et maintenant, j'avais envie d'un craquelin...

Je lui donnai une petite tape espiègle sur la poitrine, et il resserra son étreinte autour de moi, le visage rayonnant d'amour et d'amusement. Il frotta sa joue contre la mienne, et je me sentis fondre de l'intérieur. Kayog relâcha son étreinte et se tourna vers moi, son bec aligné avec le mien.

Mon estomac frémit d'excitation et d'anticipation à l'idée de ce qui allait suivre. Isobel tenait un horac entre nos becs. C'était un fruit spécial, de la même taille et avec la même surface bosselée qu'un litchi, mais avec la peau douce d'une pêche. Son intérieur ressemblait à celui d'une pomme étoilée blanche, à l'exception du nectar blanc crémeux au centre qui brillait. L'horac possédait des propriétés psychotropes. Dans notre cas, il ouvrait davantage notre troisième œil, permettant à un couple de former un lien psychique permanent. Grâce à lui, Kayog et moi allions pouvoir percevoir les émotions de l'autre à un niveau encore plus profond, anticipant parfois les besoins de l'autre dès qu'ils se manifestaient.

Nous tînmes l'horac entre nos becs et attendîmes qu'Isobel recule et complète le cercle. Alors seulement, Kayog et moi mordîmes dans le fruit, avalant chacun une moitié. Une sensation de picotement prit rapidement le pas sur la saveur délicieusement sucrée du fruit. Elle commença sur ma langue, glissa vers ma gorge, puis se répandit dans tout mon corps. Kayog et moi pressâmes nos fronts l'un contre l'autre et fermâmes les yeux tandis que l'horac nous envahissait.

Les voix mélodieuses de ma famille s'élevèrent autour de nous. Un violent frisson me parcourut en réponse à la fréquence et aux tonalités spécifiques destinées à stimuler notre troisième œil. Quelques secondes plus tard, ma famille battit des ailes pour émettre un léger battement, pas tout à fait comme un tambour. Le mouvement rapide de leurs ailes et de leurs plumes primaires spécialisées accentua davantage l'effet de l'horac.

Kayog et moi ouvrîmes largement notre moi psychique en nous concentrant l'un sur l'autre. Quelques instants plus tard, une lumière vive explosa devant mon esprit. Le monde autour de nous disparut. Il n'y avait plus rien d'autre que mon conjoint, en moi et autour de moi. Je me sentis imprégnée de sa présence, de son amour pour moi et de tout ce qu'il était, comme si nous étions devenus un seul être. Nous entrâmes littéralement en transe, sans début ni fin, juste une âme enfin réunie.

Et puis je l'entendis.

C'était une mélodie envoûtante. D'abord faible, elle résonna en moi, s'amplifiant jusqu'à atteindre un crescendo ensorcelant. J'aurais voulu m'envelopper dedans, m'y noyer et me prélasser pour toujours dans cette chanson captivante. Je n'avais jamais vécu une telle expérience auparavant, ni entendu parler d'un autre couple Témerne qui l'ait vécue. Je compris alors que c'était le chant de nos âmes qui jouaient en parfaite harmonie.

Je comprenais maintenant pourquoi il l'aimait tant.

Quelque chose se mit en place en moi lorsque notre lien se scella. Les picotements s'estompèrent progressivement, tout comme notre transe hébétée, à mesure que la réalité reprenait ses droits. Mais cette langoureuse sensation de bien-être persista lorsque j'ouvris lentement les yeux. Je croisai le regard de mon âme sœur, et les larmes menacèrent une fois de plus de jaillir. Personne ne devrait être capable d'aimer comme lui. Et il m'aimait, moi... Linséa.

Ses ailes m'enveloppèrent, nous protégeant des regards indiscrets tandis qu'il approfondissait le baiser. Les chants et les battements d'ailes cessèrent, suivis par les acclamations de nos amis et de notre famille.

Nous interrompîmes le baiser à contrecœur et profitâmes une dernière fois de notre étreinte avant de nous tourner vers nos invités. Je gloussai comme une adolescente idiote tandis que tout le monde nous embrassait et nous félicitait les uns après les autres. Nous dégustâmes ensuite les collations et les boissons disposées sur une table à gauche de la fontaine, sous le regard bienveillant d'une magnifique statue de la déesse syllène Étreya.

— Marès et moi nous unirons également dans deux semaines, après que j'aurai terminé ma mission actuelle, dit Tala d'un ton complice avant de prendre une autre gorgée de vin. Et puis nous nous marierons un mois plus tard, une fois que j'aurai eu mes *véris* pour faire tout le truc de l'entrelacement des vignes.

Même si elle le disait comme si c'était bizarre, son excitation et son impatience étaient évidentes. Elle était aussi follement amoureuse de son conjoint que je l'étais du mien.

— Félicitations ! m'écriai-je. Il était temps qu'il fasse de toi une femme honnête.

Comme prévu, elle émit un son dédaigneux en réponse à cette expression humaine.

— Il faudra bien plus que cela pour faire de moi quelqu'un d'honnête. Zizanie et chaos sont mes deuxièmes prénoms. Et cela fait aussi partie de mon charme irrésistible.

— Je ne détecte aucun mensonge dans tes propos, dis-je en riant.

— Cependant, je vais devoir trouver un moyen de te surpasser. Ce lieu est magnifique, et la cérémonie était très belle, dit Tala d'un air pensif.

Je m'ébrouai.

— Tu n'auras aucun mal à y parvenir. Les mariages édocits sont splendides, avec toutes ces vignes entrelacées et ce cercle de vie. Cela doit être merveilleux de se marier non seulement avec l'amour de sa vie, mais aussi avec la terre qui t'accueille, dis-je d'un ton rêveur.

Son visage s'adoucit, et elle prit un air à la fois émerveillé et vulnérable qu'elle affichait rarement.

— J'ai hâte. J'ai rencontré son arbre mère et j'ai visité ses terres à plusieurs reprises. J'ai hâte de ne faire qu'un avec eux. Mais aujourd'hui, c'est ton bonheur qui compte. Et pour l'instant, je pense qu'il est temps pour toi d'aller jouer les coquines.

— Tala ! m'écriai-je, les joues brûlantes de gêne, ce qui la fit rire sans aucun remords.

— Je ne fais que dire la vérité. C'est littéralement l'heure de vous envoyer en l'air tous les deux, dit-elle en remuant les sourcils d'un air lubrique.

À ma grande consternation, ses mots m'excitèrent instantanément. Et notre lien alerta aussitôt Kayog de mes besoins. Il tourna brusquement la tête dans notre direction, et la rencontre de nos regards me fit l'effet d'un coup physique. Mes serres se recroquevillèrent et mon estomac papillonna.

Il sourit et me tendit la main.

— Amuse-toi bien, murmura Tala alors que je marchais vers mon conjoint.

Je pris sa main, et nos amis et notre famille nous donnèrent une dernière accolade d'adieu, sans avoir besoin de mots.

Main dans la main, Kayog et moi nous envolâmes. Il s'éleva gracieusement, ses plumes marron caressées par la douce lueur du clair de lune.

Nous nous élevâmes dans le ciel, virevoltant et tournoyant dans un ballet aérien improvisé. Nous dansâmes au rythme de nos âmes et de nos cœurs battant à l'unisson. Je m'étais toujours demandée ce que je ressentirais lors de mon vol

REGINE ABEL

nuptial. Je n'aurais jamais imaginé être aussi en phase avec quelqu'un.

Perdue dans mon conjoint, je ne réalisai pas à quel point il nous avait éloignés des regards indiscrets. En contrebas, une forêt luxuriante céda la place à une grande étendue d'eau. La lueur de la lune à sa surface la faisait scintiller comme un océan de pierres précieuses. Mais Kayog me serrant contre lui effaça toute pensée concernant notre environnement.

J'adaptai instinctivement le battement de mes ailes au sien alors qu'il réclamait ma bouche dans un baiser passionné. Ses mains me parcouraient avec une urgence croissante, me caressant et m'explorant avec une possessivité qui me fit palpiter de désir. Il s'éloigna de moi pour frotter son visage sur toute la longueur de mon corps. Je battis des ailes juste assez pour rester en suspension. Sa main sondant la fente fermée entre mes cuisses m'incita à l'ouvrir. Mon conjoint enfonça deux doigts en moi, m'arrachant un cri étouffé.

Cela me déstabilisa pendant une fraction de seconde, mais je réajustai rapidement mes mouvements pour rester semi-stationnaire. Le vol nuptial pouvait s'avérer éprouvant, mais il contribuait également à cimenter notre nouveau lien, nous obligeant à nous harmoniser véritablement l'un avec l'autre. De plus, la montée d'adrénaline et le soupçon de danger qui l'accompagnaient étaient extrêmement excitants.

Une vague de désir m'envahit lorsque Kayog s'abaissa suffisamment pour se retrouver face à mon pelvis. Je hoquetai lorsqu'il souleva ma jambe droite par-dessus son épaule, tout en continuant à me caresser avec son autre main. C'était un geste risqué, car ma patte aurait pu heurter son aile. Sa bouche remplaça ses doigts, me faisant crier lorsqu'il posa habilement mon autre jambe sur son épaule droite. Je me cramponnai à sa tête, un brasier faisant rage en moi tandis que sa langue s'enfonçait avidement en moi.

Kayog nous maintenait en vol grâce à des battements d'ailes

lents, contrôlés et puissants. Je n'utilisais les miennes que pour ajuster notre position verticale pendant qu'il continuait à me dévorer. Le plaisir monta rapidement, amplifié par les émotions qui circulaient librement à travers notre connexion. Son excitation était aussi la mienne. Je pouvais également sentir le besoin brûlant dans ses reins de m'abaisser sur son membre et de me baiser à mort.

Je ne saurais dire si c'était cette pensée ou sa réaction à mes propres réflexions qui m'affecta, mais cela me fit chavirer. Je poussai un cri et renversai la tête en arrière alors que mon orgasme me submergeait. Ce mouvement soudain me fit basculer. Cela aurait dû m'effrayer, mais les émotions suffisantes et victorieuses qui émanaient de Kayog me maintenaient en état d'euphorie.

Il me rattrapa d'un mouvement rapide et me serra contre lui tandis que le vent sifflait en nous dépassant. Le monde tournait autour de nous alors qu'il reprenait sa danse aérienne, cœur contre cœur, les plumes fluides de sa queue caressant mes jambes à chaque culbute.

Au moment où je reprenais mes esprits, je sentis son membre s'extruder. Il n'eut pas besoin de parler ni de me faire un signe pour que je passe mes jambes autour de sa taille. Nos regards se croisèrent et une communication silencieuse s'établit entre nous. Tenant son épaule de mon bras gauche, je glissai ma main libre entre nous et caressai son membre à plusieurs reprises. Créateur, son plaisir me submergea avec une telle force que je faillis jouir à nouveau. J'adorais voir ses yeux argentés s'assombrir de désir, leur intensité me donnant des frissons délicieux dans le dos.

J'alignai son membre avec mon ouverture et je m'empalai sur lui alors même qu'il poussait vers le haut. Merde ! Il me semblait encore plus gros que d'habitude, malgré mon état d'excitation et de relaxation. Kayog avala mes gémissements dans un baiser vorace alors qu'il commençait à me pénétrer. Chaque coup de reins me rendait folle de plaisir. Les rainures tourbillonnantes de son membre me procuraient toujours les sensations les plus délicieuses. Mais c'étaient ses ganacs – les bosses diaboliques sur le gland de son pénis – qui me faisaient le plus d'effet. Elles étaient conçues pour stimuler les terminaisons nerveuses érogènes des parois internes des femelles témernes. Cependant, elles étaient également extrêmement sensibles pour les mâles. Et en ce moment, chaque fois qu'elles se frottaient contre moi, elles envoyaient des étincelles électriques d'extase à Kayog, qui me revenaient directement à travers notre lien. La surcharge sensorielle me fit crier en un rien de temps, alors qu'un autre orgasme brutal m'emportait.

Le monde en dessous de nous s'évanouit alors que nous ne faisions plus qu'un physiquement, planant à travers l'océan étoilé du ciel nocturne. Tout mon corps tremblait, brûlant de l'intérieur alors que des vagues de plaisir déferlaient sur moi. Je me sentais sur le point d'entrer en combustion, le vent qui nous fouettait m'empêchant de m'enflammer.

À travers sa propre félicité, Kayog me pilonnait sans relâche, me soutirant un orgasme après l'autre jusqu'à ce que je me sente sur le point de craquer. Plus d'une fois, Kayog faillit joindre sa voix à la mienne, mais avec un niveau de maîtrise de soi quasi divin, il parvenait à s'éloigner du bord du précipice pour continuer à me démolir.

Et enfin, après m'avoir arraché un cinquième ou sixième orgasme – j'avais perdu le compte – Kayog céda à sa propre jouissance. Son plaisir me frappa avec une telle violence qu'une lumière aveuglante m'éblouit et que mon cerveau se figea. Le temps s'arrêta. Pendant un instant, je me demandai si j'avais été éjectée de mon corps, jusqu'à ce que ma peau commence à picoter. Sa semence jaillit en moi, baignant mes entrailles meurtries, tandis qu'il continuait à aller et venir en moi jusqu'à ce qu'il soit complètement vidé.

Il reprit possession de ma bouche, nos langues s'entremêlant dans un souffle commun tandis que des étincelles d'extase jaillissaient de chacune de mes terminaisons nerveuses. C'était doux et tendre, dépouillé de la passion presque enragée qui avait brûlé si intensément entre nous. C'était une promesse, un engagement, un sceau sur le lien indestructible qui nous unissait. Enveloppés dans un cocon d'amour et de dévouement, corps et âmes liés, nous planâmes vers l'horizon, vers un avenir aux possibilités infinies.

CHAPITRE 20
KAYOG

J e pénétrai dans la grande salle de rassemblement où se tenait le Symposium Galactique sur le Commerce. Des personnalités importantes, des politiciens de haut rang, des chefs d'entreprise, des commerçants, des lobbyistes et toutes sortes de personnes impliquées dans le commerce en tout genre se pressaient dans cette salle et dans la galerie d'art attenante. Dans le cadre de cet événement, des artistes visuels des planètes participantes avaient été invités à présenter leurs plus belles œuvres dans cette exposition d'art exclusive.

Aucun mot ne pouvait décrire à quel point je me sentais dépassé ici. Ce n'était pas que je n'avais pas les connaissances et les compétences nécessaires pour converser avec ces personnes. J'avais simplement du mal à justifier ma présence et à comprendre en quoi elle pouvait être bénéfique pour qui que ce soit. Certes, je comprenais que Colin voulait que j'établisse des relations avec le plus grand nombre possible de personnes ayant une influence quelconque sur les gouvernements et les instances dirigeantes de diverses espèces. Mais en tant qu'entremetteur, comment entamer la conversation ?

Sans ma magnifique épouse à mes côtés — merde, j'adorais

l'appeler ainsi — je me serais probablement précipité vers l'une des tables chargées d'amuse-bouche raffinés et de verres remplis de différents vins. Je n'avais ni faim ni soif. En fait, j'évitais généralement de manger lors de ces événements, car ils proposaient toujours des plats provenant de différents mondes. À moins de savoir exactement qui les avait préparés et comment, il était préférable de ne pas trop se risquer, à moins d'être prêt à passer le reste de la soirée avec l'impression que son estomac essayait de se creuser un chemin hors de son ventre. Mais manger et boire m'aurait donné quelque chose à faire, ou plutôt une excuse pour éviter de parler aux gens.

Sentant mon malaise, Linséa me serra la main de manière rassurante. La vague d'amour qu'elle canalisa à travers notre lien m'apaisa d'une manière indescriptible. Je lui serrai la main en retour, le cœur rempli de gratitude. Cela m'agaçait d'être si dépendant et si peu sûr de moi alors que je devrais plutôt faire de mon mieux pour la mettre en valeur et aider les gens à réaliser à quel point elle allait bientôt devenir une ambassadrice fabuleuse.

Au lieu d'aller interagir avec les personnes qu'elle connaissait ou avec lesquelles elle était censée entrer en contact, Linséa me conduisit à la galerie. Je compris parfaitement qu'elle le faisait pour me donner l'occasion de me détendre davantage avant de me lancer dans les interactions sociales. Créateur, comme j'aimais cette femelle. Étant habitué au public, je ne doutais pas de ma capacité à m'adapter rapidement. Mais j'appréciai tout de même ce répit supplémentaire, qui me permit également de scanner superficiellement les émotions des participants. C'était un outil inestimable pour m'aider à adapter mon approche à chaque individu en fonction de l'énergie qu'il dégageait.

Malgré tout, la diversité des œuvres exposées me plut sincèrement. Certaines étaient beaucoup plus difficiles à appréhender, car elles s'éloignaient tellement de la définition traditionnelle de l'art qu'on ne savait pas vraiment comment y répondre. D'autres ne pouvaient être pleinement appréciées que si l'on possédait des capacités spécifiques inhérentes à leur espèce, permettant au spectateur de percevoir d'autres dimensions de l'art qui le rendaient complet. Dans certains cas, un support visuel spécial était mis à disposition à côté de l'œuvre afin que les gens puissent compenser leurs limites anatomiques.

— C'est une belle œuvre, n'est-ce pas ? déclara soudain une voix mâle derrière nous alors que nous admirions une magnifique sculpture représentant un cheval ailé enlacé par une femme humaine.

Nous nous retournâmes pour voir Taylor Darby et son frère Lucas. Il était à la tête d'un puissant conglomérat qui « investissait » dans de nombreuses entreprises aliens, généralement parmi les espèces moins avancées. Bien que légales, les pratiques de Taylor pouvaient être considérées comme moralement douteuses. Il achetait ou acquérait souvent des participations majoritaires dans des entreprises en difficulté, les optimisant pour augmenter leurs profits, ce qui se traduisait généralement par des licenciements massifs, l'automatisation et un éloignement considérable de l'authenticité culturelle des produits fabriqués. Au final, cela profitait rarement à la population locale.

Pourtant, sans ses investissements, bon nombre de ces entreprises auraient complètement fermé leurs portes, ce qui aurait été encore plus préjudiciable à ces communautés. Mais cela ne faisait pas de lui un saint ou un homme altruiste.

— C'est très beau, dit Linséa. J'adore les créatures fantastiques. Et la mythologie humaine en regorge.

— C'est vrai. Et cela m'a toujours surpris qu'après avoir visité des centaines d'autres mondes, nous n'ayons jamais trouvé de monture volante qui corresponde parfaitement à notre Pégase, dit-il pensivement. Mais excusez mon impolitesse, je ne me suis pas présenté.

— Taylor et Lucas Darby, dit ma conjointe préventivement

avec un sourire charmant. Ce serait scandaleux de ma part de ne pas savoir qui vous êtes.

— Vous nous flattez et nous faites honte... ajouta-t-il timidement.

Malgré son attitude désolée, la lueur calculatrice dans ses yeux noirs correspondait parfaitement aux émotions froides qui émanaient de lui. C'était un prédateur évaluant une proie potentielle à proximité. Sans nos pouvoirs empathiques, nous aurions probablement succombé à son charme. Grand, mince, élégamment vêtu d'un costume noir, d'une chemise blanche et d'une cravate bleu foncé, il était l'incarnation même de l'homme d'affaires raffiné. Son visage aux traits virils, encadré par des cheveux bruns soigneusement coupés, aurait fait battre le cœur de nombreuses femmes en sa présence.

Son jeune frère – avec qui il partageait la même mère mais avait un père différent – dégageait le même genre d'énergie de requin. Ses yeux verts débordaient d'intelligence. Quels que fussent mes sentiments à leur égard, ces hommes rayonnaient d'une loyauté inébranlable l'un envers l'autre, ce qui était tout à fait louable.

— Il n'y a aucune honte à ne pas me connaître, dit Linséa d'un ton amical. Je m'appelle Linséa Voln et je viens d'être embauchée par l'OPU. Je suis ici spécifiquement pour établir de nouveaux contacts et me faire une idée des défis qui ne sont pas largement couverts, mais qui tourmentent nos membres. Vous pouvez donc vous attendre à me voir souvent à l'avenir.

— Linséa ? J'ai entendu beaucoup d'éloges sur une Témerne nommée Linséa. Mais je crois qu'elle s'appelait Linséa Kenna, dit Taylor avec surprise, même si je soupçonnais qu'il connaissait déjà la réponse.

— Nous sommes une seule et même personne. Voici mon merveilleux mari, Kayog Voln. Nous nous sommes mariés il y a à peine deux semaines.

— Enchanté, dit Taylor avec enthousiasme avant de me tendre la main.

Je trouvais toujours déconcertant que les humains continuent instinctivement à faire cela, d'autant plus que cela mettait certaines espèces mal à l'aise. Dans certaines cultures, on ne touchait jamais quelqu'un d'autre à moins qu'il ne s'agisse d'un parent, de son conjoint ou d'un criminel devant être emmené en prison ou exécuté. Néanmoins, comme cela n'entrait pas en conflit avec ma propre culture, je lui serrai volontiers la main avant de faire de même avec son frère.

— Alors, si je peux me permettre, que faites-vous exactement ? me demanda Taylor. Êtes-vous négociateur ou ambassadeur, comme votre conjointe ?

Une fois de plus, j'eus le sentiment très fort qu'il savait exactement qui j'étais et ce que je faisais. Je compris soudain qu'il n'était pas venu ici par hasard tout simplement pour entamer une conversation sur une œuvre d'art humaine dont il était fier.

Cet homme disposait d'une équipe importante chargée de mener des vérifications approfondies sur les entreprises qu'il pourrait être tenté d'acquérir, ainsi que sur les personnes qui les dirigeaient. Je ne doutais pas qu'il ait mené une enquête similaire sur la plupart, voire la totalité des participants avant cet événement. L'information était le meilleur outil et le meilleur levier dans le monde des affaires.

— Pas du tout, répondis-je avec enthousiasme, tout en réprimant ma peur d'embarrasser Linséa qui tentait à nouveau de refaire surface. Je suis entremetteur pour les aliens primitifs.

La façon dont il feignit la surprise effaça tout doute que j'aurais pu encore avoir quant au fait que toute cette conversation était une mise en scène. Ses émotions respiraient la moquerie, teintée d'un soupçon de dédain.

— Un entremetteur ?! Eh bien, c'était inattendu. Mais pour des aliens primitifs ? dit Taylor d'un air perplexe, son frère acquiesçant d'une manière qui suggérait qu'il était lui aussi déconcerté par cette partie. Pourquoi quelqu'un se rabattrait-il sur des aliens primitifs ? Les gens sont-ils vraiment si désespérés qu'ils se contentent de cela ?

Je dus faire appel à toute ma volonté pour garder une expression neutre pendant qu'il déversait ses propos irrespectueux. Une partie de moi pensait qu'il essayait délibérément de me provoquer ou simplement de m'embarrasser, comme le ferait toute bonne brute.

— Les gens ne *se contentent* pas d'aliens primitifs, dit Linséa d'un ton calme mais légèrement réprobateur. Les progrès technologiques d'une espèce ne définissent pas la valeur de ses individus. L'amour se moque bien que vous ayez atteint ou non la vitesse de la lumière.

— Très juste, concéda Taylor.

— Mais pourquoi se concentrer sur les aliens primitifs ? demanda Lucas, cette fois avec une curiosité sincère, même si son mépris pour un groupe qu'il considérait comme inférieur rayonnait toujours de lui et de son frère.

— Parce que je les comprends mieux que quiconque, ainsi que leurs besoins, répondis-je d'un ton nonchalant mais confiant.

Comme prévu, les deux frères haussèrent les sourcils d'un air dubitatif.

— Vraiment ? demanda Taylor. Sur quoi basez-vous cette affirmation ?

— J'ai une maîtrise en xénobiologie, une deuxième en histoire galactique axée sur les espèces primitives, et je rédige actuellement ma troisième thèse de maîtrise sur la Directive Première, répondis-je de manière factuelle. Donc oui, très peu de gens peuvent prétendre avoir une meilleure compréhension de ces communautés. Il existe déjà un milliard d'agences matrimoniales. Mais aucune d'entre elles ne répond aux besoins de ce groupe, en grande partie parce qu'elles ne savent pas comment s'y prendre.

— Ce que Kayog n'a pas ajouté, c'est que ses appariements

sont justes à 100 %, contrairement au pari risqué que proposent les autres agences. Il a un talent unique que la concurrence lui envie, déclara Linséa avec fierté.

L'entendre me défendre ainsi me fit un effet des plus étranges. Évidemment, je n'en attendais pas moins d'elle. Mais ce furent les émotions qui émanaient d'elle lorsqu'elle le fit qui renforcèrent véritablement mon assurance. Si une femelle aussi merveilleuse pouvait être aussi fière de moi tel que j'étais, pourquoi diable est-ce que je me minais avec des doutes stupides ?

Taylor ouvrit la bouche pour dire autre chose – je supposai pour contester ma précision – mais un mâle stornien l'interrompit en le saluant.

— Tiens, tiens, regardez qui est là ! s'exclama le Stornien avec un air de surprise des plus feints. Taylor et Lucas Darby ! Nous nous revoyons enfin !

Comme tous les membres de son espèce, le Stornien était un mâle imposant. Sa peau couleur charbon, ses larges épaules et les pointes qui recouvraient son crâne chauve auraient intimidé la plupart des gens. Une poignée d'écailles sombres recouvrait son corps, certaines d'entre elles étant beaucoup plus longues et légèrement saillantes. Ces dernières étaient du même type que les cornes qui ornaient sa tête. En cas de danger, les « écailles » les plus sombres se dressaient comme des pointes acérées qui infligeaient de graves blessures à tout ennemi qui tentait de le toucher.

Malgré ses oreilles pointues, généralement associées aux elfes, les gens pensaient souvent à tort que son espèce avait des liens avec les dragons, surtout si l'on considérait sa longue queue semblable à celle d'un lézard. Mais les motifs foncés en forme d'éclair sur certaines parties de sa peau racontaient une autre histoire. Les humains comparaient souvent les Storniens à des élémentaires de pierre ou à des golems.

Une jeune femelle l'accompagnait silencieusement. Elle semblait avoir à peine plus de vingt ans. Bien que petite par rapport à lui – comme c'était souvent le cas chez les femelles storniennes – ils partageaient des traits indéniables qui la désignaient soit comme sa fille, soit comme sa sœur cadette. Je penchais clairement pour la première hypothèse.

— Katéros Granger, dit Taylor d'une voix polie, juste assez accueillante sans paraître chaleureuse. Je ne m'attendais pas à vous voir ici.

Je tiquai intérieurement devant cette remarque peu subtile. Bien que le nouveau venu ne semblât pas s'en rendre compte, Darby avait laissé entendre que ses activités n'étaient pas suffisamment importantes pour justifier sa présence à ce symposium. Katéros était venu ici avec une mission à accomplir, et celle-ci semblait impliquer fortement les deux frères.

— Je vous présente nos nouveaux amis, Linséa et Kayog Voln, dit Taylor en nous désignant tour à tour, ma conjointe et moi.

Je réprimai un sourire lorsque le Stornien nous accorda à peine un regard.

— Katéros Granger. Enchanté, répondit le Stornien en nous accordant à chacun un signe de tête presque désintéressé avant de se recentrer sur Taylor.

— Je n'aurais manqué cet événement pour rien au monde. Mais avez-vous rencontré ma magnifique fille, Shaya ? demanda Katéros en posant sa main dans le bas de son dos pour la faire avancer.

Une vague de colère m'envahit instantanément. Grâce à mes études, je savais bien à quel point les mariages arrangés étaient courants chez certaines espèces. Dans ce cas précis, Katéros n'essayait même pas de dissimuler son intention d'échanger sa fille contre un accord commercial avantageux. Le plus triste, c'était que pour lui, c'était normal, et pas du tout offensant ou irrespectueux envers son enfant. De plus, je pouvais sentir qu'il éprouvait une affection sincère à son égard.

S'il parvenait à obtenir une demande en mariage de l'un des

frères, il serait considéré comme ayant fait un travail remarquable pour sa fille. Pour les Storniens, le mariage n'était pas une question d'amour, mais de garantie du bien-être et de l'avenir de la lignée. Il servait à renforcer le statut social.

La résignation qui émanait de Shaya était déchirante. Elle se plierait à tout accord conclu par son père, car c'était son devoir en tant qu'enfant. Au moins, ces unions n'étaient en aucun cas misogynes. Les fils et les filles étaient échangés de manière égale dans tout accord jugé avantageux par les parents.

— J'ai eu ce plaisir il y a quelques années, concéda Taylor, son regard se posant avec appréciation sur la jeune femelle. Vous n'étiez qu'une enfant à l'époque. Mais vous êtes devenue une très belle femme.

— Vous me flattez, répondit Shaya avec une modestie et une politesse parfaites.

Même si cela m'agaçait de percevoir la convoitise qui émanait de Taylor et de son frère, j'étais au moins soulagé qu'aucun d'eux ne la regarde d'une manière lubrique ou irrespectueuse. Il n'y avait rien de mal à ce qu'un mâle soit attiré par une femelle séduisante, et Shaya correspondait à cette description. Mais les deux hommes avaient presque deux fois son âge et n'avaient clairement aucune envie de s'engager avec elle. Pourquoi le feraient-ils alors que certaines des femelles les plus riches et les mieux connectées de la galaxie se jetaient volontiers dans leurs bras ? Je ne pouvais qu'espérer que leur intérêt pour elle resterait ce qu'il était : une attirance sexuelle naturelle entre adultes compatibles, et non quelque chose sur lequel ils passeraient à l'acte. Cependant, quelque chose d'autre retint mon attention.

Sa chanson m'était familière.

— Elle est ma fierté et ma joie, dit Katéros en bombant son large torse. Shaya est mon plus grand trésor, mon entreprise venant loin derrière.

— Et quelle entreprise serait-ce ? demanda ma conjointe.

— La Société Minière Granger, le plus grand fournisseur d'azonite et d'autres métaux rares de Khélésar, notre planète natale, se vanta Katéros, avant de jeter un regard peu subtil à Taylor pour évaluer sa réaction à cette déclaration.

— Ah oui ! L'azonite est un pilier de l'économie stornienne, dit Linséa.

Elle réfléchissait furieusement à quelque chose en rapport avec cela. À cet instant précis, j'aurais aimé pouvoir lire dans ses pensées.

— Absolument. C'est un métal très recherché dans toute la galaxie. Notre carnet de commandes déborde, répondit Katéros, cette fois en s'adressant directement à Taylor. Franchement, nous avons atteint un point où il sera presque impossible de répondre à la demande à moins d'une expansion.

Je sentis le moment précis où Taylor passa d'une conversation informelle à un mode professionnel. Et cela n'augurait clairement rien de bon pour le Stornien.

— Oui, l'azonite est un métal fantastique. Il est dommage que son extraction génère autant de déchets toxiques, dit Taylor d'un ton poli qui trahissait fortement son désintérêt. Sans cela, je suis sûr que les investisseurs se bousculeraient à votre porte pour vous aider dans cette entreprise.

La lueur d'espoir s'éteignit instantanément dans les yeux de Katéros, alors même qu'il tentait de s'accrocher avec un dernier plaidoyer.

— Les déchets sont évidemment un problème sur lequel nous travaillons avec acharnement. Mais avec les bons investisseurs, nous serions en mesure de renverser rapidement la situation, avec des profits énormes garantis pour toutes les parties concernées, répondit le Stornien avec enthousiasme.

— Il faudrait des années, voire des décennies, pour récupérer cet investissement initial, contra Taylor d'un ton légèrement plus froid. D'autres sociétés minières plus petites ont déjà optimisé leurs équipements et leurs méthodologies afin de se conformer aux directives prescrites. L'OPU punit sévèrement les violations environnementales. Personne ne veut se mettre à dos cette organisation.

— Comme l'a dit mon père, nous avons travaillé sans relâche pour améliorer nos infrastructures, nos installations et nos méthodes afin de rester en conformité avec l'ordonnance, intervint Shaya avec une assurance qui me surprit.

Au début, elle m'avait semblée soumise et réservée. Mais je pouvais désormais voir la force et le feu qui se cachaient derrière cette façade modeste. Cela semblait logique, compte tenu de ce qui m'apparaissait désormais comme une évidence.

— Travaillez-vous dans l'entreprise de votre père ? lui demandai-je, voulant confirmer mes soupçons.

Elle hocha la tête.

— En fait, je fais partie de l'équipe scientifique et de recherche et je dirige le groupe de travail sur l'environnement. Nous avons considérablement réduit les déchets toxiques produits par nos activités et nous continuons à apporter des améliorations supplémentaires.

— Vous semblez bien jeune pour occuper un tel poste, intervint Taylor d'un ton légèrement condescendant qui me donna envie de le gifler.

— Je suppose que certains d'entre nous sont des prodiges, rétorqua-t-elle avec une pointe de sarcasme qui donna visiblement envie à son père de se frapper le front, tandis que j'avais envie d'applaudir.

Je n'aimais rien de plus que de voir un connard odieux remis à sa place. Son pauvre père continuait d'espérer pouvoir organiser un mariage arrangé entre ces deux-là afin de sauver son entreprise. Mais même sans mes pouvoirs d'empathie, je voyais bien qu'ils ne seraient jamais compatibles. Elle avait du caractère, lui voulait un paillasson.

De toute façon, elle appartenait à un autre.

— Certaines personnes le sont sans aucun doute, dis-je avec

un sourire approbateur. Mais si je peux me permettre, puis-je vous demander si vous avez un conjoint ? Votre espèce a tendance à se marier assez jeune.

— Ma fille est complètement libre ! s'exclama Katéros, semblant presque outré par l'insinuation qu'elle puisse ne pas être libre. Mais elle est en effet à l'âge idéal pour trouver un conjoint, selon les coutumes de notre peuple, ajouta-t-il en jetant un coup d'œil à Taylor.

Je fus gêné pour lui face au désespoir presque palpable avec lequel il tentait de faire de l'impossible une réalité.

— Je suis *très* heureux de l'apprendre ! dis-je avec un enthousiasme légèrement excessif qui, je le savais, allait attirer toute l'attention sur moi.

— Pourquoi cela ? demanda Shaya, décontenancée.

— Parce que je connais votre âme sœur, répondis-je avec suffisance.

Tout le monde me regarda bouche bée, y compris ma magnifique conjointe. On aurait dit qu'une bombe venait d'exploser parmi nous.

— Quoi ?! demanda enfin Shaya, se ressaisissant la première.

— Je connais votre âme sœur, répétai-je avec assurance. J'ai fait mes études universitaires avec lui.

— C'est un Témerne ?! s'exclama-t-elle.

Je secouai la tête.

— Non. C'est un Daigan.

Taylor et Lucas s'ébrouèrent à l'unisson et me regardèrent d'un air incrédule. Le mépris qu'ils éprouvaient pour ma profession – et qui s'était temporairement estompé pendant la conversation avec Katéros – revint en force. Sauf que cette fois, ils me prenaient pour un charlatan.

Ce n'était pas grave. Dans quelques minutes, ils allaient s'en mordre les doigts.

— Un satyre ? ! répéta Lucas, sidéré.

Je lui adressai un sourire indulgent.

— D'après le folklore humain, la comparaison est juste, car ils partagent de nombreuses similitudes. Il s'appelle Straef Dharam. C'est un fantastique jeune mâle. Charismatique, ambitieux, innovant et extrêmement intelligent. Straef est également un prodige. Il a obtenu son diplôme trois ans plus tôt que la moyenne dans sa discipline. Il m'a également donné une sérieuse leçon d'humilité en me battant systématiquement au jeu des Cinq Rois.

— J'adore les Cinq Rois ! s'exclama Shaya, ragaillardie. Personne ne peut me battre à ce jeu.

Je gloussai.

— En êtes-vous sûre ? Straef reste invaincu. Je pense que vous avez trouvé votre égal... à plus d'un titre.

— Absolument pas. C'est lui qui a trouvé son égale. Je me ferai un plaisir de lui apprendre comment on fait, dit-elle en levant le menton avec un air de défi des plus adorables.

— En supposant que tu le rencontres un jour, rétorqua son père d'une voix sévère avant de me lancer un regard noir. Vous ne devriez pas lui mettre des idées aussi folles en tête. Un Daigan et une Stornienne ensemble, cela n'a absolument aucun sens.

— En fait, cela a tout son sens, répondis-je avec suffisance. Vos espèces sont très compatibles.

Il sursauta et me regarda comme si mon cerveau ne fonctionnait pas correctement.

— Qu'est-ce qui vous fait penser une chose aussi insensée ? demanda-t-il, le regard des deux frères reflétant son sentiment.

— Vous n'étiez pas là quand j'ai informé nos amis ici présents que j'avais une maîtrise en xénobiologie. Et je vous assure que vos espèces sont tout à fait compatibles. Et maintenant, vous venez de me faire réaliser que cette union est la meilleure chose qui puisse arriver à Shaya, à votre entreprise, à votre peuple et à Straef.

— Mon entreprise ? répéta Katéros, cette fois-ci avec une curiosité qui atténuait quelque peu l'agressivité de sa voix. En quoi une union avec un Daigan pourrait-elle profiter à mon entreprise ? À ma connaissance, leur peuple ne traite pas de métaux ni de minéraux. Ils font principalement le commerce des produits du bois, de l'agriculture et de l'élevage.

— C'est exact, mais comme je l'ai mentionné, Straef est un visionnaire qui repousse sans cesse les limites de l'innovation, répondis-je avec élan. L'année dernière, il a obtenu son diplôme avec une thèse sur un insecte originaire de son monde qui peut être élevé dans des conditions très précises afin de prolonger sa durée de vie, autrement très courte. Il s'avère que le lumoth peut manger sans danger des déchets radioactifs et toxiques et les transformer en énergie.

— Quoi ?! Je n'ai jamais entendu parler d'une telle chose, s'exclama Katéros, ne sachant pas s'il devait être enthousiasmé par cette perspective ou en colère à l'idée que je me moquais de lui.

— Parce qu'il est en train de finaliser la mise au point de fermes d'élevage durables ainsi que la technologie de conversion nécessaire pour en faire une industrie colossale. Il détient le brevet de ses découvertes. Et son objectif est d'utiliser ces créatures à grande échelle pour assainir les zones sinistrées. Une discussion entre vous deux pourrait résoudre ou réduire considérablement les problèmes auxquels vous êtes actuellement confrontés.

— Cela... cela mériterait certainement réflexion, dit Katéros avant d'échanger un regard avec sa fille.

Elle aussi débordait d'enthousiasme. Bien que Shaya ne semblât pas particulièrement désireuse de rencontrer Straef sur le plan romantique, elle était très impatiente de discuter des moyens de sauver l'entreprise familiale et, bien sûr, d'affronter un adversaire de taille dans une partie de Cinq Rois. Elle n'avait aucune raison de penser que je pouvais savoir avec certitude si deux personnes étaient des âmes sœurs. Mais cela ne serait qu'un bonus supplémentaire.

Cependant, ce furent les émotions enthousiastes qui émanaient de ma conjointe qui retinrent mon attention.

— Je ne connaissais pas ces lumoths, dit Linséa d'un air pensif. Mais si vous vous engagez dans une telle collaboration, l'OPU dispose de nombreux programmes de soutien destinés à toute initiative en faveur de la protection de l'environnement et en particulier de la réduction des déchets toxiques.

— Vraiment ? dit Katéros, qui se redressa alors que les deux frères se crispaient. Comme quoi ?

— Il existe un soutien financier potentiel si le projet est jugé bénéfique et durable, dit Linséa. Mais d'autres formes d'aide peuvent également être proposées, telles que la logistique, certains équipements et même les services d'experts hautement qualifiés pour une courte période, sans aucun frais pour vous. L'OPU est dédiée à la protection de l'environnement des planètes en développement et des planètes membres. Comme il semble que ce projet entre dans sa phase initiale de déploiement, toute personne participant à la phase d'essai pourrait bénéficier d'un soutien plus important que d'habitude. Je vous recommande vivement de vous renseigner à ce sujet. N'hésitez pas à me contacter si vous avez besoin de conseils ou d'aide pendant le processus.

— Je suis résolument intéressé par cette affaire, dit Katéros avec empressement. Je suppose que je pourrai parler à votre Daigan lorsqu'il commencera à courtiser ma fille.

Je réprimai mon envie de rire, d'autant plus forte que les deux frères étaient consternés. Une fois ce projet lancé, Katéros et Straef allaient réaliser des profits faramineux. En s'associant d'abord avec Katéros, les frères auraient pu accéder à la richesse qui pourrait découler de cette affaire.

— Je vais faire les présentations sans tarder, dis-je avec un sourire. Ne vous inquiétez pas, ma chère Shaya. Une fois que vous l'aurez rencontré, vous me remercierez. Quand il s'agit de trouver l'âme sœur, je ne me trompe jamais.

— Nous le saurons bien assez tôt, répondit-elle poliment, mais avec une lueur d'espoir.

— Nous allons également nous renseigner sur ce Straef et son projet innovant, intervint Taylor. Si ces informations sont exactes, alors peut-être devrions-nous réexaminer les possibilités de collaboration.

— Peut-être, répondit poliment Katéros.

Mais je savais déjà qu'une fois qu'il aurait eu la confirmation que toutes mes déclarations étaient vraies, Katéros ne voudrait plus rien savoir de Taylor. On ne faisait pas affaire avec des gens comme lui, sauf en cas d'absolue nécessité.

Ce moment marqua un changement radical dans ma compréhension de mon rôle et de l'impact que je pouvais avoir. Certes, de telles collaborations bénéfiques seraient probablement rares. Mais chacune d'entre elles serait une victoire considérable. Et ne serait-ce que pour la fierté et la joie qui émanaient de ma conjointe à cet instant précis, tout cela en valait la peine.

CHAPITRE 21
LINSÉA

J'étais au paradis, menant une vie merveilleuse avec le mâle le plus extraordinaire qui soit. Trois mois après le symposium, je ne pouvais m'empêcher de le taquiner sur sa croyance naïve que les gens allaient le snober. Certes, quelques idiots comme Taylor et son frère l'abordaient avec arrogance. Mais de nombreux membres des espèces moins avancées – sans pour autant tomber dans la catégorie des primitifs – étaient très heureux de voir un service s'adresser à d'autres groupes que l'élite seule.

Plus important encore, ils étaient impressionnés par sa personnalité. Mon mari était intelligent, cultivé, perspicace, charismatique et sincèrement passionné par le fait d'améliorer la vie des autres, en particulier celle des personnes considérées comme étranges ou effrayantes. On ne pouvait pas simuler cela.

Colin avait été extrêmement malin en demandant toutes ces rencontres sociales en amont pour Kayog. Sa réputation s'était rapidement développée, en grande partie grâce à ce jumelage extrêmement fortuit entre le Daigan et la Stornienne. Les informations étonnantes qu'il avait partagées au sujet des lumoths avaient profité à ma propre carrière.

Je devins la principale négociatrice entre l'OPU et Straef concernant tous les moyens de financer davantage ses recherches. Inutile de dire que Katéros fut aux anges lorsqu'il reçut la subvention que je les avais aidés à obtenir pour la phase d'essai du programme. D'innombrables autres personnes vinrent frapper à nos portes dans l'espoir d'obtenir le même type de bonne fortune. Évidemment, nous n'avions aucun tour de magie pour offrir des résultats aussi bénéfiques à la masse. Cela nous offrit néanmoins de nombreuses opportunités.

Parallèlement, Colin n'avait pas plaisanté en disant que notre service de relations publiques et de marketing allait tout mettre en œuvre pour le lancement officiel de l'Agence Prime. Ils diffusèrent en boucle les publicités les plus cool et les plus délirantes, avec un compte à rebours jusqu'à l'ouverture du site d'inscription.

Et le jour où cela se produisit, le site planta en moins de dix minutes à cause d'un trop grand nombre d'inscriptions simultanées. Cela n'aurait dû surprendre personne dans la mesure où les publicités astucieuses de l'OPU garantissaient pratiquement que chaque jumelage serait parfait. Cela toucha ceux qui étaient désespérément en quête d'amour.

En raison du nombre incroyable de candidats, Kayog opta directement pour un format de foire. Les candidats d'une région donnée étaient choisis par tirage au sort parmi les postulants pour participer à la foire de trois jours dans leur secteur. Chaque candidat ne disposait que de dix minutes pour un entretien individuel avec mon conjoint. Un assistant enregistrait ces entretiens et saisissait toutes les informations ainsi recueillies dans une base de données.

Mais Kayog n'en avait pas besoin.

Bien qu'il ne possède pas la mémoire eidétique traditionnelle, mon conjoint n'oubliait jamais le nom ou le visage d'une personne. Ils étaient littéralement gravés dans sa mémoire. Malgré le temps limité accordé à chaque entretien, les gens l'adoraient. Kayog avait le don de vous faire sentir que vous étiez la seule personne qui comptait lorsque vous étiez ensemble. Toute son attention était concentrée sur vous. Il vous donnait le sentiment d'être compris, respecté et qu'il se souciait vraiment de vous aider à trouver le bonheur.

Et c'était absolument le cas.

Même s'il ne faisait plus partie d'un groupe, j'avais souvent l'impression d'être mariée à une rock star toujours en tournée. Pour les candidats, c'était exactement ce qu'il était. Et cela devint encore plus vrai lorsqu'il commença à former des couples.

Au début, c'était sporadique. À chaque fois, il m'envoyait un message dès que le candidat quittait son bureau et il devenait complètement fou. Il sautait partout, faisant une danse de joie qui me faisait pleurer de rire. Il était tellement excité. Pour lui, chaque jumelage était comme gagner à la loterie.

En un rien de temps, le nombre de couples formés se transforma presque en tsunami. Il voyageait tellement et rencontrait tant de gens que cela devenait plus facile grâce à l'énorme base de données stockée naturellement dans son esprit prodigieux. Il ne déplorait que les cas qui restaient en suspens dans son cerveau, car il ne parvenait pas à leur trouver de partenaire. Cela le perturbait de recevoir, quelques mois plus tard, des messages de candidats qu'il avait rencontrés et qui étaient désespérés qu'il continue à trouver des conjoints pour les autres, mais pas pour eux.

Certains de ces messages lui brisaient vraiment le cœur, mais d'autres étaient carrément enrageants. Un trop grand nombre de personnes lui écrivaient, exigeant qu'il magne ses « fesses de fainéant » et leur trouve des partenaires. Les pires étaient ceux qui devenaient carrément méchants, le traitant de tous les noms et l'insultant parce qu'il « ne faisait pas son travail ». Et puis, il y avait les idiots qui répandaient des rumeurs selon lesquelles il mentait en affirmant que ces couples étaient de véritables âmes sœurs. Selon eux, les candidats avaient simplement subi un lavage de cerveau pour croire qu'ils étaient réellement amoureux de leur partenaire, mais tout cela n'était qu'une illusion, un canular qui finirait par s'effondrer et les laisserait dévastés.

J'aurais voulu leur défoncer la gueule, mais Kayog me calmait toujours, sincèrement amusé par leurs absurdités. Il me rappelait sagement qu'il était inutile de discuter avec des imbéciles, car le temps allait lui donner raison.

Il s'avéra que certains de ces « imbéciles » étaient en fait des agences de rencontre *rivales*, furieuses que beaucoup de leurs candidats se ruent vers l'AP. Quelques-unes tentèrent même de poursuivre mon conjoint pour pratiques déloyales, au motif que ses services étaient gratuits. Les incitatifs de l'OPU sous forme de déménagement gratuit et de dot constituaient à leurs yeux un avantage supplémentaire injuste. Ces poursuites judiciaires furent vouées à l'échec dès le départ, car elles reposaient sur le postulat erroné qu'ils étaient concurrents. Kayog s'adressait à un groupe très spécifique que ces agences snobaient systématiquement. Ce n'était pas sa faute si leurs autres candidats se tournaient vers lui.

De toute façon, mon mari était bien trop fier et honnête pour se livrer à ce genre de comportement douteux. Je découvris que Kayog cataloguait constamment l'âme de chaque personne qu'il rencontrait, même celles qui étaient mariées. Il était presque obsédé par son besoin d'entendre les chansons des gens. À ma grande surprise, il me confia qu'il avait établi un tableau personnel basé sur ces mélodies. Apparemment, le rythme, la tonalité, l'amplitude et la complexité de la chanson d'une personne révélaient des traits communs spécifiques à son sujet.

Par exemple, il pouvait déjà déduire certaines choses sur les gens rien qu'avec cela, ce qui l'aidait à identifier l'espèce ou le type de candidat qui pourrait être un bon partenaire. Je ne comprenais toujours pas comment il pouvait reconnaître deux personnes parmi le nombre incroyable de partenaires potentiels. Mais il y parvenait.

Par-dessus tout, il put réaliser son rêve de visiter et d'interagir directement avec d'innombrables espèces primitives soumises à des niveaux variés de restrictions imposées par la Directive Première. Il prenait très au sérieux la rédaction d'amendements et de réformes aux directives spécifiques à différentes planètes. Ce que j'aimais le plus chez lui, c'était le fait qu'il ne se contentait pas d'imposer ses idées et opinions personnelles sur le sujet. Il utilisait ses incroyables pouvoirs empathiques pour évaluer discrètement les sentiments de la population locale à l'égard de ses commentaires « innocents » sur des enjeux précis auxquels cette espèce était confrontée.

Chaque fois que les lois étaient modifiées pour refléter ses suggestions, c'était une grande victoire.

Cependant, tout cela rendait la coordination de nos missions respectives plus complexe. Nous étions souvent séparés, mais heureusement pour des périodes assez courtes. Nos retrouvailles passionnées compensaient largement cela.

Nous venions de sortir pour fêter son 250e jumelage officiel lorsque je me sentis soudainement faible. Avant même d'atteindre notre table, j'eus trois vertiges consécutifs. Ne voulant prendre aucun risque, Kayog insista pour que nous allions immédiatement chez le médecin. Je n'étais pas très enthousiaste, car il fallait compter quarante-cinq minutes de vol pour retourner au centre de recherche où nous vivions encore. Mais l'inquiétude sincère de mon conjoint finit par me convaincre.

Je pensais que c'était simplement dû à une hypoglycémie, car je n'avais pas mangé correctement de toute la journée. Le verdict, que j'aurais dû voir venir, me prit en fait par surprise.

J'étais enceinte.

Mon cri de joie – pour ne pas dire mon hurlement – mourut instantanément dans ma gorge lorsque Kayog resta stoïque. Une vague d'inquiétude m'envahit lorsque je ne perçus rien d'autre qu'une grande tension émanant de lui. Pourquoi une réaction aussi froide et réservée ? Nous avions parlé d'avoir des enfants, et mon conjoint avait toujours exprimé son désir d'en avoir beaucoup. Je reportai mon attention sur Arafin. Découvrir qu'il nous cachait ses émotions – ce qu'il n'avait jamais fait auparavant – me glaça le sang.

Arafin savait mieux que quiconque qu'il ne pouvait pas bloquer ses émotions face à Kayog. Soit il l'avait fait inconsciemment, soit il essayait délibérément de *me* cacher quelque chose. J'ouvris la bouche pour demander ce qui se passait, mais Kayog prit la parole en premier.

— Il y a quelque chose qui cloche, n'est-ce pas ? demanda-t-il, d'une voix aussi dénuée d'émotion que son visage.

Je retins mon souffle, la peur s'installant dans le creux de mon estomac tandis que le médecin baissait les yeux un instant, un air de tristesse et de culpabilité traversant ses traits avant qu'il ne se ressaisisse.

— Pour l'instant, nous ne constatons aucune anomalie chez le fœtus, dit Arafin avec prudence. Cependant, les analyses sanguines de Linséa ont confirmé ce que nous redoutions.

— Ce que vous redoutiez ? m'écriai-je, partagée entre la peur et l'indignation à l'idée qu'il m'ait caché une information vitale. Que se passe-t-il ?

Il me jeta un regard désolé avant de se tourner vers Kayog.

— Pour être franc, nous pensions que tu étais stérile. Tes anomalies hormonales affectent plusieurs de tes organes, ce qui te confère ces pouvoirs incroyables, déclara le médecin au lieu de répondre à mes questions.

— Il est clair que je ne suis pas stérile, rétorqua Kayog d'un ton sec. Alors, que se passe-t-il ?

— D'après les échantillons sanguins prélevés sur Linséa, ton enfant provoque le même déséquilibre hormonal chez elle, mais à un degré moindre, expliqua-t-il.

Kayog et moi eûmes le même mouvement de recul, complètement choqués.

— Linséa est en train de devenir une Édal ? s'exclama-t-il en me prenant la main, la peur grandissant en lui. Va-t-elle souffrir comme j'ai souffert ?

Arafin leva la main dans un geste apaisant tout en secouant la tête.

— Non, dit-il avant de se tourner vers moi. Ta glande pinéale est normale, tu ne peux donc pas devenir une Édal.

— Alors, notre bébé en est-il un ? demandai-je, serrant la main de mon mari pour me réconforter.

Le médecin hésita.

— Oui et non.

— Qu'est-ce que ça veut dire, bordel ? s'écria Kayog. Si c'est le cas, tu peux sûrement utiliser tous les tests et toutes les recherches que vous avez effectués sur moi pour le protéger ?

— Le bébé n'est pas réellement un Édal, même si je pense qu'il était initialement destiné à le devenir, répondit Arafin en choisissant ses mots avec soin. Dans tous les cas où ce type d'anomalie hormonale s'est produit pendant une grossesse, le bébé n'était pas viable.

Ses mots me frappèrent comme un boulet en pleine poitrine. Mon conjoint refoula ses émotions, se fermant à moi. Mais il ne le fit pas assez rapidement pour que je ne perçoive pas la douleur aiguë qui déchira son cœur à cette horrible nouvelle. La partie égoïste de moi qui avait besoin de son soutien voulait lui dire de ne pas me repousser. Mais la partie encore rationnelle de moi comprenait qu'il faisait cela pour me protéger, et non pour m'exclure.

— Il va mourir ? demanda Kayog, la douleur perceptible dans sa voix malgré ses efforts pour rester neutre.

— Normalement, dans ce genre de cas, le fœtus meurt soit au début de la grossesse, soit à terme, mais dans les vingt-quatre heures qui suivent, répondit le médecin d'un ton doux.

La plus longue période de survie enregistrée était de quatre jours.

— Mais de quoi le bébé va-t-il mourir ? Et comme l'a dit Kayog, les recherches que vous avez menées sur lui ne peuvent-elles pas aider à protéger notre enfant ? demandai-je, m'accrochant à l'espoir.

— Ce n'est pas un Édal traditionnel, expliqua Arafin avec tristesse. Dans ce cas précis, les hormones anormales empêchent les organes du bébé de se former complètement. Le fœtus dépend de sa mère pour survivre. Après la naissance, en supposant qu'il y parvienne, il se détériore rapidement car il ne dispose plus du soutien nécessaire.

— Et tu dis que c'est le cas de notre bébé ? demandai-je, la gorge serrée.

— Il est trop tôt pour le dire. Tes anomalies hormonales actuelles sont simplement les signes avant-coureurs de ce qui a de fortes chances de se produire, répondit prudemment le médecin. Mais vous devez tous les deux vous préparer mentalement à cette issue. Si le fœtus survit au-delà du troisième mois, cela garantit pratiquement que tu iras à terme. Présentement, tu n'en es qu'à sept semaines.

— Tu veux dire que nous devrions interrompre la grossesse ? demandai-je, la colère face à l'injustice de la situation transparaissant dans ma voix.

— Seuls vous deux pouvez prendre cette décision, répondit rapidement Arafin.

— En quoi est-ce une décision à prendre ? Tu dis que notre bébé est presque assuré de naître sans les organes essentiels à la vie. Pourquoi voudrions-nous le mettre au monde juste pour qu'il souffre pendant la courte période où il sera là avant de mourir ? grogna Kayog.

— Oh non ! rétorqua Arafin. Le bébé ne souffrira pas. La bonne nouvelle dans cette tragédie – si je peux employer ce terme – c'est que ces bébés ne ressentent pas la douleur. Ils naissent avec une insensibilité congénitale à la douleur aussi appelée analgésie congénitale.

— Comment cela fonctionne-t-il exactement ? demandai-je, l'esprit en ébullition.

— En gros, le système nerveux n'envoie pas de signaux de douleur au cerveau. Par conséquent, quelle que soit la gravité de leurs blessures, les personnes atteintes de cette maladie ne ressentent aucune douleur. L'enfant ne souffrira donc pas jusqu'à ce qu'il subisse des défaillances suffisamment catastrophiques pour entraîner son décès.

J'enlaçai ma taille, les larmes aux yeux, tandis que mon cerveau luttait pour accepter cette nouvelle. Avoir été au sommet du bonheur en apprenant que j'étais enceinte, pour ensuite m'écrouler quelques secondes plus tard de la sorte était plus que dévastateur.

— Prenez le temps de décider ce que vous voulez faire, dit Arafin d'une voix apaisante. Il n'y a pas urgence pour l'instant. Vous êtes tous les deux des Témernes. Vous pouvez percevoir ce que ressent le bébé. Vous saurez donc avec certitude qu'il ne ressent aucune douleur. Et gardez à l'esprit que nous ne savons pas encore si votre enfant développera cette maladie. Ce sont simplement les résultats hormonaux qui nous obligent à envisager la possibilité très réelle d'une issue moins heureuse.

— Pourquoi ne nous as-tu pas prévenus ? demanda Kayog avec colère. Il est clair que tu savais dès le début que cette probabilité existait. As-tu fait cela pour pouvoir mener d'autres expériences sur cette abomination d'Édal ?

Mon désir instinctif de le calmer et de le réprimander gentiment pour cette accusation cruelle s'estompa presque instantanément. Même si j'appréciais beaucoup Arafin, la question de Kayog était malheureusement légitime. La possibilité qu'ils nous aient permis de concevoir uniquement dans le cadre d'une expérience tordue me détruirait complètement.

— Non, absolument pas ! s'exclama Arafin, avec une indignation sincère qui agit comme un puissant baume sur mon cœur blessé. Nous ne vous avons pas prévenus parce que nous n'avions aucune certitude que cela allait arriver. Ellen et moi avons longuement débattu de cette question. Au final, nous avons décidé que tu avais déjà suffisamment souffert sans que nous te causions davantage de stress et d'anxiété sur la base de pures spéculations. Encore une fois, nous pensions sincèrement que tu étais stérile. Et si une grossesse survenait, nous aurions alors traité toute complication éventuelle. Si cette décision était mauvaise, je te prie d'accepter mes excuses les plus sincères. Nous essayions de te protéger et avons fait ce que nous pensions être juste.

Une fois de plus, l'honnêteté qui émanait de lui atténua encore davantage la colère que je voulais lui adresser. Si nos rôles avaient été inversés, j'aurais moi aussi eu du mal à décider comment gérer cette situation. Cela ne rendait pas les choses plus faciles.

— Très bien, dit Kayog, d'une voix toujours froide, même si son attitude n'était plus aussi agressive envers le médecin. Mais qu'est-ce que cela signifie pour Linséa ? Quel risque cette grossesse fait-elle courir à sa santé ?

Mon cœur fondit pour mon conjoint de le voir se recentrer rapidement sur mon bien-être.

— Aucun, répondit Arafin avec fermeté.

Cela me prit de court. À en juger par l'expression de Kayog, il était lui aussi stupéfait par cette réponse sans équivoque.

— Vraiment ? demandai-je d'un ton dubitatif.

Le médecin acquiesça avec conviction.

— Absolument. Dans les cas précédents, la mère n'a jamais subi d'effets secondaires négatifs.

— Mais qu'en est-il des hormones anormales ? rétorqua Kayog.

— Leur taux est beaucoup trop faible pour avoir un impact sur Linséa, expliqua Arafin. Sa glande pinéale est également

REGINE ABEL

normale. Il n'y a donc absolument aucun risque pour elle, seulement pour le fœtus.

Mon conjoint hocha lentement la tête et un lourd silence s'abattit sur la pièce tandis que nous digérions ses paroles. Puis, en parfaite synchronisation, Kayog et moi croisâmes nos regards et une communication muette s'établit entre nous.

— Merci pour ces informations, dit Kayog d'une voix maîtrisée au médecin. Ma conjointe et moi allons réfléchir à la question et te tiendrons au courant.

— Bien sûr. Prenez tout le temps dont vous avez besoin, répondit Arafin.

Mon mari m'aida à me lever et me conduisit hors du cabinet médical, son bras protecteur entourant mes épaules.

Dès que nous entrâmes dans notre appartement et que Kayog eut fermé la porte derrière nous, je me retournai pour lui faire face.

— Ne te ferme pas à moi, dis-je d'un ton suppliant.

Il tiqua, et ce regard désespéré que je n'avais pas vu depuis nos débuts sur le campus traversa son visage avant d'être rapidement dissimulé.

— Tu n'as pas besoin de ressentir ma douleur et ma honte en plus de ton propre chagrin, dit-il d'un ton abattu.

Je me raidis et le fixai, incrédule.

— Pourquoi de la honte ? demandai-je. Tu n'as rien fait de mal !

Kayog souffla avec dédain et passa devant moi pour se diriger vers le salon, où il se tint devant la grande baie vitrée donnant sur le paysage à couper le souffle.

— Tout en moi est défectueux, siffla-t-il avec dégoût. Je ne suis même pas foutu d'être un bon conjoint pour toi.

— C'est quoi ces conneries ?! m'écriai-je avant de me hâter vers lui.

Je l'attrapai par le bras et le forçai à se retourner pour me regarder.

— Être un bon conjoint ne signifie pas être un donneur de sperme ! Il y a des tonnes de gens qui ne peuvent pas avoir d'enfants ou qui ont subi plusieurs fausses couches. Cela ne les rend pas inférieurs. Cela ne fait pas d'eux de mauvais partenaires. Tu n'es ni inférieur ni mauvais.

Il tenta de se détourner de moi, mais je resserrai mon étreinte sur son bras et lui saisit le second pour le forcer à rester devant moi.

— Kayog, regarde-moi, lui ordonnai-je. Même si j'aurais aimé être informée dès le début du risque potentiel d'une grossesse, pour l'instant, je veux seulement me concentrer sur le fait que notre bébé va bien. Qui sait ce que l'avenir nous réserve ? Peut-être que tout ira pour le mieux.

— Et si ce n'est pas le cas ? argua-t-il, la douleur dans sa voix et dans ses yeux me déchirant le cœur.

— Alors ce sera la volonté du destin, répondis-je d'un ton factuel.

Ses épaules s'affaissèrent et il fixa le sol d'un air perdu qui me serra le cœur.

— Veux-tu que j'avorte ? demandai-je d'une voix douce.

Il releva brusquement la tête pour me fixer, le regard intense, même s'il essayait de cacher le choc que mes paroles avaient provoqué en lui.

— C'est ce que tu veux ? demanda-t-il d'une voix tendue.

— C'est moi qui t'ai posé la question en premier, rétorquai-je d'un ton gentiment réprobateur.

— Ce n'est pas à *moi* de prendre cette décision, mon amour, dit Kayog d'une voix pleine de tristesse. Je n'essaie pas de me dérober à mes responsabilités. Mais c'est *ton* corps.

— Qui porte *notre* enfant, rétorquai-je. Tu as ton mot à dire.

— Cela reste *ton* corps, et c'est donc à toi de décider, insista-t-il. Le lien qui vous unira n'est pas quelque chose que je partagerai. Tu subiras tout cela et vivras une expérience que je ne peux même pas imaginer. Je ne peux donc pas t'imposer quoi que ce soit.

Je hochai lentement la tête.

— Mais si c'était à toi de décider, quelle serait ta décision ? Et s'il te plaît, donne-moi une réponse honnête, Kayog. Nous avons toujours été honnêtes l'un avec l'autre, et cela ne devrait jamais changer, surtout en période de crise. S'il te plaît, ouvre-toi à moi comme je m'ouvre à toi, le suppliai-je.

Il hésita, visiblement déchiré par des émotions contradictoires, même si la tristesse dominait sur son visage.

— Si son affirmation selon laquelle cette grossesse ne te causera aucun tort est exacte, et si le bébé ne ressentira vraiment aucune douleur, alors oui, je voudrais le garder, dit enfin Kayog, la tristesse qu'il ressentait perceptible dans sa voix. Mais cela ne devrait être le cas que si *tu* le *veux* vraiment, et non parce que tu te sens *obligée* de quelque manière que ce soit.

Il prit mon visage entre ses mains, l'amour dans ses yeux dominant le profond chagrin qu'il ne pouvait cacher. Mon mari croisa mon regard, et un sentiment de paix m'envahit.

— Je le pense vraiment, mon amour. Quelle que soit ta décision, je te soutiendrai et je ne t'en voudrai pas. Mon cœur est brisé, c'est la seule raison pour laquelle je me renferme. Ce n'est pas par rancœur ou à cause d'un sentiment tordu de honte. Je ne veux simplement pas alourdir ton fardeau.

— Ne fais pas ça, Kayog, dis-je d'une voix douce. Nous sommes des âmes sœurs, ensemble dans les bons et les mauvais moments. Comme toi, je veux garder notre bébé tant qu'il ne souffre pas. Nous ne savons pas s'il survivra. Mais quelle que soit la décision du destin, nous l'affronterons côte à côte. Nous nous sommes battus pour te sauver et avons accompli l'impossible. Nous nous battrons également pour sauver notre bébé.

Une émotion puissante traversa son beau visage. Il m'attira dans ses bras et je fondis contre lui.

— Je t'aime, Linséa, murmura-t-il d'une voix étranglée. Je t'aime de tout mon être, maintenant et pour toujours.

Alors qu'il refermait ses ailes autour de moi, il ouvrit grand les barrières qui m'avaient tenue à l'écart. La profondeur de son chagrin me frappa de plein fouet. Mais je ne le repoussai pas. Je le laissai entrer et me concentrai sur les autres émotions qui avaient besoin d'être nourries. Sous la douleur, un amour infini, de l'espoir et de la gratitude tentaient de percer. Je m'y accrochai et les alimentai avec les miens.

CHAPITRE 22
KAYOG

L es quatre mois suivants se transformèrent en une véritable montagne russe émotionnelle. Pendant les premières semaines, je fus rongé par la honte, la culpabilité et la colère face à l'injustice de la situation. Pourquoi étais-je toujours brisé ? Pourquoi y avait-il toujours quelque chose qui clochait chez moi et qui m'empêchait d'avoir la vie simple dont tout le monde jouissait ? N'avais-je pas assez souffert ? Sauf que maintenant, mes déficiences causaient également de la douleur et de la détresse à deux personnes qui ne le méritaient absolument pas : ma magnifique conjointe et mon enfant innocent.

Malgré tout, l'obscurité qui m'engloutissait se dissipa graduellement grâce à ces deux personnes merveilleuses. Voir Linséa rayonner, son ventre s'arrondir, et de me voir entouré de la joie et de l'amour infini qui émanaient de l'esprit florissant de notre bébé défiait toute description.

C'était un pur bonheur.

Notre enfant – qui s'avéra être une femelle – adorait m'entendre chanter et quand je chatouillais sa mère. Chaque jour, sa chanson devenait plus forte et encore plus envoûtante. Elle s'harmonisait de plus en plus avec la nôtre, ce qui me donnait la chair de poule. Je n'avais pas encore vu ma petite princesse, mais je l'adorais déjà. Linséa se lamentait constamment du fait que je serais un papa gâteau. Et elle avait raison. J'allais gâter mon petit ange.

Les rendez-vous médicaux devinrent le fléau de mon existence. Chaque fois que Linséa devait passer une échographie, je me préparais à recevoir la terrible nouvelle que quelque chose n'allait pas. Mais au fil des semaines, puis des mois, l'espoir grandit peu à peu dans mon cœur. Notre bébé allait bien. Elle allait s'en sortir.

Et puis, au milieu du cinquième mois, notre monde s'écroula.

Les premiers signes d'anomalies fœtales apparurent sur les échographies. Au cours des semaines suivantes, ils devinrent de plus en plus évidents, jusqu'à ce que le verdict que nous redoutions tombe : notre bébé ne serait pas viable.

Aucun mot ne pouvait décrire la dévastation que nous ressentîmes. Pendant un moment, nous nous étions réellement convaincus que tout irait bien. Si les scientifiques avaient réussi à me sauver, ils pouvaient sûrement sauver notre ange aussi, non ?

La question de savoir si nous allions interrompre la grossesse ne se posa jamais. Pour nous, ce n'était même pas une option. Ce n'était pas par égoïsme, mais parce qu'Arafin avait vu juste dans ses prédictions. Notre fille ne souffrait pas. En fait, c'était elle qui nous remontait le moral lorsque nous pleurions.

Notre petite Théa – comme nous avions décidé de l'appeler – rayonnait d'un amour infini. Les tests démontraient qu'elle possédait presque les mêmes puissants pouvoirs empathiques que moi, sauf qu'elle avait développé les connexions neuronales nécessaires pour ne pas être submergée par les émotions des autres. Même à ce stade précoce de son développement, elle pouvait percevoir et réagir de manière réfléchie aux émotions qui l'entouraient. Chaque fois qu'elle sentait notre tristesse, elle nous inondait d'une vague d'amour jusqu'à ce que nous commencions à sourire. Puis ses propres émotions se transformaient en un amour pur et rayonnant. Cela nous donnait la force de chasser notre chagrin. Nous redoublâmes d'affection à son égard, déterminés à savourer chaque instant que la vie nous accordait avec elle. Pendant cette période, nous cessâmes pratiquement toute activité professionnelle. Théa devint le centre de notre univers.

À peine une semaine avant le huitième mois – la durée normale de gestation pour notre espèce – notre fille vint au monde par voie naturelle. De toute ma vie, je n'avais jamais rien vu d'aussi envoûtant que notre bébé. Théa était le mélange parfait des plumes blanches de sa mère et de ma couleur marron. Elle avait la peau beige, qui prenait une teinte légèrement plus foncée avec une touche de rouge dans son duvet et ses ailes. Alors que j'avais la poitrine et la tête dorées, Théa avait les plumes blanches de sa mère avec des taches sombres sur la poitrine. Mais elle nous regardait avec mes yeux argentés.

Elle était à couper le souffle.

Un seul regard sur son visage et son magnifique sourire suffisait à effacer toute tristesse. Les médecins agirent rapidement, lui implantant un dispositif qui lui fournirait les nutriments nécessaires pour la maintenir en vie pendant son court séjour parmi nous. Selon leurs estimations, elle avait deux, voire trois jours à vivre tout au plus. Mais heureusement, elle n'allait pas souffrir. Et nous fîmes tout notre possible pour rendre ces derniers instants les plus heureux possible.

Comme elle aimait quand nous chantions, je composai une chanson spécialement pour elle, comme je l'avais fait pour sa mère. Sauf que celle-ci la remerciait de nous avoir bénis de sa présence, aussi brève fût-elle. Cette fois-ci, j'écrivis les paroles en khélèse, la langue maternelle des Témernes, plutôt qu'en Universel. Elle ne savait évidemment pas encore parler, mais cela ne l'empêcha pas d'essayer d'imiter la ligne principale du refrain. Ce n'était même pas du langage bébé, mais plutôt des gazouillis adorables qui étaient suffisamment reconnaissables pour que nous comprenions qu'elle répétait nos paroles.

Linséa et moi chantions en harmonie, et la petite Théa se joignait à nous au refrain pour dire *coo lee coo*. C'était plus qu'adorable. Évidemment, elle n'avait aucune idée de la signification de ces mots. Mais ils pouvaient se traduire par « Je t'aimerai toujours ».

Arafin nous autorisa à la ramener à la maison afin qu'elle ne passe pas sa courte vie dans un établissement médical. Nous installâmes des caméras pour enregistrer chaque instant de notre précieux temps avec elle. Comme Théa ne pouvait pas utiliser ses ailes, je la tenais dans les airs, parcourant la pièce à toute vitesse tout en la faisant monter et descendre pour créer l'illusion qu'elle volait. Linséa se joignait à nous, soit en nous poursuivant de manière espiègle, soit en faisant semblant de s'enfuir pour mieux se laisser attraper.

Le rire de Théa remplissait la pièce, chassant l'obscurité qui rôdait. Chaque fois que celle-ci refaisait surface, notre ange se contentait de dire « *coo lee coo* » pour nous faire fondre instantanément. Elle souriait alors aussitôt, ayant atteint son objectif de nous remonter le moral.

Néanmoins, la voir décliner un peu plus à chaque heure qui passait était déchirant. Nous ne dormîmes pas pendant les soixante-huit heures qu'elle passa dans ce monde. Une partie de nous croyait qu'elle comprenait qu'elle allait bientôt nous quitter. Je croyais aussi qu'elle essayait de nous dire que tout allait bien, et de ne pas être tristes parce qu'elle ne l'était pas... parce que nous l'avions rendue heureuse.

Au cours de la dernière heure de sa vie, Linséa et moi lui chantâmes sa chanson. Chaque fois que nous la terminions, Théa disait « *coo lee coo* » et touchait nos becs à plusieurs reprises pour nous demander de la chanter à nouveau. Dès que nous le faisions, elle souriait et remuait ses petites serres et ses mains comme pour marquer le rythme.

Lors que nous eûmes fini de chanter une ultime fois, Théa saisit le bec de sa mère à deux mains, rapprochant le visage de Linséa afin de pouvoir frotter son propre bec contre celui-ci dans un tendre baiser. Elle se tourna ensuite vers moi et répéta le geste. À cet instant, je compris qu'elle nous disait au revoir.

— Nous nous reverrons, mon petit ange, dis-je, le cœur brisé. Dans ce monde ou dans le suivant, je te promets que nous nous reverrons. Et je prendrai soin de toi comme je n'ai pas pu le faire cette fois-ci. Ta mère et moi t'aimons, pour toujours. Coo lee coo, mon bébé.

— *Coo lee coo*, mon petit ange, répéta Linséa d'une voix tremblante.

— *Oo lee oo*, murmura Théa, son petit bec étiré en un sourire.

Alors que la lumière s'éteignait dans ses yeux argentés, ses paupières papillonnèrent avant de se fermer. Puis son magnifique visage se détendit. Je pris le corps fragile de Théa dans mes bras et la blottit contre moi avant d'attirer Linséa dans mon étreinte.

Je ne saurais dire combien de temps nous enlaçâmes notre bébé, les larmes coulant librement sur nos joues. Malgré mon envie brûlante de me refermer sur moi-même, je laissai Linséa ressentir mes émotions sans restriction. Oui, il y avait beaucoup de chagrin, mais aussi énormément d'amour. Percevoir les mêmes émotions chez ma conjointe m'apporta en fait du réconfort dans ce moment difficile. Et lui accorder la même chose sembla également l'apaiser.

Nous lavâmes notre fille et la plaçâmes dans la délicate chambre de stase que les médecins nous avaient fournie. Elle semblait si paisible, comme si elle dormait simplement. Je posai ma paume sur le couvercle en verre, le cœur lourd, tandis que je jetais un regard à ma conjointe.

— Je suis désolé, finis-je par dire.

— Pourquoi ? demanda Linséa, avec une pointe de défi dans la voix. Et ne t'avise pas de me ressortir ces sornettes sur ton

350

échec en tant que conjoint ou père. Grâce à toi, j'ai pu vivre une grossesse avec un partenaire merveilleux. Même si cela a été très bref, j'ai également pu connaître la maternité avec le plus adorable des anges.

— Mais je n'ai pas pu la sauver, dis-je d'une voix étranglée.

— Personne ne l'aurait pu. Le destin avait d'autres plans pour notre bébé. Ne te concentre pas sur notre perte, mais sur le cadeau qui nous a été offert, dit Linséa avec force. J'ai entendu sa chanson, Kayog ! À travers toi, à travers notre lien, j'ai entendu la chanson de notre fille. Rien ne peut se comparer à cela. L'amour qu'elle a apporté dans notre vie restera à jamais avec moi, avec toi, avec nous. Sachant ce que je sais maintenant, si j'avais le choix de recommencer, je dirais oui sans hésiter. Je ne peux pas supporter l'idée que Théa pourrait ne jamais avoir fait partie de notre vie.

Ces paroles me frappèrent durement, mais elles changèrent aussi ma vision de la situation. Elles n'effacèrent pas la douleur, mais elles m'aidèrent à faire face d'une manière que je n'aurais jamais cru possible auparavant. Oui, je ne pouvais pas imaginer un monde où je n'aurais jamais rencontré mon bébé.

Théa serait toujours avec moi, dans mon cœur.

Au cours des jours suivants, nous eûmes de nombreuses conversations sur notre avenir et sur la possibilité d'essayer à nouveau de fonder une famille. Au final, nous nous accordâmes sur le fait que je subirais une vasectomie. Nous décidâmes également de ne pas recourir à l'adoption pour le moment, même si je soupçonnais fortement que nous ne le ferions jamais. Ce n'était pas que nous n'aimions pas l'idée de devenir parents, mais nous ne voulions pas remplacer Théa. Un enfant adopté méritait d'être aimé sans réserve ni hésitation. Dans notre état d'esprit actuel, nous craignions de possiblement reprocher à l'enfant innocent que nous aurions adopté de ne pas partager avec nous le même lien parfait que nous avions eu avec notre bébé.

On ne jouait pas avec la vie de quelqu'un d'autre, encore

moins avec celle d'un petit qui cherchait un foyer permanent et une famille à qui appartenir.

Malheureusement, je traversai une phase quelque peu sombre où je ne repris pas immédiatement mes activités d'entremetteur. À la place, j'acceptai le type de missions pour les Défenseurs que j'avais toujours dit ne pas vouloir accomplir. Bien que cela dérangeât Linséa, elle me comprit et me soutint dans la mesure du raisonnable, tout en me rappelant de ne pas me laisser détourner par le chagrin. Mais accomplir des missions de sauvetage, en particulier celles où des personnes étaient prises en otage, ou des scénarios de fusillades de masse où d'innombrables vies étaient en jeu, m'aida sérieusement à surmonter ma culpabilité.

Même si je savais que ce n'était pas le cas, je ne pouvais m'empêcher de penser que j'avais failli à mon devoir envers mon enfant en ne trouvant pas de remède. Ces actions concrètes qui me permettaient de sauver de nombreuses vies, apaisaient mon sentiment d'inadéquation. Des gens avaient survécu grâce à des actions spécifiques que j'avais engagées.

Avec le temps – et une bonne dose de thérapie – je retrouvai enfin le chemin vers la lumière. D'une certaine manière, chaque femme que je jumelais devenait une fille pour moi. Souvent, j'imaginais que ces femmes étaient en fait ma Théa confrontée à une situation similaire. Cela me poussait à redoubler d'efforts pour faire ce qu'il fallait pour elles et leur offrir le bonheur qu'elles méritaient.

Les mois cédèrent la place aux années. Et trois décennies plus tard, Linséa et moi menions la carrière dont nous rêvions à l'université. Plus le nombre de mes jumelages réussis augmentait, plus mon influence grandissait. Ma conjointe étant devenue l'une des ambassadrices les plus respectées de l'OPU, nous formions une force à ne pas sous-estimer.

Ma Linséa s'avéra être un génie en me signalant divers programmes que je pouvais exploiter pour aider les couples que j'avais formés. Dans d'autres cas, elle fut le cerveau qui tirait les ficelles dans l'ombre pour lancer des programmes qui n'existaient pas, mais qui renversèrent complètement la situation difficile de certaines espèces.

L'une de ces réussites remarquables fut d'avoir contribué à la mise en place du programme des Filles de Métérion. Malgré mon ingérence antérieure dans d'autres mariages, l'OPU tenta dans un premier temps de me mettre des bâtons dans les roues au sujet de certaines dots que je souhaitais envoyer.

À cette époque, Colin avait déjà gravi les échelons pour atteindre des sphères encore plus élevées au sein des Défenseurs. Heureusement, son fils Tédrick reprit son ancien poste – qui évolua légèrement au fil des ans. Cela avait été étrange de passer du statut d'Oncle Kai à celui où il était désormais mon supérieur hiérarchique – même si cela n'était pas officiel, car je n'étais techniquement membre ni de l'OPU ni des Défenseurs.

Néanmoins, Tédrick me remplissait de fierté. Contrairement aux propos acerbes tenus par des personnes jalouses, il n'avait pas hérité de son poste. Il avait travaillé d'arrache-pied et mérité chaque distinction et chaque promotion qu'il avait reçues. Il partageait la même vision que son père pour les deux organisations. Mais il s'était montré encore plus déterminé à constituer son équipe principale de collaborateurs et d'agents de confiance.

Je venais de trouver un conjoint pour Susan, une charmante jeune femme élevée sur Métérion – une colonie agricole – et condamnée à une vie ardue simplement parce qu'elle était la troisième fille et donc considérée comme un fardeau. Elle était très troublée à l'idée d'être mariée à un Andturien nommé Olix – une espèce d'hommes-lézards qui avait connu des temps difficiles.

Lorsque je présentai la liste de la dot de Susan, l'OPU commença à rechigner. J'étais en route pour Xécania, la planète natale des Andturiens, lorsque je reçus une demande de vidéoconférence de Tédrick. Je gloussais déjà en acceptant l'appel.

— Kayog, encore en train de mijoter un coup pendable ?

demanda Tédrick d'un ton faussement sévère en guise de salutation.

— Comme toujours, répondis-je du tac au tac.

Il s'ébroua et son beau visage – si semblable à celui de son père – s'adoucit. Il passa la main dans ses cheveux noirs courts et posa ses yeux gris sur moi.

— L'OPU me met la pression à propos de tes dernières demandes, dit Tédrick d'un ton plus sérieux. Je sais que tu aimes repousser les limites pour le bien de tes clients, mais tu sais quels risques majeurs sont impliqués chaque fois que tu introduis de nouvelles plantes ou de nouveaux animaux dans un écosystème étranger. Tu veux expédier beaucoup de graines à Xécania. Ces graines produisent des plantes qui ne sont pas indigènes à cet environnement.

— Naturellement, et comme tu l'as sans doute deviné, je ne l'ai pas fait à la légère, répondis-je d'un ton rassurant. Notre département scientifique a examiné toutes les graines que j'ai proposées afin de s'assurer qu'aucune d'entre elles ne constituerait une menace pour cette planète.

— Je m'en doutais. Alors merci de me le confirmer. Cependant, j'ai beaucoup plus de mal à justifier l'inclusion de graines de baies de reezia dans la commande, dit Tédrick. Ce n'est pas un fruit que les humains ou les Andturiens consomment habituellement.

— Non, concédai-je. Ce n'est pas pour eux non plus.

Il se raidit et plissa immédiatement les yeux en me regardant.

— Alors pourquoi les inclure ?

— Parce que les réfugiés bozengis seraient très intéressés par elles, répondis-je en haussant les épaules.

— Nous ne pouvons pas nous immiscer dans les affaires de la population locale. Tu le sais bien, dit Tédrick d'une voix plus dure.

— Et je ne le fais pas, rétorquai-je avec un air innocent des moins sincères. Je fournis une variété de graines sûres à une agricultrice douée pour qu'elle les cultive dans ce monde. C'est à Susan de décider si elle le fera ou non. Mais si elle est avisée, elle pourrait les utiliser d'une manière qui aiderait considérablement son nouveau peuple. La décision leur appartiendra entièrement, à elle et aux Andturiens. Par conséquent, aucune règle n'a été enfreinte.

— Tu joues un jeu dangereux, Kayog, dit-il, l'air troublé.

— Xécania a le potentiel de devenir le garde-manger de la galaxie tout en redonnant à son peuple le contrôle de sa propre planète. Les Andturiens sont au bord de la famine alors qu'ils possèdent certaines des terres agricoles les plus fertiles de tout le secteur. Je leur donne simplement les outils nécessaires pour s'engager dans cette voie et lutter contre les conglomérats qui tentent de s'approprier leurs terres, s'ils le souhaitent. N'est-ce pas pour cela que nous sommes ici ?

— Oui, mais nous ne pouvons pas être perçus comme interférant ou influençant les populations locales à nos propres fins.

— Et ce n'est pas le cas, rétorquai-je d'un ton chantant. Comme je l'ai dit, je ne fais qu'ajouter une graine différente au reste du lot. Ce que Susan en fait ne dépend que d'elle et de son peuple. Toutes les règles sont respectées.

— Très bien ! grommela Tédrick. Je trouverai un moyen de les faire taire à ce sujet. Mais essaie de ne pas me compliquer la vie inutilement.

— Où serait le plaisir sinon ?

Il marmonna quelque chose entre ses dents, ce qui me fit éclater de rire.

Non seulement Susan comprit la mission qui lui était confiée, mais cette femme intelligente la porta à un niveau que je n'aurais jamais pu imaginer. Au final, elle aida son nouveau peuple à contrecarrer les plans diaboliques du conglomérat cupide qui cherchait à l'écraser, fournit à cette espèce primitive les moyens d'atteindre l'indépendance financière, et offrit même aux autres troisièmes filles de Métérion de nouvelles voies et opportunités pour une vie meilleure.

Ce fut une idée de Susan qui donna naissance au programme des « Filles de Métérion », que ma Linséa contribua grandement à mettre en place.

Pouvoir utiliser mon talent d'entremetteur pour sauver littéralement la vie de femmes extraordinaires en situation désespérée, notamment à cause d'accusations injustes, fut l'un des autres moments forts de ma carrière. Séréna et son conjoint ordosien Szaro me venait assurément à l'esprit. Certes, elle avait enfreint les règles en pénétrant sur leurs terres sacrées, mais ce fut pour une bonne cause : empêcher une mère et son enfant d'être dévorés par des monstres sanguinaires. Cette union réussie nous permit de renforcer les liens fragiles avec cette espèce semblable aux Nagas, normalement extrêmement réticente à s'ouvrir aux étrangers.

Et comment pourrais-je oublier l'espiègle Rihanna ? La petite contrebandière avait été piégée par son ancien partenaire d'affaires qui lui avait fait endosser la responsabilité d'un crime qu'elle n'avait pas commis. Sans mon intervention, elle aurait été envoyée à Molvi, la planète prison la plus meurtrière de la galaxie. Son union improbable avec Zatruk, le Grand Chef des Yurus – une espèce semblable à des orques-minotaures – avait complètement changé le destin des trois principales espèces partageant cette planète. Elle avait apporté l'espoir, la prospérité et la paix aux Yurus, qui étaient auparavant au bord de l'autodestruction.

Mais d'un point de vue égoïste – et plus largement pour le bénéfice des Défenseurs et de l'OPU – je ne pouvais pas être plus reconnaissant d'avoir contribué à rapprocher Kaida et Cédros. En réalité, ils s'étaient rencontrés par eux-mêmes lors d'une mission, mais j'avais simplement aidé à convaincre Kaida de lui donner une chance. En tant qu'agente de haut rang des Défenseurs, Kaida ne m'était pas inconnue. Ce jour-là, elle était entrée dans un centre de recherche avec l'équipe de Tédrick pour investiguer un mystérieux portail qui s'était ouvert dans leur centrale énergétique et d'où un dragon de l'ombre géant avait émergé pour combattre de redoutables créatures obscures.

Ce dragon s'avéra être Cédros, le plus gentil des Seigneurs de l'Ombre, qui avait désespérément besoin des câlins de son Éjaya – la seule femelle de l'univers capable de l'empêcher de succomber à la folie qui rongeait les êtres comme lui. Et cette Éjaya n'était nulle autre que Kaida.

Qui aurait cru que ce couple allait nous fournir un approvisionnement régulier en pierres d'ombre ? Elles nous permettaient d'ouvrir des portails vers n'importe quelle destination prédéfinie, n'importe où dans la galaxie. Cela signifiait qu'il n'était plus nécessaire de passer une semaine à voyager dans l'espace pour se rendre dans différents mondes. En quelques secondes, je pouvais aller et venir, et retourner auprès de ma conjointe. Évidemment, nous ne pouvions pas abuser d'un outil aussi formidable, non seulement parce que les pierres d'ombre étaient rares, mais aussi parce que, si elles tombaient entre de mauvaises mains, elles pourraient causer des dommages incalculables, surtout si elles étaient utilisées pour lancer une attaque surprise sur un monde inconscient du danger.

Cela dit, jamais je n'aurais imaginé qu'un jumelage que j'avais effectué puisse entraîner une telle vague d'injustice. La colère m'envahit lorsque je reçus un message urgent de Torgal concernant une jeune femme nommée Malaya qui était sur le point d'être envoyée à Molvi. Je n'avais aucun problème avec le fait que de véritables criminels soient incarcérés là-bas. Cependant, Torgal – l'avocat témerne chargé de défendre son dossier – affirma sans équivoque qu'elle était innocente et que le juge chargé de son affaire était en réalité corrompu.

Cela aurait dû être impossible, car son peuple, les Obosiens, était connu pour être obsédé par l'application de la loi et le respect des règles. Ce n'était pas pour rien qu'ils géraient Molvi.

À la demande de Malaya, l'avocat espérait que je pourrais lui trouver un mari, comme je l'avais fait pour Rihanna. Malheureusement, les règles avaient changé en représailles à mon sauvetage de Rihanna grâce à un jumelage. Ce même juge corrompu nommé Wuras avait présidé son procès et s'était senti personnellement offensé que j'aie épargné à la jeune femme les horribles abus et la mort qui l'attendaient à Molvi.

Il contribua donc à faire adopter de nouvelles lois empêchant les condamnés d'échapper à leur peine en se faisant apparier. Si je trouvais leur âme sœur, cette personne devrait rejoindre le détenu sur la planète prison pour la durée de sa peine, ou vivre séparément jusqu'à sa libération.

Le seul espoir de sauver Malaya était de trouver un Seigneur de l'Enfer, un gardien ou un employé sur Molvi avec lequel je pourrais la marier. C'était une solution relativement faible, mais elle répondait à l'exigence fondamentale selon laquelle les condamnés devaient purger leur peine sur Molvi. Elle ne précisait pas qu'ils devaient se trouver dans l'un des Quadrants de détention. Mais pour cela, je devais la rencontrer afin de me faire une idée de sa chanson avant de parcourir la planète à la recherche d'un partenaire potentiel.

Par conséquent, Linséa et moi nous rendîmes dans la cellule où Malaya était détenue en attendant son transfert vers la planète prison. Normalement, ma conjointe ne s'impliquait pas directement dans l'entretien initial pour un jumelage. Mais cette situation était différente. Nous avions affaire à un juge obosien corrompu. Les Défenseurs et l'OPU voulaient intervenir pour mettre fin à cette situation. Mais les répercussions politiques et juridiques auraient pu être catastrophiques. Il fallait gérer toute cette affaire avec beaucoup de prudence. Linséa allait s'occuper des aspects diplomatiques et juridiques pendant que j'allais essayer de faire des miracles.

Même si je détestais l'idée de briser ma série parfaite de jumelages entre âmes sœurs, sauver la vie d'une jeune femme innocente était bien plus important pour moi. Si elle avait été ma fille, j'aurais voulu qu'une personne influente intervienne en sa faveur.

Deux gardes obosiens nous conduisirent à travers le long couloir où d'innombrables cellules bordaient les murs. Toutes les personnes qui s'y trouvaient étaient coupables au-delà de tout doute. Certaines d'entre elles dégageaient une malveillance pure qui me donnait des frissons dans le dos. Sans ma capacité bénie à bloquer les autres, je serais en train de me tordre de douleur sur le sol. Au bout du couloir, nous descendîmes dans les entrailles du centre de détention, où se trouvaient les cellules d'isolement.

Ma colère monta d'un cran. D'après les commentaires de Torgal au sujet de la jeune femme et mon propre examen de son dossier, rien ne justifiait un tel isolement. Pendant une fraction de seconde, je me demandai s'ils l'avaient transférée ici, loin des regards indiscrets, afin de pouvoir l'éliminer. Cependant, compte tenu du grand nombre de caméras de sécurité couvrant cette zone, il serait pratiquement impossible de commettre un meurtre sans être repéré.

Mais toutes ces pensées vagabondes s'envolèrent de mon esprit alors que nous approchions de la cellule où Malaya était détenue. Une vague de peur me frappa, ce qui était prévisible dans les circonstances actuelles. Mais ce fut autre chose qui faillit me faire fléchir les genoux.

— Impossible, soufflai-je, complètement sous le choc.

CHAPITRE 23
LINSÉA

L a puissante émotion qui déferla à travers mon lien avec Kayog faillit me faire perdre l'équilibre. Je lui lançai un regard confus, me demandant ce qui avait bien pu provoquer une réaction aussi forte chez lui. Cela allait au-delà d'un simple choc. Il avait perçu quelque chose de dévastateur. À ma grande consternation, quelques instants après avoir murmuré son incrédulité, mon conjoint abattit ses barrières psychiques, se fermant à moi. Cela me stupéfia encore davantage. Je ne me souvenais pas de la dernière fois où il avait fait cela.

Kayog ne se fermait jamais à moi, sauf pour me protéger. Mais de quoi pouvais-je avoir besoin d'être protégée ? Sans les deux gardes obosiens incroyablement arrogants qui nous escortaient jusqu'à la cellule de Malaya, je lui aurais posé la question. Mais ce n'était pas le moment. Bien qu'encore visiblement secoué, mon conjoint me prit la main et la serra doucement pour me rassurer. Même si je me sentais toujours perturbée, cela m'apaisa. Au moment opportun, il me raconterait tout.

Je sentais la peur émaner d'une pièce voisine. Mon instinct protecteur se réveilla immédiatement, poussé par le besoin de les réconforter. Il y avait quelque chose dans cette aura qui me semblait familier. Je ne pouvais pas vraiment l'expliquer, car je savais pertinemment que je n'avais jamais rencontré cette jeune femme.

Le garde odieux ouvrit la porte d'un espace étroit et rectangulaire qui ne devait pas mesurer plus de trois mètres de large sur cinq mètres de long. Malaya était assise sur une surface plane recouverte d'un mince coussin qu'ils osaient qualifier de lit. Une cuvette de toilette et un petit lavabo complétaient cet espace lugubre dans lequel la pauvre femme avait été enfermée ces derniers jours en attendant son transfert.

Malaya émit un son étouffé en nous voyant. L'espoir et la joie qui l'envahirent immédiatement lorsqu'elle nous reconnut me frappèrent avec une violence incroyable. Cela me laissa perplexe et désorientée. Une fois de plus, le sentiment brûlant que je la connaissais me rongea.

Je jetai un coup d'œil à mon mari. Son visage cachait complètement les émotions qui le tiraillaient. Pour n'importe qui d'autre, il semblait être son habituel lui-même, détendu, chaleureux et amical. Mais la façon dont il tenait ses ailes trahissait une tension incroyable. Si je n'avais pas été mariée avec lui depuis trente-sept ans, je me serais peut-être laissée tromper.

— Tu as de la visite, dit le garde à Malaya d'un ton sec qui me donna envie de lui picorer les yeux.

Je n'étais pas du genre violent, mais voir une personne innocente se faire maltraiter me mettait hors de moi. Le deuxième gardien plaça deux tabourets en face du lit où Malaya était assise. Kayog le remercia poliment, puis, avec sa tendresse infinie habituelle, il me fit signe de m'asseoir avant de prendre le deuxième tabouret. Les deux Obosiens sortirent de la pièce et fermèrent la porte derrière eux. Le voyant lumineux de la serrure passa au rouge.

— Oh, mon Dieu ! s'exclama Malaya d'une voix tremblante. Je pourrais vous serrer tous les deux dans mes bras. Je croyais que vous m'aviez oubliée.

— Non, ma chère. Nous ne t'avons pas oubliée, dis-je en sortant une petite sphère de la pochette accrochée à la ceinture discrète autour de ma taille.

Une fois que je l'activai, la sphère plana à un mètre au-dessus de nos têtes et un faisceau de lumière nous entoura, formant un cône de silence.

— Un brouilleur ? demanda Malaya, stupéfaite.

— Pour s'assurer que personne n'écoute, répondis-je d'une voix plus dure. Tu t'es fait un ennemi puissant qui est très mécontent de nous voir intervenir.

— Mais vous intervenez, répéta Malaya, sa voix lourde d'espoir. Votre présence ici est synonyme de bonnes nouvelles, n'est-ce pas ? Vous avez trouvé une solution ?

J'hésitai avant de répondre.

— Pas exactement. Comme Torgal te l'a dit, il n'y a aucun moyen d'éviter que tu ailles à Molvi. Notre seul espoir est de te jumeler avec quelqu'un sur cette planète.

Elle eut un mouvement de recul et regarda tour à tour Kayog et moi avec horreur.

— Jumelée à un prisonnier ?! En quoi cela va-t-il m'aider ?

— Pas un prisonnier, corrigea Kayog d'un ton doux, presque paternel. L'objectif est de te jumeler à un Obosien ou à l'un des employés de Molvi. Mais idéalement, ce serait avec un Obosien.

Comme prévu, Malaya se rebiffa à cette perspective. Après tout, ils essayaient de l'envoyer à une mort certaine, tout en sachant qu'elle était innocente. Mais une fois que nous lui expliquâmes comment une union avec un Seigneur de l'Enfer pouvait lui donner les moyens nécessaires pour prouver son innocence, elle se rallia à contrecœur à cette idée.

— D'accord, je vois ce que vous voulez dire. Cela signifie-t-il que vous avez déjà quelqu'un en tête ? demanda Malaya avec un mélange d'espoir et de résignation.

Je jetai un coup d'œil à mon mari qui secoua la tête.

— J'ai parlé à quelques candidats potentiels pour évaluer

leur volonté d'envisager un couple aussi inhabituel, dit Kayog avec précaution. Je n'ai pas trouvé ton âme sœur, même si je commence à avoir une petite intuition. Ma présence ici n'avait pour but que d'évaluer ta personnalité afin d'avoir une meilleure idée de qui pourrait faire un bon conjoint pour toi.

Malaya fit un geste dédaigneux de la main.

— Il n'a pas besoin d'être mon âme sœur. Au bout de six mois, nous pourrons divorcer et je serai libre.

Kayog et moi secouâmes la tête à l'unisson.

— Tu es condamnée à perpétuité, lui rappelai-je d'un ton doux mais ferme. La seule chose qui puisse annuler ta peine et te rendre ta liberté, c'est la chute de Wuras.

— Cela signifie également qu'il est impératif que tu trouves un moyen de plaire à la personne avec laquelle tu seras appariée, l'avertit Kayog.

— Qu'est-ce que cela signifie ? demanda-t-elle, l'inquiétude s'insinuant à nouveau dans sa voix.

Une fois encore, le besoin impérieux de la protéger et de la réconforter m'envahit avec une violence qui me laissa pantoise. Pourquoi suscitait-elle en moi des réactions aussi fortes ? Malaya n'était pas la première personne en détresse que j'avais aidée. Aucune ne m'avait jamais autant touchée.

— Cela signifie que ton conjoint est le seul à pouvoir mettre fin à votre union après les six mois d'essai, s'il est mécontent de toi, expliqua Kayog. Dans ce cas, tu seras envoyée dans l'un des Secteurs pénitentiaires en bas pour y purger le reste de ta peine. Ma priorité est donc de trouver ton âme sœur. Mais à défaut, je veux quelqu'un avec qui tu pourras mener une vie agréable sur le long terme.

Elle nous fixa, sous le choc. De toute évidence, ce n'était pas ce qu'elle avait espéré entendre de notre part. Mais Malaya devait comprendre la réalité de sa situation précaire et se préparer à la dure bataille qui l'attendait.

— Tu penses que je vais échouer dans mes efforts pour trouver des preuves, murmura Malaya, abattue.

Kayog secoua la tête avec beaucoup plus d'assurance que je n'en ressentais moi-même.

— Nous pensons que vaincre Wuras sera difficile et prendra beaucoup de temps. Il y a de fortes probabilités que cela prenne plus que ces six mois. C'est pourquoi je préférerais que tu passes ce temps avec quelqu'un qui te rende heureuse et qui ne divorcera pas dès la fin de la période d'essai, dit-il.

— Nous avons juste besoin que tu continues à avoir la foi, ajoutai-je d'un ton rassurant. Nous nous battons pour toi. Le jour de ton transfert, nous te promettons que ce sera pour que tu rencontres le conjoint choisi.

Alors que nous nous levions pour quitter la pièce, je me retins à grand-peine de la serrer dans mes bras pour la réconforter. Outre le fait que cela aurait été un comportement étrange de ma part, cela aurait également provoqué la colère des gardes obosiens. Il existait des règles strictes concernant nos interactions avec les prisonniers. Et l'interdiction formelle de les toucher figurait en tête de liste. Ils faisaient déjà preuve d'une extrême courtoisie en nous laissant seuls dans la pièce avec Malaya.

La poitrine serrée, je regardai Kayog frapper à la porte pour demander aux gardes de nous laisser sortir. La rapidité avec laquelle ils ouvrirent laissa entendre qu'ils estimaient que nous avions abusé de leur hospitalité. Alors que nous quittions le centre de détention relié au tribunal obosien, je jetais des regards furtifs à mon mari. Il continuait de me bloquer. Malgré cela, j'avais senti la tension bouillonner en lui pendant tout l'interrogatoire, même s'il avait fait un travail fantastique pour la cacher.

Il marcha d'un pas vif jusqu'à notre navette. À mon grand choc, dès que nous montâmes à bord et que les portes se refermèrent derrière nous, Kayog laissa brusquement tomber son masque de stoïcisme. Il s'appuya contre le mur comme s'il craignait de s'effondrer sans ce soutien. Ses ailes s'affaissèrent et son visage prit une expression que je ne pouvais définir. Le choc, la détresse, le chagrin, mais aussi, étrangement, la joie se disputaient la domination sur ses traits.

— Kayog ! Ça va ? Que se passe-t-il ? m'écriai-je en me précipitant à ses côtés et en lui caressant le dos dans un geste apaisant.

À la façon dont il me contempla, ses yeux argentés remplis de larmes, je faillis paniquer complètement. Mais ses paroles me brisèrent le cerveau.

— C'est elle, dit Kayog d'une voix tremblante. C'est elle. Notre bébé... C'est Théa.

— Quoi ?! m'écriai-je en retirant brusquement ma main comme si son contact me brûlait, et je reculai d'un pas. C'est impossible.

— C'EST ELLE ! s'écria-t-il avec force, avant de passer une main tremblante sur le duvet de son crâne. Je ne pourrais jamais oublier cette chanson. Malaya est notre bébé réincarné. Le destin nous donne une seconde chance de sauver notre petite fille, comme nous n'avons pas pu le faire la première fois.

Mon esprit était en ébullition. J'ouvris la bouche pour lui dire que cela n'avait aucun sens, mais Kayog laissa tomber ses barrières et mes genoux se dérobèrent. Ses émotions déferlèrent sur moi comme un tsunami. À la vitesse de l'éclair, il m'attrapa par les bras et m'attira vers lui. Sans cela, je me serais effondrée.

Même si mon cerveau me disait que c'était impossible, les émotions qui émanaient de Kayog criaient haut et fort qu'il croyait incontestablement à ce qu'il disait. Au cours de nos trente-huit années passées ensemble, mon conjoint ne s'était jamais trompé lorsqu'il s'agissait de reconnaître une âme. Pourquoi commencerait-il maintenant ? S'il avait fait une déclaration aussi scandaleuse dans les jours, les semaines ou les mois qui avaient suivi le décès de notre bébé, je l'aurais attribué à un traumatisme ou à un moyen de faire face à la situation. Mais Théa nous avait quittés trente-sept ans auparavant.

Je me figeai, frappée par une pensée soudaine. Malaya avait trente-six ans. Elle était née d'un couple philippin le jour du premier anniversaire de la mort de Théa. Même si j'avais remarqué ce fait en examinant son dossier, je n'y avais pas prêté attention à ce moment-là. Mais maintenant...

Les Témernes croyaient en la réincarnation. Cependant, les probabilités de rencontrer une connaissance ou un être cher réincarné étaient quasi nulles. Et pourtant, en repensant à cette rencontre, je ne pouvais nier que mes réactions envers Malaya avaient défié toute logique... ou plutôt, elles avaient semblé illogiques dans le contexte initial. J'avais ressenti un besoin intense de la serrer dans mes bras et de la réconforter. La grossièreté des gardes à son égard avait réveillé mon instinct protecteur. Le besoin de la sauver avait dépassé tout ce que j'avais connu dans d'autres cas auparavant.

Mon âme connaissait la sienne.

J'éclatai en sanglots. Et Kayog me serra dans ses bras avec une force presque brutale, tout en cédant lui aussi aux émotions bouleversantes qui nous submergeaient. Ce n'étaient pas des larmes de tristesse, mais un mélange indescriptible de joie, de soulagement, d'espoir et de gratitude.

Le destin nous offrait une seconde chance. Et cette fois, nous étions bien mieux armés pour nous montrer à la hauteur. Ce juge corrompu, Wuras, allait tomber, et notre bébé allait retrouver la liberté.

Nous nous rendîmes directement à Molvi afin que Kayog puisse rencontrer autant de partenaires potentiels que possible. Nous détestions l'idée que notre fille finisse probablement avec quelqu'un qui n'était pas son âme sœur, mais c'était un sacrifice nécessaire pour assurer sa sécurité jusqu'à ce que toutes les charges soient abandonnées et que sa condamnation soit renversée.

Pendant notre trajet, nous appelâmes Tédrick pour le tenir au courant de la situation. À en juger par la rapidité avec laquelle il répondit à notre demande de communication, il avait probablement mis tout le reste en attente afin d'être disponible pour nous parler. Cette affaire était énorme et pourrait avoir des conséquences dévastatrices.

— Comment ça s'est passé ? demanda Tédrick dès que la connexion fut établie.

À en juger par l'arrière-plan, il était assis dans son bureau, appuyé contre le haut dossier de son fauteuil en cuir noir.

— Comme Torgal l'a dit, elle est innocente, répondit Kayog d'une voix tendue et déterminée. Nous devons utiliser tous les moyens nécessaires pour la sauver et faire tomber ce juge corrompu.

Tédrick plissa les yeux en observant mon conjoint. Même sans pouvoir percevoir ses émotions à travers l'écran, je le connaissais suffisamment bien pour comprendre que la vive réaction de Kayog mettait Tédrick en alerte.

— Comme tu le sais bien, nous ne pouvons rien faire concernant sa condamnation, déclara Tédrick d'un ton prudent. Évidemment, nous espérons que tu pourras faire quelque chose grâce à tes talents d'entremetteur afin de la protéger encore un peu plus longtemps. Mais nous avons les mains liées. Nous ne pouvons qu'espérer rassembler suffisamment de preuves, en particulier avec son aide en tant que journaliste d'enquête. C'est le système judiciaire obosien auquel nous sommes confrontés. Ce sera presque impossible.

— Je m'en fous ! siffla Kayog, faisant reculer Tédrick. S'il faut que je brûle toute la planète pour la faire évader, je le ferai.

Il cligna des yeux et fixa mon conjoint avec une expression stupéfaite.

— Kai, qu'est-ce qui ne va pas ? Tu sais que nous ne pouvons pas faire ça. Les répercussions...

— J'emmerde les répercussions ! Je ne laisserai pas ma fille

mourir dans cet endroit immonde ! s'écria Kayog. Elle est innocente. Peu importe ce qu'il faudra faire pour le prouver, nous le
ferons. Et si tu ne peux pas m'aider, je m'en occuperai moi-
même. Tu sais que j'en suis capable.

Je posai une main apaisante sur son avant-bras. Cela le fit
sortir en sursaut de la rage qui bouillonnait au plus profond de
lui. Il me lança un regard de biais, puis ses épaules s'affaissèrent
lorsqu'il réalisa qu'il se laissait dominer par ses émotions. À
l'écran, l'expression de Tédrick était passée de la consternation à
un soupçon de pitié, avant de se fixer sur quelque chose de plus
neutre et professionnel.

À cet instant, je compris qu'il pensait que Kayog faisait une
dépression nerveuse.

— Il n'est pas fou, dis-je d'un ton calme mais factuel.

Tédrick tiqua. Ce fut subtil, mais indéniable. Je le fixai du
regard sans broncher, le menton relevé en signe de défi.

— Il est normal que tu fasses cette supposition dans ces
circonstances. Mais mon conjoint a raison. Malaya est notre fille
réincarnée. Pendant trente-sept ans, Kayog a fidèlement servi les
Défenseurs et l'OPU. Il ne s'est jamais trompé sur le chant de
l'âme d'une personne. Penses-tu vraiment qu'il puisse se
tromper sur celui de notre propre enfant ? demandai-je d'un ton
sévère.

Tédrick fronça les sourcils, l'air incertain, tandis qu'il pesait
mes mots.

— J'étais présente dans la pièce. Même si je ne peux pas
entendre les âmes comme Kayog, tout en moi la réclamait et
voulait la protéger. Je n'ai aucun doute qu'elle est notre
enfant, continuai-je calmement. Mais que toi ou n'importe qui
d'autre le croie ou non n'a absolument aucune importance.
Sache simplement que nous ne reculerons devant rien pour la
sauver. Cela dit, nous avons un énorme problème avec ce
juge. Il se passe ici quelque chose de bien plus grave et de
bien plus ignoble. Il faut s'en occuper avant que l'effet

domino n'entraîne des conséquences bien plus catastrophiques.

La vague de gratitude qui émana de Kayog m'envahit comme une douce brise estivale. Il prit ma main dans la sienne et la caressa doucement avec son pouce. Je le regardai et lui souris, et il me rendit mon sourire avec un amour infini.

Après trente-huit ans, je continuais à tomber de plus en plus amoureuse de ce mâle.

— Il ne fait aucun doute que quelque chose de grave se passe, dit Tédrick avec prudence, récupérant notre attention. Mais comme je l'ai dit, nous avons les mains liées. Toutes les preuves sont incroyablement accablantes contre Malaya. Je ne doute pas de son innocence, mais nous avons besoin de preuves ou au moins d'une piste. Nous n'avons rien de tout cela.

— Donne-nous Maeve, dit Kayog avec force. C'est la meilleure pirate informatique des Défenseurs. Grâce à son statut actuel « d'agent libre », elle pourra fouiller dans des endroits encore plus restreints sans attirer l'attention indésirable sur ton organisation ou l'OPU. Fais en sorte que cela se réalise, Tédrick. Je n'ai jamais fait de demandes ni de menaces. Et ce n'est pas non plus une menace. Je te préviens simplement que si rien ne peut être fait sur le plan légal, je prendrai les choses en main.

— N'agis pas de manière téméraire, Kayog, avertit Tédrick. Nous sommes dans la même équipe. Fais ce que tu peux de ton côté pour nous faire gagner le plus de temps possible. Nous ferons ce que nous pouvons de notre côté.

— Merci. C'est tout ce que je demande, dit Kayog, la tension se dissipant peu à peu de ses épaules.

— Oui, merci, répétai-je.

Tédrick nous adressa un sourire triste. Il ne croyait toujours pas que Malaya pouvait être notre fille réincarnée. Cependant, il nous connaissait depuis assez longtemps pour savoir que nous n'étions pas enclins aux divagations fantaisistes. Il reconnaissait donc la possibilité réelle que notre affirmation soit vraie.

Nous mîmes fin à la communication et terminâmes le long voyage vers Molvi. Nos assistants respectifs firent un travail fantastique en organisant une multitude de réunions avec les différents Seigneurs de l'Enfer qui géraient la planète prison. Les Obosiens nobles qui jouaient le rôle de Directeurs de prison avaient été nommés ainsi par les humains en raison de leur apparence qui rappelait celle des démons de la mythologie terrienne.

Ils étaient grands, avec des cornes imposantes, des cheveux blanc argenté, des ailes de chauve-souris en cuir et une longue queue. Contrairement aux démons de la tradition humaine, les Obosiens avaient une peau gris foncé, des yeux lumineux blanc argenté ou bleutés entourés d'une sclère noire, et quelques écailles sombres sur le front, les bras et les jambes. Molvi étant la prison la plus sauvage et la plus impitoyable de la galaxie, elle correspondait parfaitement à la description humaine de l'Enfer, faisant ainsi des Directeurs des Seigneurs de l'Enfer.

Le problème venait de la ferveur avec laquelle les Obosiens défendaient la loi. À leurs yeux, les criminels étaient les pires individus qui soient. Par conséquent, la majorité des candidats potentiels que nous rencontrâmes refusèrent instantanément d'envisager une union avec une meurtrière condamnée. Suggérer qu'un de leurs juges aurait pu prononcer une condamnation injustifiée à l'encontre d'une personne innocente revenait à commettre un sacrilège. Nous nous attendions à rencontrer une certaine résistance, mais pas à ce qu'elle soit aussi farouche et implacable. Sans un conjoint pour garder Malaya hors de la zone de détention des prisonniers, notre fille ne survivrait jamais assez longtemps pour que la justice suive son cours.

Ce ne fut qu'après avoir rencontré le Seigneur Amreth que l'espoir revint enfin. Bien qu'il fût tout aussi intransigeant en matière d'application de la loi, Amreth était un mâle vraiment exceptionnel, doté d'un cœur généreux et d'un esprit vif. Il avait été témoin d'événements qui l'avaient amené à croire qu'il y avait effectivement corruption, aussi incroyable que cela puisse paraître. Par conséquent, si nous ne trouvions pas l'âme sœur de Malaya parmi les autres candidats que nous allions rencontrer, Amreth acceptait de la prendre comme conjointe afin de la protéger jusqu'à la fin de l'enquête.

Je faillis pleurer de soulagement. La même gratitude rayonnait fortement de Kayog. Le cœur beaucoup plus léger, nous nous rendîmes à deux autres rendez-vous, nous sentant nullement perturbés par le rejet attendu de ces partenaires potentiels, maintenant que nous avions un plan de secours.

Et puis nous rencontrâmes le Seigneur Kronos.

Alors que les autres partenaires potentiels avaient simplement exprimé leur curiosité quant à ce qui nous avait amenés chez eux, Kronos manifesta son agacement dès notre arrivée. J'avais déjà rencontré Kronos après qu'il eût été secouru par Maeve et Hélio – un autre couple que mon conjoint avait jumelé. Il avait été fait prisonnier par une infâme femelle nazhrale nommée Saydi, qui avait enlevé de jeunes Édocits afin de récolter les feuilles de duvet de leurs cheveux, la drogue récréative la plus puissante, mais aussi la plus sûre, de la galaxie.

Il se tenait debout, le dos et les ailes raides, nous regardant d'un œil méfiant tandis que nous débarquions. L'aire d'atterrissage était située sur un plateau surélevé surplombant l'une des nombreuses terrasses magnifiques de son manoir.

— Si vous êtes ici pour me demander de libérer un prisonnier pour l'un de vos mariages arrangés, la réponse est non, dit Kronos d'un ton péremptoire en guise de salutation. La personne que vous souhaitez jumeler avec l'un de mes protégés devra venir s'installer sur Molvi avec son partenaire.

— C'est exactement notre but ! dit Kayog avec cet enthousiasme débordant qui déstabilisait toujours les candidats grincheux comme celui-ci.

Je réprimai un sourire narquois alors que nous nous approchions de ce mâle impressionnant. Mon conjoint pouvait être un vrai emmerdeur irrévérencieux quand il le voulait. Il excellait particulièrement à remettre les gens à leur place avec un sourire et un mot gentil, ce qui rendait la pique encore plus cuisante.

Malgré notre taille respectable, Kronos nous dépassait largement. Les femmes humaines – et les femelles de nombreuses autres espèces – s'éventaient systématiquement en présence des Obosiens. C'était en effet une espèce magnifique. Tout comme Amreth, Kronos était extrêmement agréable à regarder, et ses nombreux piercings – considérés comme des trophées et des signes de statut social par son peuple – ne faisaient qu'ajouter à son charme dangereux.

— Et bonjour, Seigneur Aramon. Comme vous l'avez apparemment deviné, je suis Kayog Voln – bien que je préfère que vous m'appeliez simplement Kayog. Et voici ma charmante épouse, Linséa Voln, que vous avez déjà rencontrée, si j'ai bien compris.

Il plissa le visage, embarrassé d'avoir été interpellé pour son impolitesse de ne pas nous avoir salués correctement à notre arrivée.

— En effet, dis-je à contrecœur. Bienvenue à Molvi, Linséa, Kayog, dit-il en nous saluant tour à tour d'un signe de tête, avant de fixer Kayog. Vous pouvez m'appeler Kronos.

Mes interactions avec lui au moment de son sauvetage avaient été cordiales. Mais les Obosiens avaient tendance à être un peu distants. Certains percevaient leur attitude comme hautaine. Cependant, mes fréquentes interactions avec eux dans le cadre de mon travail m'avaient fait comprendre que c'était simplement leur tradition de se comporter avec dignité et décorum qui donnait l'impression trompeuse qu'ils étaient snobs et se croyaient supérieurs aux autres.

— Excellent ! dit Kayog avec le même enthousiasme qui commençait visiblement à agacer Kronos. Nous avons beaucoup de choses à nous dire. Des choses sérieuses.

— Dans ce cas, allons dans mon bureau. Par ici, dit Kronos d'un ton grincheux.

Je voulais en finir rapidement. Ce mâle était aussi beau qu'odieux. Et franchement, j'en avais marre de faire le même discours de vente inutile à des imbéciles prétentieux trop stupides pour réaliser qu'ils étaient en fait indignes de ma fille. Cependant, quelque chose changea dans l'attitude de Kayog lorsque le Seigneur de l'Enfer nous conduisit dans le bureau de son spectaculaire manoir. Le choc, l'excitation et le triomphe montèrent en lui.

Putain, c'est pas vrai ?!

Je jetai un regard inquiet à mon conjoint, qui me répondit par un signe de tête subtil et un sourire aussi large que son bec le lui permettait. Mon esprit bascula devant ce dénouement des plus improbables. Une partie de moi voulait se réjouir à l'idée que nous avions trouvé l'âme sœur de notre fille. Le Seigneur Kronos appartenait à l'une des maisons nobles les plus riches et les plus influentes de Vargos – la planète natale des Obosiens. Ils auraient les ressources et la détermination nécessaires pour se battre bec et ongles afin de disculper un membre de leur famille de toute faute. Cependant, ce même statut d'élite les rendrait encore moins enclins à envisager toute association avec une criminelle condamnée.

Une bataille difficile nous attendait.

Mon regard parcourut la magnifique propriété tandis que nous nous dirigions vers les immenses portes-fenêtres qui menaient à l'entrée du manoir. Tous les Seigneurs de l'Enfer avaient construit leur résidence personnelle au sommet de la montagne bordant les confins de leur Secteur. Il s'agissait de vastes demeures dotées de balcons sur plusieurs niveaux, de cascades naturelles et offrant une vue imprenable sur le paysage de la planète. D'innombrables pièges mortels dissimulés sous forme de plantes exotiques ou de rivières protégeaient leur demeure de tout intrus, au cas où les détenus seraient assez stupides pour tenter de s'échapper.

Nous le suivîmes dans son bureau, aussi élégamment décoré

que le reste de son manoir. Je pouvais tout à fait imaginer mon bébé vivre dans un tel endroit : paisible, chic et élégant.

— Asseyez-vous, dit Kronos d'un ton un peu moins grincheux en désignant d'un geste les confortables canapés qui se trouvaient dans le coin salon, à côté de la porte-fenêtre donnant sur l'une des nombreuses terrasses de son domaine.

— Merci, dis-je avec un sourire reconnaissant.

Kayog et moi nous installâmes sur le grand canapé en face du fauteuil vers lequel il se dirigeait. À notre grande joie, le dossier était réglé à une hauteur suffisamment pratique pour accommoder nos ailes. C'était l'un des avantages de rendre visite à d'autres espèces ailées.

Après avoir poliment décliné son offre de rafraîchissements, nous entamâmes immédiatement le sujet de notre visite.

— Nous sommes ici en mission pour mettre fin à d'importantes activités criminelles et protéger des innocents qui ont été gravement lésés, déclarai-je.

Je souris lorsqu'il se redressa instantanément à ces mots. En matière d'application de la loi, les Obosiens étaient ridiculement prévisibles.

— Vous avez toute mon attention.

— Ce que nous allons partager avec toi va te choquer. S'il te plaît, écoute-nous avec un esprit ouvert, dis-je avec précaution, me préparant pour ce qui allait suivre. Un membre très important de votre société, le juge Wuras, est devenu corrompu et doit être arrêté.

Kronos bondit sur ses pieds, son *lumiak* jaillissant du bout de ses doigts et des vrilles électriques rampant autour de ses mains tandis qu'il nous regardait avec indignation. Les guerriers de son espèce pouvaient invoquer cette énergie à volonté. À un niveau inférieur, elle pouvait contraindre quelqu'un à obéir, comme un Taser. Mais à sa puissance maximale, elle pouvait littéralement vous réduire en cendres.

— Vous osez ? s'exclama-t-il.

— Calme, Kronos, dit Kayog d'une voix sereine, la paume de la main levée en signe d'apaisement.

— Tu peux voir les âmes. Vois-tu une quelconque fourberie dans les nôtres ? demandai-je sur un ton similaire. Assieds-toi, je t'en prie.

Les dents serrées, il éteignit son *lumiak* et s'assit à contrecœur.

La demi-heure qui suivit fut la plus exaspérante de ma vie. Ce mâle stupidement obstiné refusait systématiquement d'admettre qu'un individu tel que lui puisse être jumelé à une condamnée. Nous avions beau lui expliquer que Malaya avait été victime d'un coup monté, il ne pouvait accepter qu'un de leurs juges les plus respectés puisse être corrompu.

Plus d'une fois, je dus empêcher Kayog de lui donner une raclée. Mais j'avais aussi envie de lui crever ses jolis yeux à coups de bec, d'arracher ses piercings et de les lui enfoncer dans le derrière pour tenir compagnie au bâton moralisateur qu'il s'était enfoncé là.

Comment cet idiot peut-il être l'âme sœur de ma fille ?

— Très bien. Si tu ne peux pas te soucier de sauver la vie de ton âme sœur ou d'aider à réparer les terribles torts commis contre des innocents, un autre fera preuve de plus de courage, dit Kayog d'un ton glacial qui me fit même moi me raidir.

— Pardon ? dit-il, d'une voix tout aussi froide.

— Tu n'as peut-être aucun problème à laisser une innocente être jetée en pâture aux plus grands criminels de la galaxie, mais nous n'allons pas laisser Malaya mourir. Heureusement, le Seigneur Amreth la prendra, dit Kayog d'un ton méprisant.

Kronos eut un mouvement de recul et fixa mon conjoint avec une expression ahurie.

— Amreth ?! Amreth a consenti à une telle union ?

— Nous l'avons approché, lui et quelques autres que nous savions potentiellement plus... souples, avant de rencontrer Malaya, dis-je en essayant de rester diplomate. Nous voulions être certains de pouvoir lui proposer quelques options. Mais une fois que nous l'avons rencontrée, mon mari a eu l'intuition qu'elle était tienne. Alors tout naturellement, c'est à toi que nous nous sommes adressés en premier après cette discussion.

Ce n'était pas tout à fait exact, mais presque.

— Mais comme tu t'en fiches... ajouta Kayog.

— Ne me provoque pas, Témerne, grogna-t-il.

— Je ne te provoque pas, Obosien, répondit Kayog d'un ton tout aussi sévère. Nous n'avons pas le temps de te laisser démêler tes conflits intérieurs. Dans deux jours, Malaya sera envoyée sur le terrain de jeu de Dakon. Tu sais parfaitement qu'elle n'y survivra pas une semaine. Alors, si tu refuses de le faire, je la sauverai.

Cette fois-ci, Kronos tiqua en entendant le nom du Secteur où elle allait être envoyée. Dakon n'acceptait que les plus grands mécréants. L'espérance de vie de ses prisonniers dépassait rarement quelques jours, voire quelques semaines. Envoyer Malaya là-bas revenait à la condamner à mort.

— Quel est l'intérêt de la donner à Amreth s'ils ne sont pas des âmes sœurs ? demanda Kronos. Je croyais que tu ne réalisais que des mariages parfaits.

— Jusqu'à présent, c'est le cas. Mais si le prix à payer pour sauver cette adorable femme est de briser ma série d'unions parfaites, alors je le paierai volontiers, dit Kayog en levant son bec d'un air de défi. Malaya et Amreth ne sont peut-être pas des âmes sœurs, mais leurs personnalités sont bien alignées et compatibles. Ils auront une vie assez heureuse ensemble. Comparé aux autres, il est le meilleur choix possible.

— Que Tharmok t'emporte, toi et tes menaces, grommela Kronos.

À ce moment-là, je compris que nous avions gagné. Il avait juste besoin d'un petit coup de pouce pour franchir la ligne d'arrivée.

— Ce ne sont pas des menaces, Seigneur Kronos, dis-je

d'une voix posée tout en prenant la main de Kayog et en la serrant doucement. C'est notre seule option pour sauver Malaya. Cela t'aiderait-il si je te disais que toutes les unions de l'Agence Prime sont assorties d'une période d'essai de six mois ?

Cela attisa son intérêt. Après quelques échanges supplémentaires, il finit par céder, grimaçant comme s'il avait mordu dans quelque chose d'immonde.

— D'accord. Elle a six mois pour prouver que vous avez raison. Mais que les dieux la protègent si elle se révèle coupable, grommela-t-il.

— Cela n'arrivera pas, dit Kayog avec une confiance triomphante.

— Nous verrons bien, répliqua Kronos.

J e me sentais étourdie en parcourant les rangées interminables de robes de mariée tandis que Tala me tirait dans toutes les directions. En tant que Témerne, je n'avais jamais porté de vêtements, donc faire ce genre d'emplettes ne m'était pas particulièrement familier. Le nombre de choix, de styles, de tailles et le niveau de modestie ou d'audace m'accablaient. Et pourtant, j'étais déterminée à offrir à ma fille un mariage aussi parfait que possible dans les circonstances.

Comme nous devions précipiter tout le processus avant qu'elle ne soit envoyée dans le Secteur de Dakon, sa famille ne pourrait pas être présente. En vérité, Kronos pouvait encore se rétracter si, le jour de son arrivée, il percevait que son âme était fourbe.

Le fait de ne pas pouvoir assister à la cérémonie m'anéantit. Une mission urgente était survenue, m'obligeant à m'en occuper. Mais si je ne pouvais pas être là, j'allais tout faire ce qu'une mère voudrait faire pour le jour spécial de son enfant. Comme elle arriverait à Molvi vêtue uniquement de sa combinaison de prisonnière, je refusais de la laisser échanger ses vœux dans une tenue aussi abjecte.

Après avoir littéralement perdu la tête à essayer de m'y retrouver dans la multitude d'options, je réalisai soudain que je devais restreindre ma recherche à quelque chose qui aurait du sens pour Malaya. Son dossier révélait qu'elle était d'origine philippine et qu'elle avait suivi une formation assez poussée en danses traditionnelles. Cela m'amena à supposer qu'elle voudrait peut-être une robe traditionnelle de sa culture.

Tala me traîna aussitôt jusqu'à la bonne section. Comme elle avait à peu près la même taille et la même silhouette que ma fille, elle se porta spontanément volontaire pour servir de mannequin. Même si Tala avait le teint plus foncé que ma fille, cela me donna une bonne idée du rendu des robes sur la peau brun clair de Malaya.

Je demeurai bouche bée lorsque Tala sortit de la cabine d'essayage vêtue d'une superbe robe baro't saya revisitée dans un style moderne. Le baro't – qui constituait le haut de la robe – était orné d'une magnifique dentelle florale brodée sur un tissu piña des plus luxueux. Il formait un bustier plutôt sexy qui ne couvrait pas son nombril. La même dentelle fleurie ornait les bords des épaules papillon surdimensionnées du baro't.

La jupe longue – la saya – était ornée de la même dentelle à des endroits stratégiques, et une fente vertigineuse remontait jusqu'au milieu de la cuisse. Elle était scandaleusement sexy et incroyablement flatteuse. Je pouvais imaginer à quel point Malaya serait époustouflante en la portant.

Tala prit quelques poses flamboyantes et séductrices qui me firent glousser.

— Ton expression reflète ce que je ressens à l'intérieur. C'est la bonne, dit Tala avec conviction.

Je claquai du bec avec hésitation. C'était en effet une robe à couper le souffle.

— Est-ce trop suggestif avec le ventre dénudé ? demandai-je avec circonspection.

— Pfft ! Tu plaisantes ? Au cas où tu ne l'aurais pas remarqué, le corps de Malaya est presque aussi sexy que le mien, et elle a un piercing au nombril ! s'exclama Tala d'un ton qui suggérait que cela devait être évident.

J'éclatai de rire devant cette vantardise taquine alors qu'elle se déhanchait à la manière d'une danseuse du ventre.

— Son conjoint obosien va saliver à en faire tomber ses cornes quand il la verra. Tu sais à quel point ils sont fous des piercings. Notre fille doit le mettre en valeur.

— C'est vrai, dis-je en plissant le visage. Ce piercing ne peut que souligner davantage le fait qu'ils sont parfaitement assortis, même dans ce domaine. Mais une mère n'a pas forcément envie d'entendre parler de la façon dont les mâles salivent devant sa fille.

Tala s'ébroua.

— Ma belle, as-tu oublié que ton futur gendre est un fichu incube ? Que crois-tu qu'il va lui faire ? Tu sais que leur langue peut atteindre trente centimètres, n'est-ce pas ?

— Créateur ! Tala ! m'écriai-je en plaquant mes mains sur mes oreilles. Je n'ai pas besoin d'entendre ça.

Mon amie rit, les yeux brillants d'une lueur impénitente.

— Ce n'est que justice. Tu crois que je n'ai pas flippé quand mes deux enfants ont atteint l'âge de commencer à batifoler ?

Elle baissa les yeux vers elle-même et passa ses deux mains sur le tissu en dentelle de sa jupe.

— Le pauvre Kayog va piquer une crise quand il la verra au mariage. Les pères peuvent être tellement jaloux.

Je gloussai.

— C'est possible. Mais il se peut aussi qu'il soit simplement soulagé. Quoi qu'il en soit, je préfère qu'il soit un père jaloux et possessif plutôt qu'il commette un meurtre parce que Kronos est un idiot obstiné.

— Amen !

Une fois la robe trouvée, nous passâmes les deux heures suivantes à chercher les chaussures parfaites, les bijoux, et tous les sous-vêtements, lingerie et chemises de nuit sexy dont Malaya pourrait avoir besoin pour séduire son âme sœur prétentieuse. Il était hors de question que j'expédie les trucs affreux que j'avais trouvés dans ses tiroirs lorsque j'étais allée rassembler quelques valises contenant des articles de première nécessité pour elle. Tala les avait qualifiés de « culottes de grand-mère » et je ne pouvais qu'être d'accord avec elle.

Ma fille allait se marier et vivre avec style.

CHAPITRE 24
KAYOG

Debout sur la plate-forme d'atterrissage à côté de Kronos et Isobel alors que la navette transportant Malaya approchait, je fis appel à toute ma volonté pour ne pas réduire en bouillie ce misérable mâle. Plus d'une fois depuis que j'avais rencontré cet imbécile pompeux, j'avais souhaité m'être trompé en pensant qu'il était l'âme sœur de ma fille.

Même maintenant, alors que la navette terminait son approche, le mépris et le dégoût émanaient fortement de lui. Comme rompre sa parole était un incroyable déshonneur, ce Seigneur de l'Enfer se sentait obligé d'aller jusqu'au bout tout en détestant chaque minute de cette démarche. Cependant, il était clair qu'il s'attendait à ce qu'elle échoue une fois qu'il aurait scruté son aura.

Les Obosiens avaient le pouvoir de lire les auras et de les voir même à travers le bouclier furtif le plus puissant. Cela faisait d'eux les meilleurs directeurs de prison car aucun détenu – ni aucun autre être vivant d'ailleurs – ne pouvait utiliser un quelconque pouvoir ou technologie pour s'échapper.

Enfin, aucun être vivant à part moi...

Le pouvoir ultime qui s'était manifesté pour la première fois lors de ma formation initiale au centre de recherche s'était pleinement développé au cours des deux années suivantes. À faible intensité, il agissait comme un disrupteur psychique qui empêchait les cibles que je visais d'utiliser leurs pouvoirs psioniques. À intensité moyenne, je pouvais perturber l'esprit d'une personne au point que son cerveau se retrouve pris dans une boucle, incapable de voir ou d'entendre ce qui se passait autour d'elle. C'était comme si le temps s'était temporairement arrêté pour elle. À haute intensité, je pouvais rendre ma victime inconsciente. Et à puissance maximale, je pouvais lui griller le cerveau.

Heureusement, je n'avais jamais eu besoin d'utiliser cette dernière, sauf dans des simulations. Mais j'avais utilisé tous les autres niveaux lors de missions secrètes pour les Défenseurs, en particulier pendant la période sombre qui avait suivi le décès de Théa.

Et en ce moment, j'aurais aimé pouvoir utiliser toute la gamme de mes pouvoirs sur cet idiot. Au lieu de cela, je me concentrai pour l'empêcher de percevoir mes véritables émotions. Les Obosiens pouvaient détecter l'agressivité. La dernière chose dont j'avais besoin était d'aggraver la situation en lui donnant l'impression qu'il était menacé ou en lui faisant croire que je pourrais l'attaquer.

Une vague d'émotions me submergea lorsque mon ange descendit de la navette. Malgré ma colère de la voir menottée et vêtue d'une combinaison de détenue, je me délectai de la perfection du chant de son âme. Depuis que je l'avais laissée dans sa cellule isolée, je n'avais cessé de me demander si j'avais vraiment imaginé qu'elle était mon bébé. Peut-être avais-je eu un épisode psychotique et entendu des choses parce que je ne m'étais jamais remis de sa perte. Mais tandis que le garde lui retirait ses menottes, quelque chose se mit en place dans mon cœur. C'était vraiment ma fille.

Et puis mon imbécile de futur gendre gâcha le moment avec ses émotions abjectes.

— Ma chère Malaya, te voilà enfin ! m'exclamai-je d'un ton chaleureux dès que le garde eut terminé et lui fit signe de s'approcher. J'espère que tu as fait bon voyage.

— Le voyage jusqu'à Molvi s'est déroulé sans encombre. Mais celui du port spatial jusqu'ici était extrêmement confortable et la vue était à couper le souffle, dit Malaya avant d'adresser un sourire reconnaissant à Kronos, sans doute pour le remercier de l'avoir envoyée chercher dans une navette luxueuse.

Ce connard ne répondit pas et ne réagit pas, se contentant de la fixer d'un regard glacial. Créateur, comme j'avais envie de lui envoyer la plus violente impulsion cinétique dont j'étais capable.

— Je suis heureux de l'apprendre, dis-je en continuant d'ignorer le comportement plutôt grossier de Kronos. Malaya, je te présente la prêtresse Isobel Biondi, qui célébrera votre union aujourd'hui.

J'essayais toujours de convaincre ma meilleure amie de m'accompagner et d'officier lors de mes mariages arrangés dès que son emploi du temps le lui permettait. Mais cette fois-ci, Linséa avait insisté pour qu'Isobel soit présente afin de m'empêcher de perdre mon sang-froid et de compromettre irrémédiablement les chances de Kronos et Malaya de survivre à toute cette épreuve.

Les deux femmes échangèrent un sourire poli. Puis je me tournai vers le crétin.

— Et voici Kronos Aramon, ton fiancé. Kronos, je te présente Malaya Velasco, ta promise.

— Bonjour, Kronos, dit Malaya d'un ton amical, même si sa nervosité transparaissait. C'est un honneur de te rencontrer.

Lorsque Kronos ne lui rendit pas son salut, se contentant de l'examiner de la tête aux pieds avec un air hautain, je faillis perdre mon sang-froid. La même colère brillait fortement en Malaya. Mais le stoïcisme qu'elle affichait ouvertement me fit honte. Si elle pouvait faire preuve d'une telle maîtrise de soi dans une situation aussi désespérée, je devais être capable de faire mieux.

Ne voulant pas laisser les choses empirer, je changeai de sujet en me tournant pour ramasser la grande boîte décorée qui se trouvait sur un petit chariot aéroplane derrière moi. Mes ailes l'avaient cachée à Malaya.

— Ma bien-aimée Linséa t'envoie ses salutations, ainsi que ce petit cadeau de mariage, dis-je en lui montrant la boîte sophistiquée. Vu les circonstances, elle a pensé que tu aimerais porter quelque chose d'un peu plus seyant pour la cérémonie.

La joie et la gratitude qui fusèrent d'elle me bouleversèrent. J'aurais tout donné pour que Linséa puisse elle aussi profiter de ce moment.

Et puis la tête de con gâcha encore une fois l'instant.

— Pourquoi ? grommela Kronos, la voix teintée d'indignation.

Je lui adressai un regard sévère.

— Tu ne veux tout de même pas que ta fiancée porte un uniforme de bagnard pour votre mariage ?

Kronos haussa les épaules, un air de pure contrariété s'installant sur ses traits.

— Quelle importance ? Ce n'est qu'une formalité de cinq minutes pour rendre le contrat effectif. Il n'y a pas besoin de robe ni d'aucune autre absurdité de ce genre.

La réprimande cinglante que j'étais sur le point de lui adresser mourut sur ma langue lorsque Malaya intervint.

— C'est bon, dit-elle avec un sourire crispé. Il a raison. Bien que je sois profondément touchée par ce geste, une robe n'est pas importante dans ces circonstances. Cela ne me dérange pas de me marier ainsi.

À notre surprise collective, Kronos avança d'un pas menaçant vers elle, les crocs exposés et ses yeux d'un bleu glacial brillant. Interloquée, Malaya recula d'un pas et pressa une paume sur sa poitrine. Si ses émotions n'avaient pas clairement montré qu'il n'avait aucune intention de lui faire du mal, je serais intervenu.

— Tu es là depuis moins de cinq minutes et tu mens déjà ? siffla-t-il.

— Ce n'est pas un mensonge. C'est ce qu'on appelle être diplomate et prévenant, riposta-t-elle. Tu as clairement fait comprendre que ma présence ici te dérangeait. J'essaie d'alléger le fardeau que je t'impose, et je me suis rangée à ton avis pour que tu ne sois pas le méchant dans cette situation.

— Tu supposes que je me soucie que les gens me considèrent comme le « méchant » ou que je ne peux pas gérer les contradictions, répliqua-t-il, la voix tout aussi sévère.

— Je ne suppose rien du tout. J'essaie simplement d'être gentille, répondit Malaya, refusant de me laisser intimider.

— Je n'ai pas besoin que tu sois gentille. J'ai besoin que tu sois honnête. Peux-tu être honnête, petite humaine ? demanda Kronos d'un ton condescendant

— Aucune femme ne veut se marier habillée comme une criminelle, surtout quand elle est innocente et qu'elle a été piégée, dit-elle d'une voix contrôlée. Kayog n'a pas besoin de me dire que tu es réticent à me prendre pour épouse. La froideur de ton « accueil » a clairement exprimé tes sentiments. Mais que tu veuilles de moi ou non ne change rien au fait que t'épouser est mon unique espoir de survivre à ce merdier et, avec un peu de chance, d'obtenir justice. Alors si cela signifie que je dois me plier en quatre pour rendre ma présence tolérable à tes yeux, je le ferai. Et cela inclut de mettre de côté mon rêve d'enfant de me marier dans la robe traditionnelle de mon peuple.

Mon cœur se gonfla de fierté de voir mon bébé se défendre. Kronos examina ses traits pendant quelques secondes avant de sourire à nouveau d'un air narquois.

— Eh bien, ce n'était pas si difficile, n'est-ce pas ? demanda-t-il d'une voix moqueuse.

— En fait, si, ça l'était, grogna Malaya, des larmes de colère brillant dans ses yeux. C'était extrêmement dur, et c'est sacrément humiliant. Je ne suis peut-être pas une sainte, mais je ne suis pas une putain de criminelle. Et pourtant, je suis là, à devoir choisir entre me faire massacrer par de vrais criminels dans le Secteur de Dakon, ou épouser un homme qui n'a manifestement que du mépris pour moi. Et je n'ai pas d'autre choix que d'accepter cet abus avec un putain de sourire si je veux vivre. Tout cela parce qu'un juge obosien corrompu est habilité à poursuivre sa vie de criminel en toute impunité. Est-ce une réponse suffisamment honnête pour toi ?

Ce fut alors que le changement que je commençais à croire impossible finit par se produire.

Kronos eut un mouvement de recul et fixa Malaya d'un air abasourdi pendant toute la durée de sa diatribe. Il scruta son visage, puis son regard devint légèrement flou tandis qu'il sondait son âme. Le choc qui le traversa fut comparable à un tremblement de terre. Sa conviction sincère qu'elle n'était qu'une criminelle méprisable cherchant à se dérober de faire face aux conséquences de ses actes s'effondra. Toute sa vision du monde selon laquelle son peuple était incapable de commettre des crimes, partit en fumée.

En quelques secondes, le Seigneur de l'Enfer passa par les quatre premières étapes du deuil, avant de me regarder avec une expression ahurie. On aurait dit qu'il espérait que je le rassure en lui disant qu'il s'était trompé, qu'elle était bel et bien la criminelle qu'il avait besoin qu'elle soit.

Mais, fidèle à mon caractère charmant et diplomate, je relevai le menton avec l'expression la plus odieusement suffisante que je pus afficher. C'était presque orgasmique de voir Kronos grimacer en s'étouffant avec la plus grande leçon d'humilité de son existence.

Malgré tout, un profond sentiment de paix et de soulagement déferla sur moi lorsqu'il fit signe de partir au garde – qui attendait toujours à l'intérieur de la navette. Malaya irradiait le même soulagement en réalisant que Kronos avait ainsi confirmé qu'il allait la garder au lieu de l'expédier dans le Secteur de Dakon.

Le Seigneur de l'Enfer me prit la boîte des mains et fit signe à Malaya de le suivre.

— Par ici, alors, dit Kronos d'un ton grincheux.

Elle resta bouche bée devant son dos qui s'éloignait avant de me lancer un regard confus. Une fierté paternelle incommensurable monta en moi. Je pouvais voir en elle tant de la force de Linséa. Un milliard de mots me brûlaient la langue, mais je les ravalai. À la place, j'applaudis silencieusement et indiquai d'un geste de la tête qu'elle devait s'empresser de suivre Kronos. Cela sortit Malaya de son état de choc et elle se précipita à sa suite.

Isobel me caressa doucement l'épaule dans un geste réconfortant une fois qu'ils eurent tous deux disparu à l'intérieur de la maison. Je lui souris et lui serrai doucement la main en signe de gratitude. Dans les minutes qui suivirent, je sentis Kronos changer progressivement d'attitude, acceptant peu à peu le fait que Malaya était vraiment sa conjointe et une victime innocente qui méritait sa protection.

Voulant trouver l'endroit idéal pour tenir la cérémonie spéciale qu'Isobel m'avait aidé à préparer pour ma fille, nous descendîmes la rampe menant à la terrasse principale et choisîmes un endroit près de la magnifique piscine qui s'étendait sur toute la longueur de l'immense balcon, qui surplombait la forêt luxuriante du Secteur de Kronos.

La soudaine vague de désir qui émana de lui peu avant qu'ils ne sortent tous les deux de la maison me frappa de plein fouet. Le père possessif et protecteur en moi avait envie de le gifler pour cela. Mais l'entremetteur rationnel en moi comprenait que c'était formidable. Avec n'importe quel autre couple, je souriais toujours lorsque la première étincelle d'attirance s'allumait entre eux. Voir Malaya marcher vers nous, resplendissante dans la robe choisie par sa mère, expliqua tout.

Mes émotions m'étouffèrent lorsque Malaya laissa éclater sa

joie au moment où Isobel récupéra le voile et le cordon utilisés dans le cadre d'un mariage traditionnel philippin. Je ne pouvais pas officiellement agir en tant que père de la mariée, mais je jouai fièrement le rôle de Ninong – le parrain du mariage du couple.

Tout au long de la cérémonie, Kronos s'adoucit un peu plus envers Malaya alors qu'il s'imprégnait de ses émotions et de la beauté de son âme. À la fin, il avait fait la paix avec la situation et avait accepté Malaya comme son épouse. Malgré mon irritation persistante qu'il ait résisté si longtemps avant de l'accepter, la belle harmonie de leurs âmes remplissait mon cœur de joie. Il allait prendre soin de mon bébé et la protéger.

— Tu as traversé des moments vraiment difficiles et effrayants, dis-je. Mais ces épreuves avaient un but, et c'était de t'amener jusqu'à ce mâle. Il n'y a absolument aucun doute dans mon esprit que vous êtes des âmes sœurs. C'est un bon mâle. Et ensemble, vous accomplirez de grandes choses, et sauverez de nombreux innocents.

— Je te remercie. Merci pour tout, dit Malaya, la voix pleine d'émotion.

À ma grande stupeur, Malaya se jeta dans mes bras. Ma surprise fit place à un tsunami d'amour qui faillit me désarçonner. Comme j'avais souffert de ne pas pouvoir serrer ma fille dans mes bras. Je lui rendis son étreinte, l'enveloppant de mes ailes avant de frotter le côté de mon bec contre sa tempe. Je aurais voulu l'étreindre pour toujours, chanter pour elle et lui dire à quel point son papa l'aimait. Mais je me forçai à la lâcher avant de trahir le secret que je ne pourrais jamais lui révéler sans passer pour un fou.

Alors que nous accomplissions les dernières formalités, mon cœur se remplit d'espoir. Même si un chemin difficile nous attendait encore, cette fois-ci, nous allions vaincre.

É videmment, les choses ne se déroulèrent pas aussi facilement qu'elles auraient dû. Découvrir que Malaya avait failli mourir quelques jours seulement après son mariage me plongea presque dans une rage meurtrière. De tout ce que j'aurais pu craindre, une tentative d'assassinat ne figurait pas sur ma liste.

Être obligé de rester sur la touche alors que la vie de ma petite fille s'effondrait me rendait fou. Alors que la date limite approchait à grands pas pour qu'elle et Kronos trouvent des preuves des méfaits du Juge Wuras sans aucune piste à suivre, je commençai à planifier son évasion de Molvi avant qu'il ne soit trop tard.

Et puis, la percée que nous avions commencé à perdre espoir de voir se produire nous fut offerte par la source la plus improbable. Tout était là : les coupables, l'entreprise criminelle, et suffisamment de preuves pour mettre sous les verrous toute l'équipe impliquée dans cet immense réseau de corruption dirigé par le père du Juge Wuras. Seulement, nous ne pouvions pas accéder aux éléments clés qui nous permettraient de nous assurer qu'ils ne s'en tireraient pas.

Je faisais les cent pas dans mon salon, furieux, tandis que Linséa fronçait les sourcils devant l'écran où Maeve et Tédrick avaient rejoint notre vidéoconférence depuis différents endroits.

— Je suis désolée, Kayog, dit Maeve d'un air abattu. Les données dont nous avons besoin sont là, mais je ne peux pas accéder à leurs serveurs sans être découverte. La seule façon d'y accéder nécessite un brouilleur placé directement sur l'un de leurs serveurs physiques ou ordinateurs. Leurs protocoles de sécurité sont beaucoup trop élevés pour les pirater à distance.

— Sais-tu où se trouvent ces serveurs ? demandai-je en m'arrêtant net pour la fixer sur l'écran géant.

— Ils se trouvent dans un endroit hautement sécurisé. Personne ne peut y pénétrer. Il faudrait que ce soit une taupe à l'intérieur, et nous n'avons pas d'agent double là-bas, du moins à ma connaissance, répondit Maeve avec prudence.

— Compris. Mais connais-tu leur emplacement exact ? insistai-je, légèrement irrité.

— Oui, mais...

— Alors envoie-moi les coordonnées et l'appareil que tu as besoin qu'on installe. Je m'en occuperai, dis-je en l'interrompant.

Elle cligna des yeux et me regarda comme si j'avais perdu la tête.

— Kayog... dit Tédrick d'un ton raisonnable.

— Ne me dis pas Kayog, répondis-je sévèrement. Tu connaissais ma position dès le début sur ce que je ferais si nous ne parvenions pas à assurer la sécurité de Malaya. Cette preuve est à portée de main. Je peux y arriver, et tu le sais.

— Kayog, personne ne peut infiltrer le quartier général de Komoro, dit Maeve, troublée. Aucune forme de camouflage ne pourra tromper leurs systèmes.

— Ne t'inquiète pas pour ça, Maeve. Mon mari peut entrer et sortir sans être découvert. Nous avons juste besoin de savoir où se trouvent ces serveurs et quelles étapes il doit suivre pour installer ton dispositif, dit Linséa d'un ton doux mais ferme.

Mon cœur fondit pour ma conjointe. Cela faisait des années que je n'avais pas participé à une mission d'infiltration. À l'époque, cela m'avait aidé à faire face à la perte de notre fille. Le fait que tenter de la sauver maintenant me ramenait sur cette voie me semblait approprié, même si ce n'était que pour une dernière fois.

Maeve jeta un coup d'œil à Tédrick sur l'écran vidéo. Il plissa les lèvres, les yeux baissés, tandis qu'il évaluait la situation. Il connaissait mes pouvoirs de disruption psionique, mais très peu de gens en avaient connaissance. Bien que Maeve fasse partie du cercle restreint d'agents de haut rang que Tédrick avait constitué, elle n'était pas au courant de l'étendue de mes pouvoirs. Pour mener à bien cette mission, il fallait qu'elle le soit.

Je n'avais aucun problème avec ça. Non seulement je lui aurais confié ma vie, mais j'avais également eu l'honneur de la jumeler avec son mari édocit, Hélio.

— Même si nous voulions te laisser t'en occuper, ta présence éveillerait les soupçons, rétorqua Tédrick.

— Pas s'il accompagne sa femme ambassadrice lors d'un de ses voyages d'affaires, rétorqua Linséa. Nous travaillons sur le projet Damira depuis un certain temps. L'un de leurs principaux investisseurs a ses bureaux dans cet immeuble. Ce ne serait pas la première fois que Kayog se joindrait à nous pendant l'une de ses périodes creuses entre les foires d'entrevues. Personne ne remettra en question sa présence.

— C'est vrai, concéda Tédrick. Mais l'OPU n'a aucun intérêt à participer à ce projet.

Linséa haussa les épaules.

— Toutes les négociations ne débouchent pas sur un accord. J'ai souvent des réunions de suivi pour voir si les partenaires potentiels ont changé leur position d'une manière qui nous est plus favorable.

Tédrick s'ébroua.

— T'ai-je déjà dit que j'aimais ton côté impitoyable derrière ton apparence douce et gentille ?

— L'un n'exclut pas l'autre, répondis-je en jetant un regard affectueux à ma conjointe. Elle est exactement ce qu'elle doit être quand il le faut. C'est pourquoi ma Linséa est la meilleure ambassadrice que vous ayez.

Elle bomba le torse et me fit un clin d'œil.

— Pourquoi ai-je l'impression de pénétrer dans les secrets des dieux ? demanda Maeve, les yeux papillonnant entre chacun d'entre nous.

— Parce que c'est le cas, répondis-je avec un sourire mystérieux.

Deux jours plus tard, nous entrâmes dans le siège social sécurisé de Komoro, la principale société utilisée par Wuras comme façade pour ses activités illicites. Personne ne s'interrogea sur notre présence. En fait, plusieurs personnes décidèrent même d'engager la conversation avec moi, soit dans l'espoir que je puisse donner un coup de pouce à leur vie amoureuse, soit pour me parler d'une connaissance qui pourrait avoir besoin de mes services.

Dire que j'étais fébrile aurait été un euphémisme. Après de nombreuses tergiversations, je décidai finalement d'accomplir ma tâche juste avant le dîner, lorsque le personnel serait moins susceptible de déambuler dans les couloirs pour profiter de sa pause limitée. Il aurait été plus difficile de justifier le fait d'être surpris en train d'errer dans les sections sécurisées du bâtiment tard dans la nuit.

Faisant appel à mes pouvoirs empathiques, j'étendis mes sens très loin, répertoriant chaque personne dont je pouvais toucher la conscience dans le bâtiment. Avant que Linséa n'entre dans ma vie et ne la chamboule complètement, il m'aurait été impossible de le faire avec une telle précision. Le simple fait de rester ici m'aurait fait me tordre de douleur sur le sol. Au lieu de cela, je me dirigeai nonchalamment vers l'ascenseur du personnel, ciblant chaque personne susceptible de croiser mon chemin avec un flux moyen et continu de disruption psionique.

J'entrai dans l'ascenseur et plaçai le mouchard que Maeve m'avait envoyé sur le panneau de contrôle. Même si elle pouvait me donner des instructions via mon oreillette et que je pouvais lui parler, nous avions convenu de limiter les communications au minimum afin d'éviter que le signal ne soit intercepté.

Dès que j'activai le mouchard, un voyant rouge se mit à clignoter jusqu'à ce qu'il devienne bleu. La cabine se mit immédiatement en mouvement vers l'étage le plus bas, où se trouvait la salle de contrôle de la sécurité. Avant que les portes ne s'ouvrent, je réévaluai les personnes que je pouvais détecter à proximité à cet étage et cessai mes disruptions sur celles qui n'étaient plus susceptibles de me croiser.

Heureusement, je ne perçus que trois personnes, dont l'une avait les ondes cérébrales atténuées, ce qui indiquait qu'un mur solide nous séparait. Ne voulant pas prendre de risques, je leur envoyai une petite dose d'ondes psioniques, juste assez pour les plonger dans un état de rêverie ou leur en donner l'apparence. Une fois que je les aurais libérées, elles reprendraient simplement ce qu'elles faisaient avant cette interruption.

Je retirai le mouchard du panneau de contrôle quelques secondes avant de sortir de l'ascenseur. Je poussai un soupir de soulagement lorsque la porte s'ouvrit sur un couloir vide. Les deux personnes que je détectais marchaient dans un couloir connexe à ma droite. Heureusement pour moi, ma destination se trouvait juste devant moi. Je traversai nonchalamment le couloir d'un blanc immaculé, qui ne comportait qu'une poignée de portes dispersées sur toute sa longueur, à l'exception d'un autre couloir communicant à mi-chemin. Deux caméras fixées au plafond garantissaient que personne ne pouvait entrer ou sortir sans être détecté.

Le fait que l'alarme ne se soit pas déclenchée confirmait que Maeve avait piraté leur flux grâce au mouchard. Cette femme était vraiment une magicienne en matière de technologie. Je ne savais pas combien de temps elle pourrait les tromper, mais j'avais l'intention d'être parti dans les cinq minutes suivantes.

Même si je m'y attendais, mon estomac se noua lorsque j'arrivai à la troisième porte sur la gauche du couloir principal, où se trouvait la salle de contrôle de la sécurité. Trois personnes se trouvaient à l'intérieur, deux d'entre elles assez près de la porte, la troisième plus en retrait. Il m'était impossible d'entrer sans passer devant elles.

Comme si elle avait lu dans mes pensées, Maeve me parla dans mon oreillette.

— *Deux gardes, à trois mètres, face à la porte. Un troisième garde dans la pièce du fond, à neuf heures. Pas de ligne de mire. Serveurs à trois heures.*

Elle n'avait pas besoin d'entrer dans les détails, se limitant au strict minimum pour réduire la durée de nos communications.

Je lançai sur les deux gardes une onde disruptive suffisamment puissante pour les figer littéralement, puis je pénétrai rapidement dans la pièce. Même si je savais que les gardes étaient assis à leur bureau, à seulement trois mètres de la porte, les trouver en train de se fixer mutuellement d'un regard vide me fit tout de même froid dans le dos. Il y avait quelque chose d'inquiétant à voir des personnes vivantes figées comme des statues de cire.

Ignorant le nœud qui me tordait les entrailles, je filai droit vers les hautes étagères remplies de machines aux lumières clignotantes qui bordaient le mur latéral. Je m'accroupis derrière l'un des imposants serveurs et libérai les deux gardes humains de mon emprise. Même s'il aurait été plus sûr pour moi de les maintenir dans cet état figé pendant que je terminais ma tâche, plus la disruption durait, plus ils risquaient de se rendre compte que quelque chose d'anormal s'était produit. Je ne voulais pas non plus prendre le risque que le troisième garde entre dans la pièce et trouve ses collègues dans cet état.

Les deux gardes reprirent leur conversation comme si de rien n'était. Alors que je branchais le brouilleur dans l'une des prises appropriées de l'un des serveurs, je les écoutai distraitement, à l'affût du moindre signe indiquant qu'ils se doutaient de ma présence. Mais l'un des hommes discutait d'un investissement financier qu'il envisageait faire.

Le cœur battant, j'observai les cinq voyants rouges fixes sur l'appareil. Le premier clignota, indiquant qu'il commençait à travailler. Après quinze secondes – qui me semblèrent durer vingt ans – ce premier voyant devint bleu fixe, et le deuxième voyant rouge se mit à clignoter.

Mon cœur rata un battement lorsque le troisième mâle sortit

de la salle arrière et s'approcha du bureau où ses deux collègues discutaient.

— Je vais aller chercher à boire, dit l'une des voix – que je supposai être celle du nouveau venu. Vous voulez quelque chose ?

Ils refusèrent tous les deux, et l'homme commença à s'éloigner avant que l'un des deux autres ne change soudainement d'avis et ne demande une barre de chocolat. Le troisième garde acquiesça d'un grognement et sortit de la pièce.

Je jetai un œil à l'appareil, mon cœur s'emballant à la vue des quatre voyants bleus fixes et du dernier voyant rouge clignotant. Quelques secondes plus tard, celui-ci passa au bleu, puis les cinq voyants clignotèrent avant de passer au vert et de s'éteindre.

— *C'est fait,* dit Maeve dans mon oreillette d'un ton triomphant. *Tu peux retirer l'appareil. Ne bouge pas. Il y a un groupe de six personnes près de l'ascenseur au rez-de-chaussée. S'ils ne se déplacent pas rapidement, je vais créer une diversion.*

Alors que je débranchais le brouilleur, je luttai contre l'envie de dire à Maeve qu'une diversion n'était pas nécessaire. Même si elle était informée de mes pouvoirs, elle n'en comprenait pas pleinement l'étendue. Mais peut-être voyait-elle quelque chose à travers les caméras que je ne pouvais pas voir. Quoi qu'il en soit, discuter n'était pas une option avec les deux gardes assis dans la pièce. Je voulais limiter l'utilisation de mon pouvoir de disruption aux cas où cela était nécessaire.

— *Vas-y !* dit soudain Maeve.

Elle n'eut pas besoin de répéter. Je paralysai les deux gardes et me précipitai hors de la pièce, avant de les relâcher immédiatement. Je me forçai à traverser le couloir pour retourner à l'ascenseur à un rythme suffisamment vif sans être trop rapide, ce qui aurait éveillé les soupçons. Ce n'étaient pas les gens qui m'inquiétaient, mais les détecteurs de mouvement qui pouvaient déclencher une alarme s'ils décelaient une activité anormale, comme des personnes courant dans les zones sécurisées.

Dès que j'entrai dans la cabine, je voulus placer le mouchard sur le panneau de contrôle, mais la porte se referma instantanément et la cabine fila vers le hall d'entrée. Au début, je craignis que quelqu'un à un autre étage ait appelé l'ascenseur, mais je ne sentais personne assez près pour l'avoir fait. Je compris alors que Maeve avait travaillé si vite qu'elle n'avait plus besoin du mouchard pour contrôler les ascenseurs.

Je sortis de la cabine et constatai que l'endroit était désert. Alors que j'approchais de l'extrémité du couloir menant aux quartiers du personnel, je remarquai un groupe de personnes rassemblées autour d'une table de rafraîchissements. Veillant à ne pas attirer l'attention sur moi en entrant dans le hall principal, j'adoptai l'expression typique d'un spectateur curieux et tendis le cou pour voir ce qui se passait. De l'eau s'accumulait au pied de la table tandis que le personnel d'entretien nettoyait frénétiquement le dégât.

À en juger par la façon dont certains d'entre eux se grattaient la tête, ils ne comprenaient pas ce qui avait causé le problème. Puis je repérai la trace de brûlure sur le mur, là où une surtension électrique avait apparemment eu lieu, grillant la prise électrique et le distributeur de boissons fraîches.

Je n'avais pas besoin de demander qui était responsable.

— Te voilà ! s'exclama Linséa derrière moi.

Je me retournai pour la voir s'avancer avec son élégance habituelle. Elle était accompagnée d'un humain que je ne connaissais pas.

— Me voilà, dis-je chaleureusement, diffusant haut et fort le succès de notre mission à travers notre lien.

Son sourire s'élargit, et elle passa son bras autour du mien, posant son autre main sur mon biceps. Pour un observateur quelconque, la douce pression qu'elle exerçait n'aurait été qu'un geste affectueux d'une femelle envers son mari. Mais c'était sa façon de me féliciter pour un travail bien fait.

Je lui rendis son sourire.

ÉPILOGUE
LINSÉA

Deux jours après notre petite escapade, tout l'empire des Wuras s'effondra. Regarder les images que Maeve et Tédrick partagèrent généreusement avec nous, montrant les raids massifs contre les sociétés écrans, les vignobles et les maisons des juges, fut plus qu'orgasmique. Le fait que ma fille soit complètement exonérée, que la menace pesant sur la famille de son mari soit levée et que le juge corrompu et son père aient été condamnés à une peine exemplaire fut la cerise sur le gâteau.

Au cours des semaines et des mois qui suivirent, j'eus le bonheur d'avoir des interactions assez fréquentes avec Malaya. Évidemment, elle ne savait rien de notre lien. Cependant, comme elle était devenue journaliste d'enquête officielle pour les Défenseurs et le Conclave obosien, nous eûmes l'occasion de collaborer à plusieurs reprises. Certes, j'aurais pu travailler avec d'autres journalistes pour couvrir certains des projets et missions qui m'étaient assignés. Mais pourquoi me priver de ces moments si précieux ?

Pour elle, Kayog et moi étions les héros qui l'avaient sauvée d'une mort certaine en la jumelant avec l'amour de sa vie. Autant j'avais voulu attraper Kronos par les cornes pour lui fracasser son visage odieux contre un mur, autant je voulais maintenant le serrer dans mes bras.

Il avait complètement changé d'attitude envers Malaya. L'amour – pour ne pas dire l'adoration – qu'il lui prodiguait me faisait toujours fondre de l'intérieur. Ma petite fille était heureuse, vraiment heureuse. Et aujourd'hui, elle célébrait le baptême de leur premier enfant.

Quand elle nous avait demandé, à Kayog et moi, d'être les parrains de la petite Odessa, j'avais pleuré comme une idiote. J'avais raté le mariage de ma fille, mais j'allais faire partie de la vie de ma petite-fille d'une manière que je n'aurais jamais imaginée.

Debout dans leur magnifique demeure de Molvi, je regardais avec affection ces personnes qui étaient devenues des amis, voire des membres de ma famille, au cours des trois dernières décennies. J'avais vu Tédrick passer du statut de petit garçon à celui d'homme honorable, tout comme son père, Colin. Même maintenant, ils tenaient une conversation animée avec Isobel, Amreth et sa charmante épouse Ciara. Qui aurait cru qu'une rencontre fortuite lors de ce symposium médical aurait permis à mon conjoint de réunir ces deux belles âmes et de sauver toute une espèce de l'extinction ?

L'eau éclaboussait partout tandis que les trois enfants de Kaida se poursuivaient dans la piscine géante. Ces futurs petits Seigneurs et Dame de l'Ombre battaient leurs magnifiques ailes dorées pour s'élever à quelques mètres au-dessus de la piscine avant de replonger. Leur père, Cédros, avait profondément ému Kayog lorsqu'il avait appris son état. Comme mon conjoint, Cédros avait passé la majeure partie de sa vie isolé, car la présence des autres le rendait malade, jusqu'à ce que son Éjaya, Kaida, entre dans sa vie. Et maintenant, lui aussi pouvait profiter d'une vie normale, en fréquentant ses amis et sa famille. Le voir discuter avec mon conjoint et sa femme me réchauffait donc le cœur.

Je m'ébrouai en voyant Hélio et Maeve réprimander leur fils pour avoir utilisé ses *véris* — les vignes qui pouvaient s'étendre depuis ses pieds, ses bras et ses cheveux — pour ligoter Néro. Le rôdeur de l'ombre qui accompagnait les enfants de Kaida n'était en aucun cas sans défense. En fait, c'était une force à ne pas sous-estimer et il agissait comme un protecteur intrépide pour les jeunes Dérakéens. Son corps était une sphère sombre avec deux yeux énormes et une dentition terrifiante qui remplissait sa bouche surdimensionnée. Tout autour de lui, ses tentacules sombres ondulaient comme balayées par une brise magique.

J'éclatai de rire lorsque le petit diablotin enveloppa de manière protectrice le fils de Maeve de ses tentacules et lui lança un regard triste pour lui faire comprendre qu'elle ne devait pas le gronder. De toute évidence, Néro avait été d'accord pour se faire ligoter.

Après avoir posé mon verre vide sur l'une des tables de rafraîchissements près de la piscine, je me dirigeai vers l'un des coins salon où les parents biologiques de Malaya et les parents de Kronos s'affairaient autour de la petite Odessa. Kronos et Malaya regardaient fièrement leur fille être chouchoutée. Je mentirais en disant que je ne ressentais pas une grande jalousie de ne pas être moi aussi un grand-parent officiel. Et pourtant, je ne pouvais pas en vouloir à ses parents.

Au cours des deux dernières années, nous nous étions beaucoup rapprochés. Pour eux, Kayog et moi étions simplement un cadeau de Dieu qui avait aidé à sauver leur fille et l'avait conduite vers une vie heureuse. Mais alors que je commençais à me rapprocher d'eux, Malaya reprit le bébé des bras de son beau-père et s'éloigna. Elle s'arrêta lorsque nos regards se croisèrent. Elle sembla hésiter, puis me fit signe de m'approcher. Intriguée, j'obéis.

— Ma petite semble avoir faim. Tu veux bien m'accompagner ? demanda Malaya.

— Bien sûr ! répondis-je avec enthousiasme.

Même si elle souriait, elle dégageait un mélange étrange de soulagement et d'inquiétude. Alors que nous reprenions notre chemin vers les grandes portes-fenêtres menant au salon, Malaya jeta un coup d'œil par-dessus son épaule à Kronos. Il hocha la tête et lui adressa ce que je ne pouvais interpréter que comme un sourire encourageant. Mon estomac se noua immédiatement. La cérémonie n'avait pas encore eu lieu. Allait-elle nous annoncer que Kayog et moi n'étions plus les parrains ?

Ne sois pas ridicule...

Les Philippins avaient souvent plusieurs parrains et marraines pour un seul enfant. Il n'était donc pas logique qu'elle nous retire cette fonction. Craignait-elle que nous soyons offensés si un autre couple était ajouté ?

Offensés, non. Mais peut-être un peu blessés.

En même temps, Malaya et Ciara – l'épouse d'Amreth – étaient devenues très proches. Il serait logique que Malaya ajoute ce couple comme deuxième paire de parrain et marraine pour son bébé.

C'était stupide, mais je voulais pouvoir revendiquer quelque chose ayant trait à elle qui m'appartiendrait exclusivement. Nous entrâmes dans la maison et suivîmes le couloir à gauche du salon qui menait aux chambres. Ils avaient transformé l'une des chambres d'amis en une immense pouponnière pouvant facilement accueillir une demi-douzaine de berceaux. Ils gardaient encore Odessa majoritairement dans leur chambre principale, mais utilisaient celle-ci pour la table à langer, les repas et divers jouets.

Malaya posa Odessa sur la table. L'adorable petite fille se mit immédiatement à agiter ses petites mains et ses petits pieds. Elle était le portrait craché de sa mère, mais avec le teint gris de son père, une version délicate de ses ailes de chauve-souris et quatre petites cornes qui dépassaient de sa tête. Contrairement à la plupart des Obosiens, Odessa n'avait pas hérité de leurs cheveux blanc argenté, mais avait plutôt une chevelure très foncée.

— Puis-je t'aider ? lui proposai-je.

— Pourrais-tu me passer une des serviettes qui se trouvent là-bas ? demanda Malaya en désignant une étagère à ma droite. La connaissant, elle va probablement trop manger et ensuite régurgiter la moitié de son repas sur mon épaule.

— Certainement, répondis-je, amusée, avant de me diriger rapidement vers l'étagère.

Je tendais la main vers une serviette lorsqu'un bruit fort me fit sursauter. Jetant un coup d'œil par-dessus mon épaule, je vis Malaya froncer les sourcils vers sa fille avec une fausse sévérité avant de s'accroupir pour ramasser le biberon de lait qui était tombé de la table. Il me fallut un moment pour comprendre que Malaya l'avait apporté là et qu'elle tendait la main vers le chauffe-biberon avant que celui-ci ne tombe. À ma grande surprise, à peine eut-elle reposé le biberon sur la table qu'Odessa le refit tomber d'un coup de queue décisif.

Je m'ébrouai lorsque Malaya mit les poings sur les hanches pour regarder sévèrement sa fille. Impénitente, Odessa gloussa avant de lui faire un large sourire édenté.

— Ce n'est pas le moment de faire la diva, jeune fille ! Surtout devant des invités de marque ! dit-elle.

Imperturbable et insouciante, Odessa agita lentement sa queue d'un côté à l'autre, comme pour défier sa mère de tenter à nouveau de lui donner le biberon.

— Peut-être qu'elle n'a pas faim ? suggérai-je prudemment en m'approchant d'elles.

— Oh non, elle a bel et bien faim. Mais elle est difficile. Elle veut être allaitée, répondit Malaya en roulant des yeux.

Même si je ne percevais aucune réelle irritation de sa part, j'hésitai avant de faire un commentaire, ne voulant pas donner l'impression d'être insistante ou critique.

— Ce n'est pas quelque chose que tu fais ? demandai-je.

Malaya sourit d'un air rassurant.

— Oh, je le fais tout le temps. Mais elle sait maintenant que je ne le fais pas quand nous avons des invités. Certaines espèces réagissent bizarrement à cela.

— En effet, dis-je avec une compréhension soudaine. Si tu veux un peu d'intimité...

— Ne sois pas ridicule ! s'exclama-t-elle en me regardant comme si j'avais bu un verre de trop. Je t'ai invitée à m'accompagner, tu te souviens ? Et je doute que tu sois perturbée par quelque chose d'aussi naturel qu'une mère qui nourrit son enfant.

— Encore une fois, en effet, concédai-je, même si je ne comprenais toujours pas pourquoi elle ne le faisait pas. Tu crains que quelqu'un fasse irruption ?

— Non. Je profite de cette excuse pour laisser mes mamelons se reposer, admit-elle d'un air penaud. Odessa est un puits sans fond. Et quand elle tète, elle ne plaisante pas.

Je me sentis presque coupable de rire, mais son expression et ses émotions ne traduisaient aucune détresse.

— Très bien, petite diva, ajouta Malaya en se retournant vers sa fille. Je vais t'allaiter, mais seulement parce que c'est ton baptême aujourd'hui.

Elle se pencha en avant et frotta son nez contre celui de sa fille. Au moment où elle commençait à se redresser, Odessa saisit le visage de sa mère à deux mains et lui caressa les joues.

— *Oo lee oo*, roucoula le bébé.

Je haletai, mon sang se glaçant tandis que je reculais involontairement d'un pas. Malaya leva brusquement la tête pour me regarder, le visage traversé par les émotions les plus étranges. Dans d'autres circonstances, j'aurais voulu analyser les sentiments contradictoires qui émanaient d'elle, mais j'étais trop sous le choc.

J'avais sûrement mal compris... n'est-ce pas ?

— Quoi... ? Qu'est-ce qu'elle a dit ? demandai-je d'une voix tremblante.

— Elle a dit *coo lee coo*, répondit Malaya, le regard intense.

Mes genoux faillirent se dérober sous moi. Je me précipitai vers un fauteuil moelleux près de la table, que je supposais être celui qu'elle utilisait pour allaiter son bébé tout en profitant de la vue imprenable sur le paysage de Molvi à travers la grande fenêtre.

— Linséa, ça va ? demanda-t-elle en s'approchant de moi avec un air inquiet.

— Oui. Je... Je... Où a-t-elle appris cela ? demandai-je, mes yeux oscillant entre les siens.

Malaya s'humecta les lèvres nerveusement et parut mener un combat intérieur tandis qu'elle choisissait ses mots avec soin. Pourquoi hésitait-elle avant de répondre à une question aussi simple ?

Un coup sonore à la porte lui épargna d'avoir à le faire. Le nouveau venu n'attendit pas d'être invité à entrer, et la porte s'ouvrit immédiatement sur un Kayog très inquiet. Son regard se posa sur moi.

— Tout va bien ? demanda-t-il en se hâtant vers moi. J'ai senti ta détresse.

— Oui, je vais bien, répondis-je, échouant lamentablement à paraître rassurante.

— Que s'est-il passé ? insista-t-il, son regard passant de Malaya à moi.

— En fait, c'est une bonne chose que tu sois là, comme ça je n'ai pas à répéter l'histoire deux fois, répondit Malaya avec un petit rire nerveux.

Kayog et moi échangeâmes un regard perplexe tandis qu'elle se dirigeait vers la porte laissée ouverte par l'entrée soudaine de mon conjoint. Elle la referma soigneusement avant de se retourner vers nous avec la même expression étrange.

— J'ai bien peur que le babillage de ma fille ait provoqué une forte réaction chez Linséa, dit Malaya en évitant notre regard tandis qu'elle retournait vers le bébé.

— De quel genre de babillage s'agit-il ? demanda Kayog, confus.

— Un mot d'une chanson que je lui fredonne souvent, répondit-elle en me jetant un regard furtif.

Mon sang se glaça à nouveau, ce qui déconcerta encore plus mon mari, tandis qu'une pensée impossible s'enracinait dans mon esprit.

— Vous voyez, quelques jours après le début de mon cinquième mois de grossesse, j'ai commencé à faire un rêve très étrange, dit Malaya en mettant un biberon dans le chauffe-biberon, alors qu'elle avait précédemment déclaré qu'elle allait allaiter Odessa.

— Étrange comment ? demanda Kayog, la voix tendue.

— Étrange dans le sens où j'étais un oisillon. Je crois que j'étais un oiseau de paradis, même si les couleurs ne correspondaient pas, ajouta-t-elle avec un rire nerveux. Mes plumes étaient brun clair, presque de la même teinte que ma peau actuelle.

Le choc qui parcourut mon conjoint me frappa de plein fouet. À cet instant, j'aurais donné n'importe quoi pour pouvoir lire dans ses pensées.

— Et que faisais-tu ? demanda-t-il d'une voix presque chuchotée.

Malaya détourna les yeux, le regard légèrement flou tandis qu'elle fouillait dans sa mémoire.

— C'est difficile à dire. Je crois que j'étais malade, car j'étais toujours allongée.

— Tu *crois* que tu étais malade ? Tu n'en es pas certaine ? insista-t-il.

— Je ne me souviens d'aucune douleur, c'est pourquoi je ne peux pas affirmer avec certitude que j'étais malade, dit-elle en haussant les épaules. Mais dans tous mes rêves, mes parents me chantaient des chansons. Les premières fois, j'ai pensé qu'il s'agissait simplement d'un fantasme étrange. Puis le rêve est revenu, de plus en plus détaillé, intense et vivace. Je me souviens presque de la sensation des plumes de mes parents lorsqu'ils me tenaient dans leurs bras.

— Et ensuite, que s'est-il passé ? demandai-je en glissant ma main dans celle de Kayog pour me réconforter.

— Et puis le rêve a changé. J'ai réalisé que je n'étais pas un oiseau de paradis, mais une Témerne. Et dans ce rêve, vous étiez tous les deux mes parents.

Un son étranglé m'échappa, et des larmes me montèrent aux yeux tandis que je serrais la main de Kayog avec une force brutale. Malaya cligna rapidement des paupières, essayant visiblement d'endiguer les larmes qui lui piquaient les yeux. Elle luttait elle aussi contre des émotions puissantes, mais j'étais trop bouleversée pour les interpréter correctement. Chez Kayog, le choc avait cédé la place à un mélange de paix, de joie et d'émerveillement.

— Vous me faisiez prétendre que je volais parce que je ne pouvais pas battre des ailes. Vous jouiez avec moi et me chantiez des chansons. Cette chanson me hante. Elle me revient à l'esprit à des moments aléatoires de la journée, et à chaque fois, je me souviens avoir répondu dès que nous arrivions au refrain. Je ne comprenais pas les paroles. Mais je savais que chaque fois que je prononçais ce mot, cela vous rendait heureux. Et votre bonheur me remplissait d'une joie immense.

— Et quel était ce mot ? demanda Kayog, la voix légèrement tremblante.

— Ça ressemblait à *coo lee coo*.

Cette fois, je me mis à pleurer à chaudes larmes. Les lèvres de Malaya tremblèrent et des larmes coulèrent librement sur ses joues. Elle étreignit sa propre taille tandis que Kayog s'accroupissait à côté de ma chaise pour m'enlacer de ses bras et de ses ailes.

— Qu'est-ce que ça veut dire ? demanda Malaya d'une voix tremblante.

— Cela signifie « Je t'aimerai toujours », répondis-je.

— Ce n'était pas un rêve, n'est-ce pas ? demanda Malaya, même si cela ressemblait davantage à une affirmation.

— Qu'en penses-tu ? demanda Kayog d'une voix douce.

— Je pense que je donnerais n'importe quoi pour entendre mes parents chanter à nouveau cette chanson comme ils le faisaient quand j'étais bébé et que j'étais malade, répondit-elle.

Sans hésiter, Kayog se mit à chanter, sa voix grave, riche et puissante résonnant dans toute la pièce. Malaya s'appuya contre la table à langer et se mit à pleurer bruyamment. Odessa regardait tour à tour sa mère et mon conjoint avec une curiosité non dissimulée. En tant qu'Obosienne, elle pouvait voir les auras et y lire les émotions. Bien que déconcertée par ce qui se passait, elle ne percevait pas de véritable détresse chez sa mère. Ce n'étaient pas des larmes de chagrin.

Kayog se pencha, frotta sa tempe contre la mienne dans un geste affectueux, puis libéra sa main de la mienne. Il se dirigea vers Malaya. Le voyant approcher, elle s'éloigna de la table et courut vers lui. Elle se jeta dans ses bras, et il la serra fort contre lui. Posant sa joue sur la tête de Malaya, il continua à chanter, ses ailes se refermant autour d'elle. Il me fallut un peu plus de temps pour me ressaisir suffisamment afin de me remettre debout.

Je m'approchai d'eux et me joignis à la chanson, ma voix s'harmonisant avec la sienne comme lorsque nous chantions pour la petite Théa. Dès que je fus à leur hauteur, Kayog ouvrit son aile droite pour m'attirer vers lui. Malaya lâcha immédiatement Kayog de son bras gauche pour m'enlacer.

Et les larmes me montèrent à nouveau aux yeux.

Mon pauvre conjoint finit par devoir chanter seul, tandis que nous détrempions tout son torse à nous deux. Sauf qu'au moment où il entama le deuxième refrain, une petite voix aiguë se joignit à lui, bien que totalement désynchronisée.

— *Oo lee oo !* gazouilla Odessa après Kayog. *Oo oo... Oo lee oo !*

Entre deux reniflements, nous éclatâmes tous de rire. À

contrecœur, mon conjoint nous relâcha toutes les deux, et je pris Malaya dans mes bras. Pour la première fois, je pus la serrer pleinement contre moi, comme mon cœur l'avait ardemment souhaité depuis que j'avais découvert qu'elle était mon ange. Elle me rendit mon étreinte, enfouissant son visage dans mon cou tandis que je refermais mes ailes autour d'elle.

～

KAYOG

L e cœur débordant de joie, je regardais les deux femelles les plus importantes de ma vie enlacées dans une étreinte maternelle que je n'aurais jamais cru possible. Malaya rayonnait, sa chanson s'élevant en parfaite harmonie avec la nôtre. Plus de secrets, plus besoin de prétendre que nous étions simplement de bons amis.

— Merci de m'avoir sauvée, dit Malaya lorsque Linséa la relâcha enfin.

— Nous t'avons déjà fait défaut une fois. Nous n'allions pas te faire défaut une deuxième fois, répondis-je.

À ma grande surprise, elle fronça les sourcils, s'éloigna de Linséa et vint se placer devant moi. Elle prit mes deux mains dans les siennes.

— Vous ne m'avez jamais fait défaut. J'étais atteinte d'une maladie congénitale incurable. Vous m'avez offert la meilleure vie possible pour le temps qu'il me restait à vivre à l'époque. Votre amour et le bonheur que vous m'avez donné étaient si grands que je devais revenir pour réessayer. Les deux fois, vous m'avez donné la meilleure vie possible. Alors merci de m'avoir retrouvée, d'avoir lutté pour moi et de m'avoir aimée plus que quiconque ne mérite de l'être.

— Nous ne pourrons jamais trop t'aimer, dis-je en lui caressant la joue.

Elle froissa soudainement son visage et me lança un regard étrange.

— Au fait, merci d'avoir risqué ta vie pour récupérer les données qui ont permis de faire tomber Wuras.

Linséa et moi eûmes un mouvement de recul.

— Comment le sais-tu ? demanda Linséa.

Elle lui lança un regard penaud.

— J'ai parlé à Tédrick de ces rêves étranges qui revenaient sans cesse. Sa réaction avait été bizarre, mais je n'y avais pas prêté attention. Puis, la semaine dernière, lorsqu'il m'a envoyé d'autres fichiers pour mes rapports au Conclave, il a « accidentellement » inclus deux fichiers hautement confidentiels concernant, entre autres, une mission secrète à haut risque.

Linséa s'ébroua.

— Ce petit merdeux... murmurai-je, la voix pleine d'affection et de gratitude. Qui d'autre est au courant ?

— Kronos, mais personne d'autre, à part ceux à qui vous l'avez peut-être dit, répondit Malaya.

— Nous allons te laisser décider si tu veux en parler à d'autres personnes ou non, dit Linséa avec affection. Nous ne voulons pas causer de détresse à tes parents biologiques ni mettre qui que ce soit dans une situation embarrassante. Tout ce qui compte pour nous, c'est de pouvoir enfin te dire que nous t'aimons.

Un coup à la porte nous interrompit.

— Entre ! cria Malaya.

Je faillis m'empresser de la libérer, mais je réalisai que depuis son lien avec Kronos, elle pouvait également voir les âmes, dans une moindre mesure. Elle savait que c'était son mari à la porte.

Kronos entra, ses yeux bleu argenté balayant la pièce. Il jeta un regard tendre à sa femme avant de froncer les sourcils vers nous avec une fausse sévérité.

— Votre petite réunion de famille est très sympathique, mais vous devez modérer votre joie avant que mes Nundars ne souffrent tous d'une indigestion massive, grommela Kronos avec humour.

Nous rîmes tous. Les Nundars étaient des êtres très intelligents qui se liaient à une famille obosienne. Ils effectuaient les tâches ménagères, cuisinaient et pouvaient même soigner ou protéger si nécessaire. D'ailleurs, ce furent eux qui sauvèrent la vie de Malaya lorsqu'elle fut attaquée par une bête sauvage, la protégeant jusqu'à ce que Kronos puisse intervenir. Ils se nourrissaient de l'énergie des émotions positives. Et il ne faisait aucun doute que celles qui émanaient de cette pièce devaient avoir un goût divin.

— Tu t'y connais en indigestion, dit Malaya d'un ton moqueur à son mari.

— Malaya ! s'écrièrent Kronos et Linséa en même temps.

Je ricanai en regardant leurs trois visages embarrassés. Les Obosiens se nourrissaient aussi d'émotions, mais généralement pendant les rapports sexuels. C'était l'une des raisons pour lesquelles les humains les comparaient aux Incubes – sans la partie où ils vous suçaient votre force vitale.

Malaya grimaça et marmonna quelque chose d'incompréhensible.

— Et si tu allais voir nos invités ? Je vais nourrir Odessa, proposa Kronos.

— C'est gentil de ta part, dit Malaya en levant le visage pour recevoir le baiser de son mari.

Il se tourna vers le bébé, qui gloussa avec excitation en voyant son père. À cet instant, je ressentis le même amour entre eux que celui qui avait brûlé si intensément entre ma Théa et moi. Comme s'il sentait le poids de mon regard sur lui, Kronos se tourna vers moi, et une expression étrange traversa son visage.

— Merci de m'avoir ramené à la raison quand je me comportais comme un idiot, dit Kronos.

— Merci de m'avoir évité d'avoir à envenimer les choses pour que tu comprennes, répondis-je d'un ton neutre.

Il s'ébroua et inclina la tête en signe de concession.

— Mais surtout, merci de rendre ma princesse heureuse, dis-je, cette fois-ci d'une voix sincèrement reconnaissante.

— Toujours, répondit-il d'une voix solennelle.

Nous quittâmes la pièce pour rejoindre les autres invités, l'amour de ma vie et mon enfant bien-aimé à mes côtés. Alors que mon regard parcourait les personnes présentes – des amis fidèles qui étaient devenus comme une famille pour moi – je compris que j'avais réalisé mon rêve impossible.

Je baissai les yeux vers ma magnifique conjointe et la trouvai en train de me regarder avec un amour infini.

— Merci de m'avoir donné le monde, murmurai-je.

— Merci de m'avoir donné la même chose, dit-elle en caressant ma joue. *Coo lee coo*, Kayog.

— *Coo lee coo*, ma colombe. Dans cette vie et dans toutes les autres, *coo lee coo*.

FIN.

KAYOG & LINSEA

MARES

DARWANDIR

NORDJARIMM

SYLLEN

YINRIC

HORAC

SHAYA

STRAEF

THEA

KRONOS

KRONOS & MALAYA

OLIX & SUSAN

SZARO & SERENA

ZATRUK & RIHANNA

HELIO & MAEVE

CÉDROS, KAIDA, NÉRO & LES ENFANTS

AMRETH

AMRETH & CIARA

NUNDAR

CHRONIQUES DE VÉRÉDIA

Fuite du Destin

Destin Aveugle

Élever Amalia

Aléas du Destin

Mains du Destin

Défier le Destin

Destin Impérial

BRAXIA

Anton's Grace

Ravik's Mercy

Krygor's Hope

Keran's Dawn

GUERRIERS XI

Doom

Légion

Raven

Bane

Chaos

Varnog